Tempting princess

Du même auteur
aux Éditions J'ai lu

Seducing Cinderella
Semi-poche

GINA L.
MAXWELL

Tempting princess

Traduit de l'anglais (États-Unis)
par Agathe Nabet

J'AI LU

Titre original
RULES OF ENTANGLEMENT

Éditeur original
Entangled Publishing, LLC, Fort Collins

À mes lecteurs
qui ont si patiemment – ou si impatiemment –
attendu ce livre.
Je ne saurais dire à quel point
je suis reconnaissante à chacun d'entre vous.
En me ménageant un espace sur vos étagères,
vous vous êtes assuré une place dans mon cœur.
Merci.

Remerciements

Comme toujours et avant toute chose, merci à mon merveilleux époux et à mes enfants, qui savent s'adapter à mes horaires d'écriture démentiels.

Merci également aux lieutenants du Gang Maxwell – Pat, Diane, Annie, Kristin, Laura, Aimee, Angie et Andrea – qui me permettent de conserver un lien avec le monde extérieur quand le couperet de la date butoir se fait de plus en plus menaçant et que je vis en apnée. Sans vos efforts et votre dévouement le Gang n'existerait pas, et si le Gang n'existait pas, on m'aurait probablement bouclée à l'asile depuis belle lurette.

À ma stupéfiante amie Kristin Anders, qui a passé des heures avec moi via MI, SMS, téléphone et Skype pour m'aider à résoudre toutes les énigmes laissées en suspens et les conflits engendrés par le monstre que j'avais créé. Sans ses encouragements et nos séances de travail nocturnes, j'aurais fini par laisser tomber Jax.

Merci à Jilli Linnett et à toute sa famille pour m'avoir fourni tant d'informations sur Oahu et la culture hawaïenne et s'être assurés ensuite que j'avais bien compris. Pour les merveilleuses photos et les cadeaux attentionnés aussi. Une place vous revenait de droit dans cette histoire.

À Christa Cervone, qui a inventé l'expression *faire trémuler la foufoune*. J'ai tout de suite su qu'il s'agissait d'une locution digne de ce bon vieux Fritz le barman.

À Josh Williams, Parker Hurley, Ally Sturm et Jeremy Austin : merci de m'avoir soumis non seulement une, mais deux superbes illustrations de couverture pour cette série.

À mon éditrice, Liz Pelletier, qui a passé avec moi plusieurs nuits blanches successives pour s'assurer que ce livre serait aussi achevé que possible et pour m'avoir aidée à aimer à nouveau cette histoire.

À Kara Wiesmann et Courtenay Birchmeier de SunTree Accessories pour la conception et la réalisation du collier de Vanessa, tel un nouveau maillon de la chaîne des bijoux issus de la série *Fighting for Love*.

À tous ceux, enfin – et leur place est loin d'être la dernière dans mon cœur –, qui ont eu pour moi des mots encourageants au sujet de mes livres, de mes personnages ou de mes progrès. Ils m'ont profondément touchée. Merci.

Les 7 règles d'or
à appliquer en toute circonstance
de Vanessa McGregor

7. Ne jamais prendre ses responsabilités à la légère.
6. Ne jamais laisser le mensonge empoisonner sa vie.
5. Ne jamais laisser durer une aventure plus de trois jours.
4. Ne jamais fréquenter un homme qui règle ses problèmes avec ses poings plutôt qu'avec des mots.
3. Ne jamais sortir avec un homme qui n'a pas d'avenir stable.
2. Ne jamais céder le contrôle.
1. Ne jamais tomber amoureuse.

1er jour : dimanche

— Et voilà. Il a officiellement une heure de retard.

Et parler toute seule fait de toi une folle.

Une folle qui meurt de faim.

Et qui se retrouve en carafe.

Vanessa McGregor s'assit sur le banc à côté de sa petite valise à roulettes et de son bagage à main devant l'aéroport d'Honolulu et s'efforça d'ignorer les gargouillis de son estomac. Elle avait cessé de contempler bouche bée le paysage digne d'une carte postale qui l'entourait depuis un peu plus d'une demi-heure quand elle avait réalisé que le frère de sa meilleure amie, Lucie, avait plus qu'un léger retard sur l'horaire convenu. Retard d'autant plus inexcusable qu'il résidait sur l'île depuis douze ans.

Elle pianota de ses ongles manucurés sur la coque de son portable et se demanda une fois de plus s'il convenait d'appeler Lucie, mais ne put se résoudre à inquiéter sa meilleure amie alors que c'était la semaine de son mariage. La pauvre était déjà dans tous ses états. L'était du moins jusqu'à ce qu'un mauvais sushi ne l'oblige à implorer un dieu en porcelaine pour qu'il ne s'agisse pas d'une grave intoxication alimentaire.

Vanessa avait appelé Jackson sur son portable à plusieurs reprises, mais chaque fois, elle était tombée sur sa messagerie. Elle commençait à se demander s'il ne lui était pas arrivé quelque chose. Et s'il ne se dépêchait pas d'arriver, il risquait de regretter que ce ne soit pas le cas.

Vanessa pressa une touche de son portable pour éclairer l'écran et vérifier l'heure une fois de plus. Elle n'allait quand même pas passer toute la journée à l'aéroport. Si elle était arrivée à Hawaï une semaine avant le mariage de Lucie, c'était uniquement parce que leur foldingue d'organisateur de mariage avait insisté pour que les futurs mariés soient sur place pour les préparatifs.

Elle aurait mieux fait de prendre un taxi plutôt que de l'attendre, mais si elle le faisait maintenant, ils risquaient de se croiser bêtement. Elle baissa les yeux sur son portable, poussa un long soupir et essaya de l'appeler une dernière fois. Elle appuya sur la touche de rappel et écouta la sonnerie la narguer tout en inspectant sa manucure.

— Vanessa, je suppose ?

Elle tourna les yeux vers la belle voix grave qui venait de prononcer son nom et fut instantanément éblouie par le soleil. Elle plissa les yeux et plaça la main en visière pour tâcher de discerner les traits de l'homme qui se tenait devant elle, vêtu d'un short bleu marine et d'un marcel ultra-moulant.

Beau ténébreux. Ce furent les premiers mots qui lui vinrent à l'esprit. Ses cheveux bruns et courts étaient humides et il n'avait pas pris la peine de se raser depuis au moins deux jours. Un tatouage polynésien dont le motif rappelait les vagues de l'océan recouvrait le haut de son bras gauche jusqu'à l'épaule. Le hâle de sa peau n'avait pas cette teinte caramel qu'on voit d'ordinaire aux plaisanciers. Il était nettement plus bronzé, comme s'il avait vécu sur l'île assez longtemps pour que son corps ait adopté les gènes des autochtones. Le seul détail qui ne collait pas avec la tonalité sombre de sa personnalité, c'était ses yeux couleur topaze qui lui firent penser à des caramels enrobés de chocolat noir...

Si elle ne se dépêchait pas de manger quelque chose, elle allait finir par lécher ses yeux.

C'était la première fois qu'elle rencontrait Jackson, mais elle l'avait déjà vu souvent en photo. Assez souvent pour savoir que le propriétaire de cette belle voix grave et sensuelle ne pouvait être que le frère de Lucie, un champion d'Arts Martiaux Mixtes – ou AMM. Une voix grave et sensuelle dont la version enregistrée lui parvint au même instant et la fit suffisamment sortir de sa stupeur pour qu'elle écarte le téléphone de son oreille et coupe la communication. Sa voix enregistrée était encore plus agréable que la vraie, décida-t-elle en se levant pour lui tendre la main.

— Jackson, je suis si heureuse de faire enfin ta connaissance.

Il contempla sa main tendue avec ce qui ressemblait à un sourire amusé avant de la serrer. Sa main était grande, calleuse et délicieusement ferme.

— Quant à moi, je suis ravi de rencontrer enfin cette amie de ma sœur qui jouit du double privilège d'être sa préférée et d'avoir la plus mauvaise réputation.

Définitivement comestible. Existait-il un proverbe hawaïen dont le sens s'apparenterait à : « Avant d'essayer de grimper sur une planche de surf, une femme doit d'abord goûter un Hawaïen » ? S'il n'existait pas, elle se sentait tout à fait d'humeur à le promouvoir. Elle se demanda ensuite si Jackson était seulement monté sur une planche de surf une fois dans sa vie.

— Tout va bien ? demanda-t-elle, reprenant soudain pied dans le réel. Je demande ça parce que tu devais être là à onze heures et qu'il est midi passé, s'empressa-t-elle d'ajouter face à son regard interrogateur. J'ai essayé de t'appeler, mais je suis tombée sur ta messagerie.

Jackson haussa les épaules.

— Ouais, mon téléphone est mort. Je ne m'en occupe jamais, vu qu'il ne me sert qu'à rester en contact avec Lucie. Question nouvelles technologies, je suis un véritable homme des cavernes.

Vanessa s'abstint de faire remarquer qu'il avait dit à Lucie de lui demander d'appeler sur ce portable une fois que son avion aurait atterri. Ce qu'elle avait fait. Cinq fois.

— Hum... Ça doit être agréable de pouvoir se permettre une telle insouciance.

Le ton acerbe qu'elle avait adopté malgré elle la fit grimacer intérieurement. Certes, elle était un peu à cran parce qu'elle venait de passer une heure à l'attendre en plein soleil, mais cela ne l'autorisait pas à oublier la politesse.

— Tu as eu un problème avec ta voiture ?

— En fait, j'étais en train de faire du surf et j'ai perdu la notion du temps.

Voilà qui répondait à sa question concernant son éventuelle pratique du surf. Elle jeta un coup d'œil à ses poignets et constata qu'il avait en quelque sorte oublié de mettre sa montre avant de sortir de chez lui avec son portable déchargé dans sa poche. Son sens des civilités l'abandonna et son sourire se fit pincé. Les délicieux picotements qui avaient commencé à s'emparer de certaines parties de son anatomie face à ce bel étalon disparurent comme sous l'effet d'un coup de baguette magique.

Règle d'or n° 7 : Ne jamais prendre ses responsabilités à la légère.

Qu'était-il advenu de l'homme que Lucie lui avait toujours dépeint comme responsable, et tellement fort que ses épaules pouvaient supporter tout le poids du monde ?

— J'ignorais que venir me chercher te dérangerait à ce point, déclara-t-elle pour dissimuler son irritation. J'aurais aussi bien pu prendre un taxi.

Il tendit les mains devant lui, paumes tournées vers elle, dans un geste de reddition.

— Tu as parfaitement raison. Je me suis comporté comme le dernier des goujats.

— Je n'ai pas dit…

— Et je mériterais que tu me tires la langue, ajouta-t-il en retrouvant le sourire, mais tu le feras en marchant jusqu'à ma jeep parce que je suis garé en double file et que quitte à me faire passer un savon par une femme en colère, autant que ce soit devant un hamburger et une bière. Je meurs de faim.

En colère ? Elle lui avait à peine laissé voir qu'elle était vexée ! S'il persistait à raconter n'importe quoi et à la malmener de la sorte, il allait se retrouver aux premières loges et il verrait alors le spectacle qu'elle offrait quand elle était en colère.

Sans même attendre une réponse de sa part, Jackson saisit la poignée de sa valise et se mit en route. Un cocktail explosif de choc, de panique et d'indignation agita Vanessa. Il n'avait pas eu le temps de faire deux pas qu'elle écartait sa main de la poignée pour s'en emparer. Il contempla un instant sa main vide, comme s'il avait du mal à admettre qu'elle ait récupéré son bagage, puis leva les yeux vers elle en haussant un sourcil.

— Un problème, princesse ?

Princesse ? Elle serra les dents. Et comment qu'il y avait un problème ! Plusieurs, même. L'un d'eux, et non le moindre, étant qu'il se comportait comme si c'était lui qui orchestrait la vie de Vanessa. Elle ne se souvenait pas de la dernière fois qu'elle avait autorisé quelqu'un à gérer sa vie à sa place. Et ce n'était pas près de se produire.

Elle l'avait attendu par égard pour Lucie, et ce, malgré une furieuse envie de se rendre à la résidence par ses propres moyens. Et quand il daignait enfin arriver, il s'arrogeait le droit de tirer sa valise et s'imaginait qu'elle allait le suivre sans broncher. Sans compter qu'il avait l'intention de s'arrêter en chemin pour manger – ce qui n'était pas une mauvaise idée en soi, mais là n'était pas la question. Il n'avait même pas pris la peine de lui demander si elle avait faim. Après ça, qui sait, il avait peut-être l'intention de passer chez lui pour faire sa lessive avant de la déposer à la résidence où elle pourrait aider sa sœur.

Il était clair que Jackson n'était pas quelqu'un avec qui elle avait envie de s'impliquer de quelque façon que ce soit. Et si elle avait le temps de s'octroyer une aventure pendant ses vacances, ce ne serait certainement pas avec lui.

Vanessa soupira. Cela faisait bien deux ans qu'elle se retrouvait de plus en plus souvent face à des hommes qui ne lui convenaient absolument pas. *Un autre mordra la poussière, Nessie*. Mais ce n'était pas le moment de se lamenter sur le fait qu'elle n'avait toujours pas trouvé son Prince Charmant. Cette semaine, il s'agissait de faire en sorte que le conte de fées de Lucie devienne réel et, visiblement, son frère n'était pas sur la même longueur d'onde.

— Tu sais quoi ? commença-t-elle avec un sourire feint. Ne t'occupe pas de moi. Je sais que Lucie t'a demandé de passer me prendre et je suis désolée que tu te sois donné la peine de venir, mais ce n'était pas nécessaire. Je vais prendre un taxi.

— Pour que j'essuie les foudres de ma sœur le jour de son mariage ? Non, merci. Je préfère encore affronter un lutteur sans coquille. Suis-moi.

Cette fois, il passa la bandoulière de son sac sur son épaule avant de lui tourner le dos.

— Oh, mon Dieu !

Son arrogance la stupéfiait tellement qu'elle ne put rien faire d'autre que caler ses poings sur ses hanches.

— Il faut absolument que tu arrêtes de t'approprier mes affaires.

Il haussa un sourcil et réprima difficilement un sourire amusé.

— Tu n'apprécies pas la galanterie ?

— Il existe une différence très nette entre la galanterie et l'ingérence. Toi, tu t'ingères dans mes affaires.

— Je *m'ingère* ? Moi ? demanda-t-il comme si c'était la première fois de sa vie qu'il entendait ce mot. J'essaye simplement de faire ce pour quoi je suis venu. Je me suis excusé de mon retard et maintenant…

— Non, tu ne t'es pas excusé, l'interrompit-elle sans prendre le temps de réfléchir.

Se souvenir de chaque mot d'une conversation peut jeter un froid en société, mais quand on est avocat et qu'on se trouve dans le bureau du procureur par exemple, c'est une qualité des plus utiles. Quant à reprendre un abruti sur son comportement soi-disant galant… c'était tout simplement jouissif.

— Si, je l'ai fait.

Elle soupira. Étant donné qu'elle avait déjà sauté du train en marche, sortir de la gare ne changerait pas grand-chose à la situation.

— Heu, non, tu ne l'as pas fait.

— Si, je…

— Tu as dit très précisément : « En fait, j'étais en train de faire du surf et j'ai perdu la notion du temps », déclara-t-elle en croisant les bras.

— Rien ne t'échappe, à ce que je vois. Je tâcherai de m'en souvenir, marmonna-t-il en se frottant la nuque.

Il eut alors le culot de lui sourire en lui coulant un regard à travers ses longs cils, tel un adolescent menteur qui use de son charme pour échapper à la punition. *Incroyable.*

— Dans ce cas, dit-il, je suis vraiment désolé de ne pas t'avoir dit que j'étais désolé.

Vanessa aurait pu parier qu'il ne devait pas y avoir beaucoup de femmes capables de dire non à Jackson Maris. L'irritation déclenchée par sa désinvolture bouillonnait encore en elle quand l'idée de lui accorder son pardon surgit dans sa tête. Heureusement, il lui restait encore assez de bon sens pour la repousser avant qu'elle ne l'entraîne au Jardin des Soupirs Rêveurs et autres fredaines. *Ouste !*

— Oublions cela. Je vais prendre un taxi et tu pourras faire… ce que tu fais d'habitude, déclara-t-elle en agitant les mains. Nous nous reverrons vendredi au dîner de répétition.

Et voilà. Ce n'était pas plus compliqué que ça. Elle avait beau être fatiguée, affamée et vexée d'avoir été aussi mal accueillie, elle n'avait pas cédé à la tentation de se montrer cassante ou impolie. Le fait qu'*elle* observe certains principes ne signifiait pas que la terre entière devait en faire autant.

— J'ai été ravie de faire ta connaissance, Jackson, ajouta-t-elle en vertu de son amitié avec Lucie ainsi que pour se prouver qu'elle maîtrisait parfaitement ses émotions.

Elle plaça la main sur la bandoulière de son sac, toujours accroché à l'épaule de Jackson.

Il se pencha vers elle, éclipsant le soleil et le monde qui les entourait et sa main se referma sur la sienne. Quand il prit la parole, sa voix avait chuté d'une octave. Ses profondes vibrations se répercutèrent dans son corps et affolèrent toutes les zones érogènes de Vanessa – celles qu'elle connaissait, mais d'autres encore, dont elle ignorait jusqu'à l'existence.

— Tu ne sembles pas du tout ravie, princesse, déclara-t-il avant d'attarder son regard sur ses lèvres et de lui décocher un sourire dévastateur. Allez, viens avec moi.

Des visions involontaires d'ébats sexuels torrides en compagnie de Jackson sous le soleil d'Hawaï bombardèrent son esprit et contrarièrent les signaux que celui-ci envoyait à son corps pour le forcer au calme. Certaines parties de son anatomie se contractèrent avidement, tandis que d'autres, comme ses genoux ou sa mâchoire, devenaient mous comme du caoutchouc sous l'effet du désir.

Soit son état de manque sexuel était beaucoup plus grave qu'elle ne le pensait, soit cet homme avait sur elle un effet qu'elle ne pouvait pas espérer contrôler. Heureusement, dans un cas comme dans l'autre, une seule et même solution s'imposait : *Ouste, ouste et ouste !*

— Au revoir, Jackson.

Elle récupéra ses bagages et partit dans la direction opposée. Un taxi attendait non loin de là. Elle venait de déposer ses affaires dans le coffre et tendait la main vers la poignée de la portière quand elle l'entendit qui l'appelait.

— On se retrouve dans le hall de la résidence, alors !

Sa politesse fondit sous l'effet du flot acide qui submergea son estomac. Prenait-il un malin plaisir à faire ressortir le mauvais côté des personnes qu'il approchait ou bien ne s'en rendait-il même pas compte ? Malheureusement pour lui, Vanessa penchait plutôt pour la première hypothèse.

Elle se retourna lentement pour lui faire face et le découvrir, une épaule nonchalamment appuyée contre un poteau, les mains dans les poches, un sourire désinvolte flottant sur ses lèvres.

— Ce ne sera pas nécessaire. Je suis parfaitement capable de prendre soin de moi.

Il s'écarta du poteau et se rapprocha d'elle au point d'envahir son espace personnel. Il avait la même odeur que l'île elle-même – eau salée et soleil.

— Je n'en doute pas un instant, princesse, dit-il. Mais il y a un petit détail que tu ignores.

— Ah, oui ? Lequel ?

— Le célèbre organisateur de mariage que Reid a embauché insiste pour que le couple soit présent sur le lieu de la cérémonie une semaine à l'avance pour régler tous les préparatifs avec lui.

— Je le sais. Pourquoi crois-tu que je sois venue si tôt ? Je connais assez les goûts de Lucie pour faire tous les choix à sa place les yeux fermés.

Il ne prit même pas la peine d'écouter sa réponse.

— La clientèle du *Mau Loa* est hyper sélecte et personne, excepté les hôtes qui ont réservé une chambre, ne peut prétendre accéder à ladite chambre.

Vanessa fit saillir une de ses hanches sur le côté et croisa les bras.

— Qu'est-ce que j'irais faire là-bas si je ne peux même pas occuper ma chambre ?

— *Tu* ne peux pas l'occuper, dit-il, *Lucie* oui.

Elle était sur le point de lui demander s'il consommait des substances illicites quand elle comprit, à sa façon de hausser le sourcil tout en la couvant d'un regard perçant, ce qu'il voulait dire.

— Oh, non, s'exclama-t-elle en plaçant les mains devant elle, comme pour repousser le message qui avait déjà planté ses crocs dans son esprit. C'est absolument hors de question.

— C'est absolument incontournable.

— Tu es tombé sur la mauvaise personne, Maris. Cela impliquerait de mentir et je ne mens jamais. J'expliquerai la situation au manager, il comprendra, ajouta-t-elle en ouvrant la portière du taxi.

— Non, ça ne marchera pas. Le *Mau Loa* est l'hôtel où descendent toutes les célébrités, ici. Il faut présenter trois pièces d'identité rien que pour obtenir la clef. Les people adorent ça. Ils viennent là pour se retrouver ou célébrer leur mariage en privé et à moins de faire une descente en hélicoptère, la résidence est inaccessible aux paparazzis et aux fans un peu trop collants.

Le cœur de Vanessa battait aussi fort que s'il avait essayé de s'échapper de sa cage thoracique.

— Tant pis, je prendrai une chambre dans un autre hôtel et j'irai au *Mau Loa* pour les rendez-vous avec l'organisateur, argumenta-t-elle sans grande conviction.

Une voix mécontente s'éleva de l'avant du taxi.

— Alors vous montez ou vous descendez ? Je perds de l'argent, moi, ma petite dame !

Jackson amena son visage au niveau de la fenêtre ouverte du côté passager.

— Vous voulez bien répéter ça ?

Le chauffeur, qui avait visiblement l'intention de maintenir son point de vue, changea son fusil d'épaule quand il aperçut la silhouette massive qui le défiait du regard, les poings déjà serrés. Il s'éclaircit la gorge et se tortilla sur son siège.

— Prenez tout votre temps, dit-il d'une petite voix.

— C'est gentil, je vous remercie.

Quand Jackson se redressa, Vanessa se souvint qu'il gagnait sa vie en se servant de ses poings. Et bien qu'elle sache qu'il s'agissait d'un sport et non des bagarres d'ivrognes qui avaient émaillé son enfance, elle ne put s'empêcher de se demander dans quelles proportions cette violence avait infiltré sa personnalité.

— Excuse-moi, dit-il. Où en étais-je ?

Vanessa déglutit et promena son regard autour d'elle, redoutant d'affronter la franchise de ces yeux de topaze. Elle craignait surtout qu'au bout du compte ses arguments ne suffisent pas à l'empêcher de participer à cette mascarade. Mais elle pouvait se fier à sa langue acérée pour lui tenir lieu de bouclier.

— Je crois bien que tu étais sur le point de me faire profiter de ton infinie sagesse en m'expliquant pourquoi je ne pourrais descendre qu'au *Mau Loa* cette semaine.

— Tu as de la chance, répondit-il en relevant un coin de ses lèvres, j'ai justement décidé de faire une promotion sur mon infinie sagesse, aujourd'hui.

Elle leva les yeux au ciel et croisa les bras tandis qu'une des mains de Jackson se refermait sur le rebord de la portière.

— L'organisateur est un excentrique qui a la réputation de planter ses clients s'il les suspecte de ne pas faire les choses à sa façon. S'il découvre que Lucie et Reid n'arriveront qu'au tout dernier moment, il est capable de tout annuler. Or, pas d'organisateur, pas de mariage. Et si le mariage n'a pas lieu, Reid me fera la peau, sans compter qu'on se sentira, toi et moi, affreusement coupables vis-à-vis de ma sœur. Tu comprends ce que je veux dire ?

Vaincue, elle consentit à croiser son regard et à remplir l'espace qu'il venait de laisser en blanc dans son petit discours.

— Si nous voulons que ce mariage ait lieu, nous devons tous les deux nous faire passer pour Lucie et Reid au *Mau Loa*.

— Bingo.

Elle se tritura les méninges, partagée entre l'envie d'aider sa meilleure amie et celle de refuser cet arrangement qui allait non seulement à l'encontre de son éthique, mais aussi d'une de ses règles d'or. Des règles gravées dans le marbre et rehaussées de son propre sang qui garantissaient son équilibre et dont on aurait même pu dire qu'elles lui tenaient lieu de religion. D'autant qu'il ne serait pas question d'un petit mensonge en passant. Il allait falloir mentir en permanence pendant toute une semaine. Se faire passer pour quelqu'un d'autre.

Peu importait la raison.

Règle n° 6 : Ne jamais empoisonner sa vie par des mensonges.

Sa mère et son beau-père lui avaient tellement menti quand elle était petite qu'elle aurait eu de quoi alimenter cinq vies entières. Elle pardonnait le mensonge aussi facilement qu'elle pardonnait les crimes de Hitler.

Elle s'efforça cependant d'affronter la situation sous l'angle logique.

— Comment veux-tu que nous nous fassions passer pour eux, sans papiers d'identité ?

— Je connais quelqu'un à la résidence qui nous facilitera l'enregistrement.

— Comment expliquer que Lucie séjourne à la résidence et pas son fiancé ?

Un sourire démoniaque retroussa ses lèvres.

— Bien tenté, princesse, mais ce ne sera pas nécessaire. Nous occuperons toi et moi le même bungalow. Ensemble.

— Un bungalow avec deux chambres séparées.

— La réservation a déjà été faite pour un bungalow nuptial. Un couple qui se marie n'a aucune raison de demander deux chambres. Mais personne ne saura que « Reid dort sur le canapé ».

Réfléchis, Nessie !

— Et que se passera-t-il à la fin de la semaine, quand ce ne sera pas nous qui nous présenterons devant l'autel ?

— Un autre mariage doit avoir lieu le même jour, plus huppé. Quelqu'un de bien plus connu qu'un ex-champion des Arts Martiaux Mixtes. D'après la personne que je connais, c'est à cet autre mariage qu'assistera l'organisateur et il ne saura donc pas que les gens qui ont supervisé les préparatifs ne sont pas ceux qui se marient.

Il écartait tous les problèmes qu'elle soulevait avec une telle aisance qu'elle se demanda s'il n'occupait pas son temps à se faire passer pour quelqu'un d'autre.

Et elle se demanda aussitôt après pourquoi cela la décevait autant.

— Je vois que tu as pensé à tout, déclara-t-elle d'un ton pincé. D'accord, ajouta-t-elle en relevant le menton, je le fais pour Lucie. Mais j'y vais quand même en taxi.

Le visage de Jackson s'illumina comme si on venait de lui annoncer qu'il avait gagné tout un harem de playmates.

— À ta guise. Nous aurons tout le temps de nous voir cette semaine. À tout à l'heure, *pupule vahine.*

— Poupoule et Vahiné ? Qu'est-ce que tu racontes ?

— C'est un terme affectueux en hawaïen, répondit-il avec un clin d'œil.

— Charmant.

Elle avait eu l'intention de lâcher ce commentaire d'un ton sarcastique, mais son intonation la trahit et lui donna un tour étrangement révérencieux.

Et alors, elle avait bien le droit de trouver la langue locale charmante, non ? Le fait que personne ne l'ait appelée autrement que Nessie ou maître depuis une éternité n'avait rien à voir. Elle n'avait pas besoin que des individus comme Jackson Maris s'autorisent à lui donner des surnoms affectueux.

Vanessa monta dans le taxi, claqua la portière et fit de son mieux pour ignorer le puissant éclat de rire qui s'engouffra par la fenêtre ouverte quand il démarra.

Elle prit une longue inspiration pour se calmer et croisa le regard du chauffeur dans le rétroviseur intérieur.

— Je vais au *Mau Loa*. Mais je ne suis pas pressée et je meurs de faim. Arrêtez-vous dans un restaurant qui offre le service au volant, en cours de route.

*
* *

Je suis franchement nul.

Jackson enfonça ses poings au fond de ses poches et regarda s'éloigner dans un nuage de fumée de pot d'échappement la femme la plus étrange et la plus captivante qu'il ait jamais vue. Plusieurs raisons évidentes faisaient qu'il était impatient de passer du temps en sa compagnie cette semaine – ses lèvres pleines, son regard d'émeraude, ses boucles rousses et soyeuses et un corps digne de faire s'agenouiller n'importe quel homme – mais ce n'était pas son apparence qui avait eu le plus d'effet sur lui.

C'était son caractère tout feu tout flamme.

Jax côtoyait surtout des femmes décontractées. Faciles à charmer, faciles à contenter. À l'évidence, Vanessa McGregor n'était pas de cette catégorie. Il n'avait pas l'intention de lâcher l'affaire, mais elle avait été tout près de l'évincer. Et *ça*, c'était complètement nouveau pour lui.

Mais ça ne justifiait quand même pas l'énorme mensonge qu'il venait de dire. Rien ne les obligeait à se faire passer pour Lucie et Reid.

En regagnant sa voiture, il se remémora leur conversation dans sa tête. Il ne s'était pas attendu que la première rencontre avec la meilleure amie de sa sœur prenne cette tournure. Il se sentait vraiment nul d'être arrivé aussi en retard. Il s'était dit qu'il lui ferait oublier ça en la charmant autour d'un déjeuner – ce qui témoignait des mauvaises habitudes qu'il avait prises depuis qu'il vivait là.

Il aurait peut-être été excusable – peut-être – s'il n'avait pas lâché sa petite ruse du mariage gâché à cause d'eux par-dessus le marché.

Quand Reid l'avait appelé pour lui expliquer la situation et lui demander son aide, Jackson avait prévu de passer la chercher à l'aéroport, de faire en sorte qu'elle soit reçue sans problème au *Mau Loa* – le fait qu'il connaisse quelqu'un qui pouvait leur remettre la clef du bungalow sans leur demander de papiers était le seul détail authentique de l'histoire qu'il lui avait servie – puis de reprendre son programme habituel jusqu'au mariage de Reid et Lucie. Reid lui avait dit que l'organisateur était excentrique, mais il n'avait jamais été question que Vanessa se fasse passer pour Lucie. Jackson avait inventé cela spontanément.

D'abord ébloui par la personnalité charmante de Vanessa, changeante au point d'évoluer sans crier gare d'un extrême à l'autre, puis par sa façon de lui battre froid, comme s'il n'était qu'un chiot déposant une balle à ses pieds alors qu'elle n'était pas d'humeur à jouer, Jackson s'était finalement retrouvé complètement subjugué.

Il avait soudain ressenti l'envie puissante d'inciser Vanessa pour la démonter comme on démonte une horloge et comprendre son mécanisme. Ce qui expliquait son besoin urgent de profiter le plus possible d'être avec elle pendant la semaine à venir. Jax savait que le sang qui irriguait habituellement sa tête s'était concentré dans une zone bien plus au sud de son anatomie quand il lui avait raconté n'importe quoi à seule fin de s'assurer de la revoir avant le dîner de répétition.

Il s'apercevait à présent qu'il allait avoir le plaisir d'annoncer à Vanessa qu'il lui avait menti, ce qui lui vaudrait très certainement un bon coup de pied dans les parties... Il monta dans sa jeep en soupirant et prit la direction du *Mau Loa*.

Cela ne faisait que douze ans qu'il vivait à Oahu, mais il avait l'impression d'y être né. Des vingt-trois années qu'il avait passées à Sun Valley, dans le Nevada, il ne conservait que quelques souvenirs d'enfance aux couleurs fanées. Il n'aurait pas su dire si c'était lié au passage du temps ou à l'effort conscient qu'il avait fait pour oublier toute cette partie de sa vie. Dans un cas comme dans l'autre, et même si sa sœur lui manquait terriblement, il était bien plus heureux depuis qu'il vivait sur l'île. Enfant et adolescent, il ne s'était jamais senti à sa place au sein de sa famille.

Pourtant, il n'avait eu aucune raison de se plaindre. Ses parents étaient des gens adorables qui les avaient aimés, sa sœur et lui, et qui avaient toujours veillé à ce qu'ils ne manquent de rien. Jackson pouvait même se vanter d'avoir vécu une enfance de rêve.

C'était seulement à l'aube de l'âge adulte que sa vie avait viré à la tragédie – quand ses parents avaient trouvé la mort dans un accident, juste après l'obtention de son diplôme universitaire.

Une tragédie qui s'était prolongée cinq années durant. Dès que cela avait été possible, il avait bouclé ses valises et était parti vivre à Hawaï. Aussi loin qu'il pouvait aller sans quitter ces bons vieux États-Unis… En fait, s'il avait choisi cette destination c'était pour des raisons plus généalogiques que géographiques, mais la distance réelle l'aidait parfois à maintenir la distance mentale qui lui était nécessaire.

Une fois qu'il s'était installé dans son modeste cottage d'Oahu face à l'océan, au pied d'une montagne, il avait rejoint la *Team Titan*, le meilleur camp d'entraînement d'Arts Martiaux Mixtes de l'île. Entre sa carrière qui démarrait bien et sa nouvelle façon d'appréhender la vie, il s'était senti libre et heureux pour la première fois depuis l'accident de ses parents.

Au souvenir des semaines qui avaient suivi leur mort, les mains de Jackson se contractèrent sur le volant. Un sentiment de perte irrémédiable et de profonde tristesse se mêla à la colère et au sentiment de trahison pour former un courant d'émotions qui menaça de le submerger. Il prit une profonde inspiration, maintint du genou la direction de la voiture et écarta les mains du volant avec une lenteur délibérée.

La tension de son corps lui rappela que ressasser de mauvais souvenirs ne débouche jamais sur rien de bon. Il considéra avec attention la pointe de sa planche de surf fixée au toit de sa jeep et eut envie de retourner à la plage pour laisser les vagues soulager la tension de ses muscles et effacer ses souvenirs. Mais sa thérapie habituelle devrait attendre.

Tout en naviguant sur la route sinueuse qui longeait la côte, il se concentra sur l'air tiède et salé qui soufflait autour de lui et le laissa l'envelopper, comme les éléments naturels de l'île savaient si bien le faire.

Quelques minutes plus tard, il s'arrêtait devant le *Mau Loa*. Des palmiers de taille identique alternaient avec d'élégants réverbères de part et d'autre de l'allée semi-circulaire qui contournait une monumentale fontaine à cinq plateaux. Après s'être garé sur le parking des visiteurs, Jax gagna le hall d'entrée pour s'assurer que tout était en ordre et attendre l'arrivée de Vanessa.

Au comptoir d'accueil, une jeune employée remettait des clefs à un couple de clients. Elle expliqua au groom à quel endroit il devait porter leurs bagages, puis salua le couple, les gratifiant d'un *Aloha* de rigueur.

Quand elle aperçut Jackson, le sourire qu'elle réservait aux clients céda la place à une expression de bonheur pur. C'était un joli petit bout de femme. Elle avait la peau cuivrée des natifs de l'île et ses yeux couleur chocolat dansaient le long du corps de Jackson. Une fleur d'hibiscus bleue à son oreille gauche ornait le long rideau de sa chevelure noire. Elle murmura quelques mots à sa collègue, puis quitta le comptoir pour venir le saluer.

— Salut, Jilli.

Elle laissa échapper un petit rire joyeux, noua les bras autour de son cou et se pressa contre lui. Il lui retourna cette marque d'affection en enserrant sa taille souple de ses bras. Finalement, Jilli s'écarta de lui avec un léger soupir.

— *Aloha,* Jackie. Ça fait plaisir de te voir.

Il grimaça en l'entendant utiliser volontairement le surnom qu'il détestait – du moins feignait-il de le détester.

— Moi aussi, ça me fait plaisir de te voir, ma belle. Comment vas-tu ?

Jilli se fabriqua un regard de chien battu à fendre l'âme.

— Tu veux dire comment je vais depuis que tu m'as brisé le cœur, c'est ça ?

Jilli adorait plaisanter. Elle était mariée depuis peu avec un homme dont elle était follement amoureuse – un lutteur d'un autre camp de l'île que Jax respectait, tant sur le plan professionnel que pour la façon dont il se comportait avec Jilli. Il la traitait comme une vraie princesse.

— Mon petit doigt me dit que ton chéri prendrait cette réflexion comme une offense personnelle et il se trouve que je suis très content d'avoir encore toutes mes dents.

Jilli gloussa et laissa tomber son numéro.

— C'est vrai, tu as raison. Alors, où est ton invitée d'honneur ?

— Merci encore de faire ça, Jilli. Si elle ne s'est pas arrêtée en chemin pour recruter un tueur et le charger de me faire la peau, elle ne devrait pas tarder.

— Tu viens à peine de la rencontrer, répondit Jilli en croisant les bras. Qu'est-ce que tu as bien pu faire pour suspecter qu'elle souhaite ta mort ?

— Je crois que la question est plutôt : qu'est-ce que je n'ai *pas* encore fait.

Jilli eut un sourire roué.

— Ho, ho… Ça m'a l'air intéressant. Viens par là, dit-elle en le prenant par la main pour l'entraîner hors de portée d'oreille. Alors, raconte-moi tout.

Jackson réprima une grimace quand il s'entendit lui raconter toute l'histoire, depuis l'infraction mineure de son heure de retard, en passant par son léger écart de conduite quand elle l'avait accusé d'ingérence, jusqu'au bouquet final de son mensonge monumental « pour raisons égoïstement personnelles ».

Quand il se tut, l'expression choquée de Jilli lui fit l'effet d'un froncement de sourcils maternel. Dans un réflexe de défense, il croisa les bras sur son torse.

— Je sais. Je n'aurais pas dû faire ça. Je vais m'excuser et lui dire la vérité dès qu'elle arrivera, d'accord ?

— Je pense que c'est une très bonne idée. Mais procède en douceur, Jax, elle doit être fatiguée du voyage. Tu sais que tu as des vêtements de rechange dans le vestiaire de la salle de repos, ajouta-t-elle en retrouvant le sourire. Qu'est-ce que tu dirais d'enfiler une tenue qui fasse un peu moins surfeur ? Elle te prendra peut-être un peu plus au sérieux. Et qui sait ? Elle s'adressera peut-être même à toi comme à un véritable adulte…

— Très drôle. Bon, j'imagine que ça ne me tuera pas de faire semblant d'être grand, pour une fois.

Il déposa un baiser sur la joue de Jilli et la remercia une fois de plus pour son aide.

— Tu sais que je ferais tout pour toi, Jackie. Allez, file, ajouta-t-elle en lui tapotant la joue avant de regagner le comptoir d'accueil.

Jax alla prendre des vêtements dans le casier du vestiaire des employés qu'il lui arrivait d'utiliser, puis se rendit dans la petite salle de bains attenante. Il finissait d'ajuster la ceinture de son bermuda quand son téléphone se mit à vibrer sur le rebord du lavabo. Sans se donner la peine de vérifier l'identité de l'appelant, il cala le portable au creux de son épaule et attrapa sa chemise de coton blanc.

— Oui, aboya-t-il.

— Jax.

— Reid, mon pote. Comment va ma petite sœur ? Mieux, j'espère ?

— Pas encore, malheureusement. L'organisme met parfois plusieurs jours à se débarrasser complètement de ce genre de cochonneries.

Rien qu'à sa voix, Jackson sentit à quel point son ami était tendu.

— La voir comme ça et ne rien pouvoir faire pour la soulager me donne des envies de meurtre, ajouta-t-il.

— Je connais ça, oui…

En première année de fac, Lucie avait souffert de pneumonie pendant près d'un mois et Jackson avait cru mourir d'inquiétude. Histoire de détendre l'atmosphère, il décida de lancer une pique à Reid.

— Tu peux peut-être marteler un bloc d'argile à coups de poing jusqu'à ce que l'envie te passe ?

— Écoute, idiot, j'ai peut-être remplacé le combat par la sculpture, mais ça ne veut pas dire que je ne suis plus capable de te botter le train. Comment c'était avec Vanessa ?

Jax enfila la chemise et entreprit de la boutonner.

— Tu sais bien comment c'est, entre les femmes et moi, Andrews.

Une déclaration qui ne répondait pas à la question.

— Oui, je sais. Alors, ton petit ego n'est pas trop froissé par le râteau que tu t'es mangé ?

Hou ! Jax eut l'impression de se retrouver entre les pattes d'un mentaliste chevronné… De deux choses l'une : soit Vanessa avait appelé Lucie pour tout lui raconter – ce qui paraissait peu probable, sachant à quel point Lucie était malade – soit elle avait une réputation de mangeuse d'hommes longue comme le bras…

— Je ne vois pas de quoi tu parles. Tout s'est déroulé on ne peut mieux.

— Est-ce que tu sais que tu mens aussi mal que ta sœur ?

Jax repensa aux mensonges qu'il venait de faire…

— Vanessa ne serait peut-être pas d'accord avec toi, marmonna-t-il dans sa barbe.

— De quoi ?

— Rien, rien, répondit Jax en se calant au lavabo, le téléphone toujours coincé au creux de son épaule. Mais dis-moi, est-ce qu'elle est hyper religieuse ou est-ce qu'elle fait partie d'une secte quelconque ?

— Pas que je sache, non, pourquoi ?

— Parce qu'on a parlé du mensonge à un moment donné et qu'elle m'a certifié qu'elle ne mentait jamais. D'un ton super convaincu et tout. Si ce n'est pas un truc religieux, qu'est-ce que ça peut bien être ?

— Ah ! C'est une de ses sept règles d'or.

— Une de ses quoi ? demanda-t-il en retournant dans le vestiaire.

Il rangea ses vêtements dans le placard métallique et prit une bouteille d'eau avant de regagner le hall d'entrée.

— Une liste de commandements qu'elle a établie pour son usage personnel. D'après Lucie, elle les observe scrupuleusement.

— Scrupuleusement, hein ? Intéressant...

Le soupir de son ami retentit à l'autre bout de la ligne.

— Écoute, Maris, à ta place je ne m'aviserais pas de plaisanter avec cette nana. Je sais de quoi elle est capable. J'ai vu des types très sûrs d'eux l'aborder et j'ai vu la tronche qu'ils faisaient après qu'elle s'est fait les griffes sur eux. De toute façon, tu n'es pas du tout son genre.

La scène que Reid venait de dépeindre lui tira un sourire.

— J'avais l'intention de séduire ta sœur pour voir l'effet que ça te ferait, mais étant donné que tu n'en as pas, je me vois contraint de me rabattre sur la copine de ta fiancée. Quelque chose me dit que je vais bien m'amuser.

Quelqu'un de normal aurait trouvé cette perspective aussi hilarante que chercher à s'échapper de la cage aux lions avec des steaks accrochés à la ceinture. Mais Jax n'avait jamais cherché à se faire passer pour quelqu'un de normal.

— Dis donc, répliqua Reid, tu sais aussi bien que moi qu'une fois qu'on a éclairci la situation – et que mon nez a cicatrisé – tu as reconnu toi-même que tu étais bien content que Lucie se marie avec moi plutôt qu'avec un autre.

Reid marquait effectivement un point.

— Et j'insiste sur le fait que je suis très sérieux. Tu dois veiller à la bonne marche des choses d'ici notre arrivée. Tu m'as assuré que tu connaissais un moyen de contourner le contrôle d'identité draconien de l'accueil, alors concentre-toi là-dessus. Je ne veux pas avoir à annoncer à Lucie que le mariage de ses rêves – celui auquel elle a droit, pas la mascarade que l'autre abruti lui a servie la première fois – est annulé. Tu m'as bien compris ?

— Cinq sur cinq, répondit Jax d'un ton ferme.

Le seul rappel des méfaits du fumier qui avait séduit sa sœur quelques années plus tôt avait suffi à lui faire passer l'envie de plaisanter.

— Tu peux compter sur moi pour veiller à ce que le mariage de ma sœur se déroule bien, ajouta-t-il.

Il aurait même pu lui *garantir* que le mariage ne serait pas annulé. En tant que copropriétaire du *Mau Loa,* il avait le pouvoir de lui donner cette garantie, mais son contrat lui interdisait de révéler son rôle à qui que ce soit – pas même à Reid ni à sa sœur. Quelques années plus tôt, dans l'idée d'assurer son avenir, Jax était devenu un des actionnaires de la résidence. En tant que sportif relativement connu, il avait préféré éviter tout amalgame et exigé de rester un partenaire anonyme. Jilli était la seule personne à le savoir – elle était tombée sur le contrat en faisant le ménage chez lui à l'époque où ils sortaient ensemble. Il lui avait fait jurer le secret et elle ne l'avait jamais trahi.

Jax alla se planter devant le comptoir d'accueil en dévissant le bouchon de sa bouteille d'eau et gratifia Jilli d'un clin d'œil. Il renversa la tête en arrière, fit couler un long filet de liquide glacé dans sa gorge et laissa Reid déverser à son oreille tous les supplices qu'il lui infligerait au cas où les choses tourneraient mal. Le taxi de Vanessa s'engagea dans l'allée circulaire et s'immobilisa devant la porte d'entrée. Jax avait déjà bu presque tout le contenu de la bouteille, mais quand il vit cette beauté rousse aux jambes immenses descendre de voiture, sa bouche devint sèche, son taux d'adrénaline pulvérisa des records, et dans un coin de sa tête, il imagina une hôtesse de ring en maillot de bain élevant au-dessus de sa tête une pancarte annonçant : « 1er ROUND ».

Il décida alors d'attendre que Vanessa soit installée et qu'elle se soit reposée pour lui avouer la vérité. Il l'inviterait à prendre un verre et passerait alors aux aveux. Une fois qu'elle aurait senti le soleil caresser sa peau, le sable filer entre ses orteils et l'alcool couler dans ses veines, elle serait sans doute moins disposée à le haïr, non ?

— Ne t'inquiète pas, assura-t-il à Reid. Je maîtrise la situation.

Le juron que proféra son meilleur ami n'était guère encourageant.

— Tu peux m'expliquer pourquoi je ne sens pas le truc ?

— Non, désolé. Je dois te laisser, répondit Jax en coupant la communication et en s'éloignant du comptoir. Ma fiancée vient d'arriver, ajouta-t-il pour lui-même.

*

* *

Une fois qu'il eut sorti ses bagages, le chauffeur de taxi fit claquer le couvercle du coffre, accepta l'argent que Vanessa lui tendait, s'empressa de regagner le volant et démarra sans même un *Aloha*. Vanessa plaqua la main devant son nez et sa bouche pour échapper aux gaz d'échappement, puis ramassa ses bagages et gagna le trottoir en maugréant contre l'accueil prétendument chaleureux des habitants de l'île.

Quelle journée ! Après avoir fait le poireau plus d'une heure à l'aéroport et appris qu'elle allait devoir se faire passer pour une autre, il avait fallu qu'elle tombe sur ce qui devait être le seul et unique chauffeur de taxi irascible d'Oahu. Elle n'avait pas envisagé ses premiers pas sur l'île paradisiaque de la sorte.

D'un autre côté, reconnut-elle intérieurement, cela faisait partie des choses qu'elle ne pouvait pas contrôler. Ce qu'elle pouvait contrôler, en revanche, c'était la façon de dominer la situation dans laquelle elle se retrouvait et...

— Re-bonjour, princesse.

... *cet odieux individu.*

Vanessa inspira à fond et fit volte-face pour affronter le furoncle qui avait apparemment décidé de lui gâcher la vie. Il avait troqué son short de surfeur pour une tenue plus décente, ce qui n'était pas plus mal pour quelqu'un qui était censé débarquer du continent. Son bermuda à poches kaki, sa chemise blanche et ses sandales de cuir lui donnaient l'allure d'un touriste soucieux de se détendre.

Pourquoi diable avait-elle eu envie de qualifier sa tenue d'élégante et sexy dans ce cas ?

Son rythme cardiaque s'accéléra et la chair de poule recouvrit sa peau malgré la tiédeur de l'air. Quand il se tenait aussi près d'elle, il était évident qu'il la dominait d'une bonne tête. Vanessa était déjà très grande, ce qui faisait que la stature de Jackson était carrément... monumentale. Comment l'ADN d'un individu aussi massif pouvait-il avoir quoi que ce soit de commun avec celui de sa meilleure amie ? Lucie était si délicate, si gracile à côté de lui.

Le mauvais démarrage de leur rencontre n'avait pas aveuglé Vanessa. À l'évidence, Jax était un des hommes les plus beaux qu'elle ait jamais rencontré. Mais de façon tout aussi évidente, il allait à l'encontre de plusieurs de ses règles d'or. À dire vrai, il y avait même fort à parier qu'il les transgressait toutes.

Jackson se pencha en avant pour ramasser son sac et profita de ce qu'il se redressait pour planter un baiser sur sa joue. Cette marque d'intimité inattendue lui fit retenir son souffle et elle faillit avoir un mouvement de recul, mais la mise en garde qu'il murmura à son oreille la figea sur place.

— N'oublie pas que nous sommes un couple de futurs mariés. Si tu m'accuses de harcèlement sexuel, ça pourrait éveiller des soupçons.

Son gloussement produisit sur elle un double effet simultané : il liquéfia ses entrailles et fit bouillir son sang. Quant à son sourire contagieux, Vanessa eut beau interdire à ses lèvres le moindre frémissement, le temps que l'ordre leur parvienne une ébauche de réponse était déjà apparue à leur commissure. Histoire de sauver la face, elle n'eut pas d'autre solution que de laisser son sourire s'épanouir complètement.

— Ne t'inquiète pas pour moi, chéri, répondit-elle de sa voix la plus suave. La fréquentation assidue du palais de justice m'a permis de développer un immense talent de comédienne. À ta place, je modérerais les marques d'affection en public parce que si tu essayes de profiter de la situation, je m'occuperai de ta virilité dès qu'on sera derrière une porte close.

Il haussa son sourcil gauche, traversé d'une cicatrice en zigzag qui apportait une touche mauvais garçon à ses traits réguliers. Vanessa avait beau savoir que son apparence laissait à désirer, il caressa sa silhouette du regard comme si on venait de tremper son corps dans sa friandise liquide préférée. Elle se dit alors qu'au-delà de son attitude distante qui n'était pas sans lui rappeler celle du *Prince des Marées* Jackson Maris était peut-être plus troublé qu'il ne voulait le laisser paraître.

— Il me tarde de partager cet instant avec toi, princesse, répondit-il avec un clin d'œil doublé d'un sourire amusé avant de s'engager dans le hall.

C'était quoi le problème de ce type ? Il aurait dû faire machine arrière, lui tenir des propos apaisants ou au moins la mettre en sourdine. Réagir comme tout homme normal le fait quand on menace ses bijoux de famille. Peut-être était-il masochiste ? Cette perspective éveilla son intérêt. Si elle obtenait la preuve qu'il était masochiste, cela suffirait à étouffer les étincelles de désir qui s'élevaient au creux de son ventre chaque fois qu'il posait les yeux sur elle.

Ce fut avec un certain sentiment de soulagement qu'elle saisit la poignée de sa valise pour la faire rouler derrière elle sur le carrelage du hall. Quand elle le rejoignit au comptoir d'accueil, Jackson s'entretenait déjà avec une ravissante hôtesse d'allure exotique. Celle-ci lui remit une enveloppe et deux clefs magnétiques en le gratifiant d'un sourire qui devait lui valoir d'être régulièrement promue employée du mois.

— Voici ma charmante épouse, déclara-t-il en glissant un bras autour de la taille de Vanessa pour l'attirer contre lui.

— *Future* épouse, rectifia-t-elle, un sourire de feinte adoration plaqué sur ses lèvres. Nous ne sommes pas encore officiellement mariés. On ne sait pas ce qui peut se passer d'ici la fin de la semaine, ajouta-t-elle sans réfléchir.

Pendant que l'abruti qui la tenait par la taille éclatait de rire, l'hôtesse d'accueil toisa Vanessa d'un regard de rivale. Ce fut très bref, mais pendant une fraction de seconde, Vanessa eut le temps de voir son masque d'Employée du mois se fissurer.

— Bienvenue au *Mau Loa*, mademoiselle Miller. Toute l'équipe de la résidence est heureuse de vous accueillir ainsi que M. Andrews. Si vous avez besoin de quoi que ce soit qui puisse améliorer votre séjour, n'hésitez pas à nous le faire savoir.

— Merci…, répondit-elle en baissant les yeux vers son badge… Jillian. Je suis certaine que tout sera parfait. En ce qui concerne notre organisateur de mariage, pourriez-vous me dire quand aura lieu mon…

Jackson s'éclaircit la gorge et lui pinça discrètement la taille.

— … *notre* premier rendez-vous ?

— Bien sûr. Le temps de vérifier, répondit Jillian en pianotant sur le clavier de son ordinateur. Vous devez le rencontrer à 16 heures au Honu Café.

— Parfait, déclara Jackson avec une petite tape du plat de la main sur le comptoir destinée à mettre fin à la conversation. Maintenant, Jilli, si ça ne vous ennuie pas, nous venons de faire un long voyage et j'aimerais accompagner Lucie à notre bungalow afin qu'elle se rafraîchisse. Elle n'a pas la mine aussi défaite en temps normal.

Vanessa sentit l'air sortir de ses poumons aussi brutalement que s'il lui avait flanqué une bonne claque entre les omoplates. *Non mais quel toupet...* Son cœur s'emballa et son besoin de répliquer la priva de son bon sens – elle ne put résister à l'envie de lui clouer le bec.

— Moi au moins, il me suffit d'une douche pour régler le problème, alors que toi, il te faut une petite pilule bleue, trésor.

Jackson laissa échapper un son étranglé, à mi-chemin entre le rire et l'aboiement, qu'il tenta d'étouffer contre son poing fermé. Sans prendre le temps de réfléchir aux paroles qu'elle mettait dans la bouche de sa meilleure amie, Vanessa ramassa l'enveloppe et les clefs sur le comptoir.

— Pourquoi n'irais-tu pas faire de nouvelles connaissances pendant que je me *rafraîchis* pour toi ? Il va me falloir un bon moment avant de retrouver figure humaine, alors prends tout le temps que tu veux !

Vanessa croisa les yeux de l'hôtesse d'accueil, visiblement partagée entre choc et hilarité, et la gratifia du meilleur regard d'excuse qu'elle put fournir.

— Excusez-moi. Je suis en plein stress en ce moment avec le mariage et je ne suis plus tout à fait moi-même. Merci pour votre aide.

Sans jeter un seul regard en arrière, Vanessa pivota sur ses sandales à semelles compensées et s'engagea dans la direction opposée à la porte d'entrée dans l'espoir de prendre la direction de leur bungalow. Elle franchit une porte vitrée et se retrouva en plein soleil au bord d'une piscine gigantesque entourée de plusieurs bains bouillonnants, de palmiers luxuriants et de chaises longues. La chute d'eau qui cascadait le long d'une paroi rocheuse renforçait l'impression de se trouver sur une île à l'intérieur même de la résidence.

Tout en suivant une des allées qui encerclaient l'aire la plus peuplée, elle jetait de discrets coups d'œil aux clients à travers les verres teintés de ses lunettes de soleil. Elle n'aurait pas pu en jurer, mais elle crut bien reconnaître Reese Witherspoon et son mari dans le bassin de la piscine, et quelqu'un qui ressemblait à s'y méprendre à Alec Baldwin au comptoir du bar. Heureusement pour eux, elle était trop épuisée pour rester tétanisée comme une groupie et elle continua tranquillement son chemin, pressée de trouver sa chambre.

Contrairement aux autres résidences hôtelières de l'île, le *Mau Loa* n'était pas un grand immeuble sans personnalité. Quelques dizaines de bungalows se répartissaient sur toute la propriété : non de vulgaires cabanons en préfabriqué, mais de luxueuses maisonnettes nichées dans un écrin de verdure paradisiaque. Il ne lui fallut que quelques minutes pour trouver son bungalow auquel sa situation excentrée garantissait la plus parfaite intimité. Soulagée, Vanessa s'empressa d'ouvrir la porte à l'aide de sa carte magnétique et pénétra dans la maisonnette de stuc blanc. L'intérieur semblait tout droit sorti d'une brochure touristique. Vaste, spacieux, aéré, entièrement blanc à l'exception de quelques discrètes touches d'un bleu qui s'harmonisant à merveille avec celui de l'océan, qui s'étendait à quelques pas de la terrasse.

La pièce principale était garnie de confortables canapés qui évoquaient des nuages tombés du ciel. L'un des murs était constitué d'une immense baie vitrée dotée d'une porte-fenêtre qui s'ouvrait sur un jardin privé équipé d'une piscine en forme de haricot, d'un jacuzzi, d'un bar, d'une douche extérieure et d'un hamac, protégé des regards extérieurs par une clôture de deux mètres cinquante de haut. Une petite cuisine entièrement équipée occupait le mur opposé, séparée du salon par un comptoir et des tabourets de bar.

Vanessa gagna la chambre et découvrit le décor le plus romantique qu'elle ait jamais vu. L'immense lit à baldaquin était garni de rideaux vaporeux que la brise marine faisait délicatement ondoyer – l'air entrant par une porte-fenêtre qui donnait elle aussi sur le jardin privé.

Un groom apporta ses bagages. Vanessa s'empressa de sélectionner des vêtements de rechange et se précipita dans la salle de bains. Il y avait une éternité qu'un jet d'eau chaude ne lui avait pas paru aussi délicieux et le parfum de chèvrefeuille de son gel douche la détendit et la revigora. Après s'être essuyée, elle enfila une petite culotte et un tee-shirt de coton blanc et fonça droit vers le lit.

— Caviar et champagne pour tout le monde, murmura-t-elle en souriant avant de se laisser tomber à la renverse sur le nuage qui tenait lieu de matelas à ce lit de conte de fées.

Son dos ne l'eut pas plutôt touché qu'elle s'assoupit.

Une légère tape donnée contre la porte la tira de sa somnolence. Elle vérifia l'heure à sa montre et se détendit. Une demi-heure venait de s'écouler, soit la durée idéale d'une sieste efficace. Elle se sentait nettement plus en forme.

On frappa de nouveau. Si Dieu existait, c'était un serveur qui lui apportait un de ces délicieux cocktails bleus qu'elle avait aperçus entre les mains des clients, près de la piscine.

— J'arrive ! lança-t-elle en descendant du lit.

Son excitation retomba dès qu'elle entrouvrit la porte.

— Oh. C'est vous.

— Une petite pilule bleue ? Ah, vraiment ? déclara Jackson en entrant, la main plaquée sur son cœur. Le coup a porté, je le reconnais, mais c'était tellement cliché !

Elle referma la porte derrière lui, un peu plus sèchement que nécessaire.

— Tu trouveras peut-être ça moins cliché quand la presse caniveau rapportera que le torchon brûle entre Lucie et son célèbre fiancé. Ce qui sera entièrement ta faute, d'ailleurs.

Il cala l'épaule contre le mur et croisa les bras.

— Comment ça, ma faute ?

— Parfaitement, répliqua-t-elle en pointant l'index contre son torse. Tu m'as échauffée avec tes insultes. Reid n'aurait jamais dit une chose pareille à propos de Lucie. Il vénère le sol qu'elle foule. À l'évidence, tu n'as pas la moindre idée de la façon dont il convient de traiter une femme et je me demande comment nous allons faire pour tenir une semaine. D'un autre côté, le temps que la fille de la réception raconte cette histoire, nous serons déjà loin et nous n'aurons plus à nous inquiéter.

Elle s'apprêtait à lui tourner le dos, mais il saisit son bras.

— Tout d'abord, je tiens à ce que tu saches que Jilli ne répétera rien à personne.

— Ah oui ? Et comment peux-tu en être aussi sûr ?

— Parce que c'est elle, le contact dont je t'ai parlé. Elle au courant de tout.

L'information circula dans les méandres de son cerveau et se répandit dans toutes les cases susceptibles d'être enrichies par ce nouvel élément. Vanessa écarquilla les yeux.

— Mais dans ce cas... ce n'était pas la peine de...

— ... faire tout ce cirque ? demanda-t-il avec un grand sourire.

Elle remarqua alors pour la première fois que son début de barbe dissimulait des petites fossettes qui ne faisaient qu'ajouter à son charme, déjà ravageur. Pourquoi les hommes les plus horripilants sont-ils toujours aussi sexy ?

— Je me suis dit qu'une petite répétition pour se couler dans la peau de nos personnages ne nous ferait pas de mal, reprit-il. Et puis comme ça, on a pu avoir notre première dispute.

— Oh, tu n'as pas idée de ce que serait...

— D'autre part, enchaîna-t-il sans tenir compte de son intervention spéculative, abandonnant le mode humoristique aussi aisément qu'il se serait débarrassé d'un masque, contrairement à ce que tu penses, je sais parfaitement comment il convient de traiter une femme. À tout point de vue.

Le charme et la désinvolture dont Jackson avait fait preuve jusque là avaient été remplacés d'un coup de baguette magique par une gravité et un sérieux que Vanessa n'aurait jamais soupçonnés chez lui.

Elle eut alors l'intuition que c'était cette dernière facette de sa personnalité qui le caractérisait le mieux.

Soudain, c'était comme si la pièce s'était vidée de son air. L'ardent regard de topaze fouailla le sien tandis que le pouvoir suggestif des mots qu'il venait de prononcer s'épanouissait telle une onde de chaleur au creux de ses cuisses. *Des mots*. Où étaient donc passés les mots de Vanessa ? Elle ne s'était encore jamais trouvée à court de mots. La joute verbale constituait son fonds de commerce, nom de Dieu !

Cet homme est Dangereux. Avec un D majuscule.

Étant donné qu'elle n'avait pas l'intention de l'affronter en combat singulier dans une cage dans un avenir proche, la menace qu'il représentait n'était pas physique – à moins qu'un orgasme cataclysmique ait le pouvoir de l'expédier à l'hôpital – mais émotionnelle.

Aussi subitement que le vent change de direction après la tempête, il lâcha son bras, atténua l'intensité de son regard et redevint Jackson, l'insouciant surfeur.

— Ce point étant réglé, j'aimerais t'inviter à déjeuner pour m'excuser.

Vanessa dut intimer l'ordre à son esprit d'arrêter d'analyser ses changements de personnalité pour se concentrer sur cette nouvelle tentative de prise de contrôle de la situation. Elle s'éclaircit la gorge, lissa son tee-shirt et croisa les bras.

— J'ai déjà mangé.

— D'accord, dans ce cas le déjeuner est exclu… Que dirais-tu d'aller prendre un verre sur la plage ?

L'idée était diablement tentante. Sans compter qu'une part d'elle-même avait très envie de savoir comment il se comporterait en public, maintenant qu'elle savait que le numéro auquel il s'était livré devant Jilli n'avait été pour lui qu'un petit jeu tordu. *Le fumier*.

— Je regrette, j'ai des choses à faire. Mais il ne faut pas que cela t'arrête. Je t'en prie, va t'amuser.

Il se mordit l'intérieur de la joue et plissa les yeux tandis qu'il se concentrait.

— Reid m'a prévenu que tu es une adversaire redoutable.

— Reid est quelqu'un de très intelligent.

— Allez, laisse-moi une chance de me rattraper. L'accueil que je t'ai réservé laissait sérieusement à désirer. Permets-moi de rectifier le tir. On boit quelques verres et on repart à zéro.

Elle avait bien mérité de boire un verre. Plusieurs, même, selon ses critères. Si elle l'autorisait à lui en offrir un il lui ficherait peut-être la paix le restant de la semaine et elle n'aurait plus besoin de chercher à se prémunir contre la distraction qu'il représentait.

— D'accord. Un verre et nous serons quittes, ça marche ?

Telle une arme secrète, il dégaina son incroyable sourire, celui qui faisait ressortir sa belle mâchoire virile.

— Ça marche.

Il tapa dans ses mains et se dirigea vers la porte. Elle l'escorta et s'immobilisa dès qu'il eut franchi le seuil.

— Je me change et je te retrouve au bar dans dix minutes, déclara-t-elle avant de refermer la porte sur son bien trop adorable visage.

Elle se frottait déjà les mains, ravie de s'être aussi aisément débarrassée de lui, quand elle l'entendit crier de l'autre côté de la porte :

— Prends ton temps pour te changer, je te rejoindrai au bar !

Il eut beau tenter de l'étouffer, elle perçut distinctement son éclat de rire tandis qu'il s'éloignait.

*

* *

Le *Moana Bar* était situé à moins de cinquante mètres de l'océan, au centre de la plage privée et immaculée du *Mau Loa*. Son comptoir carré et ses tabourets de bar sous la charpente de bois verni recouverte de chaume étaient éclairés par des guirlandes de lanternes qui faisaient office de phare éclairant la nuit pour les clients assoiffés. Des tables surmontées d'un parasol, disséminées çà et là, accueillaient plus loin les clients désireux de regarder les autres tout en sirotant leur cocktail.

L'atmosphère du lieu était un doux mélange de tendances locales et d'apports extérieurs : le crescendo des vagues s'écrasant sur le rivage formait un bruit de fond sur lequel se détachaient les conversations entrecoupées de rires ainsi que les numéros tapageurs auxquels se livraient les barmen pour épater la galerie en jonglant avec les bouteilles d'alcool façon Tom Cruise dans *Cocktail*.

Un demi de Heineken à la main, Jackson sourit en se remémorant la réaction de Vanessa quand elle avait compris que le cirque auquel ils s'étaient livrés devant Jilli n'avait servi à rien. Réaction à laquelle il avait coupé court en lui déclarant qu'il savait parfaitement comment traiter une femme. À voir sa tête, l'assertion avait fait naître dans son esprit des images qu'elle aurait préféré ne pas voir. Ce qui n'avait rendu la chose que plus drôle encore.

Mais une fois qu'il l'aurait attendrie avec un verre ou deux et qu'il lui aurait avoué la vérité, la drôlerie de la chose disparaîtrait complètement. Ils iraient trouver l'organisateur de mariage, lui expliqueraient la situation, et Vanessa serait libre de vivre sans plus se soucier de lui jusqu'à la fin de la semaine.

Elle le mépriserait et le fuirait comme la peste.

Jax descendit une gorgée de bière tout en regrettant de ne pas pouvoir se donner à lui-même un coup de pied aux fesses. Certes, il ne se serait pas retrouvé dans cette situation s'il était arrivé à l'heure à l'aéroport. Mais d'un autre côté, s'il était arrivé à l'heure, il n'aurait pas eu ce délicieux aperçu de la personnalité tout feu tout flamme de Vanessa et n'aurait pas débité un tel chapelet de mensonges pour l'inciter à passer la semaine avec lui. Même si lui mentir ainsi constituait bien l'acte le plus stupide de sa vie – depuis le jour où il avait cru possible de participer à un entraînement sportif alors qu'il avait oublié sa coquille… Jackson se retrouvait coincé, n'ayant pas plus envie de continuer à lui mentir que de lui dire la vérité.

Et merde.

Il ne pouvait pas espérer l'entendre approcher sur le sable, ce qui rendit d'autant plus étrange qu'il se sente obligé de jeter un coup d'œil par-dessus son épaule au moment précis où elle fit son apparition sur la plage.

Elle slaloma entre les tables disposées au petit bonheur la chance, ondulant des hanches pour éviter de se cogner. À moins qu'elle n'ait délibérément cherché à empêcher tous les hommes présents dans un rayon de cinquante mètres de terminer leurs phrases.

Des pièces d'étoffe vert émeraude étaient accrochées à sa poitrine, maintenues ensemble par un anneau doré niché entre ses seins. Jackson se demanda quelle était l'utilité du filet blanc à grosses mailles qui ceignait ses hanches. Certes, il estompait les contours de son maillot, mais la façon dont il entravait diagonalement sa cuisse gauche révélait la blancheur crémeuse de la droite.

Quand elle arriva à hauteur du bar, Jackson inclina la tête en avant pour la regarder au-dessus de ses lunettes de soleil et laissa fuser un sifflement admiratif.

— Vous êtes en vacances ou vous êtes là pour l'élection de Miss Bikini ?

— Tu sais, Jackson..., commença-t-elle en se glissant sur le tabouret voisin du sien.

— Mes amis m'appellent Jax.

Vanessa releva ses lunettes de soleil à monture d'écaille et darda sur lui un regard aussi vert que malicieux.

— Je vois... aussi agréable que de marcher pieds nus sur une minuscule pièce de Lego, j'imagine, déclara-t-elle d'un ton sentencieux, comme si le fait que ses amis l'appellent Jax suffisait à lui seul à expliquer le mystère de l'apparition de la vie sur Terre. Je comprends parfaitement.

Jackson ne put s'empêcher d'admirer son cran.

— Je ne te le fais pas dire, répondit-il avec un grand sourire, qui cette fois n'avait rien de feint.

— Comme je disais donc, *Jackson*, insista-t-elle avec un sourire aigre, une femme doit toujours se présenter sous son meilleur jour. Au cas où elle croiserait un bel inconnu au bar de la plage... qui la sauverait des griffes de l'immonde individu qui l'a invitée à déjeuner.

— À boire un verre, rectifia-t-il.

— C'est du pareil au même, rétorqua-t-elle en moulinant l'air de la main droite.

Dans un parfait enchaînement de mouvements, elle fit signe d'approcher au barman et se commanda un Blue Hawaiian ou – pour reprendre sa formulation – « le grand machin bleu que je vois tout le monde siroter depuis mon arrivée ». Formulation qu'il trouva délicieusement touristique.

— Malheureusement, tu ne peux pas te débarrasser de moi. De quoi est-ce que ça aurait l'air si Lucie batifolait sur l'île, à moins d'une semaine de son mariage avec Reid ?

Il s'abstint de mentionner qu'elle aurait toutes les raisons de se débarrasser de lui une fois qu'ils auraient partagé quelques verres et qu'il lui aurait avoué son mensonge impulsif.

— Tu as malheureusement raison, répliqua-t-elle. Mais la semaine prochaine, quand Reid et Lucie savoureront leur croisière de lune de miel sur la Méditerranée, moi, il me restera une semaine de vacances à passer ici et je serai complètement disponible.

Jax imagina Vanessa assaillie par une horde d'hommes en rut et sentit son ventre se nouer. Son cerveau eut beau lui souffler que la façon dont elle passerait ses vacances ne le regardait pas, il fut incapable de chasser cette image de son esprit.

Le barman déposa son Blue Hawaiian devant elle et elle ne perdit pas de temps à le goûter. Elle porta le grand verre à ses lèvres, prit une bonne lampée du breuvage bleu électrique, émit un claquement de langue approbateur qui déclencha un douloureux élancement au niveau de l'entrejambe de Jackson, puis lécha les grains de sucre qui étaient restés collés à ses lèvres.

Jax fit mine de s'éclaircir la gorge pour étouffer un grognement, commanda une autre Heineken et fit un sort à la première. L'image de Vanessa au milieu d'une horde d'Hawaïens imprégnait toujours son esprit et risquait de lui causer un ulcère à l'estomac. La partie de lui plus proche du primate que du gentleman luttait de toutes ses forces pour s'extirper de sa gangue civilisée.

Il s'appliqua à sauver les apparences en remerciant le barman qui déposait sa bière devant lui, et adopta un ton faussement léger.

— Tu sais, en tant que personne chargée de t'accueillir, j'aurais l'impression de déroger à mes responsabilités si je laissais une horde d'abrutis t'encercler comme des requins attirés par un appât.

— Est-ce que je rêve ou est-ce que tu viens de me comparer à un asticot ? répliqua-t-elle en écarquillant exagérément les yeux.

— Au cas où j'en aurais douté, tu viens de m'apporter la confirmation que tu as bel et bien fait ton droit. Ton art de détourner la conversation est digne d'un avocat, déclara-t-il en la gratifiant d'un clin d'œil avant de prendre une gorgée de bière.

Elle laissa échapper un rire franc qui rappela à Jackson la façon dont son pote Corey rigolait quand ils faisaient semblant de se bagarrer.

— OK, Maris, laisse-moi te prévenir d'une chose, déclara-t-elle en faisant aller et venir son index entre eux deux. Quand cette histoire sera terminée, j'ai la ferme intention de me lever un superbe étalon hawaïen pour m'amuser pendant quelques jours. Et si tu t'avises t'interférer de quelque façon que ce soit dans ce projet, je me verrai dans l'obligation de recourir à la violence.

Jax gloussa, ôta ses lunettes de soleil, les posa sur le comptoir et la défia du regard, une lueur amusée dansant au fond de ses yeux.

— *Toi* ? Violente avec *moi* ? C'est adorable ! Franchement, c'est trop mignon !

Elle ouvrit la bouche pour répliquer, mais il ne lui en laissa pas le temps.

— Enfin je n'ai rien contre le fait que tu aies décidé de t'amuser avec un ressortissant local, figure-toi.

Elle referma la bouche et un pli apparut sur son front. Jax s'estima secrètement satisfait de constater que sa stratégie opérait.

Il cala ses bras croisés sur le comptoir et se pencha lentement vers elle. Son exotique parfum d'agrumes emplit ses poumons et produisit sur lui un effet si enivrant qu'il regretta d'avoir à expirer. Il fit de son mieux pour ignorer l'élan de désir qui l'avait saisi et baissa le ton pour adopter un mode plus suggestif.

— Je vis sur l'île toute l'année, tu sais... Tu crois que je pourrais faire l'affaire ?

Elle leva les yeux vers lui et entrouvrit les lèvres. Jax en profita pour pousser son avantage – il aspira sa lèvre inférieure entre ses dents, puis la libéra. Les yeux de Vanessa s'étaient posés sur ses lèvres et il vit la fascination les assombrir.

Bingo.

— Je prends ce regard pour un oui, princesse.

Il s'autorisa la satisfaction d'un demi-sourire avant de porter sa bière à ses lèvres pour savourer la gorgée de la victoire.

Vanessa sortit de sa transe fugitive et poussa un soupir indigné.

— Tu es victime d'une insolation si tu t'imagines que je te laisserais seulement *postuler* pour ce rôle.

Jax rit de son indignation et détacha les yeux des siens le temps de signer l'ardoise que lui présentait le barman. Il venait enfin de marquer un point. Pas évident face à une adversaire aussi coriace. Vanessa ne ressemblait en rien aux femmes qu'il avait connues ces dix dernières années. Les Hawaïennes étaient faciles à vivre, dotées d'un tempérament optimiste et insouciant. Alors que Vanessa était tout en contrastes. Le feu et la glace. Le calme et la tempête.

Et ses yeux étaient du plus pur des verts émeraude. Pas une once de doré ou de noisette. Elle le récompensa du point qu'il venait de marquer en posant sur lui ces yeux qui le fascinaient tant – même si c'était pour le fusiller du regard. Il tâcha de déceler un infinitésimal liseré révélant qu'il s'agissait de lentilles colorées… mais ne distingua rien.

— Tu ne portes pas de lentilles de contact, déclara-t-il.

Elle arqua un sourcil.

— Pourquoi ? On dirait que ça te surprend.

— Oui. D'habitude, un vert aussi pur vient de lentilles colorées. C'est la première fois que je vois des yeux naturellement aussi verts.

Elle poussa un léger soupir.

— Je ne dis pas ça pour te flatter, ajouta-t-il, amusé.

— Tu n'arrêtes pas de parler par sous-entendus depuis l'aéroport, Jackson, alors il me semble que j'ai tout lieu de penser que c'est de la flatterie.

Il détacha un bras du comptoir et se tourna complètement vers elle. Elle était plutôt grande – un peu plus d'un mètre soixante-quinze, à vue de nez. Mais il la dépassait quand même d'une bonne tête. Et la dominait d'autant plus qu'elle était assise alors qu'il était debout.

Il caressa lentement du regard chaque centimètre carré de sa peau nue, cherchant volontairement à l'impatienter, absorbant chaque détail. Peau d'albâtre, courbes généreuses... seins remplissant à la perfection le haut de son bikini, mamelons qui tendaient l'étoffe... S'il continuait à entretenir des pensées de ce genre, elles risquaient de déclencher une catastrophe. Le haut de son bermuda menaçait déjà sérieusement de changer de forme.

Il s'arracha à sa contemplation pour affronter son regard et opta pour la plus parfaite franchise.

— Je ne recours jamais à la flatterie, je fais des compliments. Dire à une femme quelque chose qu'elle sait déjà, ce n'est pas un compliment. Il faut lui dire des choses vraies, mais qu'elle ignore encore.

— D'accord, dit-elle. En admettant que je te croie, que trouverais-tu à me dire ?

Il lui rabattit délicatement une mèche de cheveux derrière l'oreille, puis fit lentement glisser son doigt le long de sa gorge, accompagnant son geste du regard.

— Je te dirais que le simple fait d'imaginer la façon dont tes courbes se détachent sur fond de soleil couchant suffit à me couper le souffle.

Elle posa la main sur celle de Jackson pour l'écarter, mais quand leurs regards se croisèrent, elle oublia son intention et leurs mains restèrent nouées. Il effleura délicatement ses phalanges avec son pouce, une seule fois.

— Je te dirais aussi que tu es la femme la plus mystérieuse que j'aie jamais rencontrée et que je meurs d'envie de découvrir ce qui se cache derrière cette façade de séduction assumée qui te va si bien.

Il abaissa leurs mains jointes et libéra doucement celle de Vanessa. Il attendit la riposte verbale, le ricanement, n'importe quel indice qui aurait prouvé qu'il s'illusionnait. Mais elle n'émit aucun son et observa la plus parfaite immobilité. Seule sa poitrine se soulevait au rythme de sa respiration.

Il avait su l'émouvoir.

Cette petite victoire déclencha en lui une fulgurante montée d'adrénaline. Réprimant un sourire, il détacha son regard du sien pour lui accorder un répit qu'elle mit aussitôt à profit pour prendre plusieurs gorgées de son cocktail. Jackson en fit autant avec sa bière.

— Parle-moi de toi, Vanessa.

— Ta sœur m'appelle Nessie. C'est le surnom que presque tout le monde me donne.

— Je suppose que tes ancêtres viennent d'Écosse – ce n'est pas difficile à deviner avec un nom de famille et des cheveux comme les tiens, mais Nessie, c'est le surnom qu'on donne au monstre du Loch Ness et je ne vois pas grande ressemblance entre vous deux. Personnellement, je m'en tiendrai à « princesse ».

— C'est bizarre, déclara-t-elle de ce ton sarcastique auquel il commençait à s'habituer, que Lucie ne m'ait jamais dit à quel point tu étais pénible.

Vanessa la tueuse est de retour, mesdames et messieurs !

— C'est dommage parce que c'est une de mes rares qualités.

Ce commentaire idiot eut le don, comme il l'avait espéré, de faire naître un sourire sur ses lèvres.

— Mais revenons à nos moutons : quelle est ton histoire, princesse ?

Elle tripota l'ombrelle en papier accrochée au rebord de son verre.

— Il n'y a pas grand-chose à raconter. Je suis une fille de la ville qui a fait son droit dans le Nevada et qui est devenue avocate.

— Tu t'estimes douée dans ton métier ?

— J'imagine que si mes collègues m'ont surnommée la Vipère du Palais, c'est que je ne suis pas complètement nulle.

— Effectivement…

— Je passe donc mon temps à mettre les méchants garçons en cage, déclara-t-elle en rivant sur lui un regard qu'il avait appris à identifier comme étant celui précédant une pique. Les méchants garçons dans ton genre…

Et voilà. Bientôt, il l'aurait complètement cernée.

— Tu me vois comme un méchant garçon en cage ?

— Tu participes bien à des combats en cage, non ? L'Octogone, on appelle ça, je crois ?

Il sourit.

— Et en quoi suis-je « méchant » ?

Elle finit son verre, replaça ses lunettes de soleil devant ses yeux tandis qu'elle quittait son siège et trouva le moyen de donner l'impression de devoir baisser les yeux pour le regarder.

— Cela reste à déterminer, monsieur Maris, mais je suis persuadée que c'est l'absolue vérité. Merci pour le verre.

Ce commentaire sur sa mauvaise nature, associé à la certitude de Vanessa de détenir la vérité, n'avait rien d'insultant en soi, mais il l'atteignit de plein fouet. Et c'est sans doute pour cette raison, alors qu'elle le congédiait – pour la quatrième fois en moins de deux heures – et qu'elle s'éloignait, ses hanches ondulant comme les frondaisons d'un palmier doucement agitées par la brise, qu'il bredouilla dans son dos une requête qui n'arrangea pas la situation.

— Viens nager avec moi.

Elle ne ralentit même pas le pas.

— Une autre fois, peut-être.

— Maintenant, c'est aussi bien.

— Plus tard, Jackson, répondit-elle en agitant la main sans se donner la peine de se retourner.

C'est cela, oui. Elle n'avait pas la moindre intention de faire quoi que ce soit avec lui plus tard.

Pas encore.

*
* *

— Un arrangement serait-il susceptible de retenir votre attention, maître ?

Vanessa s'immobilisa et mordit le coin de ses lèvres.

Un arrangement ?

Tout en se faisant vaguement l'effet de se comporter comme la souris qui renifle le fromage du piège, elle se retourna et croisa les bras. Elle plissa les yeux et tâcha de deviner ses intentions, mais l'expression du visage de Jackson était indéchiffrable. Le torse légèrement incliné en arrière, les coudes appuyés au comptoir qui se trouvait derrière lui, il affichait ce maudit sourire désinvolte qui liquéfiait les entrailles de Vanessa, mais ne révélait strictement rien de ses projets.

— Quel genre d'arrangement ?

— Si tu viens nager avec moi, je m'engage à ne jamais profiter de la situation quand on fera semblant d'être un couple.

Elle releva le menton et redressa le dos.

— Et sinon ?

Son sourire se fit diabolique.

— Sinon… j'espère que tu n'as rien contre les démonstrations d'affection en public…

Vanessa, sentant qu'elle n'arriverait pas à réprimer son sourire bien longtemps, mordit l'intérieur de ses joues. Le pire de tout, c'était de savoir que si elle n'avait pas été aussi fière, Jackson aurait déjà trouvé le moyen de la charmer au point de lui enlever son bikini. Au sens figuré, bien sûr. Elle n'était pas aussi grincheuse en temps normal, mais cette situation – à commencer par son retard à l'aéroport – l'avait indisposée et elle était trop têtue pour faire machine arrière.

— Alors, princesse, qu'est-ce que tu préfères ? Le petit couple gentillet et discret ou les futurs mariés qui se lâchent ?

— Tu n'es pas sérieux !

Mais il l'était. Aussi sérieux qu'une sentence de mort. Cela, au moins, elle réussit à le déchiffrer.

— Tu n'as même pas de maillot de bain, ajouta-t-elle dans l'espoir de trouver une autre issue.

— La dernière fois que j'ai vérifié, l'océan n'imposait aucune étiquette en matière de tenue vestimentaire.

Il entreprit de déboutonner sa chemise en commençant par le haut et révéla plusieurs centimètres de peau cuivrée au fur et à mesure de la progression de ses doigts. Il ôta ses sandales, se débarrassa de sa chemise et la laissa tomber sur le tabouret de bar sans détacher les yeux de Vanessa.

— Viens nager avec moi.

Mon Dieu, il était… époustouflant ! Certains des hommes avec lesquels Vanessa était sortie étaient dans une forme physique irréprochable, mais aucun n'aurait supporté la comparaison avec celui qu'elle avait sous les yeux. Tonique, puissant, Jackson ressemblait à une divinité dorée.

Ses larges épaules surmontaient un torse aux muscles nettement définis et quand les yeux de Vanessa se posèrent sur les disques plats et sombres de ses tétons, elle eut instantanément envie de les lécher. Son torse lisse et imberbe permettait de savourer pleinement le relief de ses abdominaux, ainsi que ses obliques qui formaient un V pointant vers son…

Oh, bon sang, ressaisis-toi, Nessie.

— Je pourrais repousser tes tentatives de démonstrations d'affection en public, tu sais.

Pourquoi ne pouvait-elle donc pas se taire ?

L'idée de se baigner lui souriait pourtant énormément. Ne lui avait même jamais autant souri. Mais elle ne pouvait pas se résoudre à accepter une invitation aussi tentante tant qu'elle n'aurait pas écarté toutes les raisons de ne pas le faire.

— Tu pourrais, répondit-il, mais les gens penseraient que le couple de Reid et Lucie a déjà capoté avant le mariage. Qu'est-ce que tu as trouvé d'autre comme prétexte pour te défiler ? ajouta-t-il avec un clin d'œil.

Rien. Elle n'avait plus rien à lui opposer. Et si quelque chose au plus profond d'elle-même la poussait à sauter de joie, c'était uniquement parce qu'elle avait envie de barboter parmi les vagues du Pacifique. Pas de batifoler avec le grand frère de sa meilleure amie.

— D'accord, j'accepte de jouer selon tes règles. De toute façon, j'avais l'intention d'aller me baigner un peu plus tard. Au fond, je ne fais qu'avancer mes plans.

Elle défit le nœud de son sarong, le lança par-dessus la tête de Jackson et se dirigea vers le rivage en s'appliquant à onduler des hanches comme un top model sur un podium de défilé de mode parisien. Quand elle se risqua à jeter un coup d'œil par-dessus son épaule, elle eut la satisfaction de voir ce qu'elle avait espéré : Jackson avait ramassé son sarong et la regardait s'éloigner, bouche bée.

— Et alors ? Qui est-ce qui voulait aller se baigner et qui lambine à présent ? lança-t-elle d'un ton de défi avant de s'élancer vers les vagues qui venaient lécher le rivage.

L'eau était divinement tiède et quand le sable mouillé s'immisça entre ses orteils, ils frétillèrent de bonheur. La brise marine faisait voleter les boucles de ses longs cheveux autour de son visage. Elle venait de lever les bras pour les glisser derrière ses oreilles quand deux bras musclés l'encerclèrent et la soulevèrent. Elle poussa un cri de protestation et tenta de se dégager, mais son agresseur resta sourd à ses plaintes. Sans doute parce qu'elle ne put s'empêcher de rire quand il s'avança plus profondément dans l'eau.

— Lâche-moi, Jackson !

— Certainement pas, McGregor. Tu as prouvé ta cruauté en m'aguichant comme une diablesse et tu mérites d'être punie, répliqua-t-il avant de la projeter sans plus de cérémonie vers la vague qui déferlait sur eux.

Elle se retrouva sous la surface, mais reprit aisément pied. Quand elle se redressa, elle recracha l'eau salée, écarta les cheveux de son visage et avala de grandes goulées d'air. Il ne lui fallut pas longtemps pour repérer la position du grand zozo qui riait à gorge déployée.

Elle étrécit les yeux, replongea sous l'eau, saisit ses chevilles et tira dessus de toutes ses forces avant d'émerger à la surface… juste à temps pour assister à la fin de sa chute à la renverse. Et la gerbe d'eau qui l'éclaboussa quand il refit surface ne réussit pas à chasser son sourire.

Le regard surpris de Jackson céda la place au sourire diabolique du prédateur qui vient de repérer sa proie. Il laissa pendre ses bras le long de son corps et replia les doigts tel un cow-boy s'apprêtant à livrer un duel… ou un combattant d'Arts Martiaux Mixtes déterminé à plaquer son adversaire sur le dos. Comme il ne portait aucun pistolet à la ceinture, Vanessa en conclut qu'il choisirait le second mode d'attaque.

Elle recula lentement, un pas après l'autre… Mais à chacun de ses pas en arrière, Jackson en faisait un en avant.

— Jackson, je n'ai fait que te rendre ce que tu m'avais fait, on est quittes, maintenant.

Un pas en arrière. Un pas en avant.

— Allez, sans rancune, d'accord ?

Un autre pas. Rapide coup d'œil pour évaluer la distance jusqu'au havre de sécurité du bar de la plage. *Saperlipopette.* Bien trop loin. Et il le savait.

Une lueur espiègle dansa dans ses yeux, un pli démoniaque retroussa le coin de ses lèvres et au son de son rire, Vanessa sentit ses cheveux se dresser sur sa nuque.

— Jackson ?

— Sauve-toi, petit lapin, dit-il. Sauve-toi vite…

Vanessa marmonna un juron et pivota sur elle-même pour courir en direction de la plage. Tentative qui se révéla aussi futile qu'ils le savaient d'avance l'un et l'autre.

Elle n'eut pas le temps de faire deux mètres qu'il s'élançait à sa poursuite avec un grognement, la soulevait et la projetait sur son épaule comme un vulgaire sac de pommes de terre.

— Jackson Maris, repose-moi immédiatement !

Elle regarda le rivage s'éloigner de plus en plus tandis qu'il s'enfonçait de plus en plus profondément dans l'eau.

— Tu entends ce que je te dis ?

Frustrée qu'il n'ait pas la décence de lui répondre, elle fit la première chose qui lui passa par la tête et... appliqua de toutes ses forces une bonne claque sur ses fesses.

Il s'immobilisa et quand Vanessa sentit ses muscles se contracter, elle regretta instantanément ce qu'elle venait de faire.

— Est-ce que tu viens de me donner une fessée ?

— Heu...

Sans déployer le moindre effort apparent, il la fit basculer d'un mouvement souple au creux de ses bras. Elle jugea plus sage de laisser les siens passés autour de son cou, les chances pour qu'il la laisse brutalement tomber s'étant subitement accrues.

— C'est bien la première fois que quelqu'un ose faire ça, déclara-t-il d'un ton plutôt amusé.

Vanessa n'en douta pas un instant. L'image de ce solide gaillard recevant la fessée était assez ridicule pour la faire rire, mais elle se mordit une fois de plus l'intérieur de la joue pour résister à la tentation.

— C'est bien le signe que tu n'en as pas reçu assez.

— Tu crois ça ?

Elle acquiesça.

Il leva les yeux au ciel comme s'il réfléchissait à la question, puis secoua la tête.

— Je ne suis pas d'accord. Pourtant...

Il darda sur elle un regard qui l'incendia et quand il acheva sa phrase, sa voix était chargée de promesses sensuelles.

— ... pourtant je pourrais te donner des fessées qui t'inciteraient à me supplier de recommencer.

Vanessa sentit son souffle se bloquer dans sa gorge à cette évocation. Une délicieuse palpitation s'éleva au creux de son ventre avant de se répandre partout en elle. Il s'inclina au-dessus d'elle. L'approcha de si près qu'ils partageaient le même air. Oh, mon Dieu, il allait l'embrasser, et sa vie en eût-elle dépendu qu'elle n'aurait pas su dire en quoi c'était une mauvaise idée. Au contraire, même, ses mains se contractèrent impatiemment sur sa nuque.

Juste avant que leurs lèvres n'entrent en contact, il s'immobilisa.

— Je serai ravi de te montrer ce que j'entends par là plus tard. Mais pour le savoir, il faudra que tu me le demandes très gentiment.

Jackson ne l'aurait pas choquée davantage s'il l'avait giflée.

Il s'écarta brusquement, sachant pertinemment ce qu'il faisait – Vanessa aurait pu parier qu'il n'avait jamais eu l'intention de l'embrasser. Un flot de chaleur comparable à celui qui l'avait saisie sous l'effet du désir incendia ses veines, mais cette fois, ce fut parce qu'elle s'apprêtait à livrer bataille.

— Oh, ce que tu peux être...

Apparemment, Jax ne se souciait guère de l'opinion qu'elle avait de lui car il la souleva et la plaça sur son épaule. Elle poussa un glapissement de surprise quand ses pieds quittèrent le sol, puis expira bruyamment quand son estomac atterrit sur son épaule.

— Avant de monter sur tes grands chevaux, princesse, je te conseille de réfléchir à ma proposition.

Son doigt glissa sous l'élastique de son bikini et elle prit brusquement conscience de la faible distance séparant son postérieur du visage de Jackson quand son souffle tiède passa sur sa peau.

— Je te promets que ça te plaira.

Si elle n'avait pas décelé le sourire malicieux assorti à cette offre, elle aurait immédiatement envisagé de le déposséder de ses bijoux de famille. D'un autre côté, il n'avait pas besoin de savoir que ceux-ci étaient en sécurité…

— Je t'autoriserai à me donner la fessée si tu me laisses te raser les parties avec un rasoir *très* bien affûté. Je te promets d'être très prudente, Jax, ajouta-t-elle d'un ton sensuellement moqueur.

L'éclat de rire de Jackson fit vibrer son torse. Un instant plus tard, Vanessa effectuait un vol plané… et se retrouvait à l'eau. Heureusement, elle avait eu le temps de se préparer au choc et retenu sa respiration. Une fois sous l'eau, elle fit volte-face et nagea loin de lui jusqu'à ce que ses poumons deviennent brûlants et l'obligent à refaire surface pour respirer.

Se retourner pour évaluer la distance qui la séparait de Jackson fut inutile : il l'avait poursuivie à la nage.

— D'accord, je me rends, déclara-t-elle en levant les mains en l'air. Tu as gagné. Tu veux bien arrêter de me jeter à l'eau ?

— Si tu te rends, j'accepte.

— Ça tombe bien, parce que je dois justement partir.

— Qu'est-ce que tu racontes ? On commence seulement à s'amuser !

Elle leva les yeux vers lui et dut faire un effort pour se souvenir de respirer. Le soleil sur la surface de l'eau faisait étinceler ses muscles comme des diamants. Son bermuda imprégné d'eau descendait très bas sur ses hanches, révélant le V sublime de ses obliques. Il était tout simplement somptueux.

Vanessa s'obligea à se secouer et continua de marcher en direction du bar de la plage.

— La réussite exige 90 % de travail et 10 % de détente. Ça, déclara-t-elle en désignant l'endroit où ses fesses avaient atterri dans l'eau, c'était mes 10 % de détente de la journée.

Elle rajusta l'élastique de son bikini au cas où il aurait glissé de façon compromettante et trottina vers la plage, Jackson sur ses talons.

Évidemment, se dit-elle. Jackson faisait partie de ces gens qui ne s'avouent jamais vaincus.

— C'est une de tes sept règles d'or ?

Ses pieds s'enlisèrent dans le sable mouillé quand elle atteignit le rivage et elle se tourna brusquement vers lui.

— De quoi est-ce que tu parles ?

— Tu sais bien… des sept règles que tu respectes scrupuleusement.

— Comment es-tu au courant de ça ?

Il haussa une épaule et se passa la main dans les cheveux.

— J'ai demandé à Reid quelle pouvait bien être la raison de ta phobie du mensonge et il m'a parlé de tes sept règles d'or, c'est tout. Pourquoi ? C'est censé être un secret ?

Sa question la prit de court.

— Non, pas nécessairement. Disons que c'est personnel. Je n'en parlerais pas à n'importe qui. Et non, la clef de la réussite que je viens d'énoncer ne fait pas partie des sept règles d'or. C'est plutôt une sorte de mantra.

Ils reprirent la direction du bar de la plage, Vanessa tâchant tant bien que mal de s'accrocher à l'espoir que qualifier ses règles d'or de « personnelles » inciterait Jackson à garder ses distances... Malheureusement, le côté chien-perdu-sans-collier qu'elle avait décelé chez lui laissait présager qu'il n'était pas du genre à lâcher prise une fois qu'il avait réussi à caler un os entre ses crocs.

— À quoi est-ce qu'elles te servent, alors ?

— Elles m'aident à vivre selon les principes que je me suis fixés et à m'entourer de gens pour qui j'ai de l'estime, répondit-elle en haussant les épaules.

— Ouah, c'est très...

Il parut chercher un terme poli pour exprimer ce qu'il pensait vraiment.

— ... avisé.

Elle secoua la tête et sourit, bien décidée à ne pas le laisser pénétrer plus avant dans son jardin secret.

— Comment t'est venue l'idée de faire ça ? demanda-t-il une fois qu'il eut compris qu'elle avait décidé de garder le silence.

Vanessa fut tentée de lui répondre qu'elle s'était inspirée des enseignements de Gandhi ou de quelque chose d'aussi profond... mais cela l'aurait amenée à déroger à la règle n° 6.

— Peu importe. Ce qui compte, c'est qu'elles signifient quelque chose pour moi. Et qu'elles fonctionnent. Tu devrais essayer d'en établir pour toi. Je parie que ça ne te ferait pas de mal de structurer un peu ta vie.

— Ma vie est structurée par rapport à mon entraînement. Dans les autres domaines, je n'en ressens pas le besoin.

— Que tu crois ! s'esclaffa-t-elle.

Jackson écarta les jambes et croisa les bras. Vanessa savait désormais que c'était la posture qu'il adoptait quand il s'apprêtait à lui lancer un défi. Une posture qui faisait également ressortir sa personnalité de mâle alpha dominateur et... le rendait plus sexy que jamais.

— Donne-moi une règle que je devrais suivre, selon toi.

— Qu'est-ce que tu dirais de : « Si je ne suis pas en avance à un rendez-vous, je suis déjà en retard » ? proposa-t-elle en dardant sur lui un regard lourd de reproches.

Elle attendit son commentaire ironique pendant quelques secondes. Ne voyant rien venir, elle s'attribua mentalement un point.

— Maintenant, si tu veux bien m'excuser, j'ai rendez-vous avec l'organisateur de mariage à 16 heures et bien que ça ne fasse pas partie de mes règles d'or, je refuse d'être en retard.

— Nous.

— Pardon ?

— *Nous* avons rendez-vous avec l'organisateur.

— Oh, ce n'est pas nécessaire. Je peux m'en charger seule.

Pitié, laisse-moi m'en charger seule.

Elle ne contrôlait plus ses émotions en présence de Jackson et ne savait absolument pas comment y remédier. Elle avait besoin de se retrouver seule un moment. Au moins quelques heures. Le temps d'évacuer de son esprit tout ce qui le concernait.

— Ce n'est pas que je doute de tes compétences, Vanessa, mais j'imagine mal Reid laissant Lucie se charger de ça toute seule. Comme tu l'as très justement fait remarquer tout à l'heure, Reid est quelqu'un de très attentionné.

Il prit sa main et la garda entre les siennes. Au contact de ses doigts rugueux, elle eut l'impression d'entendre une voix complice qui murmurait à son oreille la liste infinie de ce que ces mains pourraient faire si elle les autorisait à se poser sur elle...

— En fait, je doute qu'il accepte seulement de la quitter des yeux, conclut-il.

Et voilà. La preuve est faite : Dangereux avec un D majuscule.

Elle tenta de s'éclaircir discrètement la gorge pour masquer son embarras.

— Si je comprends bien, tu as l'intention d'assister à *tous* les rendez-vous de la semaine ?

Réapparition du sourire dévastateur.

— Tout à fait.

Elle récupéra sa main et s'efforça d'ignorer le frisson qui remonta le long de sa colonne vertébrale quand ses doigts glissèrent sur sa peau. Histoire de donner le change, elle plaqua sur ses lèvres le meilleur de ses sourires distants.

— Fantastique, lâcha-t-elle avant de gagner le bar pour récupérer ses affaires.

Sur ce commentaire, elle quitta la plage sans même jeter un coup d'œil par-dessus son épaule pour vérifier s'il la suivait ou non.

Et tandis qu'elle se rapprochait de leur bungalow, elle adressa une prière muette à une instance supérieure pour qu'elle ordonne miraculeusement le rapatriement immédiat sur le continent de tous les combattants d'Arts Martiaux Mixtes.

*
* *

Un peu plus tard, Jackson se planta devant le Honu Café pour attendre Vanessa. Il avait senti qu'elle avait besoin d'être seule quand elle avait quitté le bar de la plage, et jugé plus sage de rentrer chez lui. Il en avait profité pour se doucher et enfiler un bermuda et un polo secs. Comme il passait son temps à surfer ou à s'entraîner, il portait rarement autre chose qu'un caleçon de bain ou un short de sport. Les clients du *Mau Loa*, quand ils n'étaient pas à la piscine ou à la plage, étaient eux aussi vêtus d'un polo et d'un bermuda, mais il avait quand même l'impression d'être trop habillé.

— Excusez-moi, auriez-vous l'heure, s'il vous plaît ? demanda-t-il à un couple qui sortait du café.

— Mais oui, répondit la femme en consultant la montre qu'elle avait au poignet. Il est 4 heures moins 10.

— *Mahalo*, la remercia-t-il avec un grand sourire.

Il avait veillé à arriver en avance pour lui prouver qu'il n'était pas un fainéant et qu'il pouvait être à l'heure si les circonstances l'exigeaient. Il n'était jamais en retard à l'entraînement, par exemple.

Il s'adossa au mur, les mains dans les poches, et repensa au moment qu'ils avaient partagé ensemble. Comme il s'y était attendu, elle avait accepté l'arrangement qu'il lui avait proposé, même si elle avait prétendu qu'elle avait l'intention de se baigner de toute façon et que ça n'avait rien à voir avec sa proposition. Il y avait encore bien des choses qu'il ignorait au sujet de Vanessa McGregor, mais s'il y avait bien une chose dont il était certain, c'était qu'elle avait horreur de perdre le contrôle de la situation. Elle souffrait du besoin viscéral de toujours tout contrôler.

Malheureusement pour elle, bien qu'il ait adopté un mode de vie plus détendu depuis qu'il vivait à Hawaï, Jackson aimait autant qu'elle être celui qui tient les rênes. Il réfléchit à la question et se dit qu'il n'en avait quand même pas *viscéralement* besoin. Pas en dehors de la cage ou de la chambre à coucher en tout cas. Mais les vieilles habitudes ont la peau dure et le fait d'être responsable de sa petite sœur pendant cinq ans avait sans doute renforcé ce trait chez lui.

En outre, il était accoutumé au fait que les femmes se comportent avec lui en saintes-nitouches. Il avait remarqué que les femmes aiment à penser qu'elles sont difficiles à conquérir, que ce sont elles qui tirent les ficelles et mènent les hommes par le bout du nez. Jackson ne demandait pas mieux que de jouer le jeu… jusqu'à une certaine limite. Une fois cette limite atteinte, il renversait la vapeur et reprenait les rênes en main. Tout particulièrement dans le cadre des ébats sexuels. Il préférait avoir le contrôle. Quoique « préférer » ne soit peut-être pas le terme qui convenait. Il trouvait ça beaucoup plus excitant.

Mais les femmes qu'il avait connues ne lui avaient posé aucun genre de défi. C'était de tendres agnelles déguisées en louves. Elles aimaient jouer les dures, mais quand Jackson leur faisait savoir qu'il n'était pas dupe, elles n'insistaient pas et lui laissaient les commandes.

Vanessa n'était pas comme ces femmes-là. Elle ne se contentait pas de faire semblant. C'était *vraiment* une louve et elle rendait coup pour coup. Jackson n'aurait jamais cru possible d'être attiré par une femme dotée d'une personnalité aussi forte, mais il se révélait incapable de la chasser de ses pensées. Elle était comme une boule de feu, prête à exploser à tout instant, et il se retrouvait face à elle dans la peau d'un pyromane, incapable de garder ses distances. Avec le temps, il finirait peut-être par se faire une idée des dégâts qu'elle était susceptible d'engendrer, mais en attendant, il comptait bien profiter du feu d'artifice.

Un sourire coquin se dessina sur ses lèvres au souvenir de la façon dont elle avait lancé sur lui le filet qui lui tenait lieu de paréo avant de se diriger vers l'océan d'une démarche conquérante, comme si le sable qu'elle foulait lui appartenait.

— Je me suis dit que tu aurais peut-être changé d'avis.

Il était tellement absorbé par ses pensées qu'il ne l'avait même pas vue arriver. Une fleur d'hibiscus rouge s'étalait sur le fond blanc de sa robe bain de soleil. Elle était superbe. À la fois décontractée et élégante.

— Tu veux dire que tu *espérais* que j'avais changé d'avis.

— Ce n'est pas ce que j'ai dit.

— Tu n'as pas eu besoin de le faire, répondit-il avec un sourire compréhensif. Remarque, je ne te le reproche pas. On ne peut pas dire que je t'aie simplifié la vie, jusqu'ici. Mais je me suis juré de m'amender.

Elle coula vers lui un regard suspicieux.

— Tiens donc. Et pourquoi ce revirement ?

— Tu ne fais aucun commentaire au sujet de ma ponctualité ?

À sa grande surprise, elle fit ce petit truc qu'il l'avait déjà vue faire quand elle voulait s'empêcher de sourire : elle aspirait ses joues pour les mordre. C'était le truc le plus adorable qu'il ait jamais observé.

— Bon, allons-y, finit-elle par déclarer avec un soupir. Mais promets-moi de ne rien dire. Tu me laisses parler, d'accord ?

Il lui décocha un clin d'œil.

— Tout ce que tu voudras, mon amour.

Compte là-dessus et bois de l'eau.

Jackson lui tint la porte et pénétra sur ses talons dans la salle climatisée du restaurant. C'était un des établissements les plus simples de la résidence – à condition de trouver « simple » un décor composé de tables d'acajou surmontées de porcelaine fine, d'argenterie étincelante et de centres de table en cristal garnis d'orchidées.

— *Aloha !*

La charmante hôtesse d'accueil leur sourit comme si elle n'avait jamais été aussi heureuse de voir apparaître deux personnes.

— Une table pour deux ?

— En fait, nous devons retrouver l'organisateur de notre mariage, s'empressa d'annoncer Vanessa. Pourriez-vous nous indiquer à quelle table il se trouve ?

— Ah, oui ! Il m'a prévenue de votre arrivée et m'a demandé de vous placer immédiatement. Il ne devrait pas tarder.

— Parfait, je vous remercie.

Ils la suivirent jusqu'à une petite table tout au fond de la salle, sur laquelle on avait placé un carton annonçant qu'elle était réservée. L'hôtesse le ramassa et leur tendit des menus, mais Vanessa refusa poliment.

— Nous n'allons pas manger, mais je prendrais volontiers un thé glacé.

La jeune fille s'empressa d'acquiescer et interrogea Jackson du regard.

— Une Heineken, s'il vous plaît. J'aime bien tes sandales, ajouta-t-il à l'intention de Vanessa une fois l'hôtesse repartie.

— Mes sandales ?

Elle étendit le pied sur le côté et examina ses nu-pieds comme si elle avait oublié ce qu'elle portait.

— Tu te spécialises dans la chaussure pour dames pendant tes loisirs ? s'enquit-elle en haussant un sourcil.

— Pas vraiment, non, répondit-il. En fait, je ne connais strictement rien à la mode.

Elle haussa l'autre sourcil et son front se plissa. Il devait s'agir d'une mimique qui lui était familière, quand elle se concentrait sur un cas épineux, sans doute.

— Dans ce cas, pourquoi mes sandales ont-elles retenu ton attention ?

Il attendit qu'une serveuse dépose leurs verres devant eux avant de répondre.

— J'aime la façon dont les talons mettent en valeur le galbe de tes mollets.

Elle l'étudia avec un sourire amusé.

— C'est bien la première fois qu'un homme me complimente sur l'aspect que mes chaussures donnent à mes jambes.

— Il me semble que nous avons déjà établi qu'on ne t'a jamais fait les compliments que tu mérites. Et tu sais, Vanessa..., (il se pencha en avant pour plonger son regard au fond de ses yeux d'émeraude), je pourrais passer toute la nuit à te faire les compliments que tu mérites, ajouta-t-il dans un murmure.

Il recula et porta son verre à ses lèvres sans la quitter des yeux. L'observer quand elle concentrait son regard sur lui le fascinait et l'incitait à penser à tout ce qu'il aimerait faire devant elle…

— Salut, hello, bonjour et *aloha* !

Jackson tourna la tête et aperçut un homme aussi fin qu'une brindille qui approchait de leur table. Il était vêtu d'un short blanc et d'une chemise hawaïenne bariolée. Le bob blanc en moins, on aurait dit une version endimanchée du Gilligan de *L'île de Gilligan*, la série culte des années 1960. Sa démarche sautillante indiquait soit un tempérament hyperactif, soit qu'il était l'homme le plus heureux de la planète et il serra Vanessa dans ses bras comme s'ils étaient les meilleurs amis du monde. Quand il lui rendit sa liberté, il conserva une de ses mains entre les siennes et s'assit face à Jackson.

— Comme vous pouvez le constater grâce au badge que je porte, déclara-t-il en le désignant du doigt, je me prénomme Robert. Ça se prononce *à la française*, parce que ma mère est française, mais je suis né ici, ce qui explique tout à la fois qu'on prononce mon nom à la française et que je n'ai pas l'accent français.

L'homme laissa échapper un gloussement auquel Vanessa fit spontanément écho. Si c'était pour le seul bénéfice de Robert, c'était très convaincant. De son côté, Jackson dut se passer la main sur les lèvres pour juguler une furieuse envie de rire.

— Blague à part, reprit Robert, *assez* parlé de *moi*. Je suis *tellement* heureux de faire enfin connaissance avec *vous deux*. Cette semaine, je vais réaliser *tous vos rêves* et nous allons être les *meilleurs* amis du monde ! *Mais* nous avons *beaucoup* de pain sur la planche d'ici que vous vous retrouviez devant *l'autel*, alors autant nous y mettre *dare-dare* !

Robert entama un exposé au sujet des thèmes les plus en vogue, des fleurs et de tout un tas de choses que Jackson écouta en silence. Il n'écoutait pas tant ce qu'il racontait que cette façon qu'il avait de faire un sort aux mots, qui donnait un rythme mélodique à son discours et qui, somme toute, rendait le spectacle plutôt distrayant.

Quand Vanessa se mit en devoir de lui faire part de sa vision – ou plutôt de la vision de Lucie – de la cérémonie, Jackson en profita pour l'observer. La façon qu'elle avait de sourire à l'exubérant organisateur manqua lui couper le souffle. C'était un vrai sourire, franc, éclatant... *sincère*. Elle n'avait pas souri de cette façon-là pour lui, mais il aurait donné cher pour qu'elle le fasse.

Il rapprocha sa chaise de la sienne et la sentit se raidir, mais si Robert remarqua quoi que ce soit, il n'en laissa rien paraître. Et ce fut avec une spontanéité qui le surprit lui-même qu'il étendit le bras sur le dossier de la chaise de Vanessa et se rapprocha d'elle. Quand, de sa main libre, il écarta une mèche de ses cheveux pour dégager son profil, elle eut un léger mouvement de recul.

Elle réalisa sans doute que sa réaction ne collait pas avec le personnage de Lucie et laissa échapper un petit rire tendu.

— Excuse-moi. J'étais tellement à ce que je disais que tu m'as surprise.

— Tu n'as pas à t'excuser, ma douce, répondit Jax en faisant passer son bras du dossier de la chaise à ses épaules.

L'arrondi de son épaule s'adaptait si parfaitement au creux de sa paume qu'il l'attira spontanément contre lui et déposa un baiser sur sa tempe.

— Je sais bien que l'imminence du mariage te met à cran.

— C'est vrai, convint-elle avec un petit sourire crispé.

— Bien sûr que c'est vrai, mais tu sais quoi ? demanda-t-il en l'incitant d'un index glissé sous le menton à le regarder dans les yeux. On est à Hawaï maintenant, et tu as Robert pour t'aider. Alors je veux que tu respires à fond et que tu te détendes.

Ce n'était pas « Lucie » que Jax aidait à se détendre, mais Vanessa. Le rôle qu'il l'avait forcée à incarner la crispait. Il inhala longuement et lentement par le nez et fut soulagé de constater qu'elle l'imitait. Ils exhalèrent ensemble et la lueur terrifiée qui s'était emparée des yeux de Vanessa au point de la faire ressembler à une biche désorientée par les phares d'une voiture se dissipa. Il la gratifia d'un sourire rassurant et lui pressa doucement l'épaule.

— Voilà, ça va mieux, non ?

Un sourire timide se dessina sur ses lèvres et Jackson se décida alors seulement à la quitter des yeux. Il réalisa soudain qu'il avait prononcé cette dernière phrase le plus sincèrement du monde, sans chercher un seul instant à se faire passer pour Reid. Et cette découverte le décontenança.

Les applaudissements frénétiques de l'organisateur de mariage l'empêchèrent de s'appesantir sur la question.

— Oh, vous êtes vraiment *chou*, tous les deux ! Ce sont des détails comme ça qui font que *j'adooore* mon métier. Il n'y a rien de plus beau au monde qu'un *amour naissant*.

— C'est bien vrai, ça, Rob, répondit-il avec un grand sourire.

À la fin de leur entretien, Robert les informa qu'il allait fixer la date de leur prochain rendez-vous – destiné à choisir les amuse-gueules de la réception – avec l'hôtesse du restaurant. Vanessa, quant à elle, annonça qu'elle avait besoin de prendre l'air. Toujours très investi dans son rôle d'époux dévoué, Jax la suivit dans la chaleur étouffante de la fin d'après-midi. Dès que la porte en verre se fut refermée derrière eux, Vanessa poussa un long soupir et remua la tête de façon à soulager la tension de sa nuque et de ses épaules.

Étant donné que Robert pouvait toujours les voir, Jackson profita de l'occasion pour se placer derrière elle et poser ses mains sur ses épaules. À l'aide de ses pouces, il traça des cercles fermes entre ses omoplates. Elle se laissa aller en avant et il la sentit se détendre sous ses caresses, mais pas pour la raison qu'il aurait souhaitée.

— Oh, mon Dieu... C'est délicieux.

— Pourquoi es-tu aussi tendue, ma *pupule vahine* ?

Elle lui coula un regard assassin par-dessus son épaule.

— N'essaye pas de m'amadouer avec des surnoms affectueux. Tu sais *parfaitement* pourquoi. Tu reviens souvent sur un marché conclu, Maris ?

— Jamais.

— Vraiment ? Alors pourquoi t'es-tu livré à ces inutiles marques d'affection tout à l'heure ?

Il l'attira vers lui et plaça ses pouces à la base de sa nuque.

— L'affection n'est jamais inutile, princesse.

— Oh, oui, là, comme ça, c'est bon..., gémit-elle.

Nom de Dieu. Jax aurait donné cher pour l'entendre dire ça... dans des circonstances plus intimes.

— Écoute, je ne t'ai pas serrée contre moi pour t'embrasser passionnément devant Robert. Et de toute façon, argumenta-t-il en la faisant pivoter vers lui, je crois que ce n'est pas ça qui t'a vraiment dérangée.

Son petit menton volontaire remonta de deux bons centimètres, mais elle ne contesta pas son observation.

— Que dit ta règle d'or au sujet du mensonge, exactement ?

Il faillit interpréter le silence qui suivit comme un refus de réponse et se demanda s'il n'était pas allé trop loin. Mais elle le surprit.

— *Ne jamais laisser le mensonge empoisonner sa vie.*

Empoisonner. Il fallait avoir été confronté aux conséquences d'un affreux mensonge pour l'apparenter à un poison. Jackson se souvint qu'il la faisait baigner en plein mensonge... et sentit ses entrailles se figer. Il aurait aimé la questionner plus longuement, comprendre ce qui l'avait amenée à considérer le mensonge comme un poison, mais Robert sortit du restaurant à cet instant précis.

— Bon, nous pouvons y aller. Voici ma carte – j'ai noté le jour et l'heure du rendez-vous de dégustation au verso. Si vous avez besoin de *quoi que ce soit*, surtout n'hésitez pas à m'appeler, je vous rejoindrai *illico*. D'accord ?

Vanessa lui assura avec un sourire que cela leur convenait et Jax lui serra la main.

— Merci beaucoup, Robert, dit-il en veillant à ne pas lui broyer la main, plaquant sur son visage son plus beau sourire de futur marié. Vous nous avez déjà apporté une aide immense et je sais que grâce à vous, ma fiancée aura le mariage de ses rêves.

— Oh, par *pitié*, ne me remerciez pas, monsieur Andrews. Franchement, vous ne pouvez pas savoir à quel point je suis *heureux* de travailler pour vous. C'est tellement *rafraîchissant* de travailler pour un couple aussi *évidemment* épris ! Tant de gens ne se marient que pour le *faste* et les *paillettes*.

Il promena un regard circulaire autour de lui pour s'assurer que personne n'écoutait leur conversation et baissa la voix.

— Pour tout vous dire, je préfère *mille fois* les clients comme vous à ces affreux people qui se croient tout permis.

— Si j'ai bien compris, c'est un mariage de ce genre que vous organisez en même temps que le nôtre, samedi prochain...

— Bouh ! Ne m'en parlez pas. Ils sont arrivés hier, la future mariée a déjà changé d'avis *six fois* quant au choix des coloris et le futur époux a exigé un *buffet italien* pour leur mariage hawaïen. *I-ta-lien !*

Vanessa prit l'air horrifié que Robert attendait d'elle.

— Mon Dieu, j'ose à peine imaginer votre calvaire. Ils ne vont pas arrêter de vous faire des misères jusqu'à la fin de la réception.

— Ma pauvre, vous n'avez pas *idée* de ce que *j'endure*.

Jax passa son bras autour de la taille de Vanessa.

— C'est vraiment dommage. Lucie et moi aurions tellement aimé pouvoir vous inviter à notre mariage.

Robert plaqua la main sur son cœur et émit un tel soupir que Jackson craignit un instant qu'il soit victime d'une attaque cardiaque.

— Oh, vous êtes vraiment trop mignons ! Personne ne pense *jamais* à m'inviter au mariage. Tout le monde s'attend que j'y assiste parce que j'ai organisé les préparatifs.

Il agita les mains devant ses yeux, comme pour faire sécher les larmes qui les embuaient. Finalement, après quelques secondes de silence embarrassantes, Robert parvint à se ressaisir.

— Vous savez quoi ? Je n'assisterai pas à leur mariage de people, mais au *vôtre* !

*
* *

Cette fois, ce fut au tour de Jax de friser la crise cardiaque, et à côté de lui, il sentit les genoux de Vanessa faiblir. S'il ne l'avait pas tenue par la taille, elle se serait certainement écroulée sur le trottoir.

Mus par un même réflexe, ils mitraillèrent Robert de toutes les objections qui leur passèrent par la tête.

Ils ne pouvaient pas lui demander de faire faux bond à ses prestigieux clients.

Ils ne voulaient pas être responsables de l'annulation de son contrat.

Leur mariage n'aurait rien d'extraordinaire.

Des photos de Robert à l'autre mariage feraient bien meilleur effet dans son press-book.

Mais aucun de ces arguments ne réussit à faire changer d'avis Robert le Grand Sentimental. Il trouva une parade à chacun d'eux, les informant au passage qu'il avait de toute façon déjà demandé à un confrère et ami « qui lui devait un retour d'ascenseur » de le représenter à l'autre mariage.

Quand il ne leur resta pas d'autre solution que de paraître enthousiastes plutôt que sceptiques, Jackson et Vanessa prirent congé de Robert, puis restèrent à l'ombre de l'auvent du restaurant jusqu'à ce qu'il ait franchi le coin de la rue d'une démarche plus sautillante que jamais.

Sans dire un mot, Vanessa se dégagea du bras de Jackson, tourna les talons et se dirigea en direction du bungalow.

Et merde. Les choses avaient définitivement pris une très mauvaise tournure.

Il la regarda s'éloigner, tâcha d'envisager un moyen de regagner sa confiance, puis décida que le plus simple consistait à lui courir après.

— Attends, ce n'est peut-être pas aussi grave que tu le crois. Il y a peut-être un moyen d'arranger la situation.

Vanessa ne ralentit pas et son irritation parut même s'accroître à chacun de ses pas.

— J'ai *horreur* de mentir, mais je trouvais qu'on s'en tirait plutôt bien, toi et moi, à se faire passer pour Reid et Lucie. Pas une seule fois Robert n'a douté de notre identité et *globalement* tout roulait. Et maintenant, sous prétexte de te faire passer pour le prince charmant à ses yeux, on va l'avoir sur le dos en permanence, y compris au dîner de répétition *et* à la cérémonie.

— Houlà ! C'est très troublant – tu te mets à parler comme lui, fit-il remarquer comme ils s'engageaient dans l'allée de leur bungalow. Mais c'est quand même plus naturel quand c'est lui qui fait un sort aux mots, ajouta-t-il.

— Il faut toujours que tu fasses des commentaires à propos de tout ! tempêta-t-elle en s'arrêtant devant la porte pour glisser la carte magnétique dans la serrure. C'est pour ça que je t'avais demandé de la boucler et de me laisser parler !

Il la suivit à l'intérieur et referma la porte un peu plus brutalement que nécessaire, signe qu'il commençait lui aussi à perdre son calme.

— Oui, eh bien figure-toi que je n'apprécie pas spécialement d'être traité comme un petit chien. Je suis un être humain doué de parole et je ne suis pas ton assistant.

Vanessa posa sa clef sur la console située près de la porte, pivota sur elle-même et planta l'index sur le torse de Jax.

— J'aurais du mal à oublier que tu es doué de parole. Tu n'as pas cessé de parler depuis que mes yeux se sont posés sur toi. Mais laisse-moi te dire une bonne chose, Maris, ajouta-t-elle en le foudroyant du regard comme s'il incarnait sa Némésis depuis la nuit des temps : il serait bon que tu apprennes quand il convient de parler et quand il convient de se taire. Et je peux te garantir que tu n'as pas la moindre notion de ce dernier concept.

Vanessa, quant à elle, n'avait pas la moindre idée de ce qu'elle venait de faire.

— Tu me lances un défi, princesse. Es-tu bien certaine de vouloir persister dans cette voie ?

— Et comment ! Pour commencer, on va jouer au Roi du Silence. Le premier à émettre un son a perdu. Qu'est-ce que tu en penses ?

— J'en pense que c'est la chose la plus intelligente que je t'aie entendue dire aujourd'hui.

— Parfait !

— Génial. Le jeu commencera à ton signal.

— C'est parti !

Vanessa poussa un gros soupir, puis tourna les talons dans l'intention de s'éloigner et de l'abandonner dans le silence qu'elle pensait avoir créé, mais Jackson ne la laissa aller nulle part. Il saisit son bras, la fit pivoter vers lui et l'enlaça étroitement, une fraction de seconde avant d'écraser ses lèvres sur les siennes. Vanessa se figea et son corps tout entier se raidit. Mais quand il se mit en devoir de mordiller sa lèvre inférieure, l'enfer de la passion se déchaîna.

Elle enfouit ses mains dans ses cheveux et se pressa contre lui, les lèvres entrouvertes. Jackson ne se fit pas prier, plongea sa langue dans sa bouche et la fit tourner autour de la sienne, encore et encore. Son sexe durcit tellement qu'il éprouva le besoin de la sentir encore plus près de lui. Il écarta les doigts et pressa ses mains plaquées dans son dos pour l'attirer contre lui, et quand il se frotta contre elle, un gémissement monta dans la gorge de Vanessa.

D'un strict point de vue technique, ce son établissait la victoire de Jax, mais il estima que ce n'était pas suffisant. Les accusations de Vanessa avaient écorché sa fierté et il était farouchement décidé à lui prouver qu'il savait se taire quand il le fallait. De toute façon, il était tout aussi farouchement décidé à gagner à ce petit jeu stupide, parce qu'il savait qu'en cas d'échec elle le traiterait de haut. Il commençait à la connaître un peu.

Il écarta ses lèvres de sa bouche pour tracer un chemin de baisers sensuels le long de sa gorge. Mordilla délicatement le creux de son épaule avant de repartir à l'assaut de ses lèvres. Nota avec intérêt qu'elle sursautait comme sous l'effet d'une décharge électrique chaque fois que le rebord de ses dents effleurait sa peau.

Tiens donc, la Vipère du Palais n'est pas hostile à la morsure… Elle a de la chance : j'adore mordre.

Jackson pivota sans cesser de la serrer dans ses bras et la plaqua contre le mur avec ses hanches tandis que ses mains exploraient son corps. Il s'empara de ses seins et les pressa tendrement tout en faisant glisser le rebord de ses dents le long du tendon saillant de son cou.

La victoire de Jackson fut alors éclatante : cette fois, ce fut le nom de Jackson que Vanessa laissa échapper dans un gémissement.

Il avait furieusement envie d'elle. Mais s'il devait se passer quelque chose entre eux, il voulait être sûr qu'elle avait autant envie de lui qu'il avait envie d'elle. Et elle n'en était pas encore là.

Il dut se faire violence, mais il persista à jouer le jeu et se força à s'immobiliser.

— J'ai gagné, murmura-t-il d'un ton moqueur à son oreille.

Il s'écarta d'elle, traversa la pièce pour passer dans la salle de bains et referma la porte derrière lui.

2e jour : lundi

Vanessa s'assit sur le canapé face à son ordinateur portable, une tasse de café à portée de la main. Il était bientôt midi et Jackson n'avait toujours pas donné signe de vie. Non qu'elle s'en plaigne, d'ailleurs. Jamais encore un homme ne l'avait irritée à ce point. Non content d'avoir tout gâché avec Robert, il avait eu le toupet de ne même pas finir ce qu'il avait commencé.

Non mais qu'est-ce qu'elle racontait ? Elle aurait dû lui être reconnaissante d'avoir eu le bon sens de s'arrêter. Si elle avait pu prendre entre ses mains toutes ses règles d'or, les briser en mille morceaux et les façonner pour en faire un homme, elle aurait obtenu Jackson Maris. En aucun cas elle ne pouvait envisager de s'impliquer avec lui. *C'est bien clair dans ta tête ?* Elle se mordilla la lèvre. Dresser la liste des avantages et des inconvénients lui permettrait peut-être d'y voir un peu plus cl... Elle secoua la tête et évacua cette idée.

La veille au soir, après qu'il l'eut chauffée à blanc et laissée tomber pour aller prendre une douche – glacée au point de lui congeler les roustons, espérait-elle –, elle était allée dîner et se promener sur la plage pour s'éclaircir les idées. À son retour, elle s'était sentie plus en phase avec la situation. Vanessa était une femme de tête et elle finirait bien par trouver le moyen de les tirer du bourbier dans lequel elle et Jackson s'étaient engagés. D'ici là, elle continuerait à jouer le jeu pour que Lucie ait le mariage de ses rêves. Pas question qu'elle abandonne sa meilleure amie.

Elle s'était mentalement préparée à une nouvelle confrontation avec Jackson en regagnant le bungalow, mais un rapide coup d'œil lui avait appris qu'il était vide. Elle avait fini par le découvrir dans le patio, seulement vêtu d'un caleçon, profondément endormi dans le hamac.

Le soulagement et la déception l'avaient submergée à parts égales, mais la confusion avait eu tôt fait de s'adjoindre au mélange. Pourquoi était-elle déçue de le trouver endormi alors qu'elle appréhendait de le retrouver après ce qui s'était passé ? Elle se révéla incapable de répondre à sa propre question et profita de l'occasion pour l'observer à sa guise pendant son sommeil.

Un de ses bras était replié au-dessus de sa tête et son autre main reposait sur son ventre. Son visage tourné sur le côté lui offrait une vision magnifique de son profil. Nez droit, pommettes hautes, menton volontaire. Elle se dit qu'une mâchoire comme la sienne devait pouvoir encaisser pas mal de coups avant de commencer à les sentir. Son début de barbe était plus fourni qu'en milieu de journée. Le clair de lune faisait briller son torse nu et elle eut envie de tendre la main pour vérifier si sa peau était aussi douce qu'il paraissait.

Son regard avait glissé un peu plus bas... Vanessa s'était concentrée et avait essayé de recourir à la technique de l'esprit du Jedi pour écarter sa main de son ventre, mais sa tentative s'était soldée par un échec. *Dommage.* La main de Jackson recouvrait presque entièrement la tablette de chocolat de ses abdominaux, mais elle se rendit compte en la contemplant que cette main était très sexy en elle-même. Puissante, avec de longs doigts et parcourue ici et là de plusieurs cicatrices blanches. Quelques heures auparavant, cette main avait pressé son sein et la seule évocation de ce souvenir suffit à déclencher un battement d'ailes de papillon au creux de son ventre.

Une ligne sombre, en dessous de son nombril, attira son attention. Il n'était pas excessivement poilu, mais il y avait là un chemin de duvet qui descendait jusqu'à son... *Hou !* Son regard se riva sur le caleçon. Ou plutôt, sur ce qui se trouvait *à l'intérieur* de ce caleçon. Elle s'ordonna de détourner les yeux. Son comportement frisait l'indécence, elle était en train de violer l'intimité de cet homme, même si elle ne l'avait pas fait volontairement. Elle persista cependant à regarder.

L'homme immense et à demi nu qui dormait paisiblement au creux de ce hamac était à l'évidence... dans un état d'érection avancé.

La bande élastique de son caleçon empêchait ladite érection de pointer vers le nord autant qu'elle aurait voulu, mais le tissu moulant ne laissait aucun doute. À un moment donné, Vanessa avait entrouvert les lèvres sans s'en rendre compte et elle réalisa soudain qu'elle était bouche bée devant le spectacle qu'il offrait. Elle la referma si brusquement que ses dents s'entrechoquèrent, puis se retourna précipitamment et s'empressa de regagner la chambre.

Après une longue douche, elle se mit au lit, mais chaque fois qu'elle fermait les yeux, l'entrejambe de

Jackson venait s'imprimer sous ses paupières. Au bout d'une heure, elle s'était résignée à avaler, à défaut de somnifère, un comprimé antiallergique qui l'avait plongée dans un sommeil comateux de huit heures d'affilée. À son réveil, elle avait découvert que Jackson était parti et avait donc affronté Robert toute seule pour discuter de la délicate question des nappes et des centres de table.

Vanessa leva les yeux de son écran quand elle entendit la porte s'ouvrir. Jackson apparut, un large sourire aux lèvres, fraîchement rasé et douché, vêtu d'un bermuda jaune – elle se demanda combien il en avait – et d'un tee-shirt qui disait

FAISONS CE SOIR DES CHOSES
QUE NOUS REGRETTERONS DEMAIN.

— Bonjour, princesse. Bien dormi ?

Son attitude pleine de gaieté la désarçonna un bref instant. Elle lui décocha un petit sourire. Elle ne connaissait pas encore ses intentions, mais il était hors de question qu'elle le laisse tirer la couverture à lui.

— Oui, je te remercie. Évidemment, j'avais le lit le plus confortable du monde alors que tu as passé la nuit dans un hamac. Ce n'était pas trop dur ?

Il posa par terre le grand sac de voyage qu'il avait apporté et s'assit à côté d'elle.

— Tu plaisantes ? Dormir à la belle étoile dans un hamac bercé par la brise, c'est l'éclate !

Elle prit sa tasse et l'approcha de ses lèvres.

— Il y avait un truc qui t'éclatait, ça c'est sûr, marmonna-t-elle dans sa barbe.

— De quoi ?

— Rien, rien. Tu es parti à quelle heure ce matin ? Qu'est-ce que tu as fait ?

— Vous m'avez appelé pour témoigner à la barre, maître ?

— Je me contente de faire la conversation. Crois-moi, si je t'avais appelé à la barre des témoins, tu le saurais rien qu'à la peur qui te nouerait l'estomac.

— Il n'y a que les coupables qui ont peur. Qu'est-ce qui te fait croire que je sois coupable de quoi que ce soit ?

Elle haussa les épaules.

— Tu es un homme. Très mauvais point de départ étant donné que les hommes ont énormément de mal à se comporter bien longtemps comme des êtres humains décents. Ils finissent toujours par fauter.

— Ouah ! Sacrée généralisation, tu ne trouves pas ?

— Si. Malheureusement, personne n'a jamais réussi à me prouver que j'avais tort.

— En gros, tu me considères comme coupable tant que je n'ai pas réussi à prouver mon innocence, c'est ça ?

— Tu n'as jamais entendu l'expression « s'attendre au pire tout en espérant le meilleur » ? répondit-elle en se levant pour aller se resservir un café.

— Si, mais c'est le genre de truc qu'on dit quand on prépare un barbecue. On espère qu'il fera beau, or on dresse quand même une tente au cas où. Ça ne s'applique pas aux gens. Ce serait cynique.

— Vrai. Enfin, la meilleure façon de prévoir l'avenir consiste à regarder le passé.

Elle ne l'avait pas entendu traverser la pièce et fut saisie de le découvrir près d'elle quand elle tourna la tête. Si près qu'elle sentit la chaleur de son corps à travers son léger chemisier. Quand il parla, ce fut d'un ton à la fois doux et sérieux.

— Combien d'hommes t'ont fait du mal, princesse ?

— Tu veux parler des hommes avec lesquels j'ai vécu quelque chose ?

Il acquiesça. Vanessa, qui tenait sa tasse de café devant elle comme un bouclier, se tourna vers lui et répondit la stricte vérité.

— Aucun.

*
* *

Jackson regarda Vanessa retourner s'asseoir sur le canapé face à son portable. Quelque chose ne collait pas dans sa réponse. Comment aurait-elle pu afficher une attitude aussi blasée vis-à-vis des hommes et des relations de couple si aucun d'eux ne l'avait jamais meurtrie ? Cela ne tenait pas debout. Vanessa constituait à ses yeux une énigme qu'il mourait d'envie de résoudre, mais il lui manquait des données.

— Combien de temps as-tu l'intention de travailler aujourd'hui ?

Elle leva brièvement les yeux, puis se remit à prendre des notes dans le carnet posé sur ses genoux.

— Je ne sais pas. Encore un bon moment, j'imagine.

— C'est ce que tu as fait toute la matinée ?

— Oui. Et toi ? Qu'est-ce que tu as fait, ce matin ?

Il sourit et cala sa hanche contre le comptoir de la kitchenette.

— Tu as cru que je m'étais enfui avec la femme de chambre, mon amour ?

Elle releva les yeux, sourit exagérément et battit des cils innocemment.

— Je l'ai espéré un instant.

Il plaqua la main sur son cœur.

— Chère et tendre épouse, vous me blessez profondément.

— Je ne suis pas ton épouse, mon petit coco, et bientôt, je ne serai même plus ta prétendue fiancée.

— Dans ce cas, répondit-il en se frottant les mains, je ferais bien d'en profiter tant qu'il est encore temps. Je t'accorde une demi-heure pour boucler tes satanés dossiers, après quoi, je t'enlève !

— Depuis quand le mot *fiancé* a-t-il pris le sens de *maître* ? Je n'irai nulle part tant que je ne me sentirai pas prête.

Il s'approcha d'elle, saisit son menton et planta fermement un baiser sur ses lèvres.

— Dans ce cas, tiens-toi prête d'ici une demi-heure.

Sur ces mots, il quitta le bungalow, laissant une jolie rousse complètement abasourdie derrière lui.

Il ne fallut pas plus de vingt minutes à Jackson pour préparer tout ce qu'il fallait. Il avait fait appel à Robert qui n'avait été que trop heureux de l'aider à garnir un panier de victuailles en provenance d'un restaurant. Jax tua les quelques minutes qui restaient à bavarder avec le barman, face au bleu limpide de l'océan.

Une fois la demi-heure officiellement écoulée, il grimpa le chemin du bungalow son panier à la main, s'attendant à trouver Vanessa telle qu'il l'avait laissée. Il eut la surprise de la découvrir sur une des chaises de la terrasse, les bras croisés et la mine austère.

— Tu ne m'as pas dit quelle tenue je devais mettre.

— Heu… de quoi ?

— Je n'ai pas la moindre idée de ce qu'on va faire ni de l'endroit où on va. Comment est-ce que je peux deviner ce que je dois mettre ou ce que je dois emporter ? Si on doit se promener, je mets un short, un tee-shirt et des chaussures confortables. Si on doit nager, je prends mon maillot et des tongs. Si on va déjeuner dans un des restaurants de la résidence, il faut que je m'habille un peu plus. Sans parler de la question de la coiffure et du maquillage.

Jackson observa la plus parfaite immobilité, craignant, s'il faisait un geste brusque, de déclencher l'attaque de l'animal sauvage qui lui faisait face.

— Est-ce que toutes les femmes sont comme ça ? Moi, si tu m'avais dit de me tenir prêt dans une demi-heure, j'aurais veillé à ne pas être indécent et sorti du frigo un pack de bières pour la route.

Vanessa leva les mains en l'air, puis les laissa retomber sur ses cuisses pour illustrer sa frustration.

— Tu peux m'expliquer pourquoi ça ne me surprend pas ?

Jackson comprit alors ce qui lui arrivait. Vanessa n'était pas en colère, mais tout simplement déboussolée parce que ce n'était pas elle qui avait le contrôle de la situation. Elle avait néanmoins interrompu son travail, signe qu'elle avait vraiment envie de passer la journée dehors.

Il posa son panier sur les marches, la rejoignit et lui offrit ses mains pour l'aider à se relever.

— Je suis désolé. Je n'ai pas pensé à te donner la moindre information. La prochaine fois que je déciderai de te faire une surprise, je veillerai à ce que tu saches quelle tenue adopter. D'accord ?

— La prochaine fois ? Tu as l'intention de me faire d'autres surprises ? demanda-t-elle, ses traits s'adoucissant soudain tandis que des étincelles faisaient briller ses yeux d'émeraude.

Jackson n'avait pas réellement pensé à ce qu'il disait, mais il prit le temps d'y réfléchir.

— Oui, je crois. Je n'ai encore rien de précis en tête pour le moment, mais quelque chose me dit que ce sera amusant de te mettre sur des charbons ardents.

Elle mordilla le coin de ses lèvres et baissa les yeux.

— Jackson, à propos d'hier...

Il lui fit relever le menton pour l'obliger à le regarder dans les yeux.

— Je t'écoute...

— Je me suis comportée comme si tu avais fait exprès de rendre les choses compliquées pour nous cette semaine et c'était parfaitement ridicule. Je m'excuse de t'avoir crié dessus.

C'était tout sauf ridicule, en fait. Une pointe de culpabilité l'assaillit, mais son esprit eut beau lui souffler d'avouer la vérité sur-le-champ, quelque chose d'autre l'incita à profiter encore un peu du flou de la situation.

Il plaqua un sourire faussement débonnaire sur ses lèvres.

— Je n'ai pas vraiment choisi la méthode la plus élégante pour gagner au Roi du Silence. J'imagine qu'on peut décider qu'on est quittes, non ?

— D'accord, acquiesça-t-elle en lui rendant son sourire. Alors... comment est-ce que je dois m'habiller ?

— String et talons aiguilles.

Vanessa en resta bouche bée.

— Quoi ? demanda-t-il d'un air faussement innocent. Tu ne parlais pas de la façon dont j'aimerais que tu t'habilles dans mes fantasmes ?

Elle rit et mima le geste de lui donner une gifle.

— Tenue décontractée, finit-il par dire. Et tu peux enfiler un maillot en dessous au cas où tu aurais envie de prendre un bain de soleil ou de piquer une tête. Et si tu souhaites bouquiner ou faire la sieste, j'irai faire un peu de surf. Le but du jeu, c'est de se détendre et de profiter des bienfaits de Dame Nature.

— Excellent programme. Je te demanderai seulement de m'accorder quelques minutes supplémentaires.

Jackson alla ramasser son panier et attendit qu'elle se change. Il l'emmena ensuite dans un de ses coins préférés, une petite plage isolée, connue des seuls habitants de l'île. Une fois qu'il eut garé sa jeep, il alla prendre dans le coffre tout le matériel nécessaire pour un pique-nique réussi et l'entraîna jusqu'à un coin tranquille, au pied d'une falaise. Il étala ensuite deux couvertures côte à côte, l'une au soleil et l'autre à l'ombre. Avec son teint pâle, il craignait que Vanessa ait tendance à bronzer façon homard cuit...

— Jax, c'est... l'endroit le plus merveilleux que j'aie jamais vu.

Il apprécia qu'elle l'appelle par son diminutif et aurait aimé pouvoir être certain que cela voulait dire qu'elle commençait à le trouver sympathique – ne serait-ce qu'un tout petit peu. Comme il était derrière elle, il plaça avec hésitation les mains sur ses hanches. Car le fait qu'il soit obligé de refouler un début d'érection chaque fois qu'elle posait les yeux sur lui ne signifiait pas qu'elle ait forcément envie de recevoir des marques d'affection de sa part. Quand il la sentit se détendre contre son torse et qu'elle poussa un léger soupir, une puissante montée d'adrénaline le submergea, comme s'il venait de gagner le premier round d'un combat. Ce résultat l'enhardit assez pour encercler sa taille de ses bras et caler son menton sur sa tête tandis qu'il s'efforçait de regarder le paysage qui les entourait, avec les yeux tout neufs de Vanessa.

Un seul ensemble de nuages ronds et d'un blanc immaculé ponctuait l'azur du ciel qui se confondait à l'horizon avec le bleu roi de l'océan. Quand on en caressait du regard la surface, depuis la ligne d'horizon jusqu'au rivage, on parcourait toutes les nuances de bleu comprises entre le bleu roi et l'aigue-marine pour aboutir à la frange de dentelle blanche de l'écume. Les hautes falaises recouvertes d'une végétation luxuriante qui s'étiraient vers le ciel et dont l'ombre s'avançait sur l'océan formaient une sorte de ruban sombre cernant cet ensemble paradisiaque.

— Oui, c'est un de mes trois coins préférés sur l'île.

— Tu me montreras les deux autres avant mon départ ?

Cette question le prit au dépourvu. Cette plage isolée figurait en deuxième place de ses lieux préférés. Celui qui figurait en troisième position n'était pas aussi pittoresque – c'était l'endroit où il aimait retrouver ses amis et rien ne s'opposait à ce qu'il l'y emmène.

Mais le tout premier d'entre eux était un lieu fétiche et à lui seul réservé. Certes, il n'était pas le seul à en connaître l'existence, mais ses « voisins » prenaient rarement la peine d'y aller pour en profiter. Il le voyait comme son petit coin de paradis privé, un espace où il pouvait réfléchir en paix. Et qu'il n'avait encore jamais montré à personne.

Il s'imagina y emmener Vanessa, se la représenta dans le décor de son paradis privé et fut surpris de constater que l'image ne le dérangeait pas autant qu'il s'y était attendu. En fait, une fois que la vision se fut formée dans son esprit, il comprit qu'il avait envie de partager ce lieu magique avec elle. De toute façon, étant donné qu'elle repartait à la fin de la semaine suivante, il n'avait pas à redouter de la croiser dans son havre de paix un jour où il souhaiterait être seul.

— Avec plaisir, lui assura-t-il donc le plus sincèrement du monde.

— Super, dit-elle en s'écartant de lui. Maintenant, j'exige de savoir ce que contient ce panier parce que je meurs de faim.

*

* *

Ils s'assirent côte à côte sur la couverture ensoleillée. Vanessa lécha le jus de fraise qui avait coulé sur ses doigts et laissa échapper un gémissement de pure extase. Jackson avait trouvé le moyen de convaincre le chef du meilleur restaurant de la résidence d'empaqueter un véritable festin et Vanessa avait mangé au point de se sentir ballonnée.

Elle profita de ce que Jackson buvait de l'eau et regardait les oiseaux jouer parmi les vagues du rivage pour étudier le tatouage qui recouvrait le haut de son bras. Elle n'avait jamais été particulièrement fan de ce genre d'ornement, mais elle trouva celui de Jackson particulièrement beau – selon des critères esthétiques très virils.

Des vagues incluses à l'intérieur d'un ruban noir ceignaient son biceps. À partir de là, d'autres vagues remontaient jusqu'à son épaule où elles s'entremêlaient à d'autres vagues encore, plus stylisées. Le tout était entièrement encré de noir à l'exception de quatre fleurs de cerisier aux pétales rouges et au pistil jaune. Deux des fleurs se trouvaient au centre du motif, les deux autres chevauchant la crête d'une vague immense.

— Est-ce que ton tatouage a une signification quelconque ?

Il baissa les yeux sur son bras puis les reporta vers elle.

— En quelque sorte. Je voulais que ça symbolise la culture d'Hawaï, mon amour de l'océan et l'importance que ça a prise pour moi depuis que je vis ici. On prétend aussi que les tatouages maoris ont des vertus protectrices et le fait de dessiner des vagues sur mon corps est censé me protéger des dangers de l'océan quand je surfe. Mais en fait, les fleurs sont les seuls éléments véritablement symboliques.

— Que représentent-elles ?

Tu es trop curieuse, Nessie !

— Pardon, s'empressa-t-elle d'ajouter. Tu n'es pas obligé de répondre.

— Ça ne me dérange pas. Les fleurs de cerisier sont les fleurs préférées de ma mère. Les deux qui se trouvent au centre du motif nous représentent, Lucie et moi, en train de chercher notre voie dans la vie.

Il baissa la tête pour concentrer son regard sur les deux fleurs qui chevauchaient une vague au sommet de son épaule.

— Et ces deux-là représentent mes parents, emportés par des forces que personne ne peut contrôler.

Vanessa sentit son cœur se briser. Imaginer ce que ça pouvait être de perdre des parents qui vous aiment était au-dessus de ses forces. Lucie et lui avaient dû tellement souffrir de leur disparition. En souffraient certainement toujours.

— Je suis désolée, Jackson. C'est un très beau tatouage.

— Merci, répondit-il avec un grand sourire. Est-ce que tu as assez mangé ?

— Tu veux rire ? J'ai l'impression que je pourrais accoucher d'un buffet digne de Las Vegas ! C'était tout simplement délicieux. Aurais-tu fait du charme à une serveuse pour qu'elle chaparde tout ça pour toi, dis-moi ?

Jackson tendit le bras en arrière pour prendre appui sur sa main et la regarda en haussant le sourcil gauche – celui qui était traversé par une cicatrice.

— C'est vraiment comme ça que tu me vois ? Comme un play-boy qui obtient tout ce qu'il veut par la séduction ?

— Je ne sais pas. Est-ce que c'est ce que tu fais ?

S'il te plaît, dis oui, comme ça je pourrai te haïr et je serai libérée de l'affreuse attraction que tu exerces sur moi.

— Je ne sais plus trop, répondit-il avec un sourire taquin. J'ai oublié toutes les autres femmes depuis que je te connais.

Elle éclata de rire et secoua la tête.

— T'es vraiment qu'un beau parleur !

— D'accord, c'était peut-être un peu exagéré.

Son grand sourire s'estompa lentement et ses yeux topaze se scellèrent aux siens avec un tel sérieux que le rire de Vanessa mourut dans sa gorge.

L'intensité de son regard, sa signification surtout la rendirent immédiatement nerveuse.

— Quoi ?

Il amena sa main libre au niveau de sa joue et la caressa si délicatement qu'elle se demanda comment des mains faites pour détruire ce qu'elles touchaient pouvaient se révéler d'une telle douceur.

— Il y a quelque chose que je n'ai pas pu oublier, dit-il d'une voix rauque.

Vanessa déglutit sous l'effet des frissons déclenchés par l'infime caresse de son pouce sur sa pommette.

— Quoi donc ?

Son regard se posa sur sa bouche et son pouce accompagna le mouvement de ses yeux pour effleurer la courbe de sa lèvre inférieure.

— La façon dont tu as répondu à mon baiser hier soir. Je ne peux pas l'oublier parce que j'ai trop envie de recommencer.

Il appuya doucement le pouce au milieu de ses lèvres jusqu'à ce qu'elle les entrouvre, puis le fit glisser sur le rebord de ses dents. La pointe de sa langue effleura la pulpe de son pouce, le lécha, avec un peu d'hésitation d'abord, puis gagna en audace. La saveur sucrée de l'ananas qu'ils venaient de partager lui fit venir l'eau à la bouche et le simulacre d'invasion déclencha une agréable contraction au creux de ses cuisses.

Leurs corps se rapprochèrent spontanément et ils se retrouvèrent assez près l'un de l'autre pour échanger un baiser. Même assis, il la dominait nettement. Peu d'hommes la dominaient ainsi, mais Jackson était si imposant qu'elle se sentait presque fragile face à lui.

Il se mit à respirer plus fort quand il vit sa langue s'enrouler autour de son doigt. Les paupières de Vanessa voilèrent son regard et elle se mit à le sucer. Un gémissement échappa à Jackson et la sensation de puissance que déclencha ce gémissement donna envie à Vanessa de se venger de l'affront qu'il lui avait fait subir la veille.

Elle sentit ses seins s'alourdir dans le bikini qu'elle avait enfilé sous son bustier et se demanda si le désir affectait aussi le corps de Jackson, mais ne put détacher les yeux de son visage. Finalement, histoire de lui prouver que ce n'était pas lui qui commandait, elle écarta un peu plus les lèvres, inclina légèrement la tête et mordit la pulpe de son pouce. Fort.

Elle s'était attendue qu'il écarte son doigt en proférant un juron. Elle avait même projeté de rire de sa réaction et d'exercer sa vengeance en le laissant sur sa faim. Mais elle s'était trompée. Loin de rugir, Jackson gémit de plaisir.

— Si on n'était pas sur une plage publique, je te montrerais sur-le-champ l'effet que tu me fais. Pour l'instant, je t'octroie un répit, mais tu ne perds rien pour attendre…

— Et si je n'ai pas envie de savoir ce que tu me réserves ?

Jackson abolit la distance qui les séparait et aspira ses lèvres, une fois, deux fois, trois fois, les emprisonnant d'un baiser si lent et sensuel qu'elle se sentit instantanément aimée et désirée.

— Il ne me restera plus qu'à te faire changer d'avis.

Vanessa s'intima l'ordre de se ressaisir et pria pour qu'il ne perçoive pas son souffle haletant.

— L'aperçu que je viens d'avoir m'a semblé très prometteur.

— Ravi de l'apprendre. Si tu veux bien m'excuser, je vais aller faire un peu de surf pour chasser ce qui t'a semblé si prometteur pendant que tu te reposes.

Elle fut incapable de réprimer un éclat de rire.

— Bonne chance !

— Je vais en avoir besoin. Une promesse pareille risque de me faire perdre l'équilibre, répliqua-t-il avec un clin d'œil.

Elle leva les yeux au ciel.

— Sois sage en mon absence, ô ma promise, ajouta-t-il.

— On n'est pas à la résidence, Jax.

— Je sais, répliqua-t-il avec un autre clin d'œil avant de ramasser sa planche et de courir vers le rivage.

Depuis la rive, elle le regarda s'allonger sur sa planche pour gagner à la nage l'endroit où se formaient les rouleaux. Elle ne s'était jamais particulièrement intéressée au surf, mais quand elle vit Jackson plonger sous une petite vague pour attraper celle qui arrivait derrière, elle trouva cela fascinant. Les muscles de son dos et de ses épaules obéissaient à la rotation de ses bras et quand la vague le rejoignit, il bondit avec sa planche aussi aisément que s'il s'était trouvé sur la terre ferme et comme si la plante de ses pieds y était collée.

Surfant au creux de la vague, il s'accroupissait et se redressait pour faire zigzaguer sa planche le plus longtemps possible. La grosse vague finit par le submerger et l'anxiété qui saisit Vanessa manqua lui couper le souffle... jusqu'à ce qu'elle aperçoive la silhouette de Jackson, fièrement dressée, à travers les franges du rouleau. Le museau de sa planche franchit le rideau étincelant et elle le vit réapparaître, le visage aspergé d'eau, main étendue devant lui pour épouser le profil du tunnel créé par la vague. Celle-ci finit par mourir et Jackson plongea sous l'eau.

Dès qu'il refit surface, il renouvela la manœuvre.

Le surf était devenu officiellement le sport préféré de Vanessa – en tant que spectatrice.

Elle poussa un long soupir. Qu'allait-elle bien pouvoir faire de lui ? À l'évidence, le frère de sa meilleure amie était une définition sur pattes du mot dichotomie. Vu de l'extérieur, c'était un lutteur d'Arts Martiaux Mixtes passionné de surf. Mais quelque chose ne collait pas. Sa façon de se comporter ne correspondait pas à l'homme responsable dont Lucie lui avait parlé pendant tant d'années. Était-ce parce que sa meilleure amie idolâtrait son frère ? Ou parce que Jackson dissimulait sa véritable personnalité. Et dans ce cas, pourquoi ?

Jackson Maris, Mister Big-Sexy-Star des Arts Martiaux Mixtes, était un homme plein de mystère. Juriste jusqu'au bout des ongles, Vanessa rêvait de découvrir la vérité au-delà du mystère. Mais femme avant toute chose, c'était surtout l'homme qu'elle rêvait de découvrir. Un peu trop intimement, peut-être…

Sur le plan sexuel, Vanessa était loin d'être inexpérimentée. Être à l'aise avec sa sexualité était un des rares credo féministes qu'elle ait adoptés. Mais cela faisait *très* longtemps qu'elle ne pensait plus qu'à son travail. De plus, le panel de ses relations s'étant réduit à une peau de chagrin, les rares hommes qu'il lui arrivait de croiser ne lui semblaient jamais dignes de ses efforts.

Jackson, en revanche… Quelque chose lui disait qu'avec lui ses efforts seraient récompensés. Peut-être même au-delà de ses espérances. Vanessa mordilla sa lèvre et remua quelques idées dans sa tête tout en le regardant s'élancer à la conquête d'une nouvelle vague.

Et un doux battement d'ailes de papillon s'éleva au creux de son ventre.

En premier lieu, il fallait qu'elle s'assure que Jackson était bien sur la même longueur d'onde qu'elle. Après quoi plus rien ne s'opposerait à ce qu'elle prenne du bon temps avec lui. À l'horizontale. Et à la mode hawaïenne.

Dès qu'elle donna le feu vert à cette idée, le battement d'ailes de papillon devint frénétique. L'impatience de céder au désir que lui inspirait Jackson se répandit alors partout en elle.

Elle remplit ses poumons d'air marin, puis exhala, le sourire aux lèvres. Elle se sentait déjà beaucoup plus détendue. Le comprimé antiallergique qu'elle avait pris la veille lui avait permis de passer une bonne nuit, mais elle se sentait encore un peu lasse. L'envie d'une petite sieste réparatrice se précisa dans sa tête. Elle s'étira sur la couverture, bâilla et ferma les yeux.

Elle sentait encore le baiser de Jackson palpiter sur ses lèvres quand elle dériva vers le sommeil.

*

* *

Le soleil et la brise s'étaient déjà chargés de sécher la peau et le maillot de Jackson. Étendu sur le flanc, il regardait Vanessa dormir. Cela faisait près d'une demi-heure qu'il était revenu et il n'avait pas voulu la réveiller tant elle dormait paisiblement. Vanessa était une femme toujours sur le qui-vive, prête à livrer bataille quoi qu'il advienne. Mais quand elle dormait, ses traits et ses muscles se détendaient et des mèches de cheveux dansaient autour de son visage. L'ombre de ses longs cils dessinait un éventail sur ses pommettes et son souffle léger et régulier s'échappait de ses lèvres entrouvertes.

Le souvenir du goût de ses lèvres agissait sur lui comme un puissant aphrodisiaque. Loin d'apaiser sa soif, le bref contact qu'ils avaient échangé avait déclenché une véritable addiction.

Tout en l'observant, Jackson se demanda comment elle se comportait quand elle était dans son élément. Il avait entendu quelques histoires à son sujet quand sa sœur était encore étudiante. Vanessa avait parfois réussi à entraîner la sage Lucie dans de folles virées… qui ne collaient pas avec la femme qu'il avait vue au cours des trente-six dernières heures. S'était-elle calmée après la fac ou bien se comportait-elle différemment du fait des circonstances ?

Lucie avait-elle parlé de lui à sa meilleure amie ? Les filles ont-elles pour habitude d'échanger des confidences au sujet de leur famille ? Sans doute. Pour autant qu'il le sache, les filles parlent sans arrêt de tout et de n'importe quoi. Mais Lucie n'avait jamais pu lui parler que de choses superficielles. D'anecdotes amusantes survenues pendant leur enfance. Comme le jour où Reid et lui s'étaient emparés des poupées Barbie de Lucie qui faisaient tranquillement la dînette pour les transformer en prisonniers de guerre. (Mais sa petite sœur avait certainement omis de dire à Vanessa qu'Œil de serpent, le plus puissant des Action Man de Jackson, avait de sérieuses raisons de croire que Ken était un agent secret au service des Russes.)

Ces histoires n'étaient que des broutilles. Lucie ne pouvait pas lui avoir révélé son plus grand secret pour la bonne raison que sa petite sœur elle-même l'ignorait. Comment Jackson aurait-il pu dire à sa sœur que leurs parents – qu'ils avaient toujours crus tellement parfaits – n'étaient pas si parfaits que ça ?

Quand ils avaient trouvé la mort dans un accident de voiture, la vie de Jackson avait été complètement bouleversée. Il venait tout juste de décrocher le bac et s'apprêtait à partir pour Vegas avec Reid pour faire carrière dans les arts martiaux. Au lieu de quoi il s'était retrouvé plongé dans une bataille juridique pour devenir le tuteur légal de sa petite sœur de treize ans. Et avait découvert dans le coffre que ses parents détenaient à la banque des papiers qui avaient fait voler son univers en mille morceaux.

Une fois le choc de la révélation passé, Jackson l'avait refoulée dans un coin de sa tête et s'était appliqué à élever Lucie du mieux qu'il avait pu. Il ne pouvait pas l'accuser de lui avoir donné du fil à retordre. Sage comme une image, Lucie se tenait à l'écart des ennuis, décrochait toujours les meilleures notes et ne s'intéressait pas aux garçons. Mais cela n'avait pas suffi à le libérer du stress d'être responsable d'elle pendant les années cruciales de l'adolescence et de devoir apprendre très vite à devenir un adulte qui travaille et paye les factures.

C'était pour cette raison qu'il avait décidé de vivre le plus simplement possible une fois qu'il était arrivé à Hawaï, de ne pas s'embarrasser d'un crédit bancaire et de n'être responsable que de lui-même. Il était très heureux comme ça, depuis.

À côté de lui, Vanessa s'étira, se frotta le nez et le plissa à la façon d'un petit lapin. Jackson sourit et écarta la mèche de cheveux qui la chatouillait. La joue de Vanessa épousa le creux de sa paume et il eut la surprise de l'entendre murmurer son nom. Quand il comprit qu'il occupait une place dans ses rêves, une sensation indescriptible s'empara de lui. Il n'eut cependant pas le loisir de savourer longuement cette découverte car elle ouvrit aussitôt les yeux.

— J'ai dormi longtemps ?

— À peu près deux heures.

Elle se redressa aussi vivement que si la couverture l'avait brûlée.

— Oh, mon Dieu ! Tant que ça ? Je voulais juste faire une petite sieste réparatrice.

— Où est le problème ? Tu as passé une partie de l'après-midi à faire la sieste sur une plage de rêve ; ce n'est pas un crime, princesse.

— Je sais bien, répliqua-t-elle. C'est juste que... je n'ai pas l'habitude de perdre mon temps comme ça.

— J'irai même plus loin, quitte à énoncer une évidence : tu es un bourreau de travail, incapable de décrocher, même en vacances.

— Techniquement, je ne suis pas en vacances à proprement parler puisque je ne devais arriver que vendredi. Mes vraies vacances, c'est la semaine prochaine. Cette semaine, je continue à faire mon travail depuis une île tropicale.

— Ouais... Pas vraiment le top du fun, comme programme.

Elle se leva pour se rhabiller et rassembler les éléments du pique-nique.

— Tout le monde n'a pas un job qui permet de passer ses journées à surfer.

Jackson se leva aussi et ramassa sa planche. Il était surpris de découvrir que Vanessa faisait partie des gens qui considéraient son métier comme un loisir.

— Ce n'est pas parce que je ne suis pas en camp d'entraînement en ce moment que je me la coule douce en permanence.

— Je t'en prie, Jackson. Ton travail consiste à manger sainement et à faire de l'exercice. La majorité des gens vivent ça *en plus* d'un vrai travail.

— C'est vraiment ce que tu penses ?

— Entendons-nous bien : je ne dis pas que tes exercices sont faciles. Je dis simplement que pour quelqu'un qui a ta forme physique et qui a l'habitude de s'entraîner, ce n'est pas la mer à boire. Dans ma branche, cela reviendrait à faire subir un contre-interrogatoire à un témoin.

— Le crédit que tu accordes à mes compétences me flatte, mais la forme physique et l'habitude ne changent rien au fait que chacun de mes entraînements est aussi difficile qu'au premier jour. Ils sont conçus pour avoir cet effet-là.

La façon qu'elle eut de hausser le sourcil tout en continuant de récupérer leurs affaires était aussi subtile qu'un reniflement de mépris chez Lucie. Jackson eut l'impression qu'elle venait d'insulter son éthique professionnelle, ce qui était complètement absurde. Il était toujours le premier à plaisanter de son mode de vie tranquille et sans contraintes. Si on avait dû appliquer un mode d'emploi pour adopter son mode de vie, il aurait été rédigé en ces termes : combattez, surfez, détendez-vous et recommencez. Pourquoi tenait-il donc tellement à prouver à Vanessa qu'il n'était pas un feignant qui se laissait porter par le cours des événements ?

— Tu sais quoi ? dit-il en l'aidant à secouer et à replier les couvertures. Je dois aller au gymnase demain matin. Qu'est-ce que tu dirais de venir constater par toi-même le niveau de difficulté de mon entraînement ? De cette façon, maître, vous pourrez vous faire votre opinion en ayant toutes les preuves en main.

— Hum... fit-elle en grimaçant comme si elle débattait vraiment de la question. Ton cas ne manque pas d'intérêt, mais je croyais que tu n'étais pas en camp d'entraînement en ce moment.

— C'est bien ce que j'ai dit, mais ça ne veut pas dire que je ne m'entraîne pas du tout. Je dois rester en forme pour le beau sexe, ajouta-t-il quand Vanessa se pencha pour attraper le panier et son sac.

Elle se redressa d'un seul coup et tourna vivement la tête vers lui. Avant qu'elle ait eu le temps de la dissimuler, Jackson parvint à voir étinceler une lueur de défi dans ses yeux.

— Parce que tu appelles ce genre de poignées d'amour « rester en forme », toi ? dit-elle en désignant ses hanches.

— Quoi ?

Jackson tâcha d'évaluer le nombre de hamburgers qu'il s'était autorisés depuis le début de la semaine. Il écarta les bras, inspecta ses flancs d'un regard sans pitié et... ne vit strictement rien qui dépassait.

Un éclat de rire échappa à Vanessa, pliée en deux.

— Oh, mon Dieu, c'était trop facile ! Tu es pire qu'une fille !

— Pire qu'une fille ? répéta-t-il en faisant mine de hausser le ton.

Elle opina exagérément du chef, la main plaquée sur sa bouche pour étouffer ses gloussements.

— Je vais te montrer, moi, si je suis une fille !

À peine fit-il un pas vers elle qu'elle glapit son nom dans un cri de protestation, lâcha les couvertures pliées et prit ses jambes à son cou pour s'élancer sur le sable blanc.

Jackson fut plus qu'heureux de s'élancer à sa poursuite.

*

* *

— J'aimerais te proposer quelque chose.

Jackson, qui était assis au bord de la piscine du patio, occupé à cirer sa planche, leva les yeux vers elle.

De retour de la plage, ils avaient commandé de quoi dîner dans leur chambre, puis Vanessa s'était remise au travail et Jackson était allé courir. Comme elle avait toujours le nez dans ses dossiers après qu'il eut pris sa douche, il s'était installé au bord de la piscine pour entretenir sa planche, prêtant l'oreille au bruit des vagues qui s'écrasaient sur le rivage ainsi qu'à la musique et aux éclats de rire en provenance du bar de la plage, à l'autre bout de la résidence.

— Assieds-toi, dit-il en tapotant l'espace à côté de lui.

Elle portait un corsaire en maille de coton et un bustier moulant. La tenue décontractée typique de l'île – tenue qui donnait furieusement envie à son sexe de se redresser et de pointer le nez dehors pour lui faire un petit coucou. *Nom de Dieu.* Il chassa son sexe de ses pensées et tâcha de se concentrer sur son travail.

Vanessa s'assit en laissant pendre ses jambes pardessus le rebord de la piscine, cala ses mains sous ses cuisses et poussa un long soupir.

— Ho-ho, chantonna-t-il avec un petit sourire. Ça a l'air sérieux. Je ne suis pas autant versé en droit que toi, mais... peux-tu divorcer de moi avant qu'on soit mariés ?

— Toi, tu ne perds rien pour attendre, répliqua-t-elle sèchement. C'est moi ou ça sent l'ananas ?

Il tendit le pain de cire vers elle.

— *Sexwax* de M. Zogs, annonça-t-il d'une voix de présentateur publicitaire. À ne pas confondre avec la cire qu'on utilise dans le cadre de rapports sexuels.

— Tu as déjà *personnellement* testé ?

Il haussa un sourcil.

— Tu veux savoir si j'ai déjà joué à des jeux du genre ?

Elle hésita... puis acquiesça.

— Pas encore.

Des images de filets de cire tiède coulant sur la peau crémeuse de Vanessa assaillirent son esprit.

— Mais je crois que ça me plairait d'expérimenter des tas de trucs nouveaux avec la partenaire idoine, ajouta-t-il.

— Oh, souffla-t-elle d'une voix étranglée qui eut un effet immédiat sur les sens de Jackson.

Il était temps de changer de sujet s'il ne voulait pas bondir sur elle au cours des trente secondes à venir. Un point qui, malheureusement, restait discutable.

— Alors... Tu te décides à me la faire, cette proposition ?

Quand il leva les yeux, son regard tomba en arrêt sur ses mamelons durcis qui tendaient l'étoffe de son bustier. Pas de soutien-gorge. Oh, non ! Elle voulait sa mort.

— À moins que tu ne préfères que je devine ? proposa-t-il, sa voix chutant d'une octave.

— Hum, commença-t-elle avant de s'éclaircir la gorge. J'étais venue à Hawaï dans l'intention... de me lâcher un peu. Tu sais, de rencontrer quelqu'un et d'oublier le quotidien. Mais comme je me retrouve coincée dans une situation où je suis censée être ta fiancée, je ne peux pas me permettre de flirter avec le premier venu.

— Hum-hum... émit Jackson qui sentit qu'il allait adorer la suite.

— Et donc, étant donné que je n'ai pas d'autre choix, je te propose d'être celui avec qui... je me lâcherai. Un peu, acheva-t-elle pitoyablement.

— Tu veux bien formuler ça plus clairement, princesse ?

— Oh, tu as très bien compris, je veux un amour de vacances, voilà !

— Et en quoi ça consiste, exactement ? demanda-t-il en se rapprochant si près d'elle que leurs souffles se mêlèrent. Dis-le, ordonna-t-il à voix basse.

Elle prit une profonde inspiration et le regarda courageusement dans les yeux.

— Je veux coucher avec toi.

— Ah ! Eh bien voilà ! Est-ce que c'était si dur que ça ? demanda-t-il en souriant. À ce propos, en parlant de dur...

Il saisit sa main et lui fit la démonstration on ne peut plus explicite de ce qu'il pensait de sa proposition.

— Mon Dieu, souffla-t-elle.

L'étoffe de son caleçon avait beau faire office de tampon, le contact de la paume de Vanessa sur son sexe en érection déclencha en lui une onde de choc.

— J'accepte ta proposition.

Vanessa récupéra sa main et s'écarta de lui de quelques centimètres comme si elle avait besoin d'espace pour respirer. Exactement l'inverse de ce à quoi Jackson s'était attendu.

— Mais on ne pourra pas commencer avant demain.

Alors *ça*, c'était carrément incompréhensible.

— Tu peux répéter ?

— *Règle n° 5 : Ne jamais laisser durer une aventure plus de trois jours.* Nous sommes lundi. Si nous commençons demain, ça nous laisse jusqu'à jeudi soir, ce qui est parfait, puisque Lucie et Reid arrivent vendredi pour le dîner de répétition.

Jackson eut du mal à croire qu'elle puisse établir une limite dans le temps à une aventure, comme s'il s'agissait d'un vulgaire ticket de parcmètre.

— Tu n'es pas sérieuse ? Tu fais ça avec tous les mecs ?

L'idée qu'elle puisse avoir des aventures de trois jours avec des types qu'elle connaissait à peine lui donna subitement envie de cogner dans un punching-ball. Ou mieux encore, les types en question.

— Je ne leur parle pas de la règle n° 5, je me contente de rompre avant que les choses deviennent sérieuses. Toi, je t'en parle parce que nous nous retrouvons dans une situation exceptionnelle et que je préfère établir franchement mes attentes vis-à-vis de toi.

— Tu n'as jamais eu d'histoire qui ait duré plus de trois jours ?

— Bien sûr que si. Mais on ne parle pas d'histoires, on parle d'aventures. Ce n'est pas du tout pareil.

Jackson caressa son début de barbe tout en ressassant ce qu'elle venait de dire. Vanessa McGregor était une créature vraiment étrange. Il ne comprenait pas les raisons des règles démentes qu'elle s'imposait de suivre comme s'il s'agissait des commandements de la Bible. Il les trouvait absurdes, mais s'il voulait passer du temps avec elle – et il en avait vraiment très, *très* envie –, il était prêt à considérer qu'il existait des choses plus absurdes que s'obstiner à suivre quelques règles de vie. En espérant qu'aucune d'elles ne dépassait les limites du raisonnable…

— Au cas où j'accepterais, dit-il en plissant légèrement les yeux, quelles autres règles seront en vigueur ? Je ne voudrais pas me retrouver confronté à une mauvaise surprise le deuxième jour. Aucune règle ne m'obligera à m'habiller en femme, par exemple ?

— Pas même avec un de mes strings ? Ça t'irait bien, pourtant…

Il écarquilla tout grands les yeux jusqu'à ce qu'elle se fende d'un large sourire.

— Attention, princesse. D'après mes comptes, tu mérites déjà deux punitions. Tu ne voudrais quand même pas que je double la dose, j'imagine ?

Le sourire de Vanessa se fissura et elle rougit un peu. Jackson se demanda quelle était la cause de cette rougeur : inquiétude… ou excitation ?

Elle toussota, plongea la main dans la poche arrière de son short et en sortit une feuille de papier qu'elle déplia et qui ressemblait furieusement à… *Nom de Dieu.*

— Ne me dis pas que c'est un contrat !

— Bien sûr que non ! Mais je voulais être sûre de ne rien oublier, alors j'ai noté toutes les…

— … règles ? demanda-t-il en haussant un sourcil.

Elle soutint son regard avec assurance et son menton se releva plus fièrement que jamais.

— Oui. Les règles.

Il apprécia qu'elle ne se soit pas dégonflée quand il avait testé la fermeté de sa résolution. Bien des femmes auraient reculé quand il avait laissé voir qu'il n'était pas emballé. Mais pas Vanessa. Elle assumait complètement sa manie, et bizarrement, cette attitude titillait Jackson. Il se révélait prêt à faire bien des sacrifices pour plaire à sa prétendue future épouse.

Il écarta sa planche de surf et croisa les bras.

— Je t'écoute.

— Alors voilà : on démarre une relation sexuelle pour une durée de trois jours consécutifs à partir de mardi, à savoir demain, période au terme de laquelle notre relation redeviendra platonique. Cependant, étant donné que nous avons des amis communs, il est presque certain que nous serons amenés à nous revoir à l'avenir. Nous devons donc également nous engager à ne jamais faire allusion à ce qui se sera passé entre nous au cours de ces trois jours.

— On ne pourra jamais coucher ensemble en souvenir du bon vieux temps, alors ? Je ne vois pas pourquoi…

— Parce que trois jours, c'est trois jours, Jackson. Si on franchit cette limite, on risque de développer des sentiments l'un pour l'autre et ce n'est pas ce qu'on veut.

— Hmm. Et tu veux bien me rappeler pourquoi ?

Elle détourna les yeux comme si le coin corné de sa feuille exerçait sur elle un soudain attrait.

— Parce que tu n'es pas celui qui me convient.

Aïe. Jackson n'aurait pas cru possible qu'une simple phrase puisse faire aussi mal.

— À cause des règles d'or ?

Elle hocha la tête, mais ne desserra pas les lèvres. Jackson décida alors que son objectif d'ici la fin de la semaine consisterait à découvrir quelles étaient ces satanées règles et à obliger Vanessa à déroger à chacune d'elles. Elle était affreusement coincée et la décoincer relevait désormais de sa responsabilité.

— Qu'est-ce que tu as noté d'autre ?

Elle haussa une de ses frêles épaules.

— Pendant la durée de notre aventure, nous nous engageons l'un comme l'autre à ne pas aller avec une tierce personne, non seulement par respect mutuel, mais aussi pour préserver la réputation de Reid et Lucie.

Elle lui décocha alors un regard incisif.

— À l'évidence, cette clause inclut le flirt, et implique que tu gardes tes distances vis-à-vis de Jillian.

Jackson s'efforça de conserver une expression neutre et refoula le rire qui menaçait de monter dans sa gorge. Il ne doutait pas que l'esprit qui avait inspiré ces règles se souciait avant toute chose de protéger Lucie, mais il aurait été prêt à parier sa planche de surf préférée que c'était la jalousie pure et simple qui avait inspiré à Vanessa cette dernière remarque. Elle n'avait rien à craindre de son ancienne conquête, mais… Jackson ne vit aucune raison de le lui faire savoir. Après tout, en quoi est-ce que ça la regardait, s'il ne s'agissait que de s'amuser pendant trois jours ?

Il se caressa le menton, feignant de réfléchir à ses termes.

Le strict cadre des trois jours et l'interdiction d'en parler à qui que ce soit lui paraissaient parfaitement ridicules, mais il n'envisageait pas de considérer ces règles avec sérieux. Après tout, qui pouvait garantir que la Vipère du Palais ne pouvait pas être séduite ?

— Entendu, déclara-t-il finalement. J'accepte les termes de cet accord tant que tu les accepteras aussi, mais à une condition.

— Laquelle ?

— Tu m'accordes le contrôle total.

Elle secoua la tête comme s'il venait de lui demander d'assassiner le président des États-Unis.

— Règle n° 2.

Il réprima un soupir de frustration. *Patience, patience.*

— Que stipule-t-elle ?

Elle aspira sa lèvre inférieure entre ses dents et Jackson vit le moment où, si elle ne se décidait pas à parler, sa lèvre allait éclater.

— Si on veut que ça marche, princesse, j'ai besoin de savoir où je mets les pieds. En quoi consiste cette règle ?

— *Ne jamais céder le contrôle.*

Vlan. Cette règle expliquait à elle seule pourquoi Vanessa frisait l'infarctus chaque fois qu'il faisait mine de prendre les rênes. Jackson essaya d'imaginer ce qui avait pu lui arriver qui la rende aussi inflexible sur ce point. Rien de ce qui lui vint à l'esprit n'aurait pu être qualifié d'anodin et un farouche instinct de protection surgit en lui. Mais il ressentit également le besoin de l'aider à se libérer de ce qui la hantait. Et la seule façon d'y parvenir consistait à affronter ses peurs et à s'en remettre à lui.

— Princesse, murmura-t-il, je ne veux que le contrôle de la chambre à coucher. En dehors, ce sera toujours toi la patronne.

— Non, répliqua-t-elle, gentiment mais fermement. Je ne peux pas, souffla-t-elle, comme à bout de forces.

— Bien sûr que si. Tout ce que je te demande, c'est de me céder le contrôle. Je ne te demanderai jamais de faire quelque chose que tu ne veux pas. À la seconde où tu me demanderas d'arrêter, j'arrêterai. Mais je te garantis que quoi que je te fasse, la dernière chose au monde que tu voudras, c'est que je m'arrête.

Jax se pencha vers elle, lui caressa le cou du bout de son nez, puis effleura sa peau avec ses poils de barbe quand il releva la tête pour lui parler à l'oreille.

— Laisse-moi commander, princesse.

Le tremblement qui la parcourut fut si violent que Jackson aurait pu jurer qu'il venait de lui.

— Je...

Il sentit son souffle s'altérer sur sa joue.

— Je te promets d'essayer, d'accord ?

Jax eut envie de lever le bras comme pour ponctuer une décision de l'arbitre. Il savait que le simple fait de consentir à essayer constituait pour Vanessa une étape énorme.

— D'accord.

Il se laissa glisser dans la piscine et s'inséra entre ses jambes, les mains placées de part et d'autre de ses hanches sur le rebord du bassin.

— Tu as accepté de ne commencer que demain, lui rappela-t-elle.

Il effectua un rétablissement pour rapprocher la bouche de son oreille.

— Je n'ai pas l'intention de te toucher. Mais il n'y a pas qu'en te touchant que je peux te faire de l'effet. Hier soir, par exemple, dit-il en rivant son regard au sien, tu m'as fait bander rien qu'en me regardant...

*
* *

Vanessa prit une longue inspiration et son dos se raidit.

— Je croyais que tu dormais.

— J'étais endormi quand tu m'as découvert. Mais l'intensité de ton regard m'a réveillé. Il laissait une traînée brûlante partout où il passait sur mon corps et ça m'excitait tellement que c'est un miracle que je n'aie pas bondi du hamac pour te sauter dessus.

Vanessa ne rougissait pas facilement en temps ordinaire, mais cette fois, elle eut nettement l'impression que ses joues s'harmonisaient à la couleur incandescente de sa chevelure.

— Je n'arrive pas à croire que tu n'aies rien dit !

— Tu me pardonnerais si je te disais plein de trucs maintenant ?

— Comme quoi, par exemple ?

Elle déglutit avec difficulté. Il était bien trop près d'elle si elle voulait conserver le moindre espoir de s'en tenir à la règle n° 5.

— Si je te disais par exemple que j'ai l'intention d'assaillir ta bouche dès que tu m'y autoriseras.

Il rapprocha ses lèvres jusqu'à les aligner devant les siennes, si près qu'elle aurait pu jurer qu'elle sentait leur contact alors qu'il y avait encore un infime espace entre elles.

— Ou si je te disais que mes mains meurent d'envie de caresser la douceur de ta peau, de pétrir tes seins, d'envelopper tes adorables petites fesses pendant que je te plaque contre moi.

Pourquoi respirait-elle aussi bruyamment ? Comme si elle frisait la crise d'asthme. Et son cœur battait si fort qu'elle le confondit un instant avec la rythmique de la musique du bar de la plage. Des picotements affleuraient sous sa peau aux endroits de son corps qu'il venait de citer. Ils étaient apparus au fur et à mesure qu'il les nommait, comme si sa voix exerçait sur elle un pouvoir magique. Avant qu'elle ait eu le temps de réaliser ce qui se passait, elle inclina le buste en arrière et dut prendre appui sur ses mains pour garder l'équilibre. Debout dans la piscine, Jackson s'était penché vers elle, veillant toujours à ne pas la toucher. Son visage, cependant, se trouvait juste au-dessus de sa poitrine.

— Il me tarde de les prendre en bouche.

Elle sentit son souffle tiède à travers les mailles de coton de son bustier. Elle sentit ses pointes de seins durcir, presque douloureusement, quand elles se tendirent vers lui, comme pour le supplier de passer à l'acte.

— J'ai essayé d'imaginer à quoi ressemblent tes pointes de seins. Avec ton teint pâle, je parie sur une très jolie nuance de rose pâle.

La profonde vibration de sa voix passa sur son corps comme un doux frôlement.

— Et je parie aussi qu'elles seront toutes rouges une fois que je les aurai sucées et léchées. Peut-être bien mordillées aussi.

L'idée de ses dents blanches enserrant un de ses mamelons durcis fit monter un gémissement dans sa gorge.

— Ah, ah… J'ai déjà remarqué que tu apprécies tout particulièrement les morsures. Je crois qu'on va se révéler sexuellement très compatibles, princesse.

Il fit descendre son visage le long de son corps sans la quitter des yeux. Vanessa n'aurait même pas cillé si une ogive nucléaire avait explosé dans leur bungalow. Jackson contempla ostensiblement ses cuisses, puis releva les yeux vers elle.

— Écarte.

— Quoi donc ?

— Tes cuisses. Écarte-les davantage.

Elle hésita, ne sachant pas si elle était capable d'aller plus loin. Jackson tint bon et attendit qu'elle prenne sa décision, comme s'il savait que ce n'était qu'une question de temps. Vanessa se sentait tout à fait capable de lui faire front. Elle n'avait pas pour habitude de se plier à la volonté d'autrui et d'obéir aux ordres. Il haussa les sourcils et sa cicatrice devint plus visible.

— Craindrais-tu d'être tentée de briser tes propres règles, McGregor ?

Elle avait déjà remarqué qu'il adorait lui lancer des défis, mais cette fois, il exagérait. D'un autre côté, rien n'obligeait Vanessa à mordre à l'hameçon. Elle était sur le point de lui répondre fermement par la négative quand elle vit apparaître un petit sourire satisfait sur ses lèvres. Pas question qu'elle lui laisse voir à quel point il l'affectait. Elle arqua elle aussi un sourcil et écarta les cuisses aussi largement qu'elle put.

Il ne perdit pas une seconde à se glorifier de ce qu'il prenait certainement pour une victoire. Ce fut comme si son attitude effrontée n'avait été qu'une façade destinée à obtenir ce qu'il désirait et qu'il laissait tomber le masque dès qu'il l'avait eu. L'homme qui se trouvait en dessous révéla alors son vrai visage, ainsi que son intention de la troubler par de douces paroles.

Enfoncé dans l'eau jusqu'aux épaules, il avait à présent le visage juste en face de ses cuisses largement écartées. Vanessa se mordit la lèvre et pria pour qu'il cesse de la torturer ainsi.

— Mon Dieu, Vanessa...

Il avait prononcé son nom d'une voix étranglée, comme si sa gorge s'était subitement contractée. Elle scruta son visage pour tâcher de deviner ses pensées. Il avait le regard rivé au sommet de ses cuisses, les narines frémissantes et un tic nerveux trémulait au niveau de sa mâchoire. Il donnait clairement l'impression de lutter pour garder le contrôle.

— Tu es tellement mouillée que ça transperce ton short.

— Je sors d'une longue traversée du désert...

Sa voix était haletante, tremblante, même. Sans aucun rapport avec son ton habituel de conviction absolue.

— Un kangourou me ferait autant d'effet au stade où j'en suis. Ça n'a rien à voir avec toi.

— Ben voyons, répliqua-t-il d'un ton sarcastique. Sur un seul mot de toi, ajouta-t-il d'une voix si sensuelle qu'elle faillit à elle seule la faire basculer dans l'extase, je mettrai fin à cette saison sèche...

— N... non.

— Allez... Tu ne brises pas la règle, c'est juste une petite entorse.

— Un peu de patience ne nous tuera pas. On peut résister. On est adultes.

Elle en semblait aussi convaincue que si elle avait assuré qu'elle croyait au Père Noël.

— On est adultes. Absolument. C'est bien ce que je dis, rétorqua-t-il en opérant un rétablissement.

Il frappa le ciment du plat de la main à côté d'elle en étouffant un juron et elle battit des cils.

— On devrait pouvoir faire ce qu'on veut, quand on veut, reprit-il. On n'est plus des gamins soumis au couvre-feu et à l'heure du dodo.

Son dédain extirpa Vanessa de son état de stupeur sensuelle. Elle inclina le buste en arrière, cala les talons sur le rebord de la piscine et recula les fesses.

— Le problème n'est pas que tu trouves ça ridicule ou non, Jackson. Le problème, c'est que c'est important pour *moi*. Alors si tu considères que c'est trop lourd à gérer, tant pis. Je n'aurai aucun scrupule à utiliser mon vibromasseur. Il comble parfaitement mes besoins.

Jackson sortit de la piscine d'un mouvement fluide et se planta au-dessus d'elle, dégoulinant d'eau, vibrant de colère et de frustration.

— Le jour où un vibromasseur satisfera une femme mieux que moi, je me ferai eunuque !

Il alla chercher sa serviette qui gisait, roulée en boule, sur une des chaises et s'essuya avec des gestes brefs et nerveux, puis s'immobilisa devant la porte de la chambre.

— Profite bien des dernières heures où tu exerces encore le contrôle, princesse. Parce que après... tu seras à moi.

*

* *

Jackson prit la plus longue et la plus froide des douches de toute sa vie et il eut beau se soulager sous le jet glacé, le simple fait de penser à la femme qui reposait sur le lit à quelques mètres de lui le faisait durcir. Cette attente allait le rendre fou. Le fait qu'elle dorme tranquillement en ce moment même voulait dire qu'elle s'attendait que les choses commencent le lendemain matin.

Ce en quoi elle se trompait.

Il consulta la pendule murale et eut un petit sourire pour lui-même. Dans cinq minutes il serait minuit. On serait officiellement mardi et il n'avait pas l'intention de laisser perdre une seconde de cette aventure de trois jours.

Pendant qu'il laissait s'égrener les minutes, il repassa son plan dans sa tête et réfléchit à ce qu'il aimerait faire pour commencer et à ce qu'il aimerait faire après ça. C'était presque trop difficile de choisir. Il aurait voulu pouvoir tout lui prodiguer en une seule fois. Il ne pouvait pas espérer prolonger les choses et prendre son temps la première fois. Ils étaient bien trop excités l'un et l'autre pour ça.

Il grimpa dans le lit à côté d'elle. Le bungalow était climatisé, mais la température était agréable et Vanessa recouverte d'un simple drap. Jackson l'écarta délicatement pour la dénuder entièrement.

Il se coula derrière elle, ajustant son corps au sien. Elle remua dans son sommeil, sa tête épousant naturellement le creux de son bras, son dos se positionnant plus étroitement contre son torse. La main libre de Jackson glissa le long de sa cuisse jusqu'à sa hanche. La maille souple de son short ne constituait pas un rempart bien sérieux et le vêtement s'écarta aisément quand il se faufila en dessous pour poser la main sur le galbe de sa fesse et la presser doucement. Elle laissa échapper un petit bruit, cambra le dos et pressa ses fesses contre son sexe qui tentait désespérément de jaillir de son caleçon.

Il enfouit son nez au creux de son cou et inhala puissamment son odeur pour en remplir ses poumons. La main qui s'immisça sous son bustier découvrit un sein parfaitement adapté à la cage de ses doigts. La réponse de Vanessa fut instantanée et ses épaules se tendirent en arrière quand sa poitrine pointa vers l'avant pour intensifier le contact de sa main.

— C'est ça, ma princesse, murmura-t-il en pinçant son mamelon entre le pouce et l'index. Éveille-toi sous mes caresses. Laisse-moi te faire du bien.

La puissance de son propre désir stupéfiait Jackson. Il en avait éprouvé des milliers de fois, mais le mot lui-même ne semblait pas convenir à ce qu'il ressentait en présence de Vanessa. Cela tenait plus de l'appétit féroce que du désir. Et selon les règles édictées par Vanessa, la pendule disait que c'était l'heure de passer à table !

Il écarta la main de sa poitrine pour la glisser entre ses cuisses et lui caresser l'entrejambe. Elle gémit et ses hanches ondulèrent au rythme de ses caresses, chevauchant sa main.

Tout à coup, elle ouvrit toute grande la bouche et s'immobilisa. Jackson s'empressa d'encercler sa taille de son bras et approcha les lèvres de son oreille.

— Là, princesse. Tout va bien. C'est moi.

Il la sentit se détendre, mais pas au point de retrouver l'état d'abandon sensuel qu'elle avait eu pendant son sommeil.

— C'est une habitude, chez toi, d'assaillir les femmes pendant qu'elles dorment, Maris ?

Il glousa. Sa question n'avait pas le mordant qu'elle avait pourtant dû chercher à lui donner. Elle l'avait posée d'une voix haletante qui reflétait un certain soulagement.

— Seulement celles qui m'obligent à accepter les dates et les délais qui leur conviennent pour avoir une aventure avec moi. Il est minuit passé, donc on est mardi, ce qui signifie que tu es à moi pendant trois jours et je n'ai pas l'intention de perdre une seconde.

— Eh bien, je cr... *Oh, mon Dieu !*

Jackson n'avait pas attendu qu'elle réfute ses arguments pour remettre ses doigts là où ils étaient avant son réveil. Sauf que, cette fois, il avait glissé ses doigts sous l'élastique de son short pour la caresser à travers la soie de sa culotte.

— Tu es déjà toute mouillée. Ton corps me répond, je sais ce que tu veux, princesse.

Elle gémit et se cambra sous ses caresses.

— J'ai l'impression que je peux en dire autant à ton sujet. Alors arrête de me titiller et donne-nous ce qu'on veut *tous les deux*.

Même à moitié endormie, elle ne pouvait pas s'empêcher de diriger. Il fut un instant tenté de lui rappeler sa promesse, puis jugea plus sage d'y renoncer. Le moment était mal choisi pour débattre de qui avait promis quoi. Il s'en soucierait plus tard, une fois qu'il aurait déblayé le terrain. Voire même plus tard. Il était dans un tel état qu'il aurait pu se soulager en elle encore et encore, et être malgré cela toujours en mesure de la satisfaire.

Jax fit passer son bustier par-dessus sa tête, puis baissa son short et sa culotte jusqu'à ce qu'ils se perdent dans le bouillonnement de drap qui s'était formé à leurs pieds. Son maudit caleçon – qui menaçait de lui faire subir une autre circoncision s'il ne se dépêchait pas de l'enlever – les rejoignit aussitôt. Il poussa un long soupir de soulagement et reprit sa position antérieure, le sexe niché dans le sillon de ses fesses.

Il rêvait du contact de son corps nu depuis si longtemps – les dernières heures lui avaient donné l'impression de durer des jours – qu'il faillit perdre tout contrôle quand son rêve se réalisa enfin. Jackson s'immobilisa, craignant de déclencher une catastrophe s'il s'avisait de remuer. Mais quand Vanessa se frotta contre lui, il perdit complètement le fil de ses pensées.

Dans un ultime sursaut de sagesse, il attrapa les préservatifs qu'il avait posés sur la table de chevet et en enfila un. Une fois cette responsabilité assumée, il bascula à demi sur le dos, entraînant Vanessa dans son mouvement, saisit une de ses jambes et l'incita à écarter les cuisses. Sa main repartit à l'assaut de sa poitrine tandis que la seconde retrouvait le délicieux chemin de son entrejambe.

Un grondement d'approbation lui échappa quand ses doigts entrèrent en contact avec sa peau parfaitement lisse.

— J'aurais pu parier que tu étais une adepte de l'épilation brésilienne.

Il tourna légèrement la tête de façon à lui mordiller le pourtour de l'oreille tout en caressant ses petites lèvres moites.

— Tu es toute douce et déjà prête à me recevoir, murmura-t-il.

Quand il caressa le pourtour de l'ouverture, elle souleva les hanches pour l'inciter à faire preuve d'audace, mais il lui refusa ce plaisir.

— Demain, mes lèvres, ma langue et mes dents adoreront longuement cette jolie petite chatte. Mais ce soir...

Jax se décida finalement à insérer un doigt en elle, puis le retira lentement et recommença. Son cri d'extase se répercuta dans ses oreilles comme la cloche annonçant le début du combat et il dut s'écarter d'elle pour se retenir de la posséder trop vite.

— Ce soir, je vais te donner ce qui te manque.

Ce qui *nous* manque à tous les deux.

Il adjoignit un autre doigt au premier, veillant à l'inciter à s'ouvrir à lui par de savantes caresses. Il ne voulait surtout pas lui faire le moindre mal. Le sang qui irriguait son cerveau avait peut-être migré vers son sexe, mais il n'avait pas perdu l'esprit au point de faire passer son plaisir avant celui de Vanessa. Elle était si étroite qu'il se demanda s'il parviendrait à la pénétrer. D'une façon ou d'une autre, il y arriverait car au stade où il en était, l'idée de ne pas la posséder était impensable.

— Et qu'est-ce qui me manque, selon toi ?

Sa voix haletante l'avait trahie.

— Du sexe, gronda-t-il en accélérant le rythme de son va-et-vient et en pressant la base de sa paume contre son clitoris. Du sexe bestial et primitif.

— Oh, oui, Jackson ! C'est ça qui me manque. Prends-moi, vite !

Les mots avaient franchi ses lèvres comme l'eau jaillit d'une digue rompue, digue qui avait volé en éclats sous l'effet des mots que Jackson venait de prononcer.

— Doucement, murmura-t-il. Je dois m'assurer que tu es prête à me recevoir. Si tu l'es, je te promets de m'enfoncer en toi si profondément que le souvenir de mon sexe marquera ta chair pendant plusieurs jours.

Vanessa laissa échapper un gémissement de supplication ponctué d'une ondulation des hanches.

— Presque prête, déclara-t-il en insérant un troisième doigt dans sa fente moite.

Un voile de sueur recouvrait leurs corps et les boucles de cheveux qui encadraient le visage de Vanessa étaient si humides qu'elles se plaquaient sur ses joues et celles de Jackson. Le besoin de la posséder, de la marquer, de la faire sienne, l'aiguillonnait furieusement. Il ne pouvait plus atermoyer plus longtemps.

Il retira ses doigts, cala sa main au creux de son genou et le fit remonter jusqu'à ce que son sexe se niche naturellement entre ses cuisses.

Elle enserra les poignets de Jackson et ses ongles s'incrustèrent dans sa chair comme si elle cherchait à rassembler son courage.

— Maintenant ? demanda-t-elle.

— Maintenant.

D'une souple poussée des hanches, il s'inséra en elle et quand il sentit qu'il ne pouvait espérer aller plus loin, la décharge de plaisir qui se répandit en lui ne ressembla à rien qu'il ait jamais connu. Vanessa poussa un cri et cambra si fort le dos que seules ses épaules et ses fesses restèrent en contact avec lui. Il replia la jambe de façon à maintenir les siennes écartées tout en la maintenant contre lui des deux mains.

Lentement, il se retira et les lèvres délicieusement enflées de sa vulve tentèrent spontanément de le retenir. Juste avant de se retirer complètement, il la serra plus fort encore et replongea en elle. Son nom franchit les lèvres de Vanessa comme une prière ardente.

— Plus vite, râla-t-elle. Je t'en supplie, Jackson, plus vite, tu me mets au supplice !

— Supplice partagé, crois-moi !

Elle souda ses lèvres aux siennes et sans perdre de temps en préliminaires, aima intensément sa bouche avec sa langue tout en poursuivant les poussées savamment contrôlées de ses reins.

Le temps parut se figer tandis qu'il s'absorbait dans la découverte de la saveur de sa bouche et de son parfait abandon. Au terme de ce qui aurait aussi bien pu être des heures que des minutes, leurs bouches se séparèrent et ils reprirent leur souffle. Vanessa lui renouvela sa demande d'accélérer le rythme de ses poussées.

— J'ai tellement envie de toi, répondit-il en soupesant ses seins alourdis par le désir, que j'ai peur de tout gâcher comme un débutant si je vais plus vite.

— Je suis tellement excitée que je jouirai en même temps que toi... *Je t'en supplie, Jax !*

— Ah ! Je sens que je ne vais plus pouvoir me passer de t'entendre me supplier, déclara-t-il en affermissant la prise de ses bras. Accroche-toi, princesse...

Jackson passa alors du mode calme et régulier au mode frénétique.

Ses hanches se mirent à aller et venir furieusement et il veilla à la combler entièrement à chacune de ses poussées. La sueur qui emperlait son front ruissela sur ses tempes et le claquement de leurs chairs résonna dans la pièce. L'onde de chaleur qui s'était concentrée à la base de sa colonne vertébrale s'intensifia à chacune de ses poussées.

Si l'acte sexuel n'avait pas le don de délier la langue de Vanessa, il l'incitait en revanche à produire toutes sortes de sons et le chœur de ses gémissements, de sa respiration haletante, de ses miaulements et de ses soupirs se hissa telle une fusée en tête de la playlist de Jackson.

Une de ses mains s'empara de son sein et tordit sans pitié son mamelon durci tandis que l'autre s'immisçait entre eux pour caresser son clitoris. Tous deux étaient tendus vers l'imminence de la ligne d'arrivée. Soucieux de ne pas la franchir le premier, Jackson serra les dents à s'en briser la mâchoire.

— Oh, mon Dieu, oui ! Je vais jouir, Jax !

Le fait qu'elle utilise son surnom dans un moment pareil lui plut beaucoup – d'autant plus que cela prouvait qu'elle ne pensait pas à quelqu'un d'autre.

— Vas-y, Vanessa, lâche-toi. Je suis avec toi.

Un cri étranglé franchit les lèvres de Jackson quand sa vulve se contracta convulsivement autour de son sexe. Et il ne lui fallut que quelques poussées pour la rejoindre dans l'extase et s'écrouler sur elle.

Il n'aurait pas su dire depuis combien de temps il était dans cette position quand il trouva enfin la force de se redresser pour passer à la salle de bains. Quand il regagna le lit avec un gant de toilette humide, Vanessa dormait si profondément qu'elle ronflait légèrement. Jackson en conclut qu'une folle nuit de débauche était hors de question.

Il rit dans sa barbe et lui fit sa toilette aussi délicatement et rapidement que possible. Il lança ensuite le gant de toilette en direction de la salle de bains, se glissa le long de son dos et rabattit le drap sur eux. Après avoir déposé un baiser sur son épaule, il s'efforça de trouver lui aussi le sommeil.

3e jour : mardi

— Debout, princesse.

Quand elle sentit la chaleur des rayons du soleil sur son visage, Vanessa plissa les yeux et gémit contre son oreiller.

— Allez ! Il faut que j'aille au gymnase et tu as dit que tu m'accompagnais, tu te souviens ?

Si elle se souvenait ? Vanessa ne se souvenait plus de rien en dehors du contact des bras de Jackson autour de sa taille et de son membre profondément fiché en elle. Ses pointes de seins durcirent à la simple évocation de ce souvenir.

— Accorde-moi dix minutes, marmonna-t-elle contre son oreiller.

L'ombre de Jackson retomba sur son visage quand il se planta devant elle et sa belle voix grave se répercuta à travers son corps avant d'aller se nicher au creux de son ventre.

— En général, je préfère que ça dure un peu plus de dix minutes, mais vu qu'on a un timing serré, je serais ravi de t'accorder une séance de dix minutes.

Elle ouvrit les yeux d'un seul coup et découvrit le sourire carnassier de Jackson qui dénouait le cordon de son pantalon de sport. *Sainte mère de Dieu*. Pour autant qu'elle soit tentée de le laisser tenir sa promesse – à moins que ce ne soit censé être une faveur – elle tenait à recouvrer ses esprits avant de se lancer dans de nouveaux ébats. Elle n'avait pas l'habitude d'être prise de court et vu la façon dont les choses s'étaient passées entre eux la veille, l'expression « prise de court » constituait un énorme euphémisme.

Quand il glissa ses pouces sous la ceinture de son pantalon pour le faire glisser sur ses hanches, elle se redressa d'un bond et tendit la main devant elle pour l'empêcher d'en révéler davantage.

— Je me lève, je suis déjà debout ! Le temps de faire du café et on y va !

— J'en ai déjà fait, déclara-t-il avec un sourire triomphant en rajustant son pantalon, avant de l'aider à sortir du lit en l'attrapant par la taille. Je t'ai préparé un mug de voyage sur le comptoir.

Vanessa prit alors conscience qu'elle était entièrement nue devant lui sous l'impitoyable lumière du jour. Elle attrapa un coin du drap et le plaqua devant sa poitrine. Il gloussa et investit encore davantage son espace personnel. Si Vanessa s'était avisée de reculer, elle n'aurait réussi qu'à retomber sur le lit. La seule solution qui lui restait consistait à relever fièrement le menton.

— Qu'est-ce qui te fait rire ?

Il posa ses grandes mains sur ses hanches et comme elle n'avait pas enroulé le drap autour d'elle, ses longs doigts s'immiscèrent au-delà, imprimant sur sa peau des souvenirs brûlants de la nuit précédente.

— Le fait que tu éprouves le besoin de te couvrir alors qu'il y a quelques heures à peine j'avais le droit de faire tout ce que je voulais à ton corps nu.

— Oui, eh bien il y a une énorme différence entre ce qu'on voit au clair de lune et ce qu'on voit à la lumière du jour. Alors si ça ne te dérange pas…

Le visage de Jackson s'assombrit subitement.

— Justement si, ça me dérange, gronda-t-il. Je ne peux pas croire qu'une femme aussi belle et intelligente que toi ait des complexes. Ou alors, ce serait la preuve que tu es *vraiment* folle.

— Toutes les femmes ont des complexes, Jax. Qu'elles soient quelconques ou qu'elles soient dignes de rivaliser avec Kate Moss.

— Dans ce cas, je vais faire de toi la première femme au monde à s'être débarrassée de ses complexes.

Il l'enlaça et lui fit légèrement ployer le dos en arrière tandis que sa bouche emprisonnait la sienne d'un baiser enfiévré qui faillit lui faire oublier jusqu'à son nom… et qui balaya toutes ses craintes au sujet de son apparence. Quand Jackson écarta ses lèvres, ils étaient aussi haletants l'un que l'autre.

— Mais pas maintenant parce qu'on doit aller au gymnase, alors bouge tes jolies petites fesses !

Il lui fit prendre la direction de la salle de bains en lui appliquant une légère claque sur le derrière qui déclencha un glapissement de surprise.

Elle lui tira la langue par-dessus l'épaule en traversant la chambre et veilla à onduler des hanches dans l'espoir de le torturer. Il l'avait bien mérité, ne serait-ce que pour le tour qu'il lui avait joué la veille. Non qu'elle s'en plaigne. La méthode à laquelle il avait recouru pour la réveiller l'avait même conquise. Mais elle lui avait aussi fait comprendre que si elle n'y prenait pas garde, Jax ne se contenterait pas de la dépouiller du contrôle de la situation car il était en mesure de lui faire révéler bien d'autres choses...

*

* *

Jackson se passa la main dans les cheveux et laissa fuser le soupir qu'il retenait depuis qu'il avait vu, quand Vanessa s'était dirigée vers la salle de bains, la marque rouge que sa main avait laissée sur sa fesse pâle. Il s'était fourré dans un drôle de pétrin. Vanessa était sacrément querelleuse quand elle s'y mettait. Et il avait découvert à sa grande surprise qu'il était aussi amusant d'être la victime de son arrogance que de l'amener à changer d'humeur par des baisers bien placés.

Il aurait aimé pouvoir dire qu'il avait aussi bien dormi qu'elle, mais le petit échantillon qu'il avait eu de sa fougue lui avait donné envie de la découvrir davantage... Malheureusement, il avait passé la majeure partie de la nuit à se bercer dans le hamac pour se convaincre de renoncer au marathon sexuel digne des orgies de l'Antiquité romaine qu'elle lui inspirait et de la laisser tranquille.

Quand le soleil était apparu, annonçant l'heure de son footing du matin, il n'avait pas dormi plus de deux heures. Résultat : ses yeux le piquaient et il n'avait pas trouvé l'énergie de se raser.

Il ne savait pas de quoi la journée serait faite, mais il était sûr d'au moins une chose : il devait impérativement se retrouver seul en compagnie de Miss McGregor, et ce, le plus tôt possible.

Vanessa fut prête en un temps record et une demi-heure plus tard, ils arrivaient au gymnase, en même temps que les autres membres de son équipe. Jackson la présenta à Frank, son entraîneur, expliquant qu'elle était son invitée et qu'elle assisterait à l'entraînement en tant que spectatrice.

Les autres lutteurs gravitèrent autour d'elle comme des moines autour d'une *Playmate*, Frank lui offrit son fauteuil en cuir « bien plus confortable que ces fichus trucs métalliques » et elle fut invitée à choisir avant tout le monde l'arôme qu'elle préférait parmi les bouteilles multicolores de Powerade Zero qu'ils apportaient toujours au gymnase par glacières entières.

Jax alla s'allonger sur les tapis et l'observa d'un œil amusé tandis qu'elle riait des fanfaronnades de ses coéquipiers qui l'avaient déjà proclamée mascotte du jour. Jackson ne pouvait pas leur en vouloir du flirt bon enfant auquel ils se livraient avec elle. Même dans la tenue toute simple qu'elle avait adoptée ce matin-là – short kaki, bustier ocre et queue de cheval –, elle était sacrément agréable à regarder. Si on ajoutait à cela sa personnalité extravertie et son sourire contagieux… elle devenait tout simplement irrésistible.

S'ils s'étaient trouvés ailleurs et que des types de passage lui aient accordé la même attention, Jackson n'aurait sans doute pas aussi bien pris la chose. Mais ses copains savaient qu'elle était avec lui, et que Vanessa soit sa copine attitrée ou une simple amie, aucun d'eux ne se serait permis de la draguer sérieusement.

Frank ne tarda guère à disperser le groupe et donna le signal du début des échauffements. Tous ces solides gaillards se mirent alors à sauter à la corde, à sautiller sur place en écartant les bras et à plonger en avant tels des boulets de canon. Ils se donnèrent à fond, ne ménageant pas leurs efforts et mouillèrent tellement le maillot qu'il était à tordre dès la fin de l'échauffement.

Ils firent un break de cinq minutes pour se réhydrater, avant de se séparer en petits groupes. Jax faisait partie de celui qui commencerait l'entraînement par le circuit cardio. Ensuite, il travaillerait la souplesse, la force, l'empoignade, la frappe et la lutte. Appuyé contre un des murs du gymnase, il descendit son Powerade en tâchant de comprendre pourquoi toutes les cellules de son corps l'incitaient à se rapprocher de Vanessa pour passer avec elle ces quelques minutes de pause.

Et ce fut uniquement pour cette raison qu'il resta à sa place. Apprécier sa compagnie et avoir hâte de se retrouver entre les draps d'un lit avec elle, c'était une chose. Mais guetter la moindre occasion d'être celui qui recueillerait ses sourires était complètement différent et il n'était pas sûr de ce qu'il devait en penser. Il tint donc à se prouver qu'il n'avait pas besoin de la rejoindre et qu'il était très bien là où il était.

La porte à double battant du parking s'ouvrit et un gamin à peine majeur fit son entrée dans le gymnase d'un pas sautillant, un gros sac de gym jeté par-dessus l'épaule, des lunettes de soleil à verres réfléchissants calées au-dessus du front.

L'entraîneur tourna ostensiblement la tête vers la pendule puis fusilla le gamin du regard.

— Akana ! Qui t'a donné l'autorisation de te présenter à l'entraînement quand ça te chante ?

Danny Akana, sans cesser de mâchouiller son chewing-gum, gratifia le coach d'un sourire aussi sincère que celui dont le lion gratifie le zèbre avant de lui bondir dessus.

— Désolé, coach. Panne d'oreiller. Ça ne se reproduira pas.

— Tu n'as pas intérêt que ça se reproduise, déclara Frank en agitant l'index. Sinon, la prochaine fois, tu laveras les maillots de tous les autres au lavabo !

Akana leva les mains en l'air en signe d'obéissance, mais dès que l'entraîneur lui tourna le dos, il mima l'acte de se branler.

Danny Akana était le fils d'un des meilleurs amis de Frank, ce qui expliquait la tolérance dont il faisait preuve avec lui. Si n'importe qui d'autre s'était comporté ainsi, le coach aurait veillé à lui infliger un sévère châtiment corporel. Jackson ne connaissait pas très bien Akana, qui ne fréquentait le gymnase que depuis deux semaines, mais il le connaissait assez pour savoir qu'il ne l'aimait pas. Il le trouvait insolent et irrespectueux et attendait impatiemment le jour où quelqu'un s'aviserait de lui donner la leçon qu'il méritait.

— Plus qu'une minute, les gars !

Jax finit sa bouteille, puis traversa la salle pour aller la remplir à la fontaine près de laquelle se tenait Vanessa avant d'affronter le tapis de course. Elle s'était débarrassée de ses tongs, avait calé un pied sur sa chaise et noué ses bras autour de sa jambe repliée. Elle évoquait une fée, perchée sur un trône de cuir, et posant sur ses sujets un regard bienveillant.

Il sourit en étudiant son profil du coin de l'œil. *La princesse des fées.* C'était exactement ainsi qu'il se la représentait avec ses cheveux clairs, sa peau laiteuse et sa silhouette souple et gracieuse. Jusqu'aux traits de son visage qui la faisaient ressembler à un elfe – son petit bout de nez impertinent, légèrement retroussé, sa bouche aux lèvres pleines sans être trop large et ses oreilles qui formaient une sorte de petite pointe au sommet.

Mais sa personnalité n'avait rien de délicat, et celui qui se plaçait en travers de son chemin apprenait à ses dépens qu'il faut se méfier des apparences.

Il s'apprêtait à se diriger vers le tapis de course, mais ce qu'il aperçut le cloua sur place. Akana avait approché Vanessa et flirtait avec elle. Flirtait *lourdement* avec elle, même, lui offrant un véritable show.

Jackson sentit ses muscles se contracter. Incapable de se maîtriser, il marcha droit sur eux dans l'intention de faire peser sur Akana le plus menaçant de ses regards, celui qui signifie « chasse gardée, dégage ».

— Le gamin t'embête, princesse ?

Vanessa leva les yeux vers lui et sourit.

— Pas du tout, assura-t-elle. Danny a la gentillesse de m'offrir ses services. Il prétend qu'il pourrait me montrer comment les garçons hawaïens *font cela*, ajouta-t-elle d'un ton si sarcastique qu'il aurait pu étouffer un âne.

Ou mettre très mal à l'aise celui qui venait visiblement de se livrer à un rentre-dedans des plus grossiers.

Jax jeta un coup d'œil à Akana pour jauger sa réaction.

— Quel sens de l'accueil.

— N'est-ce pas ? acquiesça Vanessa. Malheureusement, j'étais sur le point de lui dire que je ne fais jamais rien avec des *garçons*, fussent-ils hawaïens, et que j'ai déjà un homme qui se charge de cela.

La mâchoire du gamin remua au point de réduire ses molaires en poussière et son visage s'empourpra étrangement pour quelqu'un qui ne s'était même pas donné la peine de participer à l'échauffement.

— Tu as entendu la dame, junior ? Le poste est déjà pourvu, dit Jax. Tu ferais mieux de commencer tes exercices de blocage avant que le coach te fasse laver mon short avec une brosse à dents.

Akana ne desserra pas les mâchoires mais, du regard, lui lança une bordée d'injures. Jax se contenta de hausser un sourcil, le mettant silencieusement au défi de tenter quoi que ce soit. Akana tourna les talons et s'éloigna.

— Bien envoyé, dit Jax en décochant un clin d'œil à Vanessa. Tout va bien ?

— Tu plaisantes ? répondit-elle en se levant et en s'étirant. Si j'avais su que regarder transpirer des hommes taillés comme des gladiateurs était aussi amusant, j'aurais commencé depuis longtemps. La prochaine fois, j'apporterai du pop-corn !

Il gloussa et se rapprocha d'elle. Et soudain, ce fut plus fort que lui ; sa main se cala spontanément au creux de ses reins quand, sous prétexte de murmurer quelque chose à son oreille, il se rapprocha davantage encore – alors que la seule raison qu'il avait eue de le faire était d'effleurer sa peau et de sentir son parfum acidulé.

— On s'en va quand tu veux. Tu n'as qu'un mot à dire et je remballe mes affaires.

— Ah, fit-elle avec une petite moue, tu es déjà fatigué ? Ce ne serait pas très grave, tu sais. Il ne faudrait pas que tu te sentes moins viril à cause de ça.

Il renversa la tête en arrière, le temps de laisser échapper un rire qui signifiait *Oh, non, elle n'a pas osé dire ça*, et quand il la redressa, il effleura suavement sa joue de ses lèvres.

— Considère ceci comme le commencement de ton châtiment, femme.

Le son qui monta dans la gorge de Vanessa donna l'impression qu'elle venait de croquer un chocolat Godiva. Elle recula d'un pas et le gratifia d'une œillade coquine.

— Je note que mon ardoise est ouverte, répliqua-t-elle en lui appliquant une petite claque sur les fesses avant de s'éloigner en clamant à la cantonade que celui qui s'aviserait de mettre un pied au vestiaire dans les cinq minutes serait condamné à « bouffer ses roustons » au déjeuner.

Reprenant soudain conscience de la présence de leur jolie mascotte, et sans doute inquiets pour leurs « roustons », tous les lutteurs du gymnase se figèrent soudain sur place. Quand elle réalisa que sa menace en l'air avait été prise au pied de la lettre, Vanessa laissa fuser un rire perlé dont l'écho se répercuta entre les murs une fois que la porte du vestiaire se fut refermée derrière elle.

Tous les hommes présents dans la salle en conclurent sans doute qu'en présence d'une femme aussi audacieuse et impertinente que Vanessa le mieux était de tourner les talons et de se sauver en courant, mais ce ne fut pas la conclusion à laquelle parvint Jackson. Jackson, lui, eut envie de la plaquer contre la surface la plus proche – fût-elle verticale ou horizontale –, de lui arracher ses vêtements et de lui faire hurler son nom.

Une envie qu'il ne tarderait guère à concrétiser, d'ailleurs.

Quand il eut l'impression de sentir son short rétrécir, il soupira de frustration et grimpa sur son tapis de course.

— Génial, maugréa-t-il. Maintenant, je vais devoir courir quinze kilomètres avec la trique.

*
* *

Vanessa se sentait complètement idiote.

Si elle ne voulait pas rester bouche bée devant Jax à l'entraînement, elle était obligée de serrer les dents. Et elle se serait volontiers botté l'arrière-train pour ne pas avoir écouté Lucie plus attentivement quand, au fil des ans, elle lui avait parlé des combats de son frère et de Reid. Quelles que soient les circonstances, Vanessa avait horreur de se sentir ignorante et face à ces professionnels des Arts Martiaux Mixtes, elle nageait dans la plus parfaite incompréhension.

En deux heures de temps, Jackson avait déjà accompli une foule d'exercices plus incroyables les uns que les autres, parmi lesquels des sprints avec des tendeurs qui le reliaient au mur, des lancers de marteau sur un immense pneu de tracteur et des rotations latérales dudit pneu pendant ce qui lui avait semblé une éternité.

À chaque exercice, ses muscles se contractaient et roulaient sous sa peau quand il les isolait selon les mouvements qu'il accomplissait pour les faire travailler séparément. Le jeu de ses muscles rappelait à Vanessa l'ondulation des vagues quand elles viennent s'échouer sur le rivage. Son corps était une somptueuse mécanique et il avait beau suer sang et eau et son torse se soulever comme un soufflet de forge, il ne ralentissait jamais le rythme et ne se plaignait jamais des tâches que lui assignait le coach. Il donnait même l'impression d'accroître les efforts à chaque nouvelle série d'exercices.

Les empoignades avaient tout particulièrement fasciné Vanessa – deux hommes s'efforçant de dominer l'autre à mains nues. Ce n'était pas une question de force, mais de vitesse de réaction et d'habileté à contrer les manœuvres de l'adversaire, tout en guettant la faille.

Jax avait presque toujours eu le dessus sur ses partenaires et elle en avait entendu certains prétendre que c'était grâce à sa maîtrise du jiu-jitsu brésilien.

Elle le regardait à présent enrouler une bande d'étoffe d'environ sept centimètres de large et longue de deux mètres autour de chacune de ses mains. Il en ceignait sa paume, puis la faisait passer autour de son poignet de façon à effectuer un bandage en croix et veillait à la faire passer entre ses doigts pour recouvrir ses phalanges. Une fois qu'il eut fixé le Velcro du bandage et testé la solidité de son ouvrage en pliant et dépliant les doigts plusieurs fois de suite, il ramassa sa paire de gants et s'approcha d'un grand sac de sable suspendu au plafond.

Il consacra la demi-heure qui suivit à frapper le sac sans relâche. De temps à autre, il lui décochait un coup de pied latéral, voire un coup de pied retourné – Vanessa ne connaissait pas les termes techniques appropriés – de façon à les combiner avec ses coups de poing. Ses cheveux trempés de sueur étaient plaqués de part et d'autre de son visage et son marcel blanc lui aurait valu le premier prix à un concours de tee-shirt mouillé.

— Maris !

Jax porta son regard vers la cage à l'intérieur de laquelle se tenait Frank.

— Oui ?

— Viens par ici. Tu vas t'entraîner avec Danny.

Un sourire diabolique retroussa un coin des lèvres de Jackson.

— Avec plaisir, coach.

Vanessa ignorait tout des rapports entre Jax et « le gamin », comme il l'avait appelé un peu plus tôt, mais son petit doigt lui soufflait qu'ils n'étaient pas au beau fixe. Elle se demanda comment les choses se passaient quand deux lutteurs qui ne s'entendaient pas étaient censés s'affronter « gentiment ».

— *Ma foi*, se dit-elle, *je ne vais pas tarder à en avoir le cœur net.*

Elle se carra confortablement dans son siège en cuir et regretta sincèrement de ne pas avoir de pop-corn.

Jackson retira sa chemise, grimpa souplement les quelques marches conduisant à l'imposante cage octogonale, attrapa le protège-dents calé sous sa ceinture – *beurk* – et l'inséra sous ses lèvres. Danny, comme la plupart des lutteurs qu'elle avait vus s'affronter dans la cage, portait un casque rembourré. Jackson, lui, combattait tête nue.

— Eh ! lui lança-t-elle. Où est ton couvre-chef, Maris ?

Il lui jeta un coup d'œil par-dessus son épaule, tel un adolescent gêné par l'attitude de sa mère devant ses copains.

— Ne t'inquiète pas, *ma chérie*.

Il avait prononcé ce terme affectueux d'un ton lourdement sarcastique. Vanessa plissa les yeux et croisa les bras. Son ton ne lui avait pas plu, mais elle comprenait. Jax était un grand garçon qui avait l'habitude de prendre soin de lui tout seul.

Elle ne put s'empêcher de souhaiter que Danny lui flanque une bonne peignée.

Un gaillard taillé en armoire à glace – Corey, si sa mémoire ne la trompait pas – vint s'asseoir à côté d'elle, s'envoya une giclée d'eau au fond du gosier et déglutit.

— Ne t'inquiète pas pour Jax, lui glissa-t-il avec un sourire serein. Akana est un débutant. Il ne risque pas de lui faire de bobo pendant un exercice d'entraînement. Frank a envoyé Jax dans la cage pour lui faire bosser sa défense et obliger le petit à se remuer.

— Ah oui ? Et pourquoi Danny a-t-il l'air de vouloir prélever une livre de chair à Jackson ?

Corey gloussa.

— Sans doute parce que tout le gymnase t'a vue l'envoyer promener car tu lui préfères Jackson.

Vanessa leva les yeux au ciel et soupira.

— Pourquoi les hommes sont-ils aussi primaires ?

— C'est plus fort que nous, répondit Corey en se relevant. C'est dans notre ADN, ajouta-t-il en se dirigeant vers la cage. Vas-y, Maris, fais-lui-en baver ! hurla-t-il alors.

Au cours de la vingtaine de minutes qui suivit, Vanessa admira l'art déployé par Jackson face à Danny pour parer toutes ses attaques et détourner toutes ses prises. Les quelques très rares coups que le garçon réussit à placer lui valurent un grand sourire révélant le protège-dents en plastique de Jackson qui rebondissait aussitôt sur ses pieds en lui faisant signe d'approcher.

Quand ils se retrouvèrent au sol, Jackson mit moins d'une minute à se dégager de la prise de Danny et à renverser la situation pour se retrouver au-dessus de lui.

Corey avait raison. Jackson ne risquait rien face à Danny Akana. Ce qui inquiétait Vanessa cependant, c'était le regard du garçon. La frustration et la colère s'y lisaient de plus en plus clairement, mais quand elle regarda autour d'elle, elle eut l'impression d'être la seule à le remarquer.

Elle ne savait pas à quoi s'en tenir au sujet des deux hommes qui s'affrontaient dans la cage, mais elle savait que ce genre de regard ne présage jamais rien de bon. Elle le connaissait pour l'avoir lu maintes et maintes fois dans les yeux de son beau-père et avait conservé le souvenir douloureux de ce qu'il annonçait.

Elle prit une profonde inspiration pour se détendre et se dit que Jackson savait sans doute ce qu'il faisait.

À ce moment précis, Danny se tenait au-dessus de Jackson qui le maintenait en tenaille avec ses jambes. Malheureusement pour Danny, Jackson était vraiment très fort et particulièrement doué au combat au sol. Frank eut beau aboyer ses conseils au gamin pour l'aider à reprendre la main, il se révéla incapable de contrer les prises de son redoutable adversaire.

Les mains nouées, Vanessa regarda Jackson faire passer les jambes de Danny sur le côté tout en soulevant les hanches et basculer latéralement pour se retrouver au-dessus de lui.

Aussitôt, Danny pivota pour tenter de se redresser.

— Non, Akana ! beugla Frank, le visage cramoisi. Tu dois rester sur le dos ! Prends-le dans ta garde !

Mais l'ordre du coach était arrivé trop tard. Jackson avait déjà emprisonné le cou du garçon d'une clef du bras et levé son poing fermé au-dessus de son visage. Un visage qui se marbra de différentes nuances de rouge... Danny n'allait pas tarder à tourner de l'œil.

Ce scénario s'était déjà produit une première fois et Danny était censé se libérer ou frapper du plat de la main en signe de soumission pour que Jackson le libère et qu'ils reprennent le combat à zéro. Mais Danny ne se décidait pas à frapper alors qu'il ne pouvait pas espérer se dégager de la clef de Jax.

Jax tourna la tête sur le côté pour cracher son protège-dents.

— Allez, gamin, dit-il, frappe et on en restera là.

Danny renâclait toujours alors que son visage était rouge comme une tomate. Jackson haussa un sourcil interrogateur vers Frank et reçut un bref hochement de tête en guise de réponse. Jackson relâcha aussitôt son étreinte et Danny aspira l'air si goulûment qu'il s'étrangla.

— Tu montres que tu as du cran en ne cédant pas, gamin, dit Jax en lui appliquant une tape dans le dos. Je suis impressionné. Tu auras plus de chance une prochaine fois.

Il se redressa et se tourna vers Vanessa, le souffle court et dégoulinant de sueur, se rapprocha de la paroi grillagée de la cage, accrocha ses doigts repliés au grillage et lui sourit.

— Alors ? Toujours prête à me suivre, princesse ?

Vanessa se leva et se rapprocha de l'Octogone sans le quitter des yeux jusqu'à ce qu'elle soit obligée de renverser la tête en arrière.

— Je ne crains pas de reconnaître mes erreurs, déclara-t-elle. Tu viens de démontrer que tu avais raison. File sous la douche qu'on puisse retourner au *Mau Loa*. La journée est encore jeune et on a des choses à faire.

Techniquement, ces choses consistaient à goûter des gâteaux et à vérifier les menus, mais Vanessa lui dit avec les yeux qu'elle pensait à des choses bien plus coquines.

À la façon dont les pupilles de Jax avalèrent l'ambre de ses iris, elle sut qu'il avait parfaitement capté le message.

— Je te rejoins tout de suite.

Avant qu'il ait eu le temps de se retourner, Vanessa aperçut Danny se relever au centre de la cage. Elle le vit marmonner quelque chose pour lui-même, mais avec le vacarme de la fonte qui obligeait de surcroît les lutteurs à communiquer par cris, elle n'entendit pas ce qu'il disait. Son regard assassin était cependant assez éloquent pour se passer de langage articulé.

Elle écarquilla les yeux et hurla le nom de Jackson, mais l'avertissement lui parvint trop tard.

Tout parut soudain se ralentir, comme si quelqu'un avait mis le monde sur pause et le faisait défiler image par image. Danny replia le bras en arrière et s'élança vers Jackson avec la vivacité d'un cobra.

Jackson se retourna à temps pour voir son poing fendre l'air. Il réagit en esquivant sur la gauche, mais pas assez vite pour éviter la main droite de Danny et le direct qui aurait dû atteindre le nez de Jackson s'écrasa sur sa joue. L'impact le fit pivoter vers le grillage, mais il adopta aussitôt une posture qui lui permettait de surveiller la source du danger.

Vanessa s'approcha, agrippa la grille de ses doigts et tendit le cou pour mieux distinguer son visage. Elle crut sentir son estomac se retourner. Un filet de sang écarlate coulait de l'estafilade située sous l'œil droit jusqu'à son menton et gouttait sur son torse.

Jackson s'écarta du grillage et son regard s'étrécit quand il se posa sur celui qui venait de le frapper en traître et qui avait à présent le toupet de lui faire face. Vanessa ne connaissait pas grand-chose aux aspects techniques de la lutte, mais tout le monde sait qu'une attaque en traître constitue une invitation à un règlement de comptes en bonne et due forme. Le genre de spectacle auquel elle ne tenait pas du tout à assister.

— Viens, Jackson, on s'en va.

Sa voix chevrotante renvoyait d'elle l'image d'une pauvre petite chose terrorisée alors qu'elle s'était farouchement battue pour s'en débarrasser depuis qu'elle était partie de chez elle. Mais elle ne s'en soucia pas. Ce n'était pas le moment de se préoccuper de ce genre de détail. La seule chose qui importait, c'était que Jackson sorte de là avant que...

Avant quoi, *Nessie ? Avant que la violence se déchaîne ? Cet homme est un lutteur professionnel. Il est sans doute violent par nature... comme Carl.*

Oh, mon Dieu, je vous en supplie, non. Pas Jackson.

Vanessa sentit les paumes de ses mains devenir moites et sa peau se glacer. Elle tenta de le supplier à nouveau, toutefois sa gorge était trop serrée. Jax inclina la tête sur le côté pour essuyer le sang de son visage sur son épaule, or, il ne réussit qu'à l'étaler.

— Tu crois que c'est comme ça que tu vas passer pour un homme, gamin ? gronda-t-il.

Danny serra les dents et ses narines frémirent comme si l'odeur que dégageaient les mots de Jackson était aussi dérangeante que l'impact qu'ils avaient sur lui.

— Nan, répliqua-t-il crânement, mais je vais te dire ce qui pourrait le faire.

Vanessa retint son souffle quand Danny se pencha pour parler à l'oreille de Jackson. Ses lèvres remuèrent à peine et elle fut incapable d'entendre ce qu'il disait. Jackson resta parfaitement immobile, cependant ses muscles et ses poings se contractèrent quand le garçon s'écarta, un petit sourire satisfait flottant sur ses lèvres. Quand il recula, il alla même jusqu'à rire, persuadé que ce qu'il venait de susurrer à Jackson avait eu raison de lui.

Un regard mortel – le regard qu'elle détestait plus que tout au monde et qui avait le pouvoir de dépoussiérer sa mémoire et de faire resurgir d'atroces douleurs dans ses entrailles – prit soudain vie dans les yeux de Jackson. Son regard, habituellement aussi chaud et rassurant qu'un bon whisky par une froide soirée d'hiver, lui donna soudain la chair de poule et l'envie de se recroqueviller tout au fond d'elle-même.

Par miracle, elle retrouva l'usage de sa voix et lança un ultime appel à la raison de cet homme qui avait su la bouleverser en quelques dizaines d'heures.

— Jackson, non ! Ne fais pas ça ! *Je t'en supplie !*

Le sang qui affluait à ses tempes l'empêcha-t-il de l'entendre ou bien choisit-il délibérément de ne pas tenir compte de son cri ? Quelle que soit la cause de sa surdité, Jackson décocha à Danny un coup de poing si violent que les yeux du garçon se révulsèrent et qu'il s'écroula d'un bloc, comme une poupée de chiffon.

Le coach, qui s'était éloigné de la cage à l'issue du combat, s'empressa de revenir et se plaça entre Jackson, toujours aussi furieux, et Danny, inconscient. Corey et un autre lutteur saisirent Jackson par les bras et le firent sortir de la cage tout en l'incitant au calme.

Alors que le monde se remettait à défiler à une vitesse normale, Vanessa pivota sur elle-même, traversa le gymnase en marchant aussi vite qu'elle put et poussa de toutes ses forces la porte à double battant.

La chaleur du début de l'après-midi s'abattit si lourdement sur elle qu'elle chancela et décida de s'asseoir sur la bordure d'herbe longeant le gymnase.

Là, elle s'appliqua à prendre de longues inspirations pour retrouver son empire sur elle-même. Elle ne tarda guère à se ressaisir mais ne se sentit pas encore prête à regagner le gymnase. Ils avaient dû penser qu'elle ne supportait pas la vue du sang alors que ce n'était pas le sang qui l'avait perturbée, mais ce qui avait suivi.

Quand elle était partie de chez sa mère, Vanessa s'était juré qu'elle n'aurait jamais rien à faire avec quelqu'un qui réglerait ses problèmes avec ses poings. Et elle avait beau ne vivre qu'une aventure avec Jackson, la violence de sa réaction l'avait secouée.

Ce qui la troublait davantage encore.

Qu'est-ce que ça pouvait bien lui faire qu'il ne sache pas garder son calme face à la provocation ? Elle n'avait jamais eu l'intention de se lier avec lui de façon sérieuse. Tout ce qu'elle voulait, c'était se donner du bon temps avec lui pendant trois jours avant de reprendre sa petite vie bien tranquille. Le nombre de types avec lesquels il se colletait en dehors de la cage ne la regardait pas. N'est-ce pas ? *Pas le moins du monde.*

Le bruit des portes du gymnase lui fit lever les yeux. Jackson s'approcha d'elle de cette démarche souple et nonchalante qui cadrait si peu avec l'homme qu'elle avait vu se déchaîner quelques minutes plus tôt. Il s'accroupit devant elle, posa ses coudes sur ses genoux et laissa pendre ses mains entre ses cuisses.

— Ça va ? s'enquit-il d'une voix douce.

Ses mains étaient toujours bandées, mais il avait retiré ses gants et pris la peine de nettoyer le sang de son visage et de son torse. Seuls les deux petits pansements chargés de rapprocher les bords de la plaie témoignaient du coup qu'il avait reçu.

Elle fut tentée de tendre la main pour toucher sa blessure, tester sa gravité ou lui apporter du réconfort. Mais elle détourna son geste pour arracher une poignée d'herbe et la rejeter rageusement.

— Oui, bien sûr que ça va. Pourquoi est-ce que ça n'irait pas ? répondit-elle en redressant fièrement le menton.

Il inclina la tête et l'étudia un moment.

— Je ne sais pas. Tu es partie brusquement après que j'ai mis Akana K-O.

— Qu'est-ce qu'il t'a dit ?

Le regard de Jackson se durcit et un muscle tressaillit au niveau de sa mâchoire.

— Rien qui mérite d'être répété.

Une insulte, donc. Dirigée contre lui. Ou contre elle, peu importait. Elle hocha la tête et baissa les yeux sur un brin d'herbe qui était resté au creux de sa main.

— Je suis désolé, princesse. Dès que mes idées se sont éclaircies, j'ai réalisé que tu avais essayé de m'arrêter.

Elle laissa passer un long moment avant de l'inciter à poursuivre.

— Et alors quoi ?

— Et alors j'ai beau savoir que la majorité des femmes ont horreur de la violence…

Il s'interrompit pour passer la main sur sa nuque avant de lui couler un regard en coin en exhalant un long soupir.

— ... j'ai comme l'impression que je viens encore de violer une de tes règles.

Cette déclaration la prit de court. Soit Jackson se doutait que tout ce qu'il faisait et disait était susceptible d'aller à l'encontre de ses règles d'or, soit il était si étroitement en phase avec elle que cela lui permettait de faire la différence entre réaction superficielle et réaction importante.

Elle se surprit à espérer que la bonne réponse soit cette dernière, pour le bien-être de sa santé mentale. *Ou pour le bien-être de mon cœur.*

— Est-ce que j'ai transgressé une de tes règles d'or, princesse ?

Elle soupira et détourna les yeux de son intense regard doré pour se concentrer sur les fleurs d'hibiscus d'un rose éclatant plantées tout autour du parking, si belles et si rassurantes.

— Je sais que tu penses que je suis folle – que mes règles de vie le sont – mais je ne les ai pas établies pour rien. Et, oui, tu viens d'enfreindre l'une d'elles.

— Je ne pense pas que tu sois folle. Un peu à cran, peut-être, ajouta-t-il après un temps de réflexion.

Elle tourna vivement la tête vers lui, prête à la riposte, mais son petit sourire en coin lui dit qu'il cherchait seulement à chasser ses idées noires. Elle aurait dû s'en irriter – ou du moins en prendre ombrage – mais le pli de sa bouche agit sur elle comme un bouclier antimissile.

— Pourquoi as-tu établi ces règles ?

Oh, non. Révéler cela serait aussi agréable qu'ouvrir une boîte d'appâts vivants. Ou bien une boîte contenant des serpents. Venimeux.

— Ne le prends pas mal, mais peu de gens connaissent l'existence de ces règles et le *pourquoi* de leur existence ne fait pas partie de mes sujets de discussion.

Il parut réfléchir un moment. Si elle s'était aventurée à deviner ses pensées, Vanessa aurait dit qu'il soupesait ses chances de la faire changer d'attitude. Finalement, il choisit un autre angle d'attaque.

— Quelle règle ai-je violée ?

— *Règle n° 4 : Ne jamais fréquenter un homme qui règle ses problèmes avec ses poings plutôt qu'avec des mots.*

Jackson haussa un sourcil.

— Je sais. Tu gagnes ta vie en faisant parler tes poings. Cela ne m'a pas échappé. Il faut croire que la règle ne s'applique pas à tes combats professionnels, mais ce qui vient de se produire n'avait rien de professionnel.

Il inclina la tête.

— Je le reconnais.

— D'un autre côté, poursuivit-elle en croisant à nouveau son regard, étant donné que nous avons décidé de limiter notre relation à une simple aventure, je crois qu'on peut aussi dire que, techniquement, tu n'as transgressé aucune règle.

Elle se releva et épousseta les brins d'herbe de son short.

— File sous la douche qu'on ne soit pas en retard à notre rendez-vous avec Robert. Je t'attends dans la voiture.

*

* *

Le *Mahina Lounge* était désert à l'exception des membres du personnel qui déployaient des nappes immaculées, disposaient le couvert et composaient de somptueux centres de table avec des hibiscus fraîchement coupés. Assis au fond de la salle, Jackson attendait que Robert se décide à émerger de la cuisine.

Il n'aimait guère l'idée de choisir le gâteau de mariage de sa sœur à sa place, mais il n'y pouvait rien. Cette histoire d'échange d'identités était tout de même bancale et s'il ne se dépêchait pas de reprendre les choses en main, il risquait d'être dépassé par la situation.

Jax porta le regard sur Vanessa qui parlait au téléphone avec Lucie à l'autre bout de la salle. *Elle tâche sans doute de se faire une idée aussi précise que possible de ce qu'elle veut*, se dit-il. Vanessa se tenait de dos par rapport à lui et il ne put s'empêcher d'y voir la confirmation qu'elle ménageait une certaine distance entre eux depuis l'incident du gymnase. Pendant le trajet jusqu'au *Mau Loa*, elle n'avait pas dit un mot et s'était tenue toute raide sur son siège. Avec son dos bien droit et ses mains croisées sur ses genoux, elle était redevenue Vanessa McGregor, avocate au palais de justice, sans plus rien de commun avec la jeune femme insouciante qui battait la mesure de la chanson qui passait à la radio, pieds nus sur la terrasse, ce matin-là.

Tout ça à cause d'Akana. Jax ne regrettait pas la leçon qu'il avait donnée au gamin – vu ce qu'il lui avait susurré à l'oreille, il l'avait amplement méritée – mais la réaction de Vanessa lui faisait regretter de l'avoir fait devant elle. Quand il l'avait vue franchir la porte à double battant du gymnase, il avait senti son estomac chuter dans ses talons. Son premier réflexe avait été de la rattraper, mais Corey l'avait ceinturé et forcé à s'asseoir pour permettre à Frank de poser un pansement de suture sur sa joue. Une fois le sang nettoyé, il s'était empressé de la rejoindre et l'expression de son visage – une expression qui ressemblait beaucoup à de la déception – l'avait cloué sur place.

Jackson ne se souvenait pas de la dernière fois qu'il avait déçu quelqu'un, excepté lui-même. Au point qu'il avait oublié la brûlure acide que cela déclenche au niveau de la poitrine.

Vanessa se révélait une énigme qu'il ne parvenait pas à résoudre. S'il avait su la déchiffrer, l'artifice aurait signifié qu'elle se souciait de lui – un peu plus qu'elle n'aurait dû se soucier du frère de sa meilleure amie qu'elle ne connaissait que par ouï-dire, en tout cas. Or cette vérité ne collait pas avec la femme calculatrice qui encadrait ses aventures sexuelles d'une réglementation stricte.

Pour la énième fois depuis qu'il avait fait sa connaissance, il se demanda ce qui avait poussé Vanessa à établir ces satanées règles de vie. Il ne pouvait pas s'empêcher de penser qu'il s'agissait de quelque chose de plus grave que la réaction d'une femme blessée par les indélicatesses d'un ex.

Son téléphone vibra dans sa poche. Il l'attrapa, jeta un coup d'œil à l'écran et répondit.

— Salut, mec. Comment va Lucie ?

— Elle commençait à se sentir mieux jusqu'à ce que Vanessa lui raconte le lamentable petit jeu de rôles que tu l'as obligée à jouer. Non, mais qu'est-ce qui t'a pris, Jax ?

Aïe. Reid semblait avoir envie de se servir de lui comme d'un punching-ball.

— Je n'avais rien prémédité, d'accord ? En fait, tout a commencé par un truc que j'ai dit pour qu'elle s'intéresse à moi. Enfin, je ne sais pas trop comment ça a commencé, en fait. J'avais l'intention de lui dire la vérité, mais Robert, l'organisateur, s'en est mêlé et la situation m'a complètement échappé.

— Et qu'est-ce qui va advenir à la fin de la semaine, maintenant ? Parce que ne compte pas sur moi pour me faire passer pour toi quand Vanessa te passera la corde au cou.

— Ho-ho-ho ! Du calme, OK ? Le seul à se faire passer la corde au cou ce week-end, c'est toi.

Jax jeta un coup d'œil à Vanessa qui semblait sur le point de conclure sa conversation téléphonique. Si Lucie avait pu la voir remuer les mains, elle aurait été convaincue que Vanessa maîtrisait parfaitement la situation. Il ne restait plus à Jackson qu'à convaincre Reid de la même chose. Qu'il y croie ou non lui-même.

Non. C'était d'abord *lui-même* qu'il devait convaincre. Car quoi qu'il advienne, il ne laisserait personne – pas même un organisateur de mariage vexé et pas complètement français – empêcher sa petite sœur d'avoir le mariage de ses rêves.

À l'autre bout de la salle, Vanessa mit fin à sa communication et se dirigea vers lui à l'instant précis où Robert écartait la porte battante des cuisines, précédé par une desserte à roulettes.

— Ne t'inquiète pas, je me charge de tout. De ton côté, veille à ce que ma sœur soit en forme pour prendre l'avion et t'épouser. Il faut que je te laisse.

— Jackson…

Jax raccrocha et rangea son téléphone juste avant que Vanessa s'asseye à sa droite. Son attention était concentrée sur le plateau d'argent chargé de gâteaux miniatures et d'échantillons de garniture que Robert allait leur faire goûter.

Il détestait qu'elle refuse de le regarder. Et se détestait de l'avoir déçue.

Sans réfléchir à ce qu'il faisait, il souleva sa main, la porta à ses lèvres et déposa un tendre baiser sur ses phalanges. Il ne l'entendit pas, mais *vit* son souffle se bloquer dans sa gorge quand elle leva les yeux sur lui. Et tout au fond des lacs d'émeraude, au-delà d'un rempart d'incertitude, il entraperçut la lueur de désir qu'il espérait.

— Oh, c'est *tellement* mignon ! s'exclama Robert. Je *jure* que vous êtes le plus *adorable* des couples. On croirait des fiancés de la *veille*. C'est *tellement* rafraîchissant !

Vanessa récupéra vivement sa main et gratifia Robert d'un sourire crispé.

— Qu'est-ce que vous avez de beau à nous présenter, Robert ? Je suis impatiente de découvrir ce gâteau.

— Mais bien sûr ! Passons à l'épreuve du *goût*, voulez-vous ? Après quoi, vous pourrez regagner *votre chambre* et brûler toutes ces *vilaines* calories, si vous voyez ce que je veux dire.

Jax jeta un coup d'œil à Vanessa qui devint rouge comme une pivoine et prit une gorgée d'eau glacée tandis que Robert s'affairait à la présentation du premier gâteau.

— Alors, nous y *voilà*... Le *premier* gâteau est un biscuit à la vanille. Il est léger, discrètement vanillé, c'est notre gâteau le plus apprécié et on peut évidemment y associer la garniture que l'on désire. Les choix les plus fréquents sont la crème d'ananas, la crème au beurre aromatisée à la goyave et la crème de chocolat blanc. À *vous* de juger.

Ils en coupèrent chacun un morceau avec le tranchant de leur fourchette à dessert et Jax ne put s'empêcher de regarder Vanessa placer le gâteau dans sa bouche, puis ressortir la fourchette en la faisant glisser entre ses lèvres. Des images torrides – dont il n'avait absolument pas besoin à cet instant précis – bombardèrent aussitôt son esprit. Il ordonna à son sexe de se calmer et se concentra sur la saveur du gâteau qu'il venait de mettre dans sa bouche. Elle était exactement semblable à la description que Robert venait de faire.

— Alors ?

Jax contempla le petit homme en haussant un sourcil interrogateur.

— Qu'est-ce que vous en pensez ? Vous ne pouvez pas goûter le gâteau et ne *rien* dire. Vous devez me dire si ça vous *plaît* ou si ça ne vous plaît *pas*...

— Oh, souffla Jax avant de s'éclaircir la gorge et de prendre une gorgée d'eau. Il me plaît beaucoup, mais je le trouve assez ordinaire. Tu n'es pas de cet avis, ma douce ?

— Si, si, répondit Vanessa sans le regarder. Il me plaît bien, mais je pense qu'elle... heu, que *je* préférerais quelque chose d'un peu plus original.

— Je suis entièrement d'accord avec vous, déclara Robert en plaquant la main sur son cœur. Gâteau *suivant* !

Il prit un autre échantillon sur le plateau et le déposa devant eux.

— *Alors*, celui-ci, c'est le biscuit au chocolat. Nous l'utilisons pour la réalisation de notre « Décadence de chocolat » et de notre « Moka macadamia ».

Vanessa était occupée à boire une gorgée d'eau quand Jax coupa un morceau du biscuit avec sa fourchette. Au lieu de le goûter lui-même, il le tendit vers elle et patienta. Vanessa baissa les yeux sur le gâteau. Puis les releva vers lui. Et les baissa à nouveau.

Jax se demanda si elle était gênée de jouer au couple d'amoureux transis devant Robert ou si son embarras était lié à autre chose. Mais il ne recula pas. Il ne supportait pas qu'elle fasse mine de l'ignorer. Il avait besoin de voir une étincelle briller dans ses yeux quand elle le regardait. S'il devait la forcer à faire attention à lui, il n'hésiterait pas à le faire.

Finalement, elle tendit le cou et accepta son offrande en soutenant son regard. Le spectacle qu'elle lui offrit alors l'époustoufla. Et quand elle recula et qu'il vit ses lèvres glisser sur les dents de la fourchette, il lui sembla que la température montait subitement de plusieurs degrés dans la salle.

— Hmmm... c'est délicieux, déclara-t-elle. Quel type de garniture pourrait-on y associer ?

— Ah ! s'écria Robert en plaçant deux petits raviers à côté du gâteau. Le « Moka macadamia » est fourré d'une ganache au chocolat, d'une crème au beurre au café et de noix de macadamia pilées. *Très* original. La « Décadence de chocolat », elle, est garnie d'une combinaison de ganache au chocolat et d'un coulis de framboises.

Cette fois, Vanessa veilla à tremper sa cuiller dans le bol de ganache en même temps que Jackson, le privant ainsi de l'occasion de lui donner la becquée. Celui-ci en fit autant et goûta la ganache, mais il aurait été incapable de dire à Robert si elle avait un goût de terre ou de noix de coco car toutes ses pensées étaient tournées vers Vanessa.

Quand elle retira la cuiller de sa bouche, une goutte de chocolat resta au coin de ses lèvres. Jackson tendit la main et l'essuya du pouce. Une fois de plus, elle cessa de respirer pendant une fraction de seconde.

Mais à présent, leurs regards se croisèrent et le désir qu'il avait entraperçu au fond de ses yeux la première fois affleurait à présent à la surface des lacs d'émeraude.

Jax dut faire appel à tout son self-control pour se retenir de dire à Robert de choisir le gâteau tout seul et de soulever Vanessa dans ses bras pour l'emporter dans leur chambre.

Ils goûtèrent plusieurs autres combinaisons et fixèrent finalement leur choix sur un biscuit à la noix de coco garni de crème à la noix de coco et recouvert d'un glaçage à l'italienne. Même si Jax n'avait pas su que sa petite sœur avait une prédilection pour la noix de coco, il aurait deviné que Vanessa faisait ce choix en fonction des goûts de Lucie et non des siens. Sur la base d'indices subtils que lui seul avait décelés, il aurait pu jurer non seulement que la « Décadence de chocolat » était son préféré, mais qu'elle appréciait de façon plus générale la combinaison de fruits rouges et de chocolat. Il en prit mentalement bonne note.

— Merci infiniment, Robert, dit Vanessa en se levant. Vous direz au chef pâtissier qu'ils étaient tous exquis. Cette séance m'a enchantée.

— Tout le *plaisir* fut pour *moi*, croyez-le bien. Voilà, vous êtes libres de vous *amuser*, maintenant. À bientôt, les *tourtereaux* !

Jax se leva à son tour, attendit que Robert et Vanessa fassent claquer des baisers dans le vide à côté de leurs joues, serra la main de Robert et s'apprêta à escorter Vanessa jusqu'à la sortie.

— Oh, mon Dieu, j'allais oublier !

Jackson et Vanessa se retournèrent vers un Robert décomposé.

— Je crains d'avoir une mauvaise nouvelle à vous annoncer...

Jax et Vanessa échangèrent un regard inquiet.

— De quoi s'agit-il ?

— Mon collègue m'a contacté ce matin et il ne pourra *pas* couvrir l'autre mariage à ma place. Un empêchement de dernière minute, une histoire de renouvellement de vœux dans laquelle il s'est engagé... Bref, je suis affreusement *désolé*, est-ce que vous voulez bien m'excuser ? J'aurais *tellement* voulu assister à votre mariage !

Un soulagement palpable détendit les épaules de Vanessa quand elle poussa un long soupir. Fort heureusement, Robert prit cela pour de la déception.

— Je vous en prie, n'y pensez plus, Robert. Nous comprenons très bien, n'est-ce pas, Reid ?

— Tout à fait, renchérit Jax en ayant l'impression de jouer dans une mauvaise sitcom. Complètement. On ne fait pas toujours ce qu'on veut dans la vie, c'est comme ça, la vie est malheureusement faite ainsi, bredouilla-t-il lamentablement.

Robert et Vanessa le contemplèrent un instant sans mot dire, puis décidèrent simultanément de l'ignorer et reprirent leur interaction émotionnelle. Finalement, on décida que l'affaire était entendue et Jax et Vanessa reprirent le chemin de la sortie.

À peine avaient-ils franchi la porte que la sonnerie du portable de Vanessa retentit. Jax comprit très vite qu'il s'agissait d'un de ses clients et, à en juger par le contenu de sa conversation, comprit aussi qu'elle allait passer la nuit à travailler.

Il enfouit les mains dans les poches de son bermuda et lui emboîta le pas en se souriant à lui-même. Pas question qu'il l'autorise à l'ignorer toute la nuit. L'heure avait sonné d'élaborer un plan.

*
* *

Vanessa baissa les yeux sur le dossier étalé sur ses genoux en mâchonnant le bout de son stylo. Ses crayons et ses stylos donnaient tous l'impression d'être passés dans la bouche d'un rongeur. Quand elle avait obtenu son diplôme, elle avait décidé qu'elle était définitivement guérie de cette manie – elle ne tenait pas à ce que l'avocat de la partie adverse y voie un signe de nervosité ou d'incompétence.

Et pourtant, alors que cela faisait à peine une demi-heure qu'elle était au travail, le bout de son stylo donnait l'impression d'avoir subi l'attaque d'un castor.

La porte de la salle de bains s'ouvrit. Discrètement, elle jeta un coup d'œil entre ses cils… et le regretta aussitôt.

Jackson franchissait le seuil de la salle de bains muni d'une simple serviette de toilette… qu'il utilisait pour se frictionner les cheveux ! Vanessa serra les dents pour éviter de rester bouche bée devant la splendeur de ce corps olympien et luisant qu'il exhibait ouvertement. Elle l'entendit ouvrir un tiroir, puis le refermer et se maudit de prier pour qu'il aille s'habiller dans la salle de bains.

Il se dirigea vers ladite salle de bains en sifflant le refrain de « *Don't Cha* » des Pussycat Dolls, vêtu cette fois – merci, mon Dieu – d'un caleçon et d'un marcel.

À peine la porte se referma-t-elle derrière lui qu'elle laissa échapper un gémissement de frustration. Elle n'arrivait pas à se concentrer en sa présence. Il constituait une distraction. Une nuisance, même. Une nuisance très sexy qui ne portait pratiquement jamais de chemise. Comment était-elle censée se concentrer alors qu'il passait son temps à se promener à moitié nu comme une espèce de divinité hawaïenne ?

S'il avait remarqué qu'elle le dévorait des yeux, il n'en avait rien montré. D'un autre côté, quel besoin avait-il de retourner dans la salle de bains en sous-vêtements ? Il avait certainement *senti* qu'elle le regardait.

Elle avait fait de son mieux pour garder émotionnellement ses distances avec lui depuis qu'ils avaient quitté le gymnase. La réaction qu'avait déclenchée la violence dont il avait fait preuve la perturbait. Désapprouver son comportement était une chose. Mais sentir ses entrailles se nouer à l'idée qu'il ait des tendances violentes était complètement différent. Cela n'aurait pas dû l'affecter à ce point.

Car cela ne pouvait signifier qu'une seule chose – sans s'en rendre compte, elle s'était investie émotionnellement vis-à-vis de Jackson Maris.

Elle repensa à la séance de dégustation. Jackson avait fait preuve de tendresse avec elle. La douceur de ses lèvres sur ses doigts lui avait donné l'impression que la salle se retrouvait plongée dans l'obscurité et elle n'avait plus vu que la lumière dorée de ses yeux. Quand il lui avait fait goûter le gâteau au bout de sa fourchette, cela lui avait paru bien plus intime et sensuel que ça aurait dû. Et quand il avait essuyé le coin de ses lèvres du pouce, elle avait regretté qu'il ne le fasse pas avec sa langue…

Le malheur, c'était qu'elle ignorait s'il n'avait pas fait tout cela que pour donner le change vis-à-vis de Robert. Mais il y avait plus grand malheur encore si elle en venait à considérer que sa tendresse n'était pas feinte. Envisager la première solution lui donnait envie de lui botter le train. Envisager la seconde lui donnait envie de l'embrasser à en perdre le souffle. Ce qui l'amenait à avoir envie de botter son propre arrière-train pour dégouliner de sentimentalisme quand il s'agissait de lui.

— Je suis dans tous mes états, marmonna-t-elle pour elle-même.

Et s'il y avait une chose que Vanessa McGregor détestait, c'était bien de se retrouver dans tous ses états. Que ça se voie ou non. Face à ce genre d'inconvénients, ses règles d'or s'étaient toujours révélées ses plus fidèles alliées. Elles l'aidaient à maintenir sa vie dans un cadre sécurisant.

Et alors, qu'est-ce que tu vas faire pour régler le problème, Nessie ?

Elle ne voyait qu'une seule chose susceptible de débrouiller la situation. Éviter de coucher avec Jackson jusqu'à la fin de la semaine. Sans qu'il soit nécessaire de lui annoncer la couleur, évidemment. Les femmes disposent de toute une panoplie d'astuces pour se dégager des obligations sexuelles. Migraines, crampes, fatigue... Vanessa n'y avait encore jamais recouru, mais ça ne devait pas être bien difficile de convaincre un homme qu'on ne se sentait pas en phase...

Quelqu'un frappa à la porte du bungalow.

— Je m'en charge, déclara Jackson en réapparaissant dans la pièce.

Un instant plus tard, il s'asseyait à côté d'elle sur le canapé et posait sur la table basse un plateau supportant une bouteille de tequila, deux petits verres, une salière et un bol empli de quartiers de citron vert.

— Qu'est-ce que c'est que ça ? demanda-t-elle en pointant son stylo mâchouillé vers le plateau.

— Ça fait si longtemps que tu ne t'es pas amusée que tu ne sais plus à quoi ça ressemble ?

— Apprenez, monsieur, que je passe mon temps à m'amuser. Au cas où tu ne serais pas au courant, je suis la reine du rire, que dis-je ? l'impératrice de la rigolade, dans le pays d'où je viens ! Tu n'as qu'à demander à ta sœur si tu ne me crois pas.

— J'en serais plus convaincu si, au lieu d'appeler ma pauvre petite sœur malade, je te voyais passer à l'acte.

— J'ai du travail, Jackson.

— Ça fait des heures que tu travailles. Tu n'as même pas fait de pause pour le dîner. C'est bientôt l'heure d'aller au lit, princesse, dit-il en dévissant le bouchon de la bouteille avec un sourire machiavélique.

Elle s'efforça de le retenir, mais les trois quarts de son sourire l'avaient déjà trahie.

Il s'immobilisa et la dévisagea.

— Pourquoi souris-tu comme ça ? demanda-t-il.

— Parce qu'on ne va pas tarder à savoir si tu vas remporter le Bonus des règles d'or.

— Qui est… ?

— *Ne sors jamais avec un homme qui tient moins bien l'alcool que toi.*

— Prépare-toi à perdre, McGregor, déclara-t-il avec un grand sourire.

Vanessa pesa le pour et le contre. Était-ce bien raisonnable de se lancer dans cette compétition avec celui qu'elle avait justement décidé de bannir de son lit ? Dans la colonne des Pour : break bien mérité, tequila haut de gamme (cuvée du patron), et belle occasion de rabattre le caquet à cet arrogant en le faisant rouler sous la table. Colonne des Contre : très forte probabilité de s'enivrer, d'où altération du jugement et énorme risque d'autoriser le susdit arrogant à lui faire ce qu'il voulait. Ce qui ne serait pas bien du tout.

D'un autre côté, il s'agirait alors de sexe en état d'ivresse et le sexe en état d'ivresse n'impliquait aucune émotion ou autre nunucherie du même ordre. Il ne s'agissait que d'une suite de mouvements désarticulés, effectués par des individus hébétés et à demi nus qui se retrouvaient le lendemain matin couverts de bleus et sans aucun souvenir précis de ce qui s'était passé la veille. Par conséquent, et dans le pire des cas, cela n'interférerait pas avec sa décision de garder ses distances. *Parfait*, se dit-elle avec un petit sourire.

Elle écarta ses dossiers et se plaça de trois quarts sur le canapé de façon à faire face à son adversaire.

— On verra bien qui sera le perdant, Maris. Sers-nous donc à boire.

Jackson déboucha la bouteille, versa la tequila dans les petits verres, en prit un et attendit qu'elle fasse de même.

Sans hésitation, elle leva son verre.

— *Salud*, dit-elle avant de le boire d'un trait.

— Tu ne prends ni sel ni citron vert ? s'étonna-t-il.

— Pas besoin de ces gadgets, mais il ne faut pas que cela t'arrête. Je sais que certaines personnes ont du mal à encaisser la morsure de la tequila. Je ne te jugerai pas là-dessus.

Un sourire diabolique retroussa les lèvres de Jackson.

— Ce n'est pas pour moi que j'ai commandé ces accessoires, princesse.

Il renversa la tête en arrière et siffla son verre.

— Pas pour boire, en tout cas, ajouta-t-il.

Cette mystérieuse déclaration resta suspendue entre eux tandis qu'il leur servait une deuxième tournée.

*
* *

— Qu'est-ce que tu dirais de corser un peu la partie ?

Vanessa, qui remplissait à nouveau leurs verres, haussa un sourcil.

— Tout dépend de ce que tu entends par là.

— Un petit jeu inoffensif permettant de faire plus ample connaissance.

— Un genre de jeu de la vérité ?

L'idée parut l'emballer pendant deux secondes, puis elle plissa les yeux d'un air méfiant.

— Ou un genre de strip-poker ?

Il leva les mains en l'air.

— Je te jure que le perdant ou la perdante ne devra retirer aucun vêtement.

Certifia le scorpion à la grenouille.

Les épaules de Vanessa se détendirent et elle se pencha vers lui.

— D'accord. Explique les règles.

— Je fais une déclaration me concernant. Ça peut être vrai comme ça peut être bidon. À toi de deviner – tu dis « info » ou « intox ». Si tu gagnes, tu choisis l'endroit de ton corps sur lequel tu veux que je verse le sel et le citron. Si tu perds, c'est moi qui choisis. Après, c'est à toi de faire une déclaration.

Vanessa ouvrit la bouche, mais aucun son n'en sortit. Elle la referma. Puis réessaya. Finalement, elle secoua la tête.

— J'ai joué à pas mal de jeux stupides quand j'étais à la fac, mais je n'ai jamais entendu parler de celui-là. Je suis curieuse de savoir comment il s'appelle ?

Jax sourit de toutes ses dents.

— « Blabla-Tequila-Hou-la-la ». Reid et moi l'avons inventé avec nos copines du lycée.

— Je n'en doute pas un instant, répondit-elle d'un ton pincé.

— Allez, princesse. Tu es avocate, nom de Dieu. Et une sacrée pointure à t'entendre. Tu devrais déceler le moindre mensonge de ma part à des kilomètres. À moins que tu ne sois pas aussi fortiche que tu le prétends, évidemment.

Une fois de plus, il présentait la chose comme un défi. Visiblement, il avait constaté qu'elle mordait facilement à cet hameçon-là. Et Vanessa avait beau avoir repéré la manœuvre, elle ne pouvait pas s'empêcher de relever un défi. Jackson adorait ça.

Elle finit par lever les yeux au ciel.

— D'accord. C'est toi qui commences.

Bingo ! Il décida de commencer en douceur.

— Je faisais partie de l'équipe de lutte inter-établissement quand j'étais en terminale.

— Info. Ta sœur me l'avait dit à l'époque.

Jackson s'en doutait, mais il tenait à ce qu'elle se sente en force. Et à ce qu'elle ne voie rien venir.

— Où veux-tu que je mette le sel ?

Elle fit mine de réfléchir, puis tendit la face interne de son poignet vers lui. Il savait qu'elle choisirait un endroit neutre. Ou du moins ce qu'elle *croyait* être un endroit neutre.

Il attrapa la salière d'une main, son poignet de l'autre et ne détacha pas son regard du sien quand il rapprocha lentement son visage de sa cible. Il lécha langoureusement sa peau et sentit son pouls s'accélérer sous sa langue. Les pupilles de Vanessa se dilatèrent quand il versa un peu de sel sur sa peau et qu'il le lécha tout aussi sensuellement. Il descendit alors son shot de tequila et apprécia la morsure du breuvage le long de sa gorge.

Quand elle voulut récupérer sa main – persuadée que c'était terminé –, il la retint fermement.

— Ah-ha. Pas si vite. J'en ai encore besoin.

— Pour quoi faire ?

En guise de réponse, il prit un quartier de citron vert et le pressa délicatement au-dessus de son poignet. Quelques gouttes tombèrent, coulèrent sur sa peau et Jackson y plaqua sa bouche pour sucer avidement le jus acide. Alors seulement, il relâcha son étreinte.

— Ce n'est pas...

Sa voix se brisa et elle s'éclaircit la gorge avant de reprendre.

— Ce n'est pas comme ça qu'on fait, d'habitude.

— À ce jeu-là, si. À toi de jouer, Vipère.

Le rappel de son surnom de tueuse opéra. Elle carra les épaules, prit un air différent et endossa le rôle de meneuse de jeu.

— J'ai grandi dans le coin le plus pourri du Queens de New York.

— Intox. Tu n'as pas l'accent du Queens.

— Perdu. J'ai compris très tôt que cet accent me cataloguait comme « issue des quartiers défavorisés » et j'ai travaillé très dur pour m'en débarrasser. Je ne voulais pas qu'on sache d'où je venais à ma façon de parler, ni qu'on me juge par rapport à ça.

Jackson ne fut pas surpris d'apprendre qu'elle s'était démenée pour gommer de sa personnalité quelque chose qu'elle percevait comme un défaut. Vanessa semblait tenir à être absolument irréprochable à tout point de vue. Et Jackson suspecta plus que jamais qu'un élément de son passé était à l'origine de la rigueur dont elle faisait preuve quand il s'agissait d'envisager l'avenir. Restait à déterminer quel était cet élément...

— Bravo, princesse. Bien joué. À toi de choisir à quel endroit tu veux me lécher...

L'idée de la langue de Vanessa sur son corps attira son sang dans une région centrale de son anatomie. Elle désigna son cou et n'hésita pas un instant à se plier au rituel. Chaque caresse de sa langue l'incendia, lui donna l'impression de se consumer à petit feu et il serra les dents si fort pour se retenir de tourner la tête et s'emparer de sa bouche que ce fut un miracle qu'elles ne se brisent pas.

Quand elle eut terminé, il lui décocha un sourire qu'il espérait indifférent. Elle écarquilla brièvement les yeux, comme si elle avait du mal à croire à un tel manque de réaction de sa part, mais il fit mine de ne pas s'en apercevoir.

En réalité, Jax avait plutôt l'impression d'être en mesure de remarquer le moindre détail la concernant. Depuis la forme de ses yeux jusqu'au nuage de taches de rousseur niché au creux de son genou en passant par la manière dont ses yeux d'émeraude lançaient des éclairs quand elle était fâchée et ressemblaient à des étendues d'eau paisibles quand elle était heureuse.

Jax voyait absolument tout, quand il s'agissait de cette femme. Et sa vie en eût-elle dépendu, il eût été incapable de dire pourquoi.

— La partie est finie ou on fait un autre tour ? demanda-t-elle.

Il sourit.

— Impatiente de sentir ma bouche sur toi ?

— Dans tes rêves, petit surfeur !

Jax laissa tomber la plaisanterie et plongea son regard au fond de ses yeux.

— À dire vrai, je préférerais que tu restes en dehors de mes rêves. Crever d'envie de toi pendant mes heures de veille est à peu près tout ce que je suis capable de supporter en ce moment.

Elle ouvrit la bouche comme si elle était sur le point de répondre, mais aucun son n'en sortit. Ils restèrent un long moment à se regarder en silence, puis elle baissa les yeux et rabattit une mèche de cheveux derrière son oreille. Jax finit par rompre le silence en relançant le jeu.

— J'ai une trouille bleue des araignées. Info ou intox ?

Elle l'étudia attentivement avant de rendre son verdict.

— Intox.

— Perdu.

— Promis ?

— Juré. Reid et Lucie sont les seuls à connaître mon point faible et j'espère que tu emporteras ce secret avec toi dans la tombe, McGregor.

Vanessa traça une croix sur son cœur et tendit la main droite devant elle.

— Je le jure. Je ne répéterai à personne que tu as peur des vilaines petites bébêtes.

Ah, elle trouvait sa phobie amusante ? Elle allait voir ce qui l'amusait, lui.

— À mon tour de boire.

Il saisit le bas de son bustier et le souleva, révélant la peau nue de son ventre. Il n'avait pas franchi son nombril qu'elle saisissait ses poignets pour l'empêcher d'aller plus loin. Il leva vers elle un regard interrogateur.

— Je croyais que tu avais dit que personne ne se déshabillerait.

— Non, j'ai dit que le perdant ou la perdante ne devrait retirer aucun vêtement. Le *gagnant*, en revanche, est autorisé à écarter les vêtements qui l'empêchent de saler la peau à l'endroit de son choix.

— Alors là, j'en reste baba, déclara-t-elle en écarquillant les yeux. Tu viens de me jouer un tour digne d'un avocat chevronné.

Il lui décocha un clin d'œil.

— Ne le prends pas mal : j'ai profité de ton arrogance.

— De mon *arrogance* ?

— Du calme, princesse, dit-il en dégageant ses poignets. Ton arrogance est une des choses qui me plaisent le plus chez toi.

Elle ouvrit la bouche pour protester, mais il plaça un doigt en travers de ses lèvres.

— Silence. Après tout, les règles sont faites pour être respectées, non ?

Elle eut beau étrécir les yeux, elle ne put dissimuler la lueur amusée qui dansait entre ses cils. Certain qu'elle ne discuterait pas davantage, il fit passer son bustier par-dessus sa tête et le lança derrière lui. Son élégant soutien-gorge noir bordé de dentelle vert d'eau mettait en valeur le galbe de ses seins et couvrait à peine ses mamelons. Jax n'avait encore jamais rien vu d'aussi joli.

— Doux Jésus. C'est le haut d'un ensemble coordonné ? demanda-t-il en baissant les yeux vers son entrejambe, regrettant de ne pas posséder la vision X de Superman.

— Pour le savoir, tu devras remporter la prochaine manche, répliqua-t-elle avec un petit sourire satisfait. Après tout, les règles sont faites pour être respectées, non ?

— Touché, reconnut-il.

Il lui rendit son sourire, tout en étant désolé d'être sur le point d'effacer le sien.

Il encercla ses côtes de ses bras et la souleva juste ce qu'il fallait pour la caler contre l'accoudoir du canapé. Le regard qu'il lut dans les yeux de Vanessa lui apprit qu'elle n'arrivait pas à se décider entre son envie de le gronder pour la manipuler de la sorte et celle de lâcher prise pour voir où tout cela conduirait.

Il laissa une de ses jambes derrière lui, positionnant l'autre sur ses genoux jusqu'à ce que sa hanche touche la sienne, puis plaqua une main sur son buste et l'incita à s'incliner en arrière, sa tête et ses épaules reposant sur l'accoudoir, ses longues boucles cascadant de l'autre côté.

La voir dans une position aussi vulnérable faillit avoir raison de ses bonnes résolutions. Ainsi offerte, ne sachant pas ce qu'il avait l'intention de faire, elle devenait une autre femme et la façon dont sa poitrine se soulevait donna envie à Jackson d'abandonner le jeu, de lui arracher son soutien-gorge et de dévorer ces douces rondeurs jusqu'à ce qu'il ne sente plus ses lèvres. Et ce n'était encore que le début de ce qu'il avait prévu de lui faire subir. *Tout vient à point à qui sait attendre.*

Quand il lécha le galbe de ses seins, la façon dont sa chair souple céda à la légère pression de sa langue déclencha le violent raidissement de son membre et quand elle souleva légèrement le bassin pour se frotter contre sa hanche, son sexe bondit d'impatience.

Jax sut que s'il ne se décidait pas à saler sa peau dans les secondes à venir, il allait perdre son self-control.

Sel, coup de langue, tequila, citron vert et nouveau coup de langue.

Une fois ce périple accompli sans avoir cédé à ses bas instincts, il s'octroya mentalement une petite tape avant de soulever la tête et le dos de Vanessa pour la remettre en position assise.

Le regard qu'elle posa sur lui n'était pas aussi acéré que d'habitude et elle ne lui asséna aucune remarque sarcastique. De fait, elle ne dit rien du tout. Elle se contenta de le regarder, sa lèvre inférieure présentant un creux en son centre, comme si elle l'avait mordue très fort.

— À ton tour, dit-il d'une voix rauque.

Vanessa battit vivement des cils et il eut la nette impression de la voir reprendre connaissance. Son regard flou céda la place à son attitude habituelle, froide et confiante. Elle s'éclaircit la gorge, tapota ses cheveux et haussa un sourcil quand elle constata qu'il se tenait toujours un peu trop près d'elle. Mais Jackson n'avait pas l'intention de se laisser distancer davantage.

— Un problème, princesse ?

— Bien sûr que non.

Avec un sourire sensuel, elle replia une de ses jambes et plaça son pied entre celles de Jackson. Il serra les dents pour bloquer sa réaction car le contact de son pied contre son entrejambe avait déclenché une décharge électrique qui fit un aller-retour le long de sa colonne vertébrale. Feignant une décontraction qu'il était loin de ressentir, il cala la jambe de Vanessa contre son torse et fit mine de se concentrer sur sa déclaration.

— Quand j'étais à la fac, un soir je me suis saoulée avec la responsable de ma cité U et on a fini la soirée toutes les deux dans le même lit. Une expérience qui ne s'est jamais renouvelée.

— Hmmm... j'ai beau adorer les images que cette évocation fait flotter dans ma tête, à mon grand regret, je dis intox.

Vanessa émit un bruit signifiant que sa réponse ne lui plaisait pas.

— Qu'est-ce qui t'incite à croire que c'est un mensonge ?

— J'y aurais peut-être cru si tu avais dit que c'était arrivé avec ma sœur. Vous étiez déjà hyper copines et ce genre d'expérience suppose un degré de confiance élevé. Mais vous êtes l'une et l'autre trop structurées et responsables pour céder à la tentation d'une aventure d'un soir, même sous l'effet de l'alcool.

Sa déception d'avoir perdu parut se dissiper et elle haussa un sourcil appréciateur.

— Tu es très attentif ; j'avoue être impressionnée. Où veux-tu faire ça ?

Plusieurs réponses affluèrent en même temps à l'esprit de Jackson – sur le canapé, sur la table de la cuisine, sous la douche, sur la machine à laver, sous le... *Stop !*

— Où est-ce que je veux faire *quoi* ?

Plus qu'heureuse de doucher la farandole de ses fantasmes, elle lui décocha un sourire ouvertement coquin.

— Où veux-tu *que je te lèche* ?

— Ah.

Il fit passer son marcel par-dessus sa tête, le laissa tomber par terre et, sans la quitter des yeux, tapota la zone située entre ses pectoraux, puis allongea les bras sur le dossier du canapé.

Vanessa soutint son regard, réfléchissant visiblement, au risque de faire entrer son cerveau en surchauffe, au vu de la quantité de tequila qui circulait dans ses veines. Il décela la détermination de son regard quand elle prit une décision. Il ne lui restait plus qu'à attendre l'énoncé du verdict.

Vanessa attrapa son verre de la main gauche, la salière de la droite et coinça un quartier de citron entre ses dents. D'un mouvement souple, elle se souleva alors sur les genoux et fit passer une jambe par-dessus les hanches de Jackson, comme si elle enfourchait un cheval. Il avait cru avoir le dessus, mais quand, allongé en dessous d'elle, il croisa son farouche regard vert, il se sentit plus dominé que dominant.

Et à cet instant précis, cela lui était parfaitement égal.

Vanessa le chargea de tenir pour elle verre, salière et citron, puis se plaqua contre lui et glissa lentement le long de son corps jusqu'à ce qu'elle se retrouve assise sur son membre durci. La double épaisseur de vêtements ne suffisait pas à contenir la chaleur de son entrecuisse. Jackson réprima un gémissement et ordonna à ses hanches de ne pas bouger. Une tâche difficile quand son sexe voulait jouer au Missile à Tête Chercheuse de Chaleur et que la zone la plus chaude dans le périmètre se trouvait dans les replis secrets d'une beauté rousse, à quelques centimètres de lui.

Vanessa plaça les paumes de ses mains de part et d'autre de son torse, se pencha en avant et fit remonter la pointe de sa langue entre ses pectoraux jusqu'au creux de sa gorge. Le plus doux des gémissements échappa à Jackson, tel le ronronnement du chat savourant la dernière goutte de crème.

Elle redressa la tête et lui reprit la salière avec un sourire malicieux. Une traînée de sel plus tard, sa langue traçait le même chemin, les grains de sel chatouillant la peau de Jackson avant de se coller sur sa langue. Il réprima à grand-peine un autre gémissement. Il ne voulait pas qu'elle sache à quel point elle l'affectait. Pas encore.

Sa main récemment libérée de la salière se détacha du canapé pour recouvrir le galbe de son postérieur. Vanessa ne tenta pas de lui repasser la salière, la posant au contraire sur la table.

Un instant plus tard, elle débarrassait Jackson de son verre. Dès que sa main fut libre, il en profita pour presser ses dix doigts dans sa chair afin de l'inciter à se plaquer plus étroitement contre lui. Vanessa garda le plus parfait contrôle d'elle-même, ne trahissant ses sensations que par une infinitésimale interruption de sa respiration.

Elle porta le petit verre à ses lèvres et renversa lentement la tête en arrière, faisant progressivement ployer son cou gracieux tandis que le liquide se déversait dans sa gorge. Une fois qu'elle eut reposé son verre derrière elle, elle retira le quartier de citron vert des lèvres de Jackson et le pressa au-dessus de son torse. Le filet de liquide frais ruissela entre ses pectoraux, franchit le relief de ses abdominaux et se concentra au creux de son nombril avant de déborder, imprégnant la ceinture de son short.

Vanessa quitta ses genoux avant qu'il ait le temps de protester, mais quand il la vit s'agenouiller entre ses jambes, il lui pardonna bien vite cette incartade. Il retint son souffle, le cœur battant, quand elle pencha la tête en avant pour lécher le jus sur sa peau. Elle fit remonter la pointe de sa langue le long de la ligne de duvet sombre, la plongea au creux de son nombril, puis la fit remonter suivant le sillon séparant ses pectoraux.

Plus sa langue remontait, plus le corps de Vanessa se plaquait contre celui de Jackson, ses seins caressant ses parties intimes et effleurant son membre sur toute sa longueur. Incapable de supporter plus longtemps cette torture, il referma les mains sur ses bras et la souleva pour la remettre à la place qu'elle occupait précédemment – à califourchon sur son entrejambe.

La contrainte à laquelle il se soumettait étrécit sa gorge et quand il prit la parole, il ne disposait plus que d'un filet de voix.

— Tu as triché, princesse. J'avais seulement désigné ma poitrine.

Elle eut un haussement d'épaules désinvolte.

— License créative. Des objections ?

— Pas la moindre, répondit-il en soulevant doucement les hanches, ravi de voir son souffle se bloquer dans sa gorge malgré ses efforts pour paraître blasée. Alors, est-ce que j'ai bon goût ?

— Tu as le goût de la margarita qu'on s'octroie en plein happy-hour pour fêter la victoire d'un procès épineux !

— Hmm, ronronna-t-il, son début de barbe effleurant la peau délicate de son cou quand il rapprocha sa bouche de son oreille. J'ai comme l'impression que c'est un sacré compliment.

— Il faudrait que je renouvelle l'expérience pour me prononcer définitivement. Mais cette fois, c'est *moi* qui choisis l'emplacement.

Il fut tenté de lui dire qu'elle pouvait tester la saveur de sa peau absolument partout. Et qu'il était tout disposé à lui suggérer un délicieux point de départ. Mais il ne devait surtout pas précipiter les choses. Pas ce soir.

Quand elle approcha ses lèvres des siennes, il l'arrêta d'un doigt sur son menton.

— Dans ce cas, il faut que tu remportes la prochaine manche.

Elle haussa un sourcil et recula pour l'observer d'un air incrédule, comme si elle s'attendait qu'il retire ce commentaire idiot. Une partie de lui – la partie qui était assez ferme pour planter des clous dans une traverse de chemin de fer – entretenait le même souhait.

Mais Jackson l'ignora.

— À moi de jouer.

Il fit mine de réfléchir à la déclaration qu'il allait faire pour qu'elle croie qu'il était en train d'élaborer un mensonge.

— Voilà, j'ai trouvé. J'ai été dépucelé par la sœur aînée de la fille avec qui je sortais au lycée. Elle était déjà à la fac et elle était revenue passer les vacances en famille.

— Une *étudiante* qui piquerait le copain de sa petite sœur ? Impossible. Intox.

Il fut incapable de réprimer l'immense sourire qui lui fendit le visage en deux.

— Per-du !

— Quoi ? Tu es sérieux ?

Jax se demanda si son incrédulité était liée au contenu de sa déclaration ou au fait qu'elle avait perdu. Un peu des deux, sans doute. Enfin… beaucoup des deux.

Il leva la main droite.

— Je le jure devant Dieu. J'étais en première. Je commençais à peine à sortir avec Aimee Anders. Ce samedi-là, je suis passé la chercher pour qu'on aille se promener, mais elle n'était pas encore rentrée de son tournoi de volley. Sa sœur aînée, Jean, élève en deuxième année à l'université de Las Vegas, qui était revenue passer les vacances chez ses parents, m'a dit que je pouvais attendre Aimee avec elle. On s'est installés devant la télé et je n'ai pas eu le temps de dire ouf qu'elle se retrouvait sur mes genoux à m'enseigner les arcanes d'un savoir dont j'ignorais encore tout.

— Incroyable, murmura Vanessa en secouant la tête. J'espère que tu réalises que ça fait de toi une belle pourriture ?

— Techniquement, oui, mais Aimee et moi ne sortions ensemble que pour rendre son ex jaloux. On était juste copains, ce qui m'absout de toute mauvaise action.

— Je crains que le jury ne partage pas cet avis, monsieur Maris.

Sans crier gare, Jax la renversa sur le dos. Sa chevelure flamboyante se répandit autour de son visage et le sourire qu'elle lui fit était aussi éclatant que la pleine lune par une nuit sans nuages. Le poids de son corps l'immobilisait et il pressa toute la longueur de son membre raidi au creux de ses cuisses. Elle ouvrit la bouche et se cambra instinctivement contre lui. Jax s'obligea à l'immobilité malgré l'insistance de son propre corps à lui faire remuer les hanches.

— Et c'est encore à moi de choisir !

— Auras-tu l'obligeance de me dire quelle partie de mon anatomie tu projettes de lécher, cette fois-ci ?

— Ce n'est pas à une juriste que j'apprendrai que les paroles s'envolent… Et il se trouve que je suis un homme d'action, déclara-t-il en saisissant ses poignets pour les placer au-dessus de sa tête sur l'accoudoir du canapé. Sois bien sage et laisse tes bras comme ça.

— Qu'est-ce qui m'arrivera si je bouge ?

— Bouge et tu le sauras, répondit-il avant de lui mordiller le lobe de l'oreille. Je ne suis pas loin d'espérer que tu bouges, ajouta-t-il dans un murmure.

Sans attendre sa réponse, il se redressa sur les genoux, glissa ses doigts sous l'élastique de son short et le fit passer par-dessus ses hanches. Sa bouche devint sèche quand il découvrit sa petite culotte. Il lança le short par-dessus son épaule et étudia le triangle de satin noir bordé de dentelle vert d'eau comme s'il cherchait à en mémoriser chaque détail. Alors seulement, il s'autorisa à admirer son corps tout entier.

— Tu es superbe.

Il plaqua les mains de part et d'autre de ses hanches et abaissa lentement son visage. Il l'immobilisa au-dessus de son bassin en jouant avec son impatience. Vanessa avait le regard rivé à la bouche de Jax et sa poitrine se soulevait de plus en plus rapidement. Le noir de ses pupilles recouvrait presque complètement le vert des iris, ses dents retenaient captive sa lèvre inférieure... et pourtant, il résistait. Elle voulait sentir sa bouche sur elle et Jackson mourait d'envie de lui donner satisfaction. Mais il n'avancerait pas d'un millimètre tant qu'elle ne le lui demanderait pas.

Plus tard, il l'obligerait même à le supplier.

Les secondes passèrent, chacun des protagonistes de ce combat muet campant sur sa position. Il sentait la chaleur qui émanait de son corps et le parfum entêtant de son excitation. Finalement, Vanessa céda et souleva les hanches.

Bonne petite.

Jackson fut plus qu'heureux de faire passer sa langue sur le haut de sa cuisse. Une volée de sel et il renouvelait l'opération, en accentuant la pression de sa langue. Vanessa gémit et un frisson la traversa.

Il but son verre d'un trait, ne s'attarda même pas à apprécier la morsure de l'alcool avant de presser un quartier de citron le long de la bordure de dentelle de sa culotte. Soucieux de ne rien laisser perdre, il plongea la tête en avant pour recueillir de la pointe de sa langue le filet de citron qui avait coulé entre ses cuisses. Un gémissement monta dans la gorge de Vanessa quand il ponctua la caresse de sa langue d'un langoureux baiser.

— Ça suffit, gronda-t-il en ramenant son visage au niveau de celui de Vanessa. Fini, les petits jeux. Je vais prendre ce que je veux vraiment. Ce qu'on veut *tous les deux*.

*

* *

Vanessa avait déjà compris que l'estimation à laquelle elle s'était livrée avant d'accepter cette partie de Blabla-Tequila-Hou-la-la était erronée. Le sexe en état d'ivresse avec Jackson Maris ne pouvait pas être moins intense qu'à jeun. Sans doute parce qu'ils n'étaient saouls ni l'un ni l'autre. Un peu partis, certes. Mais encore très loin du trou noir. La quantité de verres qu'ils avaient descendus aurait pourtant suffi à enivrer bien des gens.

Vanessa aurait dû se douter que Jackson n'aurait pas relevé un défi s'il n'avait pas été certain de le remporter. Il tenait remarquablement l'alcool et il se trouvait que la tequila était la seule boisson que

Vanessa pouvait ingurgiter en très grande quantité tout en restant parfaitement cohérente. S'il avait choisi un autre breuvage, elle aurait déjà sombré dans l'inconscience sur un disgracieux hoquet après s'être complètement ridiculisée.

Au lieu de quoi elle s'était retrouvée à jouer avec un véritable dragon et se retrouvait plaquée sous son corps massif alors qu'il se préparait à cracher le feu. Ses yeux dorés et cernés de cils sombres emprisonnaient son regard. Avec l'instinct d'un papillon de nuit, elle prit son visage entre ses mains et embrassa ses lèvres, sacrifiant sa raison aux flammes hypnotiques.

Jackson accepta son baiser, mais elle sentit qu'elle s'enfonçait dans les coussins du canapé quand il prit les commandes. La douce invasion de sa langue la conquit d'emblée et quand il s'avisa d'explorer et de savourer sa bouche entre deux tendres mordillements de ses dents, Vanessa se fit l'effet d'être le plus délectable des desserts.

Il passa un bras sous sa tête, glissa l'autre dans son dos, dégrafa habilement son soutien-gorge et le lui retira en un tournemain. Vanessa, qui avait toujours eu la poitrine très sensible, la sentit s'alourdir et se charger d'électricité. Et quand le torse nu de Jackson se pressa contre ses seins, ses mamelons durcirent presque douloureusement, réclamant l'attention qui leur avait été refusée la veille.

Comme s'il lisait dans ses pensées, Jackson interrompit leur baiser et prit son sein droit dans sa main. Les cals de ses doigts sur sa peau nue déclenchèrent une délicieuse sensation qui l'incita à se cambrer davantage vers sa paume. Elle n'aurait jamais cru qu'une simple main d'homme puisse créer une sensation aussi intense. Vanessa était toujours sortie avec des hommes plus intellectuels que manuels. Non parce qu'elle les préférait, mais tout simplement parce que c'était cette catégorie-là qu'elle croisait le plus souvent dans son cercle professionnel. Ces hommes-là avaient des mains lisses, sans rien de remarquable. Tout le contraire de celles de Jackson. Si elle avait eu un quelconque talent musical, Vanessa aurait composé tout un album en hommage aux seules mains de Jackson.

Elle baissa les yeux et découvrit un des spectacles les plus érotiques qui soient. Jackson concentrait toute l'attention de son regard sur le sein qu'il englobait. De son pouce, il en effleura alors la pointe durcie, déclenchant une fulgurante décharge électrique qui se répandit comme une onde de chaleur au creux de son ventre. Le choc fut si violent qu'elle fut obligée de retenir son souffle.

Il releva les yeux et avant qu'il ne baisse la tête pour envelopper son mamelon dans la chaleur de sa bouche, elle eut le temps de lire dans son regard qu'il savait pertinemment l'effet qu'il avait sur elle. Elle poussa un cri et agrippa si violemment ses cheveux courts qu'elle dut lui faire mal, mais il ne parut pas s'en soucier. Ses pupilles se dilatèrent et il ouvrit toute grande la bouche avant de la refermer sur son sein. Sa langue s'enroula suavement autour de la pointe, créant des sensations qui explosèrent quand il la mordilla délicatement.

Son autre sein avait désespérément besoin de recevoir les mêmes attentions, aussi Vanessa le rapprocha-t-elle d'une main pour inciter Jackson à s'en occuper. Jackson écarta sa bouche du premier, révélant son mamelon rouge cerise et luisant de salive, mais n'obéit pas à son incitation comme elle l'avait espéré. Il s'immobilisa, fit mine de baisser la tête sur son sein, puis obliqua et traça un chemin de baisers en direction de son ventre.

Elle gémit, frustrée et agacée qu'il néglige son désir pour n'en faire qu'à sa tête. Une fois qu'il fut descendu assez bas pour la libérer du poids de son corps, elle se remit en position assise. La surprise que refléta le visage de Jackson fut de courte durée, mais suffit à calmer le besoin de Vanessa de lui faire une scène.

Elle l'obligea à s'asseoir et l'enfourcha, veillant à plaquer son entrejambe sur l'érection qui déformait son short. Il laissa aller sa tête contre l'accoudoir et cette fois, ce fut à son tour de gémir. Incapable de résister, Vanessa lécha la courbe de sa gorge et suça la peau sensible, juste derrière son oreille. Jackson glissa ses doigts sous l'élastique de sa petite culotte et les enfonça dans la chair de ses fesses, puis lui retourna sa faveur en approchant ses lèvres de sa gorge et déposa une série de baisers humides jusqu'à sa mâchoire. Mais Vanessa en voulait davantage.

Elle se redressa à demi et plaça à nouveau la main sous son sein gauche.

— Embrasse-moi là, ordonna-t-elle.

Il caressa délicatement l'aréole en veillant à ne pas toucher la pointe qui se tendit désespérément vers lui. Elle serra les dents et résista vaillamment à la délicieuse torture qu'il lui infligeait en se disant qu'elle serait récompensée quand il se déciderait enfin à la soulager.

— Tu es sûre ?

— Oui.

— Maintenant ?

— Mon Dieu, oui, dépêche-toi !

Alors même qu'elle croyait qu'elle serait incapable de tenir une seconde de plus, il interrompit ses caresses et planta son regard dans le sien.

— Demande-le-moi gentiment.

Dans un film, le frottement d'une tête de lecture en travers des sillons d'un vinyle se serait élevé pour symboliser la discordance de l'instant.

— *Quoi ?*

— Tu as très bien entendu.

Les cals de ses doigts effleurèrent le galbe de son sein, incendiant au passage toutes ses terminaisons nerveuses.

— Demande-moi bien gentiment de sucer ce merveilleux sein.

Une telle exigence de sa part n'avait rien d'anodin.

— Tu veux que je te supplie. Je ne supplie jamais personne. Sous aucun prétexte.

Il haussa un sourcil et sa cicatrice en zigzag pointa dubitativement vers elle.

— J'avais cru comprendre que tu acceptais de me céder le contrôle des opérations pendant ces trois jours…

Vanessa sentit ses cheveux se dresser sur sa nuque sous l'effet d'un éclair de panique.

— Cela n'impliquait pas que je doive te supplier pour obtenir ce que je veux.

— Ah, bon ?

Elle redressa le menton et s'efforça d'oublier les besoins hurlants de son corps. S'il le fallait, elle le planterait là et finirait la nuit avec un sex-toy.

— Oui, c'est comme ça.

— Défi relevé.

— Qu'est-ce qu…

Avant qu'elle ait eu le temps de comprendre ce qui se passait, il l'avait soulevée, retournée et placée en position assise sur le canapé. Agenouillé entre ses jambes, il fit glisser ses fesses pour les amener tout au bord. Trop choquée pour réagir, elle regarda ses mains écarter ses genoux, puis remonter à l'intérieur de ses cuisses.

Ses pouces atteignirent la dentelle de sa culotte, puis s'immiscèrent sous le triangle de soie, le premier se consacrant à la perle de chair sensible de son clitoris tandis que l'autre allait et venait le long de sa fente, déjà moite de désir. Petit à petit, leurs caresses s'accentuèrent.

Sa vulve pulsait du besoin d'être comblée, besoin que le déni rendait plus douloureux encore. Quand il se décida enfin à lui retirer sa culotte, un soupir de soulagement lui échappa malgré ses efforts pour garder le contrôle. Il essayait de la faire craquer, mais à en juger par l'état de son membre, il n'allait pas pouvoir tenir bien longtemps. Si elle faisait preuve d'un tout petit peu de patience, ce serait lui qui craquerait le premier.

— Tiens, une étoile de mer, murmura-t-il.

Elle baissa les yeux sur le tatouage couleur corail de la taille d'une toute petite pièce de monnaie qu'elle avait au creux de la cuisse et qui n'était visible que lorsqu'elle était entièrement nue. La plupart du temps, elle l'oubliait complètement.

Il plaça ses mains sur ses seins et les fit glisser le long de son corps jusqu'à ce qu'il atteigne la peau toute lisse et douce de son mont de Vénus.

— Tu es une vraie merveille, princesse, déclara-t-il en écartant délicatement les replis de son sexe.

Le spectacle qui s'offrait à ses yeux parut l'hypnotiser.

Vanessa sentit des papillons prendre leur envol au creux de son ventre avant qu'une nouvelle onde de moiteur surgisse sous son regard acéré.

— Beauté rose, murmura-t-il en étalant du doigt l'essence de son désir.

Finalement, il fit remonter sa langue le long de sa fente et ponctua cette caresse d'un coup de langue sur son clitoris. Les hanches de Vanessa se soulevèrent spontanément. Jax passa les bras sous ses jambes et plaqua ses mains de part et d'autre de son bassin pour l'immobiliser. Il plongea alors sa tête entre ses cuisses et se rendit coupable des actes les plus illicites qu'un être humain ait jamais accomplis avec sa langue. Pure conjecture de la part de Vanessa, à l'évidence, mais qui lui apparut néanmoins comme un fait avéré.

Jackson était le genre d'homme qui se consacre entièrement à ce qu'il entreprend et le cunnilingus ne faisait pas exception à la règle. Il ne laissait rien au hasard et le genre de stupidités juvéniles consistant à tracer les lettres de l'alphabet avec la pointe de la langue ne faisaient pas partie de son répertoire. Chacun de ses coups de langue servait un objectif sensuel bien précis et se révélait plus lascif que le précédent.

Les mains de Vanessa se posèrent spontanément sur ses seins pour en pincer les mamelons, ajoutant des décharges de plaisir à celles qu'il déclenchait en lui faisant l'amour avec sa bouche. Elle aurait voulu pouvoir soulever les hanches pour se plaquer contre ses lèvres, mais il disposait d'une telle force qu'il n'avait aucun mal à la maintenir en place. Des gémissements lui échappaient à intervalles réguliers et son pouls s'emballa au point de faire rugir le sang à ses tympans et de rendre sa respiration haletante.

Le constat s'imposait : Jackson Maris était un vrai démon.

Comme s'il tenait à le confirmer, il inséra deux doigts en elle et les fit aller et venir tout en concentrant les attentions de sa langue sur son clitoris. Un filet de sueur ruissela entre les seins de Vanessa. Au creux de son ventre, tel un cyclone, le désir s'enroulait sur lui-même, de plus en plus vite, menaçant d'exploser dans un coup de tonnerre.

Jackson donnait vraiment l'impression de faire ça pour son plaisir *à lui*, pas celui de Vanessa. Quand il se servait de ses doigts pour l'explorer et la taquiner, son regard ne déviait jamais, comme si sa fente était la plus jolie chose qu'il ait jamais contemplée. Et quand sa bouche se refermait sur elle, ses paupières voilaient son regard comme si la meilleure des truffes au chocolat du monde était en train de fondre sous son palais. Outre les délicieuses sensations qu'il éveillait en elle, le regarder l'aimer aurait presque suffi à faire jouir Vanessa.

— Oh, oui, gémit-elle. Je vais...

— Je sais, princesse.

— Fais-moi jouir.

Il ralentit le rythme de ses caresses pour calmer le jeu d'un cran. Précisément le contraire de ce qu'elle voulait. Elle en gémit de frustration.

— Ce n'est pas toi qui donnes les ordres, princesse. Tu dois demander gentiment.

Vanessa aspira sa lèvre inférieure et mentalement, ferma toutes ses écoutilles. Son corps vibrait, tant de la frénésie qu'il avait éveillée en elle que de ses efforts pour résister à ce qu'il exigeait d'elle.

— Je ne prends jamais mon plaisir avant d'avoir honoré ma maîtresse, Vanessa. Et j'ai décidé de te maintenir au bord du plaisir pendant des heures s'il le faut, poursuivit-il en dardant sur elle un regard acéré. Mes bijoux de famille menacent de virer au bleu et je meurs d'envie de sentir ta petite chatte se contracter autour de mon sexe, mais je ne céderai pas tant que tu ne m'auras pas donné ce que je veux.

La chair de poule recouvrit sa peau malgré le voile de sueur qui l'emperlait.

— Je veux que tu me demandes ce que tu veux, dit-il d'une voix rauque en encerclant son clitoris des caresses de son pouce. Demande-moi de te faire jouir, princesse.

Ses mots l'enveloppèrent comme un miel liquide tandis que son propre miel recouvrait les doigts de Jackson. Aucun amant ne lui avait jamais parlé comme ça. Vanessa avait du mal à croire que *Jackson* lui parle comme ça, lui qui n'était d'ordinaire que charme et sourires.

Cette facette de Jackson était à l'opposé de ce qu'il montrait d'habitude. Il s'exprimait d'un ton cassant et ne donnait pas du tout l'impression de plaisanter.

Et cette attitude excitait Vanessa. Bien plus qu'elle n'aurait dû.

Quand il effleura son clitoris d'une infinitésimale caresse du pouce, elle crut défaillir. Pouvait-on mourir de privation d'orgasme ? Elle aurait pu parier que oui, mais n'avait aucune envie d'en avoir le cœur net.

— S'il te plaît, Jackson, le supplia-t-elle non seulement en paroles, mais en se cambrant vers lui, enfonçant ses propres doigts dans la chair de ses seins. S'il te plaît, fais-moi jouir.

Les muscles de la mâchoire de Jackson se contractèrent et une brève palpitation fit frémir ses narines.

— Avec plaisir.

L'instant d'après, trois de ses doigts l'avaient pénétrée et vrillaient expertement sur eux-mêmes pour caresser son point sensible avant chaque mouvement de retrait. Le plaisir enflamma ses entrailles.

Il l'avait si longtemps maintenue au bord de l'orgasme qu'il ne fallut pas trente secondes pour qu'elle en chevauche la crête. Haletante, elle s'agrippa des deux mains à ses puissantes épaules quand elle sentit son corps sur le point de voler en éclats.

Elle avait fermé les yeux très fort et n'entendait pas grand-chose en dehors des bruits qu'elle-même émettait, mais il lui sembla l'entendre grogner « princesse de corail » juste avant qu'il ne plaque sa bouche contre son clitoris pour le sucer rythmiquement, lui accordant enfin le doux soulagement qu'elle avait tant attendu.

Jackson amena son visage au niveau du sien en déposant des baisers tout le long de son corps et chacun des frôlements sensuels de ses lèvres la rendit un peu plus à elle-même. Quand il atteignit son cou, elle avait retrouvé tout son empire et était aussi affamée de lui que lorsqu'ils avaient commencé.

Elle prit sa tête entre ses mains pour l'attirer vers elle et inclina la sienne pour s'emparer de sa bouche. Il répondit par un gémissement à l'urgence de ses baisers quand elle lécha audacieusement ses lèvres avant de les mordre cruellement. Ils fusionnèrent en un baiser ardent, leurs langues luttant l'une contre l'autre. La saveur acidulée de Jackson agit sur Vanessa comme un rappel du plaisir juste éprouvé et libéra une nouvelle onde de chaleur entre ses cuisses.

Jackson amorça un mouvement de recul, mais elle le suivit, refusant d'interrompre leur baiser. Il sourit contre ses lèvres, visiblement ravi par son désir désespéré de prolonger leur union. Ce sourire aurait dû renforcer les défenses de Vanessa, l'inciter à se draper d'indifférence pour lui signifier qu'il n'avait aucun effet sur elle. Au lieu de quoi, il agit comme un déclic, révélant une faim qu'elle ignorait elle-même. Une faim si dévorante qu'elle ne se soucia plus qu'il sache à quel point elle avait envie de lui.

Jackson plaça les mains sur ses épaules pour la maintenir en position assise quand il se redressa et elle leva les yeux vers lui, subjuguée par sa présence et sa silhouette athlétique. Son métier de lutteur l'avait doté de muscles qu'elle n'avait jamais vus aux hommes d'affaires qu'elle avait connus jusqu'alors.

Il sortit un préservatif de sa poche arrière et le jeta négligemment à côté d'elle, sur le canapé.

— Retire-moi mon short, princesse, exigea-t-il d'une voix bourrue.

Elle décida de faire ce qu'il ordonnait. Mais il n'avait pas précisé de quelle façon il souhaitait qu'elle le déshabille. Elle disciplina les traits de son visage pour éviter qu'un sourire malicieux trahisse ses intentions, posa ses mains sur ses pectoraux et apprécia la manière dont ses doigts ondulèrent sur le relief de ses abdominaux ainsi que la tension du V de ses obliques qui semblaient désigner leur destination…

Son sourcil traversé d'une cicatrice se releva quand ses mains franchirent la frontière de l'élastique de son short. Il avait dû s'attendre qu'elle l'attrape pour faire ce qu'il lui avait demandé. Et elle le ferait. Mais pas tout de suite.

Les mains de Vanessa glissèrent de part et d'autre de la protubérance de son sexe, ses pouces l'effleurant à peine. Il aspira l'air entre ses dents et la regarda à travers ses yeux plissés. Sa réaction n'avait rien eu de monumental, mais cette once de pouvoir reconquis suffit à griser Vanessa. Il n'avait pas encore tenté de l'arrêter, mais elle avait senti la mise en garde qui avait titillé le bout de sa langue.

Elle se servit de ses dents pour baisser son short, d'un côté, puis de l'autre, et enfin au milieu, pour lui faire franchir son érection, accompagnée dans son effort par le divin gémissement qui fit vibrer le torse de Jackson. Une fois que son short eut touché le sol et qu'il l'eut écarté d'un coup de pied, Vanessa se retrouva face à un impressionnant déploiement de virilité.

Leur séance de la veille, aussi brève qu'explosive, n'avait été basée que sur les sensations, sans que la vue soit seulement sollicitée – manque qui se trouva alors largement compensé. Elle avait su en le touchant que les proportions de Jackson n'avaient rien de petit, mais elle fut stupéfaite de constater de visu que l'adjectif *petit* ne pouvait absolument pas s'appliquer à son cas. Quand elle le prit en main, elle ne put s'empêcher de procéder à la discrète estimation de ses mensurations. En longueur, il dépassait celle de son pouce et de son index étirés et quand elle l'encercla de sa main, elle fut incapable de faire se rejoindre ses doigts. *Ho, ho ! Sacrément gaulé, l'animal.*

— Si j'ai pu te pénétrer hier, rien ne s'oppose à ce que je recommence, princesse.

Elle était tellement perdue dans ses pensées que son commentaire la fit sursauter.

— Je sais, murmura-t-elle en relevant les yeux.

Il glissa une main sur sa nuque et lui décocha un petit sourire moqueur.

— J'ai préféré te le rappeler parce que j'ai eu l'impression que tu t'inquiétais.

Il voyait trop clair en elle. Heureusement, elle savait comment le distraire. Elle plaqua sa langue à la base de son sexe et la fit lentement remonter jusqu'à la peau, si douce et lisse, de son gland. Les doigts de Jackson se crispèrent sur sa nuque et ses hanches basculèrent vers l'avant.

Elle sourit, lui laissant voir sa satisfaction.

— Je suis peut-être plus petite que toi, mais je peux recevoir tout ce que tu me donnes.

— Je suis ravi de te l'entendre dire.

Il produisit une sorte de grondement animal, la souleva dans ses bras et la fit pivoter de manière à ce qu'elle l'enfourche de nouveau. Elle passa les bras autour de son cou et se plaqua contre lui. Jackson enserra sa taille quand il se décida enfin à lécher son sein gauche – celui qui était à l'origine de toute cette série d'événements.

Quand il en aspira le bout dans la chaleur de sa bouche, Vanessa sentit une pluie d'étincelles lui picoter la peau et échauffer son sang. Elle se banda comme un arc et renversa la tête en arrière jusqu'à ce que la pointe de ses cheveux chatouille la base de sa colonne vertébrale. Jackson épousa son mouvement et leurs corps se retrouvèrent soudés depuis les hanches jusqu'aux flancs tandis qu'il chérissait tour à tour ses seins de ses lèvres, sa langue et ses dents.

Incapable de résister plus longtemps, elle ondula des hanches pour inciter son membre à se nicher entre ses replis moites. Il gronda. Elle gémit. Et ils tendirent tous deux la main en même temps vers le préservatif.

— Lirais-tu dans mon esprit, princesse ?

— Je doute que cette pensée t'ait été soufflée par ton esprit, Maris, répondit-elle en se reculant légèrement.

— Tu as sans doute raison.

Il déchira l'emballage, mais elle récupéra l'anneau de latex avant qu'il ait eu le temps d'en faire quoi que ce soit. Malgré l'urgence de son désir, elle s'appliqua à agir lentement et fit usage des deux mains pour encercler sa glorieuse colonne de chair et dérouler la protection jusqu'à la base. Jackson aspira l'air entre ses dents quand les pouces de Vanessa effleurèrent la peau délicate de ses bourses contractées... puis libéra la bête sauvage qu'il avait jusqu'alors maintenue en cage.

Ses doigts puissants s'enfoncèrent dans la chair de ses fesses quand il la souleva pour placer l'extrémité de son membre entre ses lèvres. Vanessa ne put réprimer un léger mouvement de recul inspiré par la panique à l'idée qu'il soit trop gros pour la pénétrer.

— Ne t'inquiète pas, assura-t-il d'une voix rauque. Même si c'est la dernière chose que je doive faire sur terre, je trouverai le moyen de pénétrer ta petite motte.

Oh, mon Dieu, avait-il vraiment prononcé ces mots *à voix haute* ?

— Détends-toi, princesse, tu peux me prendre.

Jax glissa la main entre eux et caressa son clitoris. Vanessa sentit sa gorge se serrer quand le flot de son désir humecta le haut de ses cuisses. Peu importait qu'elle le croie ou non désormais. Rien ne pourrait remplacer la sensation d'enserrer son membre en elle. Elle en avait besoin comme elle avait besoin d'oxygène. Il avait eu raison quand il lui avait assuré qu'aucun vibromasseur ne saurait jamais lui faire autant de bien que lui. Elle en venait même à douter qu'aucun autre homme en soit capable. Pour le bien de sa santé mentale, mieux valait cependant que ses pensées ne s'engagent pas dans cette direction. Pas maintenant. Ni maintenant ni jamais, en fait.

Elle écarta les genoux et s'empala lentement sur lui. Sur à peu près cinq centimètres avant de remonter. Redescendit un peu plus bas et remonta encore. Tandis que son membre l'élargissait de plus en plus, ses muscles internes se contractaient et sa respiration s'accélérait. Finalement, elle s'enhardit à prendre appui sur ses épaules et s'empala complètement sur lui.

Jackson pressa le front contre le sternum de Vanessa et laissa échapper un grognement.

— Ah ! Attends, ne bouge surtout pas, princesse. Laisse-moi une seconde.

Mais rester immobile était bien la dernière chose dont elle avait envie. Elle voulait bouger. Sa *vie* en dépendait. Et ce fut donc ce qu'elle fit.

Ses hanches décrivirent un cercle, puis elle se souleva, se retirant presque complètement. Jax émit un son étranglé, comme s'il venait de recevoir un coup de pied dans les parties, et rouvrit les yeux pour la mettre en garde. Mais elle ne pouvait pas en tenir compte.

Elle coulissa le long de son membre, ondulant lascivement des hanches, se laissant seulement guider par son instinct.

Tout à coup, elle perçut un *clac* retentissant, une fraction de seconde avant de sentir la morsure de la claque sur sa fesse gauche, sursauta et poussa un glapissement de surprise. Apparemment, Jackson s'était attendu à cette réaction car il immobilisait déjà ses hanches.

— Pourquoi as-tu fait cela ? demanda-t-elle en achevant de redescendre sur lui tout en s'efforçant d'ignorer de quelle délicieuse façon la douleur se mêlait au plaisir au niveau de son entrejambe.

— Quoi ? Cette petite claque de rien du tout ? répondit-il, le regard brillant de malice tandis que sa main caressait le point douloureux de sa fesse. Ce n'était que le prélude de la longue série de punitions que je te dois, princesse.

Elle repensa aux nombreuses fois qu'il lui avait promis de se venger, mais fut incapable de se souvenir précisément combien de fois la chose avait eu lieu. Malheureusement, elle était prête à parier toute sa collection de lingerie de luxe que Jackson, lui, s'en souvenait précisément. Et elle se souvenait de son côté qu'à chaque fois, c'était un de ses commentaires sarcastiques qui avait déclenché ses menaces. Souvenir qui ne l'empêcha nullement de réitérer.

— Qu'est-ce que tu comptes faire ? Sortir ta panoplie de fouets et de martinets ?

Les mains de Jackson caressaient son dos, ses flancs, sa poitrine. La rugosité de ses doigts enflammait sa peau et rappelait à son corps l'endroit où ils s'étaient trouvés quelques secondes avant. Comme si elle avait besoin de ce rappel...

— Non, ce n'est pas mon style. De toute façon, ajouta-t-il, pour rendre tes fesses toutes rouges et ta petite chatte toute mouillée, je n'ai besoin de rien d'autre que de ma voix et de mes mains.

Il ponctua cette déclaration d'une petite claque sur l'autre fesse qui déclencha la même réaction que la première.

Vanessa compta mentalement jusqu'à dix, le temps de cesser de trembler intérieurement, puis pria pour que sa voix ne la trahisse pas.

— Je n'aime pas ça.

C'était un mensonge.

Il lécha le pourtour de son oreille.

— Tu mens.

C'était vrai.

— Maintenant, je t'autorise à bouger, princesse. Chevauche-moi et je vais te montrer comme c'est bon de recevoir une punition.

Un frisson d'humiliation parcourut sa colonne vertébrale, mais elle ferma les yeux et se remit à bouger. Son esprit s'engourdit et ses pensées conscientes s'estompèrent, remplacées par l'éveil des exigences plus viscérales de son corps.

Vanessa n'avait encore jamais ressenti une telle dissociation en faisant l'amour. Jackson lui donnait l'impression de se perdre et de se retrouver tout à la fois. De se perdre dans l'intensité du désir qu'il éveillait en elle. Et de se retrouver, comme si sa place n'avait jamais été nulle part ailleurs qu'entre ses bras. Et ces deux sensations lui flanquaient une trouille de tous les diables.

Elle aurait pu choisir de les ignorer et accuser l'abus d'alcool – ça aurait été tellement plus simple. Mais Vanessa ne pouvait pas se contenter d'un constat aussi simpliste. Non, ce… *truc*, quel que soit le nom de ce qui lui arrivait, n'appartenait pas à l'ordre rationnel de l'existence. Ce n'était pas possible de ressentir des sensations aussi fortes et passionnées pour un homme qu'elle n'appréciait que très modérément. Un homme qui lui donnait plus envie de l'étrangler que de l'embrasser.

L'embrasser. Excellente idée.

Elle prit son visage entre ses mains et attaqua sa bouche en plongeant sa langue entre ses lèvres pour l'entortiller autour de la sienne et savourer le goût du sel, du citron vert et de la tequila… Pour un tel verre bu à même la peau, elle aurait volontiers enduré toutes les gueules de bois du monde.

Il répondit mesure pour mesure à l'urgence de son baiser, et bien plus encore. Un baiser qui ne tarda pas à devenir dévorant. Leurs mains pétrissaient, griffaient, tordaient. C'était fulgurant, brusque et stupéfiant. Les vibrations se concentrèrent au creux de son ventre et s'élevèrent rapidement en elle, par paliers successifs, comme si son orgasme cherchait à remonter à la surface pour respirer.

Elle savait, parmi tous les bruits qu'ils faisaient, que Jax lui appliquait une claque sur les fesses à peu près toutes les dix secondes, mais elle était incapable de différencier cette morsure sensuelle des autres sensations de plaisir qui traversaient son corps. Tous les stimuli sensoriels se mêlaient pour ne plus former qu'une seule et exquise sensation.

— J'adore te sentir sur ma queue, soupira Jax en renversant la tête en arrière. C'est-trop-*bon*.

Elle aurait voulu lui dire à quel point c'était délicieux de se sentir comblée par lui, mais les mots lui manquèrent. Elle ne put que chevaucher l'énorme vague qui la transportait vers un orgasme imminent…

— Princesse.

Quoi ? Génial, elle n'avait même plus de voix.

— Vanessa, dit-il, un peu plus fort cette fois. Je ne te donne pas encore la permission de jouir.

Les contours flous de sa vision devinrent parfaitement nets quand elle écarquilla les yeux. Il ne pouvait pas être sérieux.

— Montre-moi à quel point tu es forte, reprit-il en enfouissant ses doigts dans ses cheveux, maintenant son visage tout près du sien. Pas en prenant ce que tu veux, mais en te retenant de prendre ce que tu veux plus que tout.

Les mouvements de Vanessa avaient décru pour se réduire à de vagues contractions qui ne généraient en elle qu'une douloureuse sensation de vide. Elle déglutit pour humecter sa bouche, subitement aussi sèche que du papier de verre.

— Jax, je t'en supplie...

— Je ne te demande pas de me supplier, princesse, dit-il en effleurant de son pouce sa lèvre inférieure. Tu es en position de faire ce que tu veux et je ne t'en empêcherai pas. Mais je voudrais que tu sentes ce que ça fait de commander ta propre soumission. De la choisir délibérément.

— Et si je ne le fais pas ?

Une lueur de déception passa dans ses yeux dorés et disparut aussi vite qu'elle était apparue.

— Si tu ne le fais pas, la condition que j'ai posée la nuit dernière disparaîtra et le reste de notre aventure se déroulera sans clause de contrôle.

Très intelligent de sa part. Vanessa s'était raconté qu'elle acceptait sa condition parce qu'elle avait envie de cette aventure de trois jours – et alors même qu'elle savait que ce n'était qu'un voile bien commode derrière lequel dissimuler le tabou de sa curiosité.

Mais le choix qu'il venait de proposer changeait la donne puisqu'il la forçait à reconnaître son désir de se soumettre à sa volonté... ou à s'étrangler de fierté en ratant l'occasion d'explorer une facette d'elle-même dont elle avait jusqu'alors ignoré l'existence.

— D'accord, murmura-t-elle.

La pression de ses mains s'affermit sur ses hanches, ses doigts s'incrustant dans la chair de ses fesses pour l'immobiliser.

— D'accord pour quoi, Vanessa ? Qu'est-ce que ça veut dire ?

Elle prit une profonde inspiration et noua ses mains derrière son dos. Elle n'était pas certaine de l'étiquette à appliquer en pareil cas, mais le geste lui parut aller de soi pour accompagner les mots qu'elle s'apprêtait à prononcer.

— Je veux me donner à toi, déclara-t-elle en baissant les yeux sur son torse – la déférence lui apparaissant autant comme une trahison vis-à-vis d'elle-même que comme un éveil –, je veux me donner à toi autant que je veux t'offrir mes orgasmes.

Le grondement silencieux qui remonta depuis son torse jusqu'à la poitrine de Vanessa fit durcir ses pointes de seins. Il dut s'en rendre compte, car il recouvrit ses seins de ses mains et la fit sursauter en effleurant les pointes sensibles de ses pouces.

— Je ne peux pas te mentir, princesse. Tu viens de prononcer les paroles les plus excitantes que j'aie jamais entendues. Et quand je te vois comme ça, les mains dans le dos, les seins tendus vers moi, les lèvres rouges et enflées, le regard baissé, attendant mes ordres…

Il pinça doucement ses mamelons, prenant plaisir à la faire frissonner de plaisir pur.

— Je me dis que je n'ai jamais rien vu d'aussi excitant. Et qu'il est bien possible que tu sois ma perte.

Avant qu'elle ait pu lui demander ce qu'il voulait dire par là, il l'investit d'une souple poussée des hanches lui ordonnant de finir ce qu'elle avait commencé. Vanessa ne perdit pas une seconde pour trouver l'angle et le rythme amenant l'extrémité de son sexe là où elle voulait. Et quand elle tendit les mains vers lui, il encercla ses poignets et les maintint derrière son dos pendant qu'elle le chevauchait pour atteindre son objectif.

— Jax, gémit-elle.

— Pas encore, râla-t-il.

Elle serra les dents, des filets de sueur ruisselant sur ses tempes et dans le sillon de ses seins. Se forcer à rester au bord du gouffre de l'orgasme générait une angoisse suave qu'elle aurait été incapable de décrire. Comment une telle torture pouvait-elle déclencher une sensation aussi dévastatrice ? C'était peut-être la version sexuelle du syndrome de Stockholm et Vanessa allait se retrouver dépendante de cette variété de plaisir associé à la douleur que seul Jackson serait susceptible de lui donner.

Si elle attendait une minute de plus, elle allait mourir, cela ne faisait aucun doute dans son esprit. Heureusement, Jax devait ressentir la même chose, car il prononça les mots qui la soulagèrent enfin.

— Vas-y, princesse, déclara-t-il contre son cou. Donne-moi tout ce que tu as.

Vanessa obéit tout en priant pour qu'il s'accroche à elle très fermement. S'il ne le faisait pas, les fissures qui étaient apparues par sa faute dans son rempart allaient s'agrandir et la faire voler en éclats.

*

* *

Alors qu'il se balançait doucement dans le hamac sous la voûte étoilée, Vanessa installée au creux de ses bras, le bruit apaisant des vagues s'élevant au loin, Jackson réalisa qu'il y avait plus de dix ans qu'il ne s'était pas senti aussi profondément en paix.

Il avait connu des satisfactions. Il s'était même souvent senti heureux. Mais au fond de lui, un sentiment de malaise l'avait toujours habité. Le mystère de l'identité de ses parents biologiques – le mystère de sa propre identité – avait pesé sur lui à dater du jour où il avait découvert ces papiers et compris qu'il avait grandi dans le mensonge.

Vanessa dégageait quelque chose qui avait le don d'apaiser le combat de questions sans réponses qui faisait rage en lui. La façon dont elle se blottissait contre lui, par exemple, une jambe enroulée autour de la sienne et sa main reposant sur son cœur, était étonnamment réconfortante. Contrairement à ce qui se passait habituellement après qu'il avait couché avec une femme, la présence de Vanessa ne le crispait pas du tout. Non qu'il soit le genre de type qui se rhabille et se sauve en courant dès qu'il a obtenu ce qu'il voulait, mais il aimait bien avoir de l'espace dans un lit et n'était pas spécialement friand de câlins pendant la phase d'extase post-coïtale.

Ce soir, pourtant, c'était lui qui l'avait soulevée dans ses bras, confortablement installée dans le hamac, et qui avait recouvert leur nudité d'un drap qu'il était allé prendre sur le lit.

Jax déposa un baiser au sommet de sa tête et continua de caresser son bras du bout des doigts tout en réfléchissant à la révélation qu'il venait d'avoir sur sa fausse fiancée.

Sexuellement, leur union s'était révélée explosive, c'était le moins qu'on puisse dire. L'avant-goût de la veille ne l'avait pas préparé à ce qu'elle révélerait quand elle se lâchait complètement. *Passionnée* ne pouvait même pas commencer à la décrire. C'était comme si l'intérieur de son corps prenait feu, trahissant un besoin désespéré que quelque chose – ou plutôt *quelqu'un* – éteigne cet incendie avant qu'il ne la consume.

Et elle avait beau batailler pour garder le contrôle, ce n'était ni ce qu'elle voulait ni ce dont elle avait besoin.

Il n'avait pas fallu plus de cinq minutes à Jackson pour comprendre que Vanessa était une obsédée du contrôle total. Elle organisait sa vie et les gens qui en faisaient partie comme certains férus de feng shui organisent leur espace de vie. *Une place pour chaque chose et chaque chose à sa place*, comme aimait à répéter sa mère. Car au-delà de son apparence faussement insouciante, Vanessa était d'une rigidité toute militaire.

C'était une femme de tête, habituée à exercer le pouvoir et à donner des ordres. Une des raisons, sans doute, qui expliquait qu'elle et Lucie soient devenues d'aussi bonnes amies. Lucie n'avait rien de moutonnier ni d'insouciant, mais elle avait toujours préféré laisser à d'autres le soin de frayer un chemin devant elle de façon à rester confortablement plongée dans l'ombre.

Du moins jusqu'à ce que Reid se charge de son cas. Même si elle n'appréciait pas autant que lui d'être le centre de l'attention, son futur époux l'avait libérée de son cocon. Quand Jackson l'avait vue quelques mois auparavant, Lucie lui avait paru radieuse, enfin à l'aise dans sa peau et visiblement très amoureuse.

Mais sa sœur était bien la dernière personne au monde à laquelle il ait envie de penser. Celle qui l'intriguait au-delà de tout, c'était l'énigmatique créature qu'il serrait dans ses bras. Une femme qui s'était inventé un cadre de règles très strict. Une femme capable de plaisanter et de flirter à un moment donné et de se fermer complètement la minute suivante. Une femme qui avait désespérément besoin d'exercer le contrôle et qui mourait pourtant d'envie de se voir privée de ce contrôle.

C'était l'intuition de ces contradictions qui avait incité Jackson à inventer le scénario abracadabrantesque dans lequel ils se retrouvaient piégés, et c'était aussi ces contradictions qui l'incitaient encore – contre toute raison – à prolonger ce jeu potentiellement dangereux. Alors même que le souffle de Vanessa effleurait son torse, il n'arrivait pas à regretter ses mensonges. Après tout, s'il n'avait pas menti, il n'aurait pas été en train de la serrer dans ses bras comme il le faisait. Ce qu'il craignait, en revanche, c'était qu'une fois qu'il lui aurait avoué la vérité, elle ne veuille plus jamais lui parler. Non, qu'elle ne veuille plus qu'une chose : le flanquer à la poubelle à coups de pied dans le train.

— Ça va, princesse ? chuchota-t-il.

— Mmm-hmm.

— Ça ne te dérange pas si je te pose une question personnelle ?

— Vas-y.

— Comment t'est venue l'idée d'inventer toutes ces règles de vie ?

Elle devint toute raide entre ses bras et interrompit le tracé paresseux du bout de ses doigts sur son torse.

— Je t'ai déjà dit que je ne voulais pas parler de ça.

— Je sais, répondit-il en caressant son bras jusqu'à ce qu'il la sente se détendre à nouveau. Et... tu veux bien m'expliquer ce qui t'a incitée à te faire tatouer une étoile de mer sur la cuisse ?

— Qu'est-ce qui te dit qu'il y a forcément une histoire derrière ? répliqua-t-elle.

— Tous les tatouages ont une histoire. Même si elle se résume à : « Je m'ennuyais, je suis entrée chez un tatoueur et j'ai désigné le premier motif qui m'a plu. »

Elle ne répondit pas tout de suite. Le hamac eut même le temps de faire cinq allers-retours avant qu'elle se décide à parler.

— Au lycée, en sciences, il y avait un chapitre consacré à la vie de l'océan. Le prof nous a parlé des différents types de créatures marines et j'ai trouvé ça fascinant, mais les étoiles de mer m'ont fascinée plus que toutes les autres.

— Pourquoi ça ?

— Parce qu'elles sont généralement toutes petites, qu'elles sont extrêmement vulnérables sur leur face inférieure et que c'est pour cette raison qu'elles ont de minuscules piquants en surface pour se défendre des prédateurs. Mais leur caractéristique la plus remarquable, c'est qu'en cas de danger mortel elles sont capables de se débarrasser d'une partie d'elles-mêmes – littéralement de s'arracher un bras – pour avoir la vie sauve. Ça prend du temps, mais une nouvelle branche finit par repousser pour remplacer celle qu'elles ont perdue.

Vanessa s'était contentée d'énoncer des faits. Comme si elle avait lu à voix haute un article du *National Geographic*. Jackson n'eut cependant aucun mal à lire entre les lignes.

— Et tu t'es reconnue en elles.

Il la sentit se raidir, puis se détendre lentement, comme s'il s'agissait d'un exercice qu'elle pratiquait souvent.

— C'est vrai, reconnut-elle.

Cet aveu constituait une fêlure dans sa résolution de le tenir à distance. Mais Jackson n'avait que faire d'une craquelure aussi épaisse qu'un cheveu. Il voulait que Vanessa s'ouvre à lui complètement. Qu'elle lui fasse confiance au point de se décharger sur lui de ses secrets.

De qui te moques-tu, Jax ? Tu caches certainement bien plus de choses qu'elle.

Il prit une profonde inspiration et prononça des mots qu'il s'était juré de ne jamais dire à personne de son vivant.

— J'ai été adopté. C'est pour ça que je suis venu vivre ici – pour rencontrer mes parents biologiques. Ça m'a pris du temps, mais j'ai fini par découvrir que ma mère biologique est tombée enceinte d'un homme qui était venu quelques mois sur l'île pour affaires. Il est reparti pendant son troisième trimestre de grossesse et n'est jamais revenu. Alors, elle m'a abandonné à la naissance pour que je sois adopté. Un an avant mon arrivée sur l'île, elle est morte des suites d'une infection.

— Oh, Jackson, je suis désolée. Lucie ne m'a jamais rien dit.

— C'est parce qu'elle ne le sait pas. Je n'en ai jamais parlé à personne.

Vanessa tordit le cou pour croiser son regard, mais il l'évita. Il n'aurait pas eu la force de le soutenir. Le silence qui les enveloppa devint bientôt assourdissant. Le bruit des vagues parut s'arrêter et les palmiers cessèrent d'osciller au-dessus de leurs têtes tandis que Vanessa assimilait le fait que la propre sœur de Jackson ignorait l'information la plus essentielle à son sujet.

Face au silence de Vanessa, Jackson sentit les battements de son cœur retentir de plus en plus fort à ses tympans.

— Je ne comprends pas. Pourquoi tes parents l'auraient-ils caché à Lucie ?

— Ils nous l'ont caché à tous les deux. Je ne l'ai moi-même découvert qu'après leur accident quand je suis tombé sur les papiers d'adoption. Après coup, ce qui m'a le plus étonné, ajouta-t-il à travers un gloussement de rire, c'est de ne pas m'en être douté plus tôt. Physiquement, je ne leur ressemblais pas plus que je ne ressemblais à Lucie.

Vanessa plissa le front.

— Comment se fait-il que tu n'en aies jamais parlé à Lucie ?

— Au début, je n'ai pas voulu ajouter un souci supplémentaire à tous ceux qu'elle avait déjà. Elle venait de perdre ses parents à un âge crucial et elle se retrouvait sous la tutelle d'un frère à peine plus âgé qu'elle, alors je me voyais mal lui dire : « Au fait, je ne suis pas vraiment ton frère, tu sais ? » Personnellement, j'avais déjà du mal à m'y faire, alors je ne pouvais pas m'attendre qu'elle prenne ça tranquillement.

— Mais ça fait plus de quinze ans que tes parents sont morts. Pourquoi ne lui as-tu rien dit par la suite ?

Jax passa la main sur son visage et sur sa nuque en exhalant un long soupir.

— Je ne sais pas. Chaque fois que l'envie de lui en parler m'est venue, je... je n'ai pas pu.

Sa gorge se serra et les étoiles devinrent floues devant ses yeux. Il déglutit pour dissiper le nœud qui s'était formé dans sa gorge et cligna les yeux jusqu'à ce que le monde retrouve ses contours habituels. Parler de ça déclenchait en lui une sensation effroyable. Ça donnait de lui l'image d'un type faible, veule, qui laisse les événements prendre le pas sur lui. Mais il ne pouvait pas s'attendre que Vanessa s'ouvre à lui s'il restait aussi fermé que la porte d'un pénitencier. Alors il mit sa fierté de côté et poursuivit le récit qui ne s'était jusqu'alors jamais déroulé que dans sa tête.

— Je crois que j'ai eu l'impression de perdre mon statut de fils vis-à-vis de mes parents quand j'ai découvert la vérité. Lucie est toute la famille qu'il me reste. Elle est tout pour moi. L'idée qu'elle ne me voie plus comme son frère me terrifie.

— Jackson, regarde-moi.

Voyant qu'il ne bougeait pas, elle posa la main sur sa joue et l'incita doucement à tourner les yeux vers elle.

— Lucie te verra toujours comme son frère quoi qu'il arrive. Comme le grand frère qui a pris soin d'elle et l'a protégée et aimée de tout son cœur. C'est ce que vous avez vécu ensemble qui compte à ses yeux, pas ton ADN !

Instinctivement, Jackson eut d'abord envie de la contredire, mais le ton de conviction sur lequel elle s'était exprimée faisait encore briller ses beaux yeux verts. Il préféra donc pencher la tête vers elle et captura ses lèvres dans un baiser qui voulait dire tout à la fois « merci » et « assez parlé de ça ». Il ne regrettait pas de s'être ouvert à elle, mais il avait besoin de temps pour laisser sécher la plaie qu'il venait de mettre à vif.

Vanessa se pelotonna à nouveau contre lui et posa sa tête au creux de son cou. Le hamac était assez près de la clôture du jardin pour qu'il puisse la toucher du bout des doigts. Il lui imprima une légère poussée, ferma les yeux et s'efforça de ne pas penser à ce qu'il venait de révéler à une femme qu'il connaissait à peine.

Il n'aurait pas su dire depuis combien de temps ils se balançaient ainsi. Sans doute assez longtemps pour qu'il la croie endormie. Elle n'avait pas cillé et sa respiration était parfaitement régulière. Aussi s'estima-t-il heureux de ne pas les faire tous deux basculer quand elle prit subitement la parole.

— *Enquêtes spéciales.*

Jax laissa passer une minute, le temps que son cœur retrouve un rythme normal et prit mentalement note de lui donner une bonne fessée pour la punir de lui avoir fait une telle peur.

— Quelles enquêtes spéciales ?

— La série télé. Tu sais, comme *Les Experts*, sauf que ça se passe dans une unité de marine.

— Ah, oui, d'accord. Et pourquoi en parles-tu ?

— Parce que c'est de là que m'est venue l'idée des règles d'or.

Il rouvrit les yeux, mais ne bougea pas d'un pouce. Elle jouissait de toute son attention. Restait à savoir à quel point elle allait accepter de s'ouvrir à lui. Il avait vraiment envie de la comprendre. Pourquoi était-elle tellement attachée à ces satanées règles ? Dans un premier temps, il jugea cependant plus sage de se taire et de la laisser parler.

— La femme du héros avait établi des règles de vie qu'elle suivait scrupuleusement et son mari trouvait cela adorable. Malheureusement, elle se fait assassiner ainsi que leur fille unique, et le héros devient un personnage torturé qui continue à obéir aux règles de sa femme, et il en ajoute de nouvelles au fil des ans. Chronologiquement, quand la série commence, il en a plus de quarante qu'il enseigne aux agents qui sont sous ses ordres.

— Tu as vu ça dans une série et tu as décidé de faire pareil ?

Il ne la connaissait pas très bien, mais le peu qu'il savait d'elle ne cadrait pas avec l'idée d'une décision aussi impulsive vis-à-vis de quelque chose d'aussi déterminant.

— Ne le prends pas mal, princesse, mais je trouve ça un peu… extrême, non ?

— Ouais… mais des fois, quand on a descendu toute une bouteille de tequila après avoir eu une conversation merdique avec sa mère, certaines décisions extrêmes paraissent parfaitement normales.

Jax se laissa très prudemment couler au fond du hamac et pivota sur le flanc de façon à pouvoir la regarder dans les yeux. La tête de Vanessa se cala naturellement sur son biceps et il se dit qu'à moins d'ôter le drap qui recouvrait Vanessa depuis les seins jusqu'aux hanches, ils n'auraient pas pu être plus près l'un de l'autre.

Il coinça une boucle de ses cheveux derrière son oreille et en laissa filer la pointe entre ses doigts.

— J'ai cru comprendre que les filles traversent une période plus ou moins houleuse avec leur mère avant de passer à l'âge adulte…

Vanessa eut un rire si amer que Jackson sentit ses cheveux se dresser sur sa nuque. Elle avait le regard braqué sur son torse, mais il savait qu'elle voyait autre chose. Quelque chose qui resurgissait de son passé.

— J'aurais tout donné, dit-elle d'un ton faussement neutre que trahit le tranchant de son propos, pour avoir les disputes auxquelles tu fais allusion plutôt que ce que j'ai reçu.

À l'origine, Jackson lui avait posé des questions parce qu'il était curieux de comprendre les mécanismes secrets de Vanessa. Et puis sa curiosité avait débouché sur une succession de défis parce qu'elle refusait de lui révéler quoi que ce soit et qu'elle l'obligeait à intégrer le cadre de ses règles ridicules. L'incident du gymnase l'avait ensuite amené à se demander pourquoi elle avait réagi aussi violemment sous prétexte qu'il avait démoli un type qui le méritait et qui l'avait cherché. Mais à présent, le besoin qui se répandait dans sa poitrine ressemblait furieusement au besoin de... la protéger.

Une cloche retentit dans sa tête pour le mettre en garde. Elle annonçait que la session d'échauffement était terminée et qu'il allait entrer dans la cage pour affronter les vrais démons de Vanessa.

Et sur le ring, Jackson avait toujours tenu compte des messages de la cloche. Elle le prévenait quand il risquait d'y avoir du vilain. Quand il risquait de s'aventurer dans une configuration de perdant. Et là, elle lui disait que s'il s'avisait d'aller plus loin, il avait toutes les chances de se faire ratatiner.

Il avait *toujours* écouté la cloche.

Jackson glissa un doigt sous son menton pour l'obliger à croiser son regard, plongea tout au fond des vertes profondeurs de ses yeux et décida que la cloche pouvait aller se faire voir.

— Raconte-moi.

*

* *

Les yeux de Jackson étaient enfouis dans l'ombre, mais elle savait que leur intensité s'harmonisait avec l'ordre qu'il venait de lui donner. Un ordre qui l'atteignit au plus profond d'elle-même et qui ébranla les murs qu'elle avait érigés autour de son passé. Envisageait-elle vraiment de le laisser franchir ces murs ? Alors que, virtuellement, il n'était pour elle qu'un étranger ?

— Eh..., souffla Jackson en effleurant sa joue du bout des doigts avant de les enfouir dans ses cheveux, juste assez pour permettre à son pouce d'aller et venir délicatement sur l'arrondi de sa pommette. Rien de ce que tu diras ne sortira de ce hamac, je te le promets.

On lui avait déjà fait des promesses similaires par le passé, mais elle n'y avait jamais cru, fussent-elles ou non sincères. Elle avait appris dès son plus jeune âge que ce n'est pas sous prétexte que les gens promettent quelque chose qu'ils tiennent parole.

Mais la déclaration de Jackson résonna différemment à son oreille. Il s'était exprimé avec une telle force, une telle conviction. Vanessa réalisa, en en prenant conscience, que Jackson n'était pas un étranger. Bien qu'elle ne l'ait rencontré que trois jours auparavant, elle avait l'impression de vraiment le connaître. Elle n'aurait pas su dire quelles étaient ses habitudes et ses préférences, mais elle savait quelle était sa valeur en tant qu'homme. Elle savait qu'il était loyal et honorable. Et que même s'ils en venaient à se mépriser mutuellement le lendemain matin, il ne répéterait jamais ce qu'elle lui aurait révélé ce soir.

Elle concentra son regard sur le creux de sa gorge, prit une longue inspiration et se jeta à l'eau.

— Mon père est parti quand j'avais six ans. Ma petite sœur, Kat, en avait à peine trois. Je ne me souviens pas de lui et ma mère n'en parlait que pour se plaindre des dettes qu'il lui avait laissées. Elle a cumulé trois jobs de serveuse pour nous permettre de manger et d'avoir un toit au-dessus de la tête. Mais ce n'était pas un robot et au bout de quelques mois, le stress et le manque de sommeil l'ont salement détraquée. Une de ses collègues a alors eu la bonne idée de l'initier à la cocaïne.

— Merde.

— Ouais… Ça lui permettait de tenir le coup et d'avoir un maximum d'énergie, mais elle en est devenue dépendante et au bout d'un moment, elle a jugé plus utile d'acheter un sachet de drogue plutôt que de faire les courses pour la semaine.

« Quand j'ai eu huit ans, elle a arrêté de travailler pour se prostituer à domicile pour le compte de son dealer. Comme ça, elle n'avait plus besoin de payer une baby-sitter et ses clients pouvaient débarquaient à n'importe quelle heure du jour ou de la nuit. J'ai des souvenirs de Kat et moi jouant par terre dans le salon pendant qu'ils sniffaient une ligne avant d'aller faire leurs petites affaires dans la chambre.

— Ça devait être un cauchemar pour vous.

— Non, pas vraiment. À cette époque-là, ça allait encore à peu près. Même si ma mère était souvent dans un état second, elle faisait encore attention à nous. Dans l'ensemble, elle gérait correctement les tâches quotidiennes et elle veillait à ce qu'aucun de ses clients ne nous approche de trop près. Mais les choses se sont gâtées quand elle a épousé Carl.

— Carl ?

— À l'origine, c'était un de ses clients réguliers. Il l'a tannée pendant des années pour qu'elle plaque son dealer, mais comme il ne roulait pas sur l'or, ma mère ne voyait pas l'intérêt de se maquer avec lui. Et puis un jour, la grand-mère de Carl est morte en lui laissant sa maison en plus d'un joli magot. Inutile de te dire que quand il a renouvelé sa proposition, ma mère a subitement connu un gros revirement affectif.

— Quel âge avais-tu, alors ?

— Douze ans.

— Et qu'est-ce qui s'est passé quand vous avez emménagé avec lui ?

Elle haussa une épaule, ne sachant pas trop comment raconter son histoire – ce qu'elle redoutait, surtout, c'était le regard de pitié qu'il risquait de poser sur elle.

— Le bon côté, c'est que ma mère a arrêté de se prostituer. Mais plus le temps a passé, plus Carl est devenu autoritaire. Et quand il avait bu – ce qui arrivait assez souvent –, il aimait se servir de ses poings pour peu qu'il ait l'impression qu'on l'avait regardé de travers. Je faisais de mon mieux pour protéger Kat. Ça ne s'est pas produit trop souvent, mais si je voyais qu'il risquait de s'en prendre à elle, je le provoquais pour prendre les coups à sa place. Je veillais à ce qu'on ne manque jamais l'école, je lui faisais la morale pour qu'elle ait toujours de bonnes notes et je nous inscrivais à toutes sortes d'activités extrascolaires pour être à la maison le moins souvent possible.

— J'ai comme l'impression que ta sœur peut s'estimer heureuse de t'avoir eue auprès d'elle.

— Je n'ai pas toujours été là, malheureusement.

Vanessa dut avaler sa salive pour empêcher sa gorge de se serrer.

— Quand j'étais en terminale, Carl s'est fait arrêter pour possession de cocaïne. Il avait déjà des antécédents juridiques et il a écopé d'une peine de six ans ferme. Nous étions enfin tranquilles. Nous avons connu huit mois de paix. Kat avait même commencé à sortir un peu de sa coquille.

Vanessa aurait tant aimé que l'histoire s'arrête là. Pour Kat et elle, c'était le plus beau de tous les happy ends. Mais l'histoire ne s'arrêtait malheureusement pas là. Et la suite n'avait rien d'heureux.

Ses yeux s'embuèrent tant qu'une larme roula sur sa tempe et que la suivante franchit l'arête de son nez. Jackson l'attira plus étroitement encore contre lui et planta un baiser au sommet de sa tête. Les caresses de sa main le long de son dos l'apaisèrent assez pour qu'elle reprenne le fil de son récit.

— Au second semestre, j'ai reçu une lettre m'informant de l'attribution d'une bourse d'études supérieures. Je n'avais pas vraiment l'intention d'aller à l'université, je ne sais même pas pourquoi j'avais rempli le formulaire de demande de bourse. Peut-être pour faire semblant d'y croire... Mais étant donné que Carl n'était plus là... j'y ai vu mon ticket de sortie. J'allais pouvoir démarrer une autre vie, loin de tous les mauvais souvenirs. Ailleurs, tout simplement.

— Qui pourrait te le reprocher ?

Ce n'était pas une vraie question. C'était une de ces formules que les gens prononcent quand ils ne savent pas quoi dire. Malheureusement, il y avait une réponse à cette question.

— Kat, murmura-t-elle. Elle ne le fait pas, mais elle serait en droit de le faire.

Vanessa se sentit soudain agitée, comme si son cerveau envoyait à son corps l'ordre de s'enfuir. Sa peau ne supportait plus le moindre contact et les muscles de ses jambes tressautaient du besoin de bouger, de mettre de la distance entre elle et son passé.

— Je ne vois pas pourquoi. Tu t'es occupée d'elle toute sa vie et tu lui as donné un excellent exemple à suivre. En quoi pourrait-elle te reprocher d'avoir volé de tes propres ailes et d'avoir fait quelque chose de ta vie ?

— Parce que je...

Elle allongea les jambes et redressa la tête pour regarder autour d'elle, sans trop savoir ce qu'elle espérait trouver. Quelqu'un qui l'interrompe ? Un portail magique qui l'aspire dans un monde parallèle ? Ils avaient beau se trouver dehors avec la voûte étoilée au-dessus de leurs têtes, Vanessa se sentait piégée. Enfermée.

— Là..., murmura-t-il d'un ton apaisant, prenant son visage entre ses grandes mains pour rediriger son attention sur lui. Je te sens très loin, princesse. Reviens vers moi, dit-il en écartant une mèche de cheveux de son visage qu'il caressa au passage. Voilà, ma belle. Respire lentement...

Avant qu'il prononce ces mots, elle n'avait pas remarqué à quel point elle était proche de la crise de panique. Ce genre de crises ne s'était plus manifesté depuis la fac, quand elle avait appris ce que sa sœur avait subi. *Oh, mon Dieu... Kat.* Vanessa ferma les yeux et se concentra sur la belle voix grave de Jackson qui l'encourageait à continuer de respirer à fond. Ses bras puissants la réconfortaient et lui apportaient une sensation de sécurité.

Le chaste baiser qu'il déposa sur son front l'apaisa autant qu'une dose de Valium.

— Voilà, c'est mieux. Dis-moi pourquoi tu penses que Kat est en droit de t'en vouloir.

Elle se blinda contre le déferlement d'émotions qui accompagnerait forcément son aveu et parla sans desserrer les dents.

— Parce que je l'ai laissée se débrouiller toute seule. J'avais tellement envie de partir que je me suis raconté qu'elle s'en sortirait très bien sans moi.

— Il ne lui restait plus que trois ans d'études, c'est bien ça, non ? Et au fond, puisque ton beau-père était en prison...

— Ma mère lui a trouvé un remplaçant, l'interrompit-elle sèchement. Tommy. Un alcoolique, lui aussi, à ce que j'ai compris. Pas du genre à avoir le vin mauvais, cependant. Non, c'était pire. Et Kat l'a appris à ses dépens.

Elle le sentit se raidir, sentit ses muscles jouer sous sa joue.

— Que s'est-il passé ?

— I-il…

Vanessa frissonna entre ses bras quand le sombre souvenir rampa le long des parois de son esprit, s'insinuant inexorablement vers la lumière. Elle ne pouvait plus espérer le bloquer. Il affleurait déjà à la surface. Il n'y avait plus rien d'autre à faire que le laisser sortir et se persuader qu'elle serait capable de le refouler après ça vers la place qui lui revenait, tout au fond de son esprit.

— Je crois qu'il a abusé d'elle…

— *Putain !*

La véhémence de son exclamation fit passer un frisson le long de la colonne vertébrale de Vanessa. Il dut le sentir car ses bras l'étreignirent plus étroitement.

— Pardon, princesse. Je ne voulais pas te faire peur.

— Tu ne m'as pas fait peur.

C'était faux. Et elle avait horreur de ça. Elle n'était pas la femme – non, la *gamine* – qu'elle devenait quand elle remuait le passé. Pas aux yeux des autres. Plus jamais. Pas depuis qu'elle avait établi ses règles d'or.

— Et donc, tu n'es pas sûre que ça ait eu lieu ?

Elle secoua la tête.

— Une copine de Kat m'a appelée pour me dire que le nouveau mec de ma mère regardait Kat comme si c'était son prochain repas et qu'elle s'était complètement recroquevillée sur elle-même. J'ai appelé ma sœur et j'ai essayé de lui faire dire ce qui se passait, mais elle m'a assuré que tout allait très bien et m'a conseillé de me concentrer sur mes études. Elle m'a dit que j'avais réussi à partir et que je devais rester en dehors de tout ça.

« Alors j'ai appelé ma mère. Je lui ai dit que je soupçonnais Tommy de faire du mal à Kat, mais elle a refusé de me croire. J'ai crié. J'ai supplié. Mais rien de ce que j'ai pu dire n'a servi à quoi que ce soit.

Vanessa prit une longue inspiration et exhala lentement. La douleur de sa poitrine s'aiguisa quand ses côtes se contractèrent.

— J'ai rappelé Kat. Je lui ai dit que j'allais revenir dès que j'aurais de quoi me payer le billet d'avion et elle a complètement paniqué. Elle m'a fait jurer de ne pas le faire. E-elle a m-menacé de s-se faire du mal s-si jamais je rentrais à c-cause d'elle.

— Oh, mon Dieu, je suis désolé. Tu as dû te sentir affreusement désemparée. Mais si ta sœur a fait ça, c'est parce qu'elle t'aimait et qu'elle voulait ce qu'il y a de mieux pour toi.

Oui, elle ne le savait que trop bien. Mais cela ne suffisait pas à l'absoudre de sa suffocante culpabilité. Ses larmes coulaient sans discontinuer à présent et sa respiration se bloquait à chaque exhalaison. Jax l'installa plus étroitement contre le rempart de son torse et le rythme régulier des battements de son cœur incita celui de Vanessa à ralentir jusqu'à ce qu'elle se sente prête à achever son récit.

— Au cours de la soirée qui a suivi, j'ai descendu une bouteille de tequila en regardant *Enquêtes spéciales* avec Lucie. Et c'est cette nuit-là que j'ai décidé d'établir des règles qui me maintiendraient aussi loin que possible du genre de vie que j'avais connu en grandissant.

Elle renversa la tête pour croiser son regard.

— Voilà. C'est pour cette raison que ces règles ont tellement d'importance pour moi. L'inspiration qui a présidé à leur élaboration peut sembler étrange, voire absurde... mais je les ai toujours observées depuis lors. Je ne serai jamais comme eux et je ne fréquenterai jamais personne qui leur ressemble. Jamais.

— Oh, princesse... Je n'irais pas jusqu'à dire que j'approuve toutes tes règles, mais je comprends maintenant pourquoi tu les as instituées.

— Est-ce que tu comprends aussi pourquoi j'ai tellement de mal à pardonner le mensonge ? De toutes mes règles, c'est celle à laquelle je tiens le plus, alors qu'*a priori* la plupart des gens penseraient que c'est celle qui concerne la violence.

Sa gorge se serra au souvenir des trahisons qu'elle avait subies dans son enfance et elle déglutit bruyamment.

— Mais la douleur physique se dissipe – ce n'est pas à toi que j'apprendrai ça. La douleur émotionnelle cause des dommages bien plus profonds et durables. Si tu savais combien de promesses non tenues ma mère nous a faites, à ma sœur et à moi. Elle en faisait tous les jours : elle allait nous emmener au parc, elle viendrait voir notre spectacle de fin d'année, elle allait arrêter la drogue... arrêter de recevoir des hommes.

Elle battit des cils pour chasser un nouveau flot de larmes, mais celles-ci eurent le dessus.

— Ce n'était pas des promesses non tenues. C'était des promesses vides de sens. Toutes autant qu'elles étaient, ce n'était rien d'autre que des mensonges.

Jackson l'étreignit aussi fort qu'il put sans lui faire mal et cala son visage sous son menton.

— Tu ne peux pas savoir à quel point je t'admire, princesse. Je m'en doutais déjà, mais maintenant j'en suis sûr : tu es la femme la plus forte que j'aie jamais connue.

Vanessa voulut secouer la tête, mais il l'en empêcha.

— Si, si, tu l'es.

Il empêcha toute discussion en capturant ses lèvres d'un doux baiser. Quand il écarta ses lèvres, il scruta son visage, les sourcils froncés comme s'il tournait et retournait une idée dans son esprit, ouvrit la bouche, puis secoua la tête.

— On parlera demain. Pour l'instant, je préfère te voir fermer les yeux et dormir.

Ses paroles alourdirent les paupières de Vanessa qui ne demandaient déjà qu'à se fermer. Elle lui obéit avec un profond soupir et reposa sa tête dans son cou. Jackson imprima une nouvelle poussée du bout des doigts contre le mur pour renouveler le balancement du hamac et Vanessa plongea dans le sommeil au rythme régulier des vagues et des battements de cœur de Jackson.

4e jour : mercredi

Jax se réveilla recouvert d'un ange roux dont la douce respiration soufflait à intervalles réguliers sur son torse. Tard la veille, une fois qu'elle avait été plongée dans un profond sommeil, il avait soulevé Vanessa dans ses bras et l'avait portée jusqu'au lit. Une fois calée contre son torse, il s'était autorisé à fermer les yeux et ne se souvenait plus de rien jusqu'à ce que le soleil rampe sur son visage quelques minutes auparavant.

Il avait pris plaisir à entortiller les boucles de ses cheveux autour de ses doigts avant que le soleil finisse par la réveiller à son tour. Elle leva les yeux vers lui, les paupières encore alourdies de sommeil, son regard trahissant une foule de questions. Elle se sentait certainement très vulnérable après ses révélations de la veille, Jackson le savait, aussi lui parut-il tout naturel de la rassurer par un tendre baiser.

Quand il s'écarta, elle le récompensa de cette attention par le plus éclatant des sourires. Celui qui, dès le premier jour, avait transpercé l'armure de Jackson comme rien n'avait su le faire auparavant. Mais ce sourire-là eut un effet encore plus dévastateur.

Il trouva le moyen de s'enrouler autour de son cœur, et le plus étrange de l'affaire... ce fut que cela ne le perturba même pas. Il trouva ça très agréable, en fait.

Elle planta un autre baiser sur ses lèvres et un regard profondément sérieux au fond de ses yeux.

— Je m'attends à trouver le café prêt au sortir de ma douche. Et s'il est accompagné d'œufs au bacon, je ne cracherai pas dessus.

Il trouva tellement adorable cette façon qu'elle avait de croire que c'était elle qui commandait, qu'il ne put s'empêcher de lui répondre : « À vos ordres, mon commandant ! » Et quand il la regarda gagner la salle de bains, toute nue, son membre ne put s'empêcher de la saluer à sa manière. Dès qu'il entendit couler le jet de la douche, il appela le room service, commanda un petit déjeuner digne d'une reine « à déposer devant la porte » et fila la rejoindre dans la salle de bains.

La douche était une spacieuse cabine sans porte « à l'italienne » dans laquelle quatre personnes auraient facilement pu tenir. Les trois jets – un sur chaque paroi latérale et un au plafond – étaient situés dans le dernier tiers de la pièce carrelée. Chacun pouvait être employé séparément et Vanessa avait choisi de n'utiliser que les buses latérales. Ses cheveux étaient encore secs et elle était occupée à se savonner avec un loofah.

Elle lui tournait le dos et avec le bruit de l'eau, elle ne l'avait pas entendu entrer. Ce qui était parfait.

Elle se rapprocha des jets d'eau pour se rincer et des ruisselets de bulles de savon s'écoulèrent le long de son corps pâle. Tétanisé, Jackson les regarda franchir les courbes de ses hanches et la rotondité de ses fesses. La buée s'accumula dans la pièce au point de ressembler à du brouillard et un parfum d'orange, mêlé à quelque chose d'indéfinissable, assaillit ses sens au point de lui faire tourner la tête.

Vanessa ouvrit le jet situé au-dessus d'elle et enfouit ses doigts dans sa chevelure. Ses boucles rousses se raidirent sous le poids de l'eau et retombèrent dans son dos comme des flammes léchant sa peau. Elle paraissait surnaturelle, semblable à une créature tout droit sortie d'un film de James Cameron.

Incapable de résister plus longtemps, il enfila le préservatif qu'il avait raflé sur la table de nuit pendant qu'il téléphonait et se rapprocha d'elle. Sans prévenir, il l'encercla de ses bras par-derrière, et, comme il s'était attendu à son sursaut de surprise, la maintint fermement. Dès qu'elle entendit sa voix, ses muscles se détendirent et elle essaya de se retourner.

— Non. Attends.

— Jackson Maris, je vais te tuer pour m'avoir fait aussi peur.

Il pressa son sexe dur comme la pierre dans le sillon de ses fesses et elle retint son souffle.

— Ce n'est pas l'impression que j'ai, gloussa-t-il.

— En tout cas, je te le ferai payer cher, ajouta-t-elle d'un ton qui manquait de conviction. Maintenant, sors d'ici que je finisse ce que j'ai commencé.

Il fit remonter ses mains pour en envelopper ses seins et les pressa doucement.

— Malheureusement, je n'aime pas du tout les punitions. Mais tu te rappelles peut-être que j'adore en donner.

L'entendre mentionner leurs folies de la veille lui tira un gémissement.

— Et j'ai la ferme intention de te permettre d'aboutir...

Avant qu'elle ait le temps d'invoquer un nouvel argument, Jackson la plaqua contre le mur du fond et fit glisser sa main droite sur son ventre pour atteindre son clitoris. Il n'avait pas l'intention de la séduire en douceur, cette fois-ci. Son objectif était de l'exciter et de la pénétrer le plus vite possible.

— Oh, oui, là c'est bon.

Il n'avait pas besoin de ses indications. Bien qu'ils n'aient fait l'amour que deux fois, Jackson avait catalogué chacun de ses soupirs, chacun de ses gémissements, chaque torsion de son corps lui permettant de déterminer ce qu'elle aimait et comment elle aimait qu'on le lui fasse. Chaque femme est unique. Il n'y a que les abrutis pour croire qu'elles fonctionnent toutes de la même façon.

Jackson avait cependant cru jusqu'alors qu'un soupir était un soupir et un gémissement un gémissement. Et que, par conséquent, les réponses à apporter à ces soupirs et à ces gémissements étaient toujours les mêmes, les modifications relevant du moment auquel il devait apporter ces réponses et de la façon dont il devait procéder.

Mais les réactions de Vanessa constituaient un langage complètement nouveau. Un langage qu'il n'avait encore jamais entendu et qu'il comprenait cependant, pour des raisons mystérieuses, aussi facilement que s'il s'agissait de sa langue maternelle. Les sons qu'elle émettait incendiaient ses veines, accéléraient les battements de son cœur et rendaient sa verge plus dure que de l'acier.

Il encercla la perle de chair du bout du doigt et, l'agaçant sans relâche, maintint son corps captif quand elle bascula les hanches en avant pour se plaquer contre sa main et accroître la friction. Elle étendit les bras derrière elle et planta ses ongles dans ses fesses. Ces minuscules morsures eurent sur lui l'effet qu'ont les éperons sur un cheval. Avec n'importe quelle autre femme, il aurait obéi sans réfléchir à une injonction de ce genre, mais avec Vanessa, il savait que c'était une façon de reprendre en partie le contrôle. Si elle obtenait la réponse qu'elle attendait de lui, elle considérait qu'elle marquait un point.

Mais il fallait qu'elle comprenne que ce n'était pas elle qui menait le rodéo.

— Je ne crois pas, princesse, dit Jackson en emprisonnant ses poignets pour les placer d'une seule main au-dessus de sa tête. C'est moi qui commande. Plus tôt tu comprendras ça, mieux ce sera.

— Je...

Sa main libre se plaqua sur sa gorge, enserrant sa mâchoire de part et d'autre et sa bouche étouffa ce qu'elle avait eu l'intention de dire. Ses lèvres forcèrent les siennes à s'écarter et sa langue investit brutalement sa bouche.

Elle frotta ses fesses contre son sexe. Il grogna, un son qu'elle avala goulûment avant qu'il n'écarte sa bouche pour attaquer sa gorge. Il mordilla la chair sur toute la longueur et inséra le plus long de ses doigts entre les replis moites et brûlants de ses lèvres. Elle poussa un cri, son plaisir se répercutant contre les parois carrelées en même temps qu'il fit vibrer les tympans de Jackson et qu'il incita ses bourses à se recroqueviller. Son doigt allait et venait en elle, inlassablement, encouragé par ses gémissements.

— Oh, mon Dieu, je vais jouir, j'y suis presque ! Jax, *fais quelque chose* !

Il immobilisa son doigt.

— Dis-moi ce que tu veux que je fasse, gronda-t-il à son oreille.

— *Jackson !*

La petite chatte sauvage devenait fougueuse. Il s'estima heureux qu'elle ne puisse pas voir le sourire satisfait que lui inspirait sa frustration.

Elle aurait pu se dégager de son étreinte et le frapper si elle avait vu ce sourire. Mais si cool et facile à vivre qu'il soit pour le reste, Jackson tenait à rester le maître dans deux domaines bien précis : le combat et le sexe.

— Alors, Vanessa ? J'attends. Je ne bougerai pas tant que tu ne m'auras pas dit ce que tu veux.

Elle gémit, les parois de son vagin se contractant autour de son doigt dans une sorte de supplication muette pour obtenir ce qu'elle se refusait à demander par des mots. La soumission demeurait un concept étranger pour elle, mais cela ne signifiait pas qu'elle n'en avait pas envie. Cela prouvait seulement qu'elle avait besoin de quelqu'un qui sache lui donner ce qu'elle voulait. Quelqu'un comme lui.

— S'il te plaît, Jax... Baise-moi. Fais-moi jouir.

Elle s'était enfin décidée à prononcer les mots magiques, sur un ton qui révélait un besoin amplement égal au sien.

— Bonne petite...

Ses lèvres tracèrent un chemin brûlant depuis son épaule jusqu'à sa gorge et sur tout le pourtour de son oreille.

— J'aime quand tu me supplies, princesse, murmura-t-il. J'ai presque envie de prolonger ton supplice rien que pour t'entendre me supplier à nouveau.

Elle émit une longue plainte.

— Chhhh... ne t'inquiète pas. J'ai trop envie de te mettre pour faire ça maintenant. Écarte les jambes pour moi, ma belle.

Il retira son doigt et le fit lentement aller et venir sur son clitoris.

— Écarte-les encore, ordonna-t-il, accompagnant son ordre d'un très léger coup de pied contre sa cheville.

Il plia les genoux pour se placer en dessous d'elle et fit aller et venir l'extrémité sensible de son sexe sur le pourtour de son ouverture. Il la sentit tenter de le prendre en elle, douloureusement animée par le besoin d'être comblée. Quand ils ne furent plus capables ni l'un ni l'autre de supporter ce supplice, il tendit les jambes et l'empala, les projetant tous deux dans une spirale de sensations qui les submergea comme une lame de fond.

Jax décolla du mur les mains de Vanessa et les plaqua sur l'arrière de sa propre tête.

— Laisse tes mains comme ça.

Il enfonça ses doigts dans la chair de ses hanches et pressa son torse contre son dos. Les seins de Vanessa s'écrasèrent contre le carrelage et cette vision raviva pour Jackson le souvenir de la façon dont il les avait sucés, léchés et mordus, au point de le faire saliver et de lui donner envie de la retourner pour revivre cet instant. Au lieu de quoi il redoubla ses efforts pour les amener l'un et l'autre au bord du proverbial précipice.

Il glissa la main entre ses cuisses et lui souleva la jambe pour l'inciter à s'ouvrir au maximum et lui permettre de coulisser plus profondément en elle. Elle planta ses ongles dans ses cheveux, et les ondes de plaisir et de douleur qui parcoururent le corps de Jackson s'enroulèrent autour de ses testicules.

L'eau qui giclait sur eux rendait leurs corps luisants et glissants et les bruits et les cris indistincts qui s'échappaient de leurs bouches ricochaient contre les murs.

— Tu es tellement serrée, râla-t-il en enfouissant sa tête au creux de son cou. C'est trop bon de te baiser.

Il insinua la main droite entre ses cuisses pour caresser fébrilement son clitoris tout en continuant d'aller et venir dans un paradis qu'il n'avait encore jamais connu.

— Oh, je vais... je...

Elle cria son nom et lui griffa furieusement les épaules quand elle se contracta autour de lui. L'incroyable mélange de souffrance et de plaisir que cette réaction déclencha eut raison du dernier fil qui lui permettait encore d'exercer le contrôle. Il la pénétra jusqu'à la garde d'une puissante poussée et se répandit dans la fournaise de sa chair.

Il n'aurait pas su dire combien de temps ils restèrent ainsi, haletants, l'eau ruisselant sur leurs corps, mais à un moment donné, il finit par trouver l'énergie de se détacher d'elle et d'ôter le préservatif. Il la retourna et l'attira dans ses bras. Son corps était sans forces, mais il n'eut aucun mal à la soutenir d'une main, tandis que l'autre plongeait dans sa chevelure au-dessus de sa nuque pour l'embrasser lentement, sensuellement.

Quand ce baiser prit fin, elle leva vers lui un regard limpide qui reflétait une telle confiance, un tel degré de satisfaction que Jackson sentit une part de lui se perdre un instant au fond de ses yeux. Quelle part exactement ? Il n'aurait pas su le dire.

Le mensonge.

Son mensonge le rongeait de l'intérieur, particulièrement dans des instants comme celui-ci. Il savait qu'il devait lui dire la vérité et que plus il attendrait, pire ce serait. Mais chaque fois qu'il était sur le point de le faire, la peur de perdre ne serait-ce qu'une heure de sa compagnie lui broyait les entrailles et il repoussait le moment de passer aux aveux. Maudites soient ses stupides règles d'or. *Pourquoi ? Parce qu'elle veut s'assurer de ne s'engager qu'avec quelqu'un de moral et d'honnête ?* C'était plutôt lui qu'il convenait de maudire d'être trop lâche pour oser lui avouer la vérité.

Il finirait par trouver le courage de tout lui dire.

Plus tard.

Une fois qu'ils eurent pris leur petit déjeuner, Vanessa alla retrouver Robert pour s'occuper des préparatifs et Jackson profita de ces quelques heures de temps libre pour s'entraîner. À la fin de la séance, le coach le retint pour discuter avec lui des modalités de son prochain combat et il arriva bon dernier dans les douches, déjà désertées par les autres combattants.

Tendre le bras pour tourner le robinet lui tira une grimace de douleur. Animé par le besoin de se distraire, il avait demandé à Corey de ne pas ménager sa force et son partenaire l'avait pris au mot. Jax était endolori de partout et conscient de certaines parties de son corps qui n'allaient pas tarder à virer au violet grâce aux coups de Muay Thaï bien placés de Corey.

Il ne traîna pas sous la douche et gagna le vestiaire en se frictionnant les cheveux. Il avait rendez-vous avec Vanessa et s'il arrivait en retard, elle lui servirait un sermon long comme le bras.

— Qu'est-ce que tu as pensé de la façon dont je t'ai planté mon genou dans le torse pour la dernière prise ?

Jackson tourna la tête et découvrit Corey, assis à califourchon sur un banc, arborant un grand sourire.

— Devine, marmonna-t-il en ouvrant son placard métallique pour empiler ses vêtements sur le banc à côté de lui. Qu'est-ce que tu fais encore là ?

— Je voulais être sûr que tu arrivais encore à marcher après la pâtée que je viens de te mettre.

Jax émit un grognement.

En temps normal, il appréciait de plaisanter avec Corey et répliquait vertement à ses piques. Mais il n'était pas d'humeur à plaisanter.

— Eh ! Qu'est-ce qui t'arrive, frère ? Je ne te reconnais pas, aujourd'hui. Dans la cage, j'ai eu l'impression que ça ne te déplairait pas que je te casse une côte ou deux.

Une fois qu'il eut enfilé son bermuda, Jackson s'assit lui aussi à califourchon sur le banc pour faire face à Corey. Son partenaire d'entraînement avait été pour lui ce qui s'apparentait le plus à un meilleur ami, depuis qu'il vivait à Hawaï. Il se passa la main sur le visage et réalisa qu'il n'avait pas eu l'énergie de se raser après son escapade sous la douche avec Vanessa.

— Est-ce que ça t'est déjà arrivé de croire un truc pendant des années et puis, à la suite d'un incident de parcours, de te demander si tu ne t'es pas trompé, finalement ? Enfin, peut-être pas complètement trompé, mais tu te demandes si le moment n'est pas venu de voir les choses autrement ?

— Si, bien sûr. Je crois que ça arrive à tout le monde à un moment ou à un autre, répondit Corey avant de plisser les yeux. Tu veux abandonner la lutte ? C'est pour ça que tu aurais voulu que je te blesse ? Parce que je te préviens, si c'est ça, c'est complètement débile, mec.

— Putain, non ! Ce n'est pas du tout ça !

Jackson soupira, se leva et sortit son sac de son placard. Comment pouvait-il expliquer à son ami qu'il voulait que sa souffrance extérieure s'harmonise à la souffrance que sa culpabilité déployait à l'intérieur de lui ? Corey l'aurait pris pour un maboul. Ce qu'il était peut-être, d'ailleurs.

Corey vint se planter à côté de lui, le dos collé aux placards métalliques et les bras croisés.

— Est-ce que ça a quelque chose à voir avec la fille que tu as amenée ici lundi ? Vanessa, non ?

Jax referma la main sur le rebord supérieur de la porte du placard et scruta le visage de Corey pour y déceler la preuve éventuelle d'un intérêt excessif. Quand il réalisa qu'il avait agrippé le métal avec une telle force qu'il s'était entaillé la partie charnue de l'index, son accès de jalousie – aussi irrationnel qu'inhabituel – s'évanouit. Il secoua mentalement la tête, suça le sang qui perlait à son doigt et enfila son tee-shirt.

— Vanessa, ouais. À son boulot, ils la surnomment la Vipère. Moi, je l'appelle princesse. Mais dans son dos, je l'appelle « la femme qui me rend dingue ».

Corey éclata de rire, mais Jackson sentit que ce n'était pas à cause des différents surnoms de Vanessa.

— Qu'est-ce qui te fait rire ?

Corey lui répondit quand il eut retrouvé assez de sérieux pour le faire, incapable cependant de réprimer un grand sourire.

— Tout s'explique ! Tu as enfin rencontré quelqu'un qui te met sens dessus dessous. Ça nous arrive à tous, tu sais.

— Cette femme est une énigme, alors s'il y a quelque chose qu'elle mette sens dessus dessous chez moi, c'est seulement la tête.

Menteur !

Jackson conseilla à son subconscient d'aller se jeter du haut d'une falaise. Mais ce n'était pas un mensonge total. Vanessa était bel et bien énigmatique. Il n'avait jamais rencontré quelqu'un comme elle. Pourtant, même s'il n'avait pas été capable de la cataloguer d'emblée, Jackson était certain de la comprendre.

— Ne me raconte pas d'histoires, Maris. Je ne te connais sans doute pas aussi bien qu'Andrews, mais ça fait un moment qu'on est potes. Je t'ai vu avec des tas de femmes et aucune d'elles – pas même celles avec qui tu étais censé vivre une histoire – n'a eu plus d'effet sur toi qu'un bon steak. Reconnais-le : celle-là, tu l'as dans la peau.

Jax referma son placard et s'y adossa. Il ne pouvait pas le nier et ce n'était pas son genre. Il avait toujours été franc avec les gens. Ce qui expliquait que ses histoires avec les femmes aient toujours tourné court – elles finissaient toutes par le plaquer un jour ou l'autre. Il n'essayait pas de faire passer ce qu'il vivait avec elles pour autre chose que ce que c'était : une relation amicale avec le sexe en prime. Plusieurs d'entre elles avaient attendu que ses sentiments évoluent, mais toutes avaient fini par lui laisser un mot commençant par « Cher Jax... ».

— Elle est complètement différente, mec. Elle est butée, têtue, intraitable...

Il soupira, laissa aller sa tête en arrière et le choc métallique de son crâne contre la porte résonna dans le vestiaire désert.

— On ne s'est pratiquement pas quittés depuis son arrivée, mais dès que je la quitte, je ne peux penser qu'à elle.

— Elle vit chez toi ?

— Non, on est au *Mau Loa*. C'est une longue histoire qui n'a rien à voir. Le truc, c'est qu'il ne me reste plus que deux jours à passer avec elle et que l'idée qu'on redevienne de simples copains après ça me donne des envies de violence.

— Elle doit retourner sur le continent vendredi, c'est ça ?

— Non, elle reste ici jusqu'à la fin de la semaine prochaine, mais elle a accepté de coucher avec moi à condition que notre aventure ne dure pas plus de trois jours.

Corey ouvrit la bouche, mais Jax leva la main.

— Ne me demande rien. Elle a été très claire et elle m'a expliqué qu'elle ne cherchait rien de plus. Le hic, c'est que j'ai comme l'impression qu'elle pourrait vouloir autre chose, mais qu'elle a vécu des trucs qui font qu'elle a peur d'aller plus loin.

— Écoute, je ne suis pas vraiment un expert, mais il me semble que si tu estimes que ça ne se passe pas seulement au lit entre vous – et j'ai comme l'impression que c'est le cas – alors tu dois tenter le coup.

— Elle ne sera pas d'accord.

— Fais-la changer d'avis.

— Tu ne comprends pas, répondit Jax en se tournant vers Corey, ne laissant que le haut de son épaule calé contre le vestiaire. Elle a établi des règles de vie. Pas des bonnes résolutions de Nouvel An. Des *lois écrites*.

— Eh bien amène-la à les enfreindre, déclara Corey en lui appliquant une claque sur l'épaule avant d'aller ramasser son sac et de se diriger vers la porte. Tu sais quoi, mec ? lança-t-il avant de franchir le seuil. Je préfère encore me battre et perdre que de ne pas entrer dans la cage…

Une fois que la porte se fut refermée sur son ami, Jax passa les mains sur son visage, l'ultime sentence de Corey résonnant encore à ses oreilles. En plus d'être un sacré lutteur, son pote était un sacré bon donneur de conseils.

Parce qu'il avait raison…

Qu'il en sorte gagnant ou perdant, Jax s'apprêtait bel et bien à entrer dans la cage.

*

* *

L'atmosphère du *Duke* était assez proche de celle que Vanessa aimait tant chez *Fritz*, son bar de prédilection. La clientèle se composait de travailleurs des environs qui vivaient apparemment depuis toujours dans la région et qui venaient là pour retrouver leurs amis et écluser de la bière de qualité.

Les seules réelles différences avec chez *Fritz* tenaient à l'addition de touristes aux locaux et à la décoration. Là où chez *Fritz* tout n'était que panneaux de bois foncé, banquettes et tabourets de skaï noir et éclairage tamisé, au *Duke* tout n'était que mobilier et lambris de bois blond, mezzanine en bambou, tables surmontées de parasols et terrasse sur la plage de Waikiki avec l'océan Pacifique pour horizon.

En bref, le jour et la nuit.

Jax était allé leur chercher des bières au bar pendant qu'elle s'installait à une petite table, située près de la seule cible de fléchettes de l'établissement

– fallait-il y voir un signe ? Une feuille de papier punaisée à côté de la cible informait les clients que la fonctionnalité électronique du jeu était hors service. Mais les fléchettes étaient toujours fichées dedans, ce qui signifiait qu'elle demeurait utilisable, dans une version « à vos risques et périls mathématiques ».

Vanessa porta son regard vers la somptueuse plage de Waikiki. Elle avait passé l'après-midi sur un jet-ski, les bras noués autour de la taille de Jackson, à visiter les anses et les criques de l'île, cheveux au vent et riant à gorge déployée.

À un moment donné, tout un groupe de dauphins avait nagé avec eux, bondissant hors de l'eau à intervalles réguliers. Vanessa avait déjà été à SeaWorld, mais le fait de les voir évoluer dans leur milieu naturel lui avait semblé encore plus prodigieux. Ils étaient d'une grâce et d'une rapidité extraordinaires et elle avait été déçue quand leurs routes s'étaient séparées.

Elle avait cependant retrouvé sa bonne humeur quand Jackson avait déclaré qu'il avait besoin de laisser reposer quelques minutes sa main droite et qu'elle avait réalisé qu'ils flottaient dans une crique parfaitement isolée, cernée de hautes falaises et dotée d'une minuscule embouchure… Elle avait alors trouvé le moyen de l'enjamber et de pivoter pour se retrouver assise face à lui.

— Hmmm, avait-il ronronné en l'enveloppant de ses grands bras pour l'embrasser. Ta position me plaît énormément, princesse, mais je ne suis pas sûr que ce soit très prudent de conduire comme ça.

— Oh, je n'ai pas l'intention de rester là. Je me disais simplement que je pourrais t'aider à te détendre autre chose que la main, avait-elle répondu en plaçant la sienne sur son entrejambe – ce qui lui avait permis de découvrir qu'il était déjà en semi-érection.

Elle l'avait entendu aspirer l'air entre ses dents.

— Si tu penses à ce que je pense que tu penses, me détendre sera la dernière chose que j'aurai envie de faire.

— Ha ! avait-elle dit avant de capturer sa lèvre inférieure entre ses dents pour l'aspirer suavement. Ce sera peut-être la dernière chose que tu auras envie de faire, mais si on s'en occupe bien, ça finira par se détendre aussi, non ?

Les mains de Jackson s'étaient posées sur ses fesses pour les presser doucement.

— Si, bien sûr, avait-il répondu d'une voix rauque.

Ce souvenir fit sourire Vanessa tandis qu'elle attendait qu'il revienne avec leurs boissons. Elle devait avoir l'air complètement stupide, mais ce fut plus fort qu'elle. Ils s'étaient montrés remarquablement inventifs sur ce jet-ski. Elle avait seulement eu l'intention de batifoler, histoire de lui donner un avant-goût de ce qu'ils feraient plus tard et de le soulager. Mais elle venait à peine de lui consacrer une minute des attentions de sa bouche, qu'il soulevait son buste et lui retirait le haut de son maillot.

Il avait dévoré un de ses mamelons, puis l'autre, avant de lui demander si elle prenait la pilule. N'étant pas idiote, elle lui avait répondu par l'affirmative.

— Princesse, avait-il alors coassé, j'ai envie de toi tout de suite-maintenant, mais je n'ai pas pensé à prendre de préservatifs. Si tu dis non, je te jure que je n'insisterai pas, mais je veux que tu saches que mon contrat professionnel m'oblige à passer un examen médical tous les mois et que je suis complètement clean. Et que je n'imagine pas de te faire prendre le moindre risque.

Il avait glissé les mains dans ses cheveux, ses pouces encadrant ses joues.

— S'il te plaît, dis oui, avait-il murmuré, leurs souffles se mêlant quand son front était entré en contact avec le sien.

Pour éviter de briser la magie de l'instant, Vanessa lui avait répondu sur le même mode.

— Oui.

Et en un instant, il s'était rué sur elle, tel le tigre affamé bondissant sur sa proie, pour la consumer aussi complètement que délicatement – là, dans cette petite crique paradisiaque, sur un jet-ski.

— À quoi penses-tu ?

Quand la belle voix grave de Jackson s'éleva près de son oreille, Vanessa sursauta. Et elle lui lança un regard noir quand il s'assit en face d'elle en éclatant de rire.

— Merci, fit-elle d'un ton faussement pincé. Tu viens de réduire mon espérance de vie d'au moins un an.

— Désolé, princesse. Je n'ai pas pu résister. Ce n'est pas souvent que j'ai l'occasion de te surprendre en train de rêvasser – je crois même que c'était la première fois.

Il fit glisser son verre de Heineken vers elle et se pencha en avant, le regard soudain assombri par le désir.

— Je me demande si tu ne pensais pas à moi en train de t'obliger à t'accrocher au guidon d'un jet-ski pour que je puisse te prendre en levrette ?

Il avait adopté le ton qu'il utilisait quand il lui faisait l'amour. Contrairement à son intonation habituelle, espiègle et enjouée, ce ton était à la fois sensuel et très autoritaire. Le nombre de fois où ils avaient couché ensemble se comptait sur les doigts de la main, mais Vanessa réagissait déjà à cette voix comme le chien de Pavlov à la cloche annonçant l'heure de la pâtée. Dès qu'elle l'entendait, elle fondait complètement et devenait une femme dont la seule mission sur terre était de faire ce que Jackson lui ordonnait de faire. Elle avait essayé de résister à cette voix, lutté pour retrouver le contrôle qu'elle exerçait habituellement en toutes circonstances, mais cela n'avait servi à rien. Quelque chose dans la voix de Jackson Maris anéantissait son contrôle. Non, réalisa-t-elle soudain, c'était encore pire que cela – sa voix anéantissait son *besoin* de contrôle.

Oh, mon Dieu. C'est bien ça, n'est-ce pas ? Elle leva les yeux, s'attendant presque à découvrir une ampoule allumée au-dessus de sa tête. Son besoin de contrôle – son besoin de règles de vie strictes – venait de ce qu'elle ne faisait confiance à personne pour se comporter décemment avec elle. Si elle contrôlait tout et tout le monde autour d'elle, elle n'avait plus besoin de s'en soucier.

Pourtant, pratiquement dès le premier instant, elle n'en avait pas ressenti le besoin avec Jackson. En dehors de l'aspect sexuel de leur relation, il était facile à vivre et décontracté. Plus qu'heureux de la laisser prendre les choses en main. Mais dès qu'il s'agissait d'intimité, il reprenait les rênes et refusait de les lui céder tant qu'il n'en avait pas fini avec elle. Et même si, par habitude, elle avait d'abord lutté contre lui, à un niveau inconscient, elle s'était toujours sentie en sécurité avec lui.

Ce qui expliquait qu'elle se soit jugée capable de lâcher prise et de se confier. Enfin.

Elle n'avait pas encore réalisé à quel point c'était libérateur de laisser quelqu'un d'autre prendre le contrôle, de l'autoriser à lui donner ce dont elle avait besoin sans nécessairement aller le chercher ou le commander – comme on commande un plat sur un menu. *Oui, alors en entrée je prendrai les* Morsures dans le cou, *et en plat, le* Prends-moi par-derrière *saignant avec un* Tire-moi par les cheveux et oblige-moi à te supplier *en accompagnement. Oh ! et en dessert, je crois que je vais craquer pour le* Serrés l'un contre l'autre sans gêne aucune. *Merci beaucoup.*

Vanessa croisa le regard de Jackson et confirma en toute franchise que c'était effectivement à cela qu'elle pensait.

— Tant mieux parce que je n'arrive pas non plus à me le sortir de la tête.

— Ah bon ? Quel moment, exactement ?

Puisqu'ils étaient dans un lieu public, elle pouvait bien s'autoriser à le taquiner un peu, non ?

Les pupilles de ses yeux recouvrirent ses iris et il darda sur elle un regard d'une telle intensité qu'elle se sentit aussi nue et exposée qu'elle l'avait été dans cette petite crique.

— Méfie-toi, princesse. Je ne suis pas porté sur les effusions en public, mais avec toi, il s'en faut de peu pour que je te soulève et que je te plaque contre un mur pour te faire ton affaire.

Il effleura délicatement sa lèvre inférieure de son pouce.

— D'autant que je sais maintenant ce que ça fait de te prendre à cru, gronda-t-il d'une voix sourde. Nom de Dieu, j'ai cru mourir.

Un frisson de désir pur la traversa et elle eut l'impression que l'humidité de sa bouche se concentrait au creux de ses cuisses. Il déposa un léger baiser sur ses lèvres avant de se laisser aller contre le dossier de sa chaise, aussi décontracté qu'à son habitude, alors qu'il venait de la bouleverser de fond en comble, rien qu'avec des mots.

Elle prit sa bouteille et en descendit la moitié avant de la reposer sur la table. Jackson gloussa, la porta à ses lèvres et l'imita. La serveuse arriva avec leurs plats à cet instant précis et Vanessa lui en fut secrètement reconnaissante, car sans son intervention, elle aurait été capable de lécher la pomme d'Adam de Jackson pendant qu'il buvait. Mentalement, elle cogna sa tête contre la table. Elle s'était bien plus investie dans cette aventure qu'elle n'en avait eu l'intention. Si ça continuait, elle allait bientôt s'extasier devant les cuticules de ce mec. *Voyons, Nessie, ressaisis-toi, ma fille.*

Au cours de l'heure qui suivit, ils dînèrent tout en bavardant et en riant et en vinrent même à parler politique. Elle découvrit ainsi que Jackson suivait de très près l'actualité, qu'il possédait un excellent esprit d'analyse et que sa jolie tête était remplie d'une incroyable quantité de données. Une fois qu'ils eurent achevé leur dessert – un Hula Pie, véritable péché justifiant à lui seul tous les abdos qu'elle serait obligée de faire –, Vanessa eut honte de réaliser qu'elle avait pris Jackson pour un abruti sous prétexte que c'était un sportif professionnel qui faisait du surf pendant ses heures de loisir.

Jackson reposa sa fourchette après avoir fait disparaître son ultime morceau de tarte et remarqua qu'elle le dévisageait.

— Est-ce que j'ai de la crème Chantilly sur le nez ?

Vanessa sourit et ne put s'empêcher de penser à ce qu'elle aurait fait s'il avait eu de la crème Chantilly sur n'importe quelle partie du corps.

— Non, tout va bien. Je me demandais si tu pourrais te laisser tenter par une partie de fléchettes ?

Il coula un regard sceptique vers la cible.

— Sur ce machin ? Mais il est cassé.

Elle haussa les épaules.

— On mémorisera les scores. Sinon, demande une feuille et un crayon.

— Je m'étonne que tu sois prête à jouer avec autre chose que tes propres fléchettes. D'après ce que m'a dit Lucie, vous prenez ce jeu très au sérieux, non ? Avec ces fléchettes électroniques, tu risques de ne pas être à ta main.

— Ce qui fait que tu auras une chance de me battre. Si j'avais eu mes propres fléchettes, je t'aurais pulvérisé à coup sûr. Mais bon, il y a de fortes chances pour que je te pulvérise, même sans elles.

La perspective d'un nouveau défi fit briller les yeux de Jackson, exactement comme elle s'y était attendue.

— Défi relevé, princesse. Allons-y !

Ils enchaînèrent partie sur partie tandis que le soleil couchant donnait au ciel d'incroyables nuances de rose, d'orange et de violet et que la serveuse veillait à renouveler régulièrement leurs consommations *sans* faire disparaître les sous-bocks en carton sur lesquels ils consignaient leurs scores. Les invectives qu'ils faisaient mine de se lancer devinrent de plus en plus flamboyantes et ils finirent par disposer d'un petit public qui prit parti et encouragea en conséquence.

Quand ils finirent par décider qu'ils avaient assez fait souffrir leurs bras pour la soirée, le soleil était depuis longtemps passé sous la ligne d'horizon, cédant la place à une myriade d'étoiles étincelant autour de la pleine lune. Les clients qui s'étaient faits de plus en plus nombreux au fil de la soirée s'étaient dispersés sur la plage et un groupe de musiciens se mit à jouer, donnant le signal de départ des festivités nocturnes de Waikiki. Outre le clair de lune, des guirlandes de lanternes colorées accrochées aux arbres et aux poteaux tenaient lieu d'éclairage. Les gens lançaient des cris de joie et s'assemblaient sur le sable pour danser avec des éclats de rire, un verre dans une main, celle de leur partenaire dans l'autre. Une vraie publicité d'agence de voyages. Une ambiance géniale.

Jax entrelaça leurs doigts.

— Viens !

Vanessa le suivit avec joie et se joignit avec lui à la foule des danseurs. Elle avait toujours aimé se retrouver au centre de la fête et ne se souvenait pas de s'être abstenue une seule fois de fouler le dancefloor à une soirée. La musique s'immisça dans son corps, l'incitant à onduler et à se déhancher en rythme. Elle aimait se mêler à la foule, se fondre dans une nuée de corps moites se frottant lascivement les uns contre les autres.

Dès qu'elle eut trouvé l'endroit qui lui convenait, elle se mit à bouger, aussitôt imitée par Jackson. Les hommes qui ont le sens du rythme ne sont pas légion, mais Jackson était du nombre. Il plaça une jambe entre les siennes pour remuer le bassin en même temps qu'elle, leurs hanches ondulant au rythme de la musique.

Vanessa noua ses doigts autour de sa nuque et renversa la tête en arrière pour croiser son regard.

— Non mais regardez-moi ça… Patrick Swayze en chair et en os !

— Danser, c'est comme faire l'amour. Il s'agit seulement de bouger en rythme avec son partenaire. De trouver un rythme à deux. C'est un peu comme faire l'amour debout, ajouta-t-il avant d'approcher ses lèvres de son oreille. Je pense avoir prouvé ma compétence en ce domaine aujourd'hui, mais si tu veux que je te rafraîchisse les idées, je serai ravi de le faire.

Il mordilla le lobe de son oreille avant de s'écarter à nouveau. Vanessa eut alors furieusement envie de le traîner jusqu'à sa jeep et de lui donner l'autorisation de dépasser toutes les limitations de vitesse jusqu'au *Mau Loa*. Mais il y avait si longtemps qu'elle n'avait pas eu l'occasion de danser, surtout avec un aussi bon danseur que Jackson, qu'elle préféra se concentrer sur le fait qu'ils avaient encore toute la nuit devant eux.

— Contente-toi de me montrer ce que tu vaux sur la piste. Tu me rafraîchiras les idées après. Autant que tu voudras...

— Compte sur moi pour m'en souvenir, princesse, répondit-il avec un grand sourire.

Ils enchaînèrent plusieurs danses de suite, face à face ou bien Vanessa collant son dos contre le torse de Jackson. Dans ces moments-là, il posait ses mains sur ses hanches et plaquait ses fesses contre son sexe, de façon à lui en faire sentir la fermeté sur toute sa longueur. Elle renversait la tête en arrière et il murmurait à son oreille comment il allait soulever sa robe dès qu'ils seraient dans leur chambre.

Entre la danse et la tension sexuelle, ils transpirèrent tant qu'ils finirent par mourir de soif. À la fin de la cinquième chanson, Jax déposa un baiser au creux de son cou et annonça qu'il allait leur chercher quelque chose à boire. Vanessa lui fit au revoir de la main et continua de danser toute seule, les bras levés au-dessus de la tête et les yeux fermés pour mieux se laisser gagner par le rythme de la musique.

Elle eut l'impression qu'il ne s'était même pas écoulé une minute avant qu'il resurgisse derrière elle, une main plaquée sur son ventre pour l'inciter à coller ses fesses contre lui. Il inclina la tête et approcha sa bouche de son oreille.

— Je savais qu'on se retrouverait une fois que tu te serais débarrassée de ce crétin, ma belle.

Le cœur de Vanessa sauta un battement. Elle pivota sur elle-même et soutint le regard de la seule personne susceptible de gâcher ce qui avait été jusque-là une journée de rêve.

— Qu'est-ce que tu fais, Danny ? Ta mère ne t'a pas appris qu'il faut d'abord inviter une fille à danser avant de te frotter contre elle ?

Il y avait tellement de monde autour d'eux qu'elle ne pouvait pas envisager de reculer. Derrière elle, serrés au coude à coude, les danseurs ondulaient comme les vagues de l'océan et la repoussaient inexorablement vers lui. Son haleine empestait l'alcool et à en juger par les taches qui parsemaient sa chemise, ses vêtements aussi. Son visage aurait pu être beau sans ce rictus arrogant et ce regard hypocrite.

— Fais pas ta sainte-nitouche. Je sais que tu baises avec Maris. Y a qu'à voir sa tronche pour savoir qu'il te tringle. Tu vois ce que je veux dire ? ajouta-t-il en tendant la main dans l'intention de caresser sa joue.

Vanessa donna une tape sur sa main avant qu'elle n'atteigne son visage. Le fait qu'il se soit pressé contre elle sans lui demander la permission avait figé son sang dans ses veines. Une simple *intention* de contact non sollicité aurait suffi à lui donner envie de vomir jusqu'à l'évanouissement et à se ruer sur lui pour le rouer de coups jusqu'à ce *qu'il* s'évanouisse.

— Évidemment que je vois ce que tu veux dire. Un *bébé* comprendrait tes sous-entendus. Tu n'es qu'un primate à peine capable de t'exprimer par monosyllabes. Et si tu ne veux pas recevoir la même correction que celle que tu as déjà reçue hier au gymnase, tu ferais mieux de déguerpir.

Le rictus arrogant céda la place à un pli de rage pure.

— Toi, tu ferais mieux de pas me parler sur ce ton, petite pute.

— Je ne suis pas d'accord, Akana, intervint Jax en plaçant son impressionnante carcasse entre eux deux.

Les battements de cœur de Vanessa s'espacèrent légèrement. Mais bien qu'elle lui fût reconnaissante de s'interposer, elle n'avait jamais été le genre de fille à se réfugier derrière qui que ce soit, aussi l'écarta-t-elle pour passer devant lui. Jackson, en bon primate qu'il était, opta pour un compromis en plaçant une main sur sa hanche et Vanessa décida qu'elle survivrait à ce compromis.

— Je crois qu'elle est en droit de parler sur le ton qu'elle veut à qui elle veut. Mais si tu ne la laisses pas tranquille, tu vas devoir numéroter tes abattis, tu me suis ?

— Jackson, déclara Vanessa d'une voix très calme. Je ne veux pas que tu te battes à cause de moi, pour moi, ou pour quelque raison que ce soit.

— Ce n'est pas ce que j'ai l'intention de faire, répondit-il sans lâcher Akana des yeux. Je me contente de l'informer que sa compagnie n'est pas souhaitée et qu'il ferait mieux de partir avant de dire quelque chose qu'il regretterait. Une fois de plus.

Jackson plissa les yeux et les muscles de sa mâchoire se contractèrent.

Quand elle vit réapparaître le sourire arrogant de Danny Akana, Vanessa se demanda s'il disposait de plus de deux expressions.

— Ah ouais ? Ça t'a fait chier, hein, Maris ? Il n'y a que la vérité qui blesse comme on dit.

Vanessa sentit les muscles de Jackson se contracter et la main qu'il avait posée sur sa hanche se crispa comme s'il voulait serrer le poing sans pouvoir se résoudre à la détacher d'elle. Elle interpréta cela comme un mauvais signe... Il suffirait qu'Akana prononce un seul mot pour que Jackson pète les plombs au milieu de cette foule de danseurs insouciants.

— Si ça t'amuse de le penser, Akana. Tu sais quoi ? Tant mieux pour toi. Je crois qu'on a assez dansé pour ce soir. On se reverra au gymnase, déclara Jackson en prenant la main de Vanessa pour l'entraîner vers le bar.

— N'oublie pas de me prévenir quand tu en auras fini avec elle, Maris. Je me vois bien baiser sa petite chatte jusqu'à ce qu'elle me supplie d'arrêter.

Vanessa se figea sur place. Le souvenir des nuits qu'elle avait passées à pleurer parce qu'elle n'avait pas été capable de protéger sa petite sœur d'un monstre qui ne s'était pas posé de questions avant de bousiller définitivement la vie d'une adolescente remonta à la surface de son esprit. Il avait suffi d'une seule phrase pour fissurer les remparts qu'elle avait construits pour empêcher ces souvenirs de voir la lumière du jour.

Elle lâcha la main de Jax, serra le poing, se retourna d'un bloc et le balança en pleine figure de l'odieux individu de toutes les forces que la haine lui inspirait.

*
* *

Une giclée de sang écarlate se répandit sur le visage d'Akana. Il écarquilla des yeux stupéfaits tandis que ses mains se plaquaient sur son nez, le sang persistant à couler entre ses doigts. Une seconde plus tard, la surprise avait cédé la place à un rictus venimeux accompagné d'un rugissement vengeur.

Jax devina le coup avant même qu'Akana n'*envisage* seulement de serrer le poing. Il avait miraculeusement trouvé le moyen de garder son calme alors qu'il avait furieusement envie de démolir ce petit crétin, mais l'enfer gèlerait avant que quiconque s'avise de poser la main sur Vanessa en sa présence.

Il arrêta d'une main le bras auquel Danny commençait à donner de l'élan, l'immobilisa de l'autre par une clef au cou et utilisa le poids du corps de son adversaire pour l'attirer vers lui. Son genou l'atteignit en plein sternum, ce qui eut pour effet de vider ses poumons et provoqua peut-être aussi au passage de vilaines fractures...

Comme Akana s'écroulait en tâchant de retrouver son souffle, Jax se retourna vers Vanessa qui n'avait pas bougé. Elle était restée sur place, pétrifiée, sans se soucier du sang maculant sa robe et ses mains, comme si elle n'avait pas conscience de la foule amassée autour d'eux, ses épaules se soulevant au rythme de sa respiration haletante... Et si un regard avait eu la faculté de tuer, Akana aurait été réduit à un tas de cendres fumantes.

Jackson ne s'était pas encore remis du punch qu'elle lui avait asséné, mais il se sentait déjà très fier de ce qu'elle venait de faire.

Le personnel chargé d'assurer la sécurité du *Duke* ne tarda guère à intervenir, et une fois que les clients eurent fourni un résumé des événements, ils évacuèrent le fauteur de troubles.

Jackson attrapa Vanessa par les épaules et la fit pivoter vers lui.

— Regarde-moi, princesse.

Son corps avait obéi à l'impulsion qu'il lui avait donnée, mais sa tête était restée figée dans son axe, le regard braqué non plus sur l'homme qu'elle venait de corriger, mais sur des événements de son passé qu'elle était sans doute seule à voir.

Il glissa son index sous son menton et l'incita à tourner les yeux vers lui. Quand leurs regards se croisèrent, elle inhala longuement, bloqua l'air dans ses poumons quelques secondes, puis le relâcha dans un souffle hoquetant. Jackson eut l'impression de voir un lutteur revenir à lui après un K-O : il a le regard un peu flou et l'air complètement à l'ouest pendant quelques secondes, et puis d'un seul coup, la réalité reprend le dessus et il réalise ce qui vient de se passer au cours des dernières secondes.

— Oh, mon Dieu, murmura-t-elle. Qu'est-ce que j'ai fait ?

— Tu as flanqué un gnon à un salaud de première qui l'avait bien cherché.

Vanessa baissa les yeux sur ses mains, sur ses phalanges ensanglantées qui commençaient à enfler et se mit à trembler.

— Mais je n'ai p-pas... j-je...

Il prit son visage entre ses mains et la força à croiser son regard.

— Écoute-moi bien, princesse. Tu n'as rien fait de mal. Ce type est une ordure qui n'a aucun respect pour les femmes et qui a tenu des propos que je ne tiendrais pas face à mon pire ennemi.

Il écarta ses cheveux de son visage et déposa un baiser sur son front.

— C'est un lutteur. Il a l'habitude de recevoir des coups. Ce qui fera vraiment mal à son ego demain matin, c'est que tous les mecs du gymnase sauront qu'il s'est fait rectifier le portrait par une femme.

Il lui décocha un sourire complice.

— Qu'est-ce que tu dirais de faire un tour au gymnase avec moi demain matin, histoire de le voir se recroqueviller comme une petite fleur sensible quand il te verra débouler ?

Un rire franchit les lèvres de Vanessa. Il n'était pas éclatant, mais Jackson était prêt à s'en contenter pour le moment. Tout plutôt que le mélange de honte et de frayeur qu'il avait lu dans ses beaux yeux. Il la serra bien fort contre lui et l'entraîna à l'écart de la foule, jusqu'à l'endroit où il avait laissé sa jeep.

Elle garda le silence pendant le trajet de retour, le regard tourné vers le ciel comme si elle contemplait les étoiles. Mais Jackson la connaissait mieux que ça et devina qu'elle s'efforçait d'analyser ce qui venait de se dérouler. De rationaliser ses actes en les passant au crible de ses règles d'or – peut-être même d'en créer de nouvelles... Il jugea plus sage de ne pas l'interrompre. Elle ne s'était pas complètement fermée à lui puisqu'elle l'autorisait à tenir sa main blessée, aussi s'estima-t-il satisfait pour le moment.

Dès qu'ils eurent regagné le bungalow, il la fit asseoir sur le canapé et alla chercher la trousse de premiers secours sous l'évier de la cuisine. Il prit la poche de gel, en brisa le sceau et en malaxa le contenu tout en allant récupérer son sac de sport d'où il sortit un de ses bandages.

— Dis donc, il n'y a pas qu'au tribunal que tu mérites ton surnom de Vipère. Tu as été rapide comme l'éclair pour frapper Akana. Rappelle-moi de ne jamais te chercher querelle.

Il s'assit à côté d'elle, souleva sa main blessée et l'aida délicatement à étendre les doigts. Elle aspira brièvement l'air, puis lui coula un regard par en dessous, ses joues pâles rosissant un peu. Jackson comprit qu'elle refusait de manifester la moindre faiblesse en sa présence et en conçut une certaine amertume. Prendre soin d'une femme qui s'efforce en permanence de démontrer qu'elle n'a pas besoin de vous n'est pas une tâche facile.

Il s'employa à vérifier soigneusement la motricité et la force de ses doigts, et elle serra les dents. Une fois son examen terminé, il plaça la poche de gel sur ses phalanges meurtries et la maintint en place à l'aide du bandage.

— Tu as de la chance, déclara-t-il avec un sourire encourageant. Je ne pense pas qu'il y ait quoi que ce soit de cassé, mais tu vas avoir mal pendant un moment. La bonne nouvelle, c'est que ta main va changer de couleur tous les jours au cours de la première semaine, ce qui te donnera tout plein d'occasions de l'harmoniser avec tes accessoires, tes sacs à main et tous tes trucs de fille.

Elle voulut rire, mais la douleur l'en empêcha et elle s'efforça de faire passer sa grimace pour un clin d'œil.

— Tu peux montrer que tu as mal, tu sais, dit-il. Rien ne t'oblige à encaisser sans rien dire.

Elle soupira, autorisa ses épaules à se détendre, baissa les yeux sur sa main et concentra son regard sur les gestes qu'il faisait pour bander sa main.

— C'est juste que... enfin je n'ai jamais...

Elle secoua la tête. Soit elle n'arrivait pas à mettre des mots sur ses idées, soit elle était incapable de les prononcer à voix haute.

— Je sais.

Une fois qu'il eut fixé le Velcro du bandage, Jackson cala son coude sur le dossier du canapé et écarta les cheveux de Vanessa de son visage pour les placer derrière son oreille.

— Je comprends. Tu aurais voulu que la violence que tu as connue dans ton enfance n'interfère jamais avec ta vie d'adulte. Mais le fait d'avoir donné un coup de poing à un crétin ne veut pas dire que tu es quelqu'un de violent, princesse.

Elle émit un bruit signifiant clairement qu'elle n'était pas d'accord.

— Juste quelqu'un qui a des pulsions violentes, c'est ça ? répliqua-t-elle d'un ton lourd de sarcasme.

Jackson se leva et lui tendit la main.

— Viens, on va faire une promenade.

— Je n'ai pas envie de me promener.

— Sentir le sable couler entre tes orteils et la brise de l'océan caresser ta peau te fera du bien. Tu te sentiras mieux après, je te promets.

Vanessa tourna les yeux vers la chambre, clairement désireuse de se cacher sous les couvertures et d'enfouir ses soucis dans le sommeil. Mais il fallait qu'elle arrête d'enterrer son passé, il était temps pour elle de l'affronter, ne serait-ce qu'un tout petit peu.

— Allez, princesse, ne me fais pas attendre.

Avec un soupir de résignation, Vanessa lui tendit la main pour qu'il l'aide à se relever. Une fois debout, elle répondit faiblement à son sourire et se laissa conduire jusqu'à la plage.

— C'est assez ironique, non ? demanda-t-elle soudain tandis qu'ils marchaient au bord de l'eau.

— Quoi donc ?

— Ce soir... Tu as réussi à te maîtriser et c'est moi qui ai perdu le contrôle.

— Tu ne m'as pas du tout donné l'impression de perdre le contrôle. Peu de gens peuvent se vanter d'avoir ton punch.

— Ce n'est pas ce que je voulais dire et tu le sais très bien, marmonna-t-elle.

Jackson distingua un groupe de gros rochers et y entraîna Vanessa. Une fois qu'ils les eurent atteints, il s'adossa contre la formation rocheuse et l'attira entre ses jambes, tous deux faisant face à l'océan. Elle laissa aller son corps contre celui de Jackson. Ils ne prononcèrent pas un mot pendant plusieurs minutes, se contentant d'écouter les vagues d'un noir d'encre qui s'enroulaient sur elles-mêmes pour déferler sur le rivage, encore et encore.

Il passa les mains autour de sa taille et apprécia l'aisance avec laquelle elle laissait reposer ses bras sur les siens et sa tête contre son épaule. Il se pencha en avant et de son menton, écarta ses cheveux, puis effleura son cou du bout de son nez.

Vanessa était toujours prisonnière d'une gangue de tristesse, mais elle acceptait ses marques d'affection et y répondait, dans une certaine mesure. L'idée qu'elle se punisse elle-même pour des choses du passé qu'elle n'avait pas pu contrôler rongeait les entrailles de Jackson comme un acide.

Ils avaient passé une journée si merveilleuse avant ce stupide incident. Mais les deux méthodes qu'il employait généralement quand il s'agissait de rendre le sourire à une femme – plaisanter ou s'envoyer en l'air – lui paraissaient en l'occurrence parfaitement inappropriées et il jugea plus sage de se contenter de la serrer contre lui et de la laisser mener la conversation.

Quelques minutes s'écoulèrent encore, mais elle finit par rompre le silence.

— Ma sœur adorerait cet endroit. J'ai toujours aimé vivre en ville, mais Kat détestait ça. Elle aimait des livres comme *Anne des pignons verts* ou *Les Chroniques de Narnia*. Peu lui importait que l'histoire ait un cadre réel ou fantastique, du moment qu'elle lui permettait d'imaginer qu'elle vivait ailleurs.

— Où vit-elle aujourd'hui ?

— Je ne sais pas exactement. La dernière fois que je lui ai parlé, elle était du côté de Memphis, dans le Tennessee. Elle y est peut-être encore, mais il y a de fortes chances pour que Lenny ait une fois de plus brûlé leurs vaisseaux, les obligeant à déménager une fois de plus.

— Lenny est son petit copain ?

Vanessa hocha la tête.

— Tu n'as pas l'air de le tenir en très haute estime.

— Je ne souhaiterais à aucune femme d'être sa petite copine – et à ma sœur moins qu'à quiconque. Mais il a réussi à la faire partir de chez ma mère quand elle avait dix-sept ans. Légalement, elle n'avait pas le droit de quitter la maison sans son autorisation, et entre deux maux, il valait mieux pour elle qu'elle soit avec Lenny le loser plutôt qu'avec le pédophile, non ?

Jackson réfléchit à ce qu'il aurait ressenti si quelqu'un avait enlevé Lucie quand elle avait dix-sept ans et cette idée suffit à éveiller en lui des pulsions violentes. Sûr et certain, il n'aurait jamais pu l'encaisser.

— D'accord, donc Kat est partie avec Lenny à dix-sept ans. Et après, où est-ce qu'ils sont allés ?

— Un peu partout. Lenny a tendance à vivre aux crochets de ses amis et des amis de ses amis. De son côté, Kat décroche généralement un job qui leur permet de survivre et puis Lenny monte une affaire censée les enrichir en un rien de temps... et il finit toujours par arnaquer des gens qui ne se laissent pas faire, alors ils sont obligés de déménager dans une autre ville et le même scénario recommence.

— Est-ce qu'elle est heureuse avec lui ?

Le rire cynique de Vanessa s'abattit entre eux comme un couperet.

— Non. Pas ces dernières années, en tout cas. Elle est trop fière pour me raconter ce qui ne va pas, elle se contente de me faire part du strict nécessaire. J'ai essayé de la convaincre de venir vivre avec moi, mais elle refuse. Elle croit que je la verrais comme quelqu'un qui a tout raté. J'ai eu beau lui dire que je ne me permettrais jamais de la juger à propos de choses dont elle n'est même pas responsable, elle ne veut rien entendre. Elle est aussi têtue que notre mère.

Il planta un baiser sur sa joue.

— Ça me rappelle quelqu'un que je connais...

Elle pivota sur elle-même entre ses bras, posa les mains sur ses hanches et lui décocha un sourire narquois.

— Si tu crois me connaître aussi bien que ça, dit-elle d'une voix langoureuse, dis-moi à quoi je pense en ce moment.

Jackson comprit qu'elle cherchait surtout à changer de sujet et interpréta sa manœuvre pour ce qu'elle était : un mécanisme de défense. Il avait déjà vu d'autres femmes procéder de la sorte et n'avait été que trop heureux de jouer le jeu avec elles. Pourquoi les aurait-il forcées à parler de choses dont elles n'avaient pas envie de parler ?

Mais Vanessa était différente. Ce n'était pas la première femme venue. Plus il passait de temps avec elle, plus il réalisait à quel point elle comptait pour lui. Et il préférait mille fois endurer le douloureux élancement de son entrejambe plutôt qu'ignorer sa souffrance et se contenter de tirer égoïstement son coup.

Quand elle se hissa sur la pointe des pieds pour l'embrasser, il posa les mains sur ses épaules pour l'en empêcher. Elle fronça les sourcils.

— Ce qui est arrivé à ta sœur n'est absolument pas ta faute, dit-il d'un ton plein de compréhension.

— Hmm-hmm, répondit-elle, sarcastique. Je ne sais pas si tu as remarqué, mais j'essayais de t'allumer, à l'instant.

Jackson ne sourit pas, ne lui adressa aucun clin d'œil, bien résolu à ne pas réagir à ses tentatives d'approche. Il ne l'aiderait pas à étouffer ses émotions.

— Écoute-moi bien, princesse : Ce-n'est-pas-ta-faute.

— Je n'ai pas envie de parler de ça.

— Je sais.

— Alors pourquoi est-ce que tu insistes pour parler d'un truc auquel tu ne comprends rien ?

Elle amorça un mouvement de recul pour échapper à son étreinte, mais Jackson ne la laissa pas faire. Il passa un bras dans son dos et enfouit sa main libre dans la masse de ses boucles rousses pour envelopper l'arrière de son crâne.

— Il y a bien des choses auxquelles je ne comprends rien dans ce monde, déclara-t-il. Mais ça, *ça*, répéta-t-il avec emphase, je sais très bien ce que c'est.

Les yeux de Vanessa s'embuèrent et une seule larme franchit le coin de son œil. À la lueur de la lune, elle étincela comme un fluide de cristal le long de sa joue. Elle secoua légèrement la tête, s'efforçant de nier ce qu'il venait de dire.

— Jackson, s'il te plaît... ne te m...

— Est-ce que tu sais à quel point je te trouve merveilleuse ? Tu l'as pratiquement élevée toute seule alors que tu n'étais toi-même qu'une enfant. Tu lui as servi de bouclier, tu l'as protégée autant que tu as pu alors que tu grandissais dans des conditions qu'aucun enfant ne devrait jamais connaître.

— Je sais, dit-elle d'une voix tremblante. Mais je...

— Tu lui as permis de devenir quelqu'un de fort, de fier, d'indépendant. Pour l'instant, elle n'a peut-être pas la vie que tu voudrais qu'elle ait, mais ça ne veut pas dire qu'elle ne finira pas par l'avoir.

Vanessa laissa échapper un soupir hoquetant et se blottit contre lui, son front reposant sur son torse. Jackson lui caressa lentement le dos tandis que ses émotions affleuraient inéluctablement à la surface. Quand elle reprit la parole, ce fut d'une voix très basse, presque étouffée par son tee-shirt, mais pas assez pour qu'il n'entende pas ce qu'elle avait à dire ni l'angoisse qui suintait derrière chacun de ses mots.

— Je m'inquiète tellement pour elle, tout le temps, et...

Elle renifla pour refouler ses larmes, soupira et leva à nouveau les yeux vers lui.

— Tu ne peux pas savoir à quel point elle me manque.

— Je crois que si, princesse, dit-il en prenant son visage entre ses mains pour chasser sous ses baisers les larmes qui coulaient de ses yeux étincelants et la serrer à nouveau contre lui. Je sais à quel point elle te manque.

Pendant un long moment, il se contenta de l'éteindre et de la laisser pleurer, la joue calée au sommet de sa tête contre ses cheveux soyeux, en lui caressant le dos pour l'apaiser du mieux qu'il pouvait.

— Allez, on va rentrer et on va prendre soin de toi, maintenant, dit-il en la tenant à bout de bras quand le plus gros de ses larmes fut passé.

Contrairement à ses attentes, elle n'opposa aucune objection. L'épuisement creusait ses traits et elle ne parut que trop heureuse de se laisser faire quand il la guida à travers la chambre une fois qu'il eut pris soin de sa main et qu'il lui expliqua comment procéder pour faire sa toilette avant le coucher. Quand elle eut fini, il l'aida à enfiler son pyjama, sa main bandée l'empêchant de le faire seule.

Une fois qu'elle fut prête à se mettre au lit, il s'assit sur le canapé et la fit s'allonger près de lui, la tête posée sur ses genoux, pour regarder un vieux film des années 1980, *Un monde pour nous*, qui passait sur une chaîne du câble local. Ses doigts jouaient avec les boucles de ses cheveux sans qu'il s'en rende compte tandis qu'il regardait John Cusack tenter d'impressionner la fille de ses rêves, interprétée par Ione Skye. Quand ils en furent à la scène où Cusack lui dit de faire attention à ne pas marcher sur du verre brisé, Vanessa dormait déjà profondément, une main calée sous sa joue, l'autre reposant sur la cuisse de Jackson.

Une fois qu'il l'eut recouverte avec la légère couverture qu'il avait placée sur l'accoudoir, Jackson regarda la fin du film tout en élaborant des projets pour le dernier jour qu'il passerait officiellement avec elle. Si tout se déroulait selon ses plans, le lendemain ne serait pas la fin, mais le commencement.

5e jour : jeudi

— Je n'ai même pas droit à un indice ?

Vanessa regarda Jackson depuis le siège passager de sa jeep. Elle était obligée d'emprisonner ses cheveux d'une main pour éviter qu'ils ne s'emmêlent dans le véhicule dépourvu de toit. Et de portières.

Il jeta un coup d'œil vers elle et la gratifia d'un sourire si parfait qu'il eût fait l'envie de plus d'un top model – dents blanches et plis d'expression estompés par une barbe de cinq jours. Sans ses lunettes de soleil enveloppantes, ses yeux rieurs couleur de topaze auraient accompagné ce sourire.

— Eh, non.

Et voilà. Il ne dirait rien de plus, quel que soit le nombre de questions qu'elle poserait. Comme elle ne raffolait pas vraiment des surprises – après tout, comment se préparer quand on ne sait pas à quoi s'attendre ? – c'était particulièrement énervant. Et tout aussi adorable.

Elle finit par renoncer, chaussa elle aussi ses lunettes de soleil et renversa la tête en arrière. Le soleil de cette fin d'après-midi baignait son visage et ses épaules et elle se demanda combien de nouvelles taches de rousseur seraient apparues quand elle rentrerait chez elle. Contrairement à sa sœur Kat, elle n'en avait aucune sur le visage, mais elle en avait quelques-unes sur les bras et les épaules. Elle se félicita d'avoir eu la bonne idée de s'enduire de crème solaire avant leur départ et se dit qu'elle ferait bien de renouveler l'application s'ils devaient rester dehors.

Un détail qu'elle ignorait étant donné que Jackson faisait de la rétention d'information.

Elle soupira et repensa à tout ce qui s'était passé ces derniers jours. Jamais elle ne se serait doutée de toutes les surprises que cette semaine lui réservait. Et la soirée de la veille lui en avait réservé une de taille. Non seulement elle avait flanqué un coup de poing à quelqu'un sous l'effet de la colère, mais elle avait pleuré jusqu'à l'épuisement sur l'épaule de Jackson, puis l'avait autorisé à prendre soin d'elle et pour finir s'était endormie sur ses genoux.

Elle essaya de se souvenir à quand remontait la dernière fois qu'elle avait autorisé quelqu'un à s'occuper d'elle… et ne retrouva strictement rien. Enfant déjà, elle prenait soin d'elle-même et de Kat. Bon sang, il lui était même arrivé de faire la toilette de sa mère quand celle-ci était tellement partie qu'elle n'arrivait plus à accomplir les tâches les plus basiques.

Oui, la soirée de la veille s'était vraiment révélée unique. Elle s'était ouverte à Jackson plus qu'elle ne l'avait jamais fait avec qui que ce soit. Même quand elle s'était confiée à Lucie, dans ses moments les plus vulnérables, elle avait gardé une sorte de pellicule protectrice autour d'elle. Et Lucie était tellement gentille et délicate qu'elle n'insistait jamais, se contentant de ce que Vanessa voulait bien lui dire.

Mais Jackson avait soulevé le coin de cette protection et insisté pour qu'elle s'en défasse jusqu'à ce qu'elle finisse par craquer et libère ses émotions dans un torrent de larmes. L'expérience avait été terrifiante, mais aussi libératrice.

Elle avait néanmoins passé une bonne partie de la matinée à se demander pourquoi Jackson avait tellement tenu à franchir ses limites. Qu'est-ce que ça lui avait rapporté ? Elle ne pouvait pas le suspecter d'avoir fait ça pour obtenir ses faveurs puisqu'il en jouissait déjà. Pas plus qu'elle ne pouvait le suspecter de souhaiter une relation profonde et durable avec elle puisqu'il avait accepté le principe de l'aventure de trois jours. Ils étaient tous les deux tombés d'accord pour vivre une aventure sans lendemain.

Ouais... Trois jours de fous rires au soleil, trois petits jours et puis s'en vont... Vanessa s'efforça d'ignorer le sentiment de tristesse qui la gagna à l'idée que cette journée était la dernière qu'ils passeraient ensemble et se surprit malgré elle à penser : *Réfléchis bien avant de faire un souhait...* Elle avait clairement manqué d'intuition depuis son arrivée.

Jackson Maris était peut-être un de ces hommes appartenant à l'espèce rarissime des individus décents – peut-être même... *gentils*. D'autant que, Vanessa étant la meilleure amie de sa sœur, cela l'incitait peut-être à faire preuve d'une gentillesse accrue vis-à-vis d'elle. Quoi qu'il en soit, après des débuts pour le moins houleux, Vanessa était finalement ravie de ces quelques jours passés en sa compagnie. Elle avait vraiment vécu de bons moments avec lui, il l'avait fait rire, s'était montré enjoué et charmant... délicieusement coquin et plein de talents au lit. Et sur le canapé. Sous la douche aussi. Et même sur un jet-ski !

— Qu'est-ce qui te fait sourire aux anges, dis-moi ?

Vanessa pinça les lèvres. Sans qu'elle s'en rende compte, ses pensées avaient fait naître un grand sourire sur ses lèvres. Elle tendit le bras vers lui, posa sa main sur le haut de sa cuisse et fit courir son ongle le long de la couture de son short. Elle sentit ses muscles se contracter sous la paume de sa main et il émit un grondement quand son doigt se rapprocha de son entrejambe, puis s'en éloigna sans avoir touché à rien. Elle réprima un petit rire.

— Si tu me dis où on va, je te dirai à quoi je pensais, déclara-t-elle avant de se pencher vers lui pour déposer un baiser juste en dessous de son oreille. Et en prime, ajouta-t-elle dans un murmure, je te régalerai d'une petite gâterie dans la voiture.

— Désolé, princesse, il n'en est pas question.

Jackson attrapa sa main, y déposa un baiser, noua ses doigts aux siens et reposa leurs mains jointes sur sa cuisse. Il faisait de gros efforts pour garder une expression neutre, mais la veine qui pulsait à la base de son cou apprit à Vanessa qu'il faisait cela pour l'empêcher d'approcher sa main de son entrejambe pendant qu'il conduisait. Elle se laissa aller contre son siège avec un soupir de défaite et repensa à la conversation téléphonique qu'elle avait eue ce matin-là avec la seule personne susceptible de la conseiller en dehors de Lucie.

Fritz, le propriétaire grisonnant du bar qu'elle et Lucie fréquentaient depuis leur première année de fac, était, dans l'entourage de Vanessa ce qui se rapprochait le plus d'une figure paternelle. C'était le genre de bonhomme qui manifeste son affection en recourant à de feintes querelles et des taquineries. Il était rarement sérieux, mais l'affection toute paternelle qu'il avait pour Vanessa transparaissait clairement derrière chacune des piques qu'il lui envoyait.

Vanessa s'était réveillée ce matin-là dans les bras de Jackson, groggy et heureuse. Elle avait écouté sa respiration et les battements réguliers de son cœur, puis s'était concentrée sur elle-même et avait analysé ses émotions. Un sport auquel elle ne se livrait que très rarement. Et ce qu'elle avait découvert l'avait sidérée. Non contente de se sentir en sécurité et choyée, elle avait décelé en elle une émotion qui ressemblait à s'y méprendre à... de l'amour.

Elle s'était alors accordé dix points pour avoir encaissé cette révélation sans céder à une crise de panique. Non, elle s'était simplement contentée de réprimer un sourire niais, avait tranquillement fait sa toilette et pris son petit déjeuner avec Jackson. Mais dès qu'il était parti courir, elle avait fébrilement composé le numéro du bar, sachant qu'avec le décalage horaire Fritz serait sur le point d'ouvrir.

— Le bar n'ouvre pas avant 16 heures.

La voix rassurante et rocailleuse avait eu sur elle l'effet d'un phare qu'on aperçoit dans le brouillard.

— Fritz ! C'est Nessie. Tu as une minute ?

— Tu sais bien que j'ai toujours le temps pour ma rouquine préférée ! Mais je te croyais à Hawaï ?

— J'y suis, mais j'ai besoin de parler à quelqu'un. D'un truc dont je ne peux pas parler à Lucie. Enfin pas tout de suite, avait-elle ajouté.

Vanessa avait décidé qu'elle avouerait à Lucie qu'elle avait eu une aventure avec Jax après sa lune de miel. Elle ne pensait pas que sa meilleure amie le prendrait mal, mais au cas où ça la perturberait un tant soit peu, elle préférait ne pas risquer de gâcher la plus merveilleuse semaine de sa vie.

— Ça ne te ressemble pas, la rouquine. Qu'est-ce que tu fricotes ? Personne ne te fait des misères, j'espère ? Sinon, il te suffit de me donner les noms et je viens illico leur remonter les bretelles.

— Non, non, ce n'est pas du tout ça. Heu...

Elle avait pris une inspiration, fermé les yeux et s'était jetée à l'eau.

— Je couche avec le frère de Lucie, Jackson.

Un long sifflement lui était parvenu.

— Eh ben comme ça, ça ne sort pas de la famille, pas vrai ? Bon, alors quel est le problème ? Il n'est pas fichu de te faire trémuler la foufoune comme il faut ?

Vanessa ne se choquait pas facilement et elle avait l'habitude du langage fleuri de l'ancien nageur-sauveteur de la Navy qu'était Fritz, mais avec cette nouvelle expression le vieux brigand dépassait les bornes. Ce qu'il y avait de drôle dans sa relation avec Fritz, cependant, c'était justement les commentaires – souvent grossiers et déplacés – qu'ils se balançaient l'un l'autre. Et qui leur avaient valu de nombreux regards intrigués de la part des clients du bar, au fil des années.

— Dis donc, ce n'est pas parce que *tu* as du mal à faire pousser des cris de plaisir à une femme que tout le monde est dans ton cas, vieux débris ! avait-elle répliqué, ravie de retrouver le terrain familier de leurs joutes verbales.

— Ha ! Quand je suis avec une femme, c'est tellement phénoménal que mes *voisins* fument une cigarette quand j'en ai terminé ! Je ne t'ai pas attendue pour satisfaire une femme, gamine.

Vanessa avait éclaté de rire et s'était sentie plus détendue.

— D'accord. Je considère que nous venons d'établir que ni toi ni Jackson n'avez de problèmes au lit. Tu ne peux pas savoir à quel point ça me soulage. Sans parler des images spectaculaires que ça a fait naître dans mon esprit, je te remercie au passage.

— Bon, tu n'as plus l'air d'un petit lapin effrayé, c'est le principal, avait-il déclaré d'un ton plein de tendresse.

Le fait qu'il ait perçu son anxiété par téléphone et qu'il ait cherché à l'apaiser en la faisant rire avait touché Vanessa. Fritz était vraiment un bon gros nounours au cœur tendre.

— Alors, avait-il repris, dis-moi ce qui te tracasse vraiment.

Elle s'était passé la main dans les cheveux, en avait attrapé une poignée et tiré dessus jusqu'à ce que ça lui fasse mal.

Dis-lui, dis-lui, dis-lui !

— Pff ! C'est complètement dingue, avait-elle marmonné. Je n'arrive pas à croire que je sois sur le point de te dire ça…

— Parle plus fort, poupée. Je n'ai plus mes oreilles de jeune homme.

— Je crois que peut-être… je veux dire qu'il est possible…

Vanessa se rendait compte de ce que son comportement avait de ridicule. Elle en était à grimacer comme si les mots qu'elle avait sur le bout de la langue lui causaient une souffrance physique.

— … que je sois – un petit peu seulement – troublée, éprise, appelle ça comme tu voudras, de Jackson.

Son souffle était resté bloqué dans ses poumons tandis qu'elle attendait une réponse, un rire tonitruant, *quelque chose.* Mais le seul son qui lui était parvenu avait été le crissement des doigts de Fritz sur son perpétuel début de barbe. Elle l'avait imaginé, les coudes sur le comptoir, tenant d'une main le combiné du vieux téléphone à cadran tandis que l'autre créait ce bruit de papier de verre, qui lui avait paru s'amplifier à chaque nanoseconde qui passait.

— Fritz, dis quelque chose, l'avait-elle supplié. Dis-moi que je suis folle car je ne le connais que depuis quelques jours. Qu'avoir une aventure avec le frère de sa meilleure amie, ça s'appelle chercher les ennuis. Que je suis une sale petite hypocrite étant donné qu'il déroge à presque toutes mes règles d'or.

— Dis donc, la rouquine, pourquoi voudrais-tu que je te dise tout ça si tu le penses déjà ?

— Tu vois ? Je le savais, avait-elle déclaré en s'affalant sur le canapé et en laissant aller son front contre sa main. Oh, c'est mauvais. Mauvais, mauvais, mauvais.

— Attends un peu. Ce n'est pas parce que je t'ai fait remarquer que tu pensais déjà ces choses que je suis d'accord avec.

Vanessa aurait pu jurer qu'elle venait d'entendre le frottement discordant d'une tête de lecture en travers des sillons d'un vinyle.

— Tu n'es pas d'accord ?

— Bien sûr que non ! Maintenant, écoute-moi bien. Tu sais que je t'aime comme ma propre fille, mais bon sang, tu es bien la femme intelligente la plus stupide que je connaisse.

— Heu... c'est censé vouloir dire quelque chose ?

— Je t'ai vue rembarrer un sacré paquet de types dans mon bar. Bon, je reconnais que la plupart d'entre eux ne méritaient même pas le temps que tu as consacré à les rembarrer. Mais il y en avait quelques-uns qui sortaient du lot, et ce qui t'a arrêtée, ce sont tes satanées règles d'or.

— Elles ont le mérite d'être fiables. Elles m'évitent de m'engager avec des gens qui ne me conviennent pas, avait-elle répliqué en traversant la pièce pour contempler le bleu limpide de l'océan au-delà de l'étendue de sable blanc.

— Tu parles ! Tes fichues règles ne t'ont jamais servi qu'à t'assurer que personne ne t'approche d'assez près pour risquer de te faire mal.

Elle avait été sur le point de contester ce dernier point, mais ce que Fritz avait ajouté lui avait cloué le bec.

— Si tu continues comme ça, ma petite Nessie, tu finiras toute seule. Et je sais que ce n'est pas ce que tu veux.

Non, avait-elle pensé. *Ce n'est pas ce que je veux.*

— Personne n'est parfait, mon petit. Pas même toi, si difficile à admettre que ce soit.

La pointe émoussée de cette pique avait fait naître l'ébauche d'un sourire sur ses lèvres, mais envisager tout ce qu'il venait de dire était si effrayant que sa jovialité ne s'était pas manifestée davantage. Était-elle vraiment vouée à rester seule si elle persistait à évaluer les hommes qu'elle rencontrait à l'aune des règles d'or ?

Fritz avait ajouté une dernière perle de sagesse qui avait retenu l'avalanche de questions qu'elle s'apprêtait à déverser sur lui.

— Je n'ai jamais rencontré Jackson, mais d'après ce que notre Lucie nous en a dit au fil des ans, j'ai l'impression que c'est quelqu'un de bien. Après tout, il l'a pratiquement élevée, alors il ne peut pas être si mauvais que ça. Tu pourrais peut-être lui accorder le bénéfice du doute et t'accorder à toi-même le droit de goûter au bonheur, histoire de voir ce que ça donne. Qui sait ? Tu auras peut-être une surprise.

— Depuis quand es-tu aussi intelligent ?

Son gloussement rauque lui avait mis du baume au cœur et lui avait donné la nostalgie de sa petite ville. Le bar de Fritz avait occupé une place importante dans sa vie de tous les jours au cours de la dernière décennie, et son propriétaire aussi.

— Depuis toujours, mais j'évite de le montrer parce que je déteste voir pleurer une jolie fille quand elle réalise qu'un vieux débris comme moi est plus malin qu'elle.

Cette fois, elle avait éclaté de rire. Ils avaient ensuite enchaîné sur un autre sujet, bavardé des préparatifs de mariage et finalement mis fin à la communication. Vanessa avait passé le restant de la matinée à s'efforcer de se concentrer sur son travail plutôt que sur la conversation qu'elle venait d'avoir avec Fritz.

— Où es-tu, princesse ?

— Hmm ?

Elle cligna les yeux, tourna la tête vers Jackson et réalisa qu'ils s'étaient arrêtés.

— Tu semblais à des kilomètres.

Il étendit le bras sur le dossier de son siège et se pencha vers elle tout en relevant ses lunettes de soleil sur son front. Son regard doré transperça alors la brume de son flash-back.

— Où étais-tu ?

Elle lui adressa un sourire confiant – du moins l'espéra-t-elle.

— Nulle part où tu aies envie d'aller, crois-moi.

— Je n'en suis pas si sûr, répondit-il en se penchant vers elle pour baiser doucement ses lèvres. Il suffit que tu sois quelque part pour que j'aie envie d'y être, ajouta-t-il dans un murmure.

Vanessa resta figée sur son siège, s'efforçant d'analyser à toute allure ce qui lui arrivait tandis qu'une onde de chaleur étrange s'emparait de son cœur. Était-il possible que Jackson ait pour elle des sentiments identiques à ceux qu'elle nourrissait pour lui ? Souhaitait-il lui aussi que leur aventure de trois jours se prolonge et... devienne quelque chose d'autre ?

Non, c'était absurde. Il n'avait dit cela qu'en se référant au présent. C'était le troisième et dernier jour de leur aventure et il voulait sans doute en profiter au maximum – tout comme elle.

— Allez, princesse, il est temps de sortir de tes rêves. On a encore un petit bout de chemin à faire.

Au cours de la demi-heure qui suivit, ils traversèrent un paysage de végétation luxuriante plus fantastique que tout ce qu'elle avait jamais vu, même à la télé. Comparé à une image en deux dimensions, traverser la jungle en personne était aussi différent que voir une photo de Jackson (*ouais, il est mignon*) et savoir dans sa chair ce que ça faisait de faire l'amour avec lui (*oh, mon Dieu, c'est le paradis*). Rien à voir.

Jackson ouvrit la marche, veillant à écarter les branches pour elle et lui prenant la main pour l'aider à garder l'équilibre quand ils gravissaient une pente un peu raide. Petit à petit, un bruit de chute d'eau parvint à ses oreilles et elle aperçut la lumière au bout du tunnel de végétation dans lequel ils se trouvaient. Un frisson de curiosité mêlée d'impatience la traversa. Elle commençait peut-être à prendre goût aux surprises, finalement.

— Et voilà, annonça-t-il en la prenant par la main pour lui faire franchir la fin du tunnel. Je te présente les chutes de Maris.

— Oh, Jackson !

Devant ses yeux éblouis, elle venait de découvrir un bassin d'eau claire cerné de hautes falaises drapées de végétation foisonnante, une chute d'eau majestueuse franchissant le sommet de l'une d'elles pour retomber en une gerbe d'écume spectaculaire et parsemée d'arcs-en-ciel issus de la réfraction de la lumière du soleil.

— Ton endroit préféré de l'île, dit-elle en tournant les yeux vers lui.

— Oui. C'est ici que je viens pour réfléchir et me détendre. Enfin, les trucs habituels, quoi.

Elle rit et contempla la scène qui s'offrait à ses yeux.

— Je n'ai jamais rien vu d'aussi époustouflant.

— Moi, si.

Le son de sa voix lui fit tourner les yeux vers lui et quand elle découvrit le regard ardent qu'il posait sur elle, la signification de sa réponse devint évidente. En temps ordinaire, elle aurait lancé une espièglerie du genre « Tout flatteur vit aux dépens de celui qui l'écoute », mais elle découvrit que sa gorge était complètement sèche et que son sens de la repartie semblait l'avoir abandonnée.

Elle s'éclaircit la gorge et coinça une mèche de cheveux derrière son oreille.

— Bon... et maintenant, qu'est-ce qu'on fait ?

— Maintenant, dit-il en se débarrassant d'un souple mouvement d'épaules de son sac à dos et en posant la petite glacière qu'il avait apportée, on dresse le camp et on va nager.

— C'est la meilleure nouvelle que j'aie entendue de la journée. Passe-moi le sac à dos, dit-elle en tendant les mains. Je suis une excellente dresseuse de camp.

— Vraiment ?

— Eh oui. Grâce à moi, on sera dans l'eau en un rien de temps.

— J'ai une meilleure idée.

Il laissa tomber le sac à dos derrière lui, avança vers elle et saisit ses hanches. Les mains de Vanessa, comme aimantées par ses pectoraux, se plaquèrent sur le relief de ses muscles, tandis que la délicieuse plénitude des lèvres de Jackson détournait son attention.

— Pourquoi ne plongerais-tu pas dans l'eau pour te rafraîchir ? suggéra-t-il. Je me charge de tout disposer et je te rejoins dans une minute.

Elle se mordit le coin des lèvres tout en jetant un coup d'œil au bassin rempli d'une eau si fraîche et si tentante, puis reporta les yeux sur lui.

— Tu es sûr ?

Un grand sourire fendit son beau visage avant qu'il ne la gratifie d'un baiser ardent.

— Sûr et certain.

Vanessa ne chercha pas à discuter davantage. La moiteur de la jungle qu'ils venaient de traverser l'avait éprouvée. Elle était trempée de sueur et couverte de poussière et ne rêvait que de se rafraîchir. Laisser Jax l'approcher d'aussi près alors qu'elle était dans cet état ne lui ressemblait pas du tout, mais bizarrement, quand elle était avec lui, elle n'était plus tout à fait elle-même.

Sans perdre de temps, elle se débarrassa de son short, de son tee-shirt, de ses tennis et de ses chaussettes, ne gardant sur elle que son bikini bleu céruléen – le préféré de sa collection. Il se composait de quatre triangles : deux qui couvraient à peine ses mamelons, laissant son décolleté et le galbe de ses seins apparents, et deux autres, assemblés par le sommet et noués sur ses hanches qui recouvraient tout juste le sillon de ses fesses. Bref, un modèle qui ne laissait pas grand place à l'imagination.

— Qu'est-ce que c'est que *ça* ?

— *Quoi ?* glapit Vanessa en se retournant précipitamment pour voir ce que Jackson avait repéré – un serpent, une araignée ?

Mais c'était elle qu'il regardait. Les poumons de Vanessa se vidèrent de tout l'air qu'ils contenaient et elle inspira plusieurs fois de suite pour calmer sa respiration.

— Ne refais jamais ça ! Tu m'as fait une peur de tous les diables.

— Ce n'est *pas* un maillot de bain !

— Ne sois pas ridicule. Bien sûr que c'en est un.

— Non, répliqua-t-il, le regard rivé entre ses épaules et ses cuisses. C'est un instrument de torture. Tu portes vraiment ce truc en public ?

Non, reconnut-elle intérieurement. Elle le mettait quand des amis l'invitaient à une fête au bord de leur piscine ou pour prendre des bains de soleil sur son balcon.

— Pourquoi ? demanda-t-elle en se rapprochant de lui pour faire courir son index au milieu de son torse en le regardant à travers ses cils. Tu serais jaloux si d'autres hommes me voyaient dans ce bikini ?

— Je crois que ça me donnerait même des envies de meurtre, répondit-il sans desserrer les dents. Tu es pratiquement nue !

Vanessa eut un sourire malicieux et engrangea cette information dans un coin de sa tête, dans l'éventualité d'une utilisation ultérieure.

— Ma foi, si le fait de me voir dans ce bikini riquiqui est pour toi une torture, dit-elle en approchant les mains des liens qui pendaient à ses hanches, je ferais peut-être mieux de l'enlever.

*
* *

Jackson saisit ses poignets et les garda captifs.

— N'y pense même pas, princesse, gronda-t-il. Il est extrêmement rare que des gens s'aventurent jusqu'ici, mais ça peut arriver. Et personne d'autre que moi n'est autorisé à contempler ce qui m'appartient.

Malin, ça, Maris. Autant lui tendre le bâton pour se faire battre. Il n'avait pas eu l'intention de dire cette dernière phrase à voix haute. Revendiquer Vanessa comme étant sa propriété ne pouvait que l'épouvanter – il ne s'y serait pas mieux pris en la repoussant des deux mains. Il avait décidé de consacrer cette journée à lui faire comprendre ses sentiments – qu'il avait envie que leur aventure de trois jours se prolonge. Mais s'il continuait à se comporter en primate, il n'y avait aucune chance qu'elle accepte.

Elle avait incliné la tête sur le côté et le regardait d'un drôle d'air. Jackson eut l'impression de voir tourner les rouages de son cerveau. Restait à savoir dans quelle direction ils entraîneraient ses pensées. Finalement, elle redressa la tête et lui sourit.

— Si c'est comme ça que tu vois les choses..., dit-elle en se hissant sur la pointe des pieds pour déposer un baiser sur ses lèvres.

Alors qu'il s'apprêtait à passer à l'étape supérieure sans plus se soucier de mettre quoi que ce soit en place, Vanessa détacha ses lèvres des siennes, lui fit un grand sourire et s'éloigna en ondulant des hanches. Quand elle atteignit le bord de l'eau, elle lui jeta un petit coup d'œil par-dessus l'épaule juste avant de plonger dans l'eau fraîche et pure.

Pourquoi n'avait-elle pas pris la peine de lui rappeler qu'elle ne lui appartenait plus que pour quelques heures ? Était-il possible qu'elle ne le voie plus comme une simple amourette de vacances ? Elle refit surface quelques mètres plus loin et éclata de rire.

— Alors là, c'est vraiment le paradis ! déclara-t-elle en regardant autour d'elle avant de replonger sous l'eau.

— Pas loin, ouais, répondit-il pour lui-même.

La seule chose qui manquait pour que ça corresponde à l'idée qu'il se faisait du paradis, c'était que Vanessa soit à lui. Pour de bon. Il n'avait jamais ressenti pour aucune autre femme ce qu'il ressentait pour elle. Ils se complétaient l'un l'autre avec un parfait équilibre.

Elle avait besoin de tout contrôler dans sa vie de tous les jours. C'était une femme qui savait ce qu'elle voulait et jusqu'au-boutiste. Jackson trouvait merveilleusement rafraîchissant d'être avec quelqu'un qui préférait tout organiser plutôt que d'attendre qu'on décide à sa place. Elle adorait aussi être le centre de l'attention alors que lui ne préférait rien tant que se tenir à l'écart et la regarder commander son petit monde.

Jackson avait essayé de se débarrasser de sa tendance à toujours tout prendre en charge quand il était arrivé sur l'île. Après avoir tenu lieu de père et de mère à sa sœur pendant cinq ans, il aspirait à une vie où quelqu'un d'autre prendrait les décisions. Malheureusement, toutes les femmes avec lesquelles il avait essayé de construire une relation attendaient de lui qu'il décide de tout, depuis les positions à adopter dans la chambre à coucher jusqu'à ce qu'elles devaient manger. En ce qui concernait la chambre à coucher, Jackson n'y voyait aucun problème. Mais ce qu'elles mangeaient, franchement...

Jilli lui avait dit un jour qu'inconsciemment il faisait exprès de tomber sur des femmes soumises alors que c'était le contraire de ce qu'il désirait vraiment. Ce stratagème lui permettait de ne jamais se soucier de relation à long terme parce que, au fond de lui, il savait que les femmes qu'il fréquentait n'étaient pas compatibles avec lui. À l'époque, Jackson avait répondu à Jilli que sa psychologie de bazar ne l'impressionnait pas. Mais il réalisait à présent à quel point elle avait vu juste.

Elle avait raison. Il avait vraiment eu peur de rencontrer quelqu'un avec qui ça devienne sérieux. Il avait pris goût à sa situation de célibataire sans autre responsabilité que lui-même. Il avait beau adorer sa sœur, il s'était senti piégé quand il avait dû veiller sur elle. Elle n'en avait jamais rien su, évidemment. Mais après le décès brutal de ses parents, la découverte de son adoption et sa décision de mettre ses ambitions professionnelles de côté pour s'occuper de Lucie pendant cinq ans...

il lui était parfois arrivé de se sentir un peu submergé.

Alors oui. Quand il s'était installé à Oahu, la dernière chose dont il avait eu envie c'était de s'enchaîner à un autre être humain, pour quelque raison que ce soit. Et il s'était estimé parfaitement heureux de maintenir à trois mois la durée moyenne de ses relations suivies avec ses petites amies, parfois entrecoupées de sympathiques interludes avec des copines prêtes à rendre service une fois de temps en temps.

Il avait donc fallu un concours de circonstances extraordinaire pour que Vanessa et lui aient une aventure ensemble. En temps ordinaire, si les tendances dominatrices de Jackson n'avaient pas fait fuir Vanessa, ses fameuses règles d'or l'auraient fait.

Et pourtant ils se retrouvaient ensemble. Comme deux pièces d'un puzzle s'emboîtant parfaitement l'une dans l'autre. Jax savait au plus profond de son âme qu'aucune autre femme ne lui apporterait le sentiment de plénitude qu'il éprouvait avec Vanessa.

Et maintenant qu'il l'avait enfin trouvée, il y avait de fortes chances qu'il la perde. Et il n'aurait personne d'autre à blâmer que lui-même.

Peu importerait qu'ils se soient parfaitement bien entendus, qu'ils aient passé cinq jours de rêve et, si son intuition était juste, qu'ils aient l'un et l'autre envie de prolonger ce rêve. Vanessa avait établi ses règles pour éviter de se retrouver avec quelqu'un qui la ferait souffrir comme ses parents l'avaient fait – ce qui incluait *quelqu'un qui lui mente*. Elle ne verrait pas seulement les mensonges qu'il lui avait racontés le premier jour. Elle verrait chacune des minutes qu'ils avaient passées ensemble comme une tromperie. Chaque mot qu'il lui avait dit. Chaque geste qu'il avait eu pour elle. Chaque sensation qu'il avait éveillée.

Jax savait qu'il n'avait pas droit à l'erreur. Il devait lui apporter la preuve de ce qu'elle représentait pour lui – de ce qu'*il* représentait pour *elle* – et espérer de toutes ses forces que ce serait suffisant.

Il ne lui fallut que quelques minutes pour étaler la couverture et vérifier que ce qu'il avait apporté ne s'était pas renversé. Il avait l'intention de lui préparer un vrai dîner chez lui par la suite, mais en attendant, il avait préparé de petits amuse-bouches qui pouvaient se manger avec les doigts, histoire de garder de l'énergie. Car une chose au moins était certaine : il avait l'intention de leur faire brûler beaucoup d'énergie.

Jax se débarrassa de ses vêtements à l'exception de son short en un temps record. Dire qu'il avait hâte de jouer avec Vanessa dans son bassin préféré eût été un grossier euphémisme. Quand il se retourna, il la vit qui se reposait, allongée sur un rocher plat, en appui sur ses coudes, une jambe repliée, la tête renversée en arrière, la cascade de ses cheveux imitant la chute d'eau qui se déversait près d'elle. On aurait dit une de ces naïades prenant un bain de soleil et qui jettent un sort aux hommes qui ont le malheur de céder à la tentation en les approchant – Jax ne faisant pas exception à la règle.

Mais alors qu'il s'apprêtait à entrer dans l'eau, Vanessa dit quelque chose qui le figea sur place, un pied en suspens au-dessus de la surface.

Sans même ouvrir les yeux, toujours étendue telle une pin-up, elle prit cependant la précaution de crier afin d'être entendue malgré le bruit de la chute d'eau.

— Tu prends ton temps, dis donc ! Je n'avais pas compris que tu devais *tricoter* la couverture avant de l'étaler !

Sa plaisanterie fit naître un grand sourire sur ses lèvres et réveilla son côté joueur.

— J'arrive !

Jackson fit le tour du bassin pour gagner le sentier qu'il connaissait bien et qui permettait d'accéder au sommet de la cascade. Une fois qu'il l'eut atteint, il planta fermement les pieds sur le rocher plat dépassant le flot bouillonnant de l'eau, plaça les mains en coupe devant sa bouche et cria pour attirer l'attention de la beauté qui se faisait bronzer dix mètres plus bas.

Quand elle l'aperçut, elle se leva et hurla quelque chose qui semblait mettre son intelligence en doute.

Faire comme s'il n'avait pas déjà plongé de ce point précis des centaines de fois était probablement cruel, mais l'adolescent espiègle qui sommeillait en lui fut incapable de résister à cette fanfaronnade.

— Ne t'en fais pas, je suis sûr que ça va aller ! Vu d'ici, ce n'est pas si terrible !

Sans un mot de plus, il sauta dans le vide et savoura la sensation de chute libre le long de ce mur d'eau en mouvement. Il fendit l'eau fraîche et se sentit instantanément revigoré. Quand il atteignit le fond, il donna un léger coup de talon et ne tarda guère à refaire surface.

— Tu es malade ou quoi ? Tu aurais pu glisser et te fendre le crâne !

Il leva les yeux et aperçut une ondine livide, agenouillée sur un rocher auquel elle s'agrippait à deux mains, le cou désespérément tendu vers lui.

— Et alors, princesse ? demanda-t-il en nageant vers elle. Aurait-on eu peur de me perdre au cours d'un petit plongeon de rien du tout ?

— Absolument pas. Ce qui m'aurait embêtée, c'est de ne pas retrouver mon chemin jusqu'à la voiture une fois que tu te serais vidé de ton sang comme un imbécile.

Jackson se dit qu'il craquait complètement pour son sens de la repartie. Il rit et l'attira dans l'eau avec lui. Elle poussa un cri de surprise et tenta de se débattre, mais il ne lâcha pas prise. Bientôt, elle rit avec lui et ils passèrent une bonne demi-heure à s'asperger et à se faire boire la tasse à tour de rôle comme s'ils jouaient au chat et à la souris.

Finalement, à bout de souffle, ils se hissèrent sur le rocher plat où elle s'était installée pour prendre un bain de soleil. Ils s'allongèrent à demi, en appui sur les coudes, laissant pendre leurs jambes au-dessus de l'eau. Vanessa poussa un long soupir d'aise tout en contemplant le décor qui les entourait.

— Cet endroit est magique, Jackson, dit-elle en tournant les yeux vers lui. Je te remercie de m'avoir amenée ici. De partager cette partie de ta vie avec moi.

En l'entendant prononcer ces mots, Jax sentit son ventre se nouer et son cœur enfler. Il aurait aimé partager tant d'autres choses avec elle si elle avait bien voulu le laisser faire. Il avait l'intention de le lui dire. Mais pas tout de suite. Pour l'instant, il voulait seulement se perdre dans son odeur, sa saveur, son corps. Elle, tout entière.

Il vrilla son corps vers elle et l'embrassa, lentement, suavement, soucieux de savourer la réponse qu'elle apportait à son baiser. Il se demanda si elle avait idée de la facilité avec laquelle elle l'amenait à se décomposer.

Il s'écarta.

— Tu t'es déjà placée sous une chute d'eau ?

Elle secoua la tête.

— Viens.

Jax la guida sur la droite de la cascade, là où l'eau s'écoulait le long de la paroi, mais avec moins de force qu'elle n'en avait au centre, et où le niveau de l'eau était aussi moins profond grâce à une saillie du rebord. Il lui prit la main pour l'aider à garder l'équilibre et ne la lâcha pas avant qu'elle ait trouvé un point d'appui confortable.

Un grand sourire se forma sur son visage quand elle leva les bras en l'air pour fendre le fin rideau liquide qui se répandait au-dessus d'elle. Envoûté, Jax la regarda ployer le cou en arrière en laissant échapper un rire de joie pure.

Ayant grandi dans un État du centre des États-Unis, Jackson ignorait qu'il avait autant d'affinités avec l'eau avant de venir vivre dans les îles. La première fois qu'il avait vu l'océan Pacifique, il avait ressenti un appel aussi puissant que celui de la lune sur un loup solitaire. Depuis, l'eau faisait autant partie de lui que le combat. Et c'était pour cette raison que l'acte sexuel associé à un élément aquatique – la douche, un jacuzzi, la pluie ou... une chute d'eau – l'excitait autant.

Et cela expliquait sans doute aussi son état d'érection *très* avancé.

Jax fit un pas vers elle, l'obligeant à reculer vers les rochers polis par des siècles de caresses aquatiques. Le sourire de Vanessa disparut quand les mains de Jackson se refermèrent autour de son cou.

Sa respiration s'accéléra, il sentit son pouls s'emballer sous ses doigts et ses pupilles se dilatèrent.

Il effleura de son pouce la plénitude de sa lèvre inférieure qui épousa sa caresse d'une façon délicieusement érotique.

— Est-ce que tu as seulement conscience de l'effet que tu as sur moi ? demanda-t-il d'une voix rauque, hachée, comme s'il l'avait perdue la veille et qu'il commençait seulement à la retrouver. Chaque fois que je pose les yeux sur toi, j'ai l'impression de devenir fou.

— Parfait, déclara-t-elle avant de mordre son pouce tandis que ses ongles traçaient des sillons de désir brûlant sur ses abdominaux. Comme ça, on est deux.

Jax eut besoin de l'embrasser comme il avait besoin de respirer pour vivre et il captura sa bouche en un baiser ardent. Tout en remuant ses lèvres contre les siennes, il la poussa vers la paroi rocheuse jusqu'à ce que l'eau retombe autour d'elle comme un rideau liquide soulignant ses courbes. Vanessa avait passé les bras sous ceux de Jax et elle noua les mains dans son dos pour l'attirer étroitement contre elle.

Jax plaça les jambes entre les siennes, attira ses fesses des deux mains et la souleva sur sa cuisse. Vanessa n'eut pas besoin de directives pour onduler des hanches et frotter son entrejambe contre sa cuisse ferme. La langue de Jax dansait avec la sienne au rythme de la musique de la chute d'eau qui les entourait. La langue de Vanessa avait un goût de menthe, de café et… son goût à elle, unique au monde.

Personne d'autre que Vanessa n'avait cette saveur, cette douceur. Personne d'autre qu'elle ne le touchait

– que ce soit physiquement ou émotionnellement – comme elle.

— Fais-moi l'amour, Jackson.

Oh, oui. Attends seulement…

Il dut faire appel à toute sa volonté avant de formuler sa réponse.

— Pas ici.

— Si, ici, répliqua-t-elle avant de mordre sa lèvre inférieure et de la lécher.

Cela suffit à balayer toutes les nobles intentions de Jackson.

Cette femme était dangereuse. Elle avait le pouvoir de lui faire perdre tout contrôle et cela ne lui était encore jamais arrivé avec personne. Il se perdait si aisément dans la profondeur de ses yeux d'émeraude, l'odeur de sa peau, l'intensité de ses baisers. Et il n'était pas certain de se soucier de pouvoir ou non retrouver son chemin.

Jax fit passer le poids de son corps sur son autre jambe et quand il sentit son pied glisser sur le rocher, la raison pour laquelle il avait d'abord dit non lui revint à l'esprit. Il écarta sa bouche de celle de Vanessa, mais avant qu'il ait le temps de lui expliquer le danger qu'il y avait à persister dans cette voie, Vanessa avait déjà fait courir sa main le long de son membre en érection et en pressait doucement la base.

Il retint son souffle, puis expira dans un gémissement en se plaquant contre sa main. Elle leva les yeux vers lui avec un sourire machiavélique, visiblement très fière d'avoir déclenché cette réaction.

— Ça t'amuse de me rendre fou, hein ? demanda-t-il.

Elle hocha la tête, une lueur malicieuse dansant dans ses yeux. Ses lèvres rouges et enflées par ses baisers formaient un discret sourire, comme si elle savait que manifester trop ouvertement sa satisfaction lui aurait valu bien plus d'ennuis que ceux qu'elle avait déjà. Belle intuition de sa part.

Une intuition qui n'ôtait rien à son désir.

— Voyons voir si ça t'amuse autant quand on inverse les rôles, princesse.

*
* *

Vanessa se sentit aussi légère qu'une plume quand il la souleva dans ses bras. Elle enlaça son cou, leva les yeux et découvrit qu'il l'observait attentivement.

Son regard était si intense qu'elle *sentit* pratiquement le tourbillon des pensées qui agitaient son esprit. Mais elle eut beau essayer de toutes ses forces, elle fut incapable de les deviner. Concernaient-elles ce qui venait de se passer ? Tournaient-elles autour d'elle ? Étaient-elles positives ou négatives ? Et depuis quand Vanessa était-elle nerveuse à ce point ?

— Tout va bien ? s'enquit-elle.

Il cligna les yeux, puis la gratifia de ce sourire ravageur qui la faisait complètement fondre.

— Mieux que bien. Est-ce que tu as faim ?

— Je suis morte de faim.

— Parfait. J'ai apporté des trucs qui risquent de te plaire.

Il la porta jusqu'à la couverture comme si les rochers sur lesquels il marchait étaient plats et secs. Une telle souplesse chez un homme aussi imposant défiait tout simplement les lois de la physique… et fascinait Vanessa.

Jax la déposa sur la couverture et se mit à farfouiller dans la glacière. Le soleil faisait briller sa peau cuivrée et les vagues de son tatouage ondulaient sur ses biceps au moindre de ses mouvements. Elle aimait ses bras. Puissants et sûrs. Vanessa ne se souvenait pas s'être sentie autant en sécurité que lorsqu'il la serrait dans ses bras.

— Je crois que j'ai faim d'autre chose que de nourriture, dit-elle en s'étirant sur la couverture.

Un sourire relevait le coin de ses lèvres quand il se tourna vers elle.

— Tu fais référence à ce que j'ai prévu comme dessert, princesse. Et le dessert se déguste traditionnellement après le plat principal.

Elle se mordit la lèvre, puis se souvint qu'une de ses consœurs lui avait un jour raconté que pour fêter une occasion spéciale, rien ne faisait plus plaisir à ses enfants que de ne manger que le dessert en guise de repas et de regarder un film après ça.

— Mais aujourd'hui n'est pas un jour comme les autres, n'est-ce pas ? dit-elle. Dans les grandes occasions, on a le droit de commencer par le dessert !

— Je ne sais pas, répondit-il d'un ton pensif. J'ai l'impression que ce serait aller à l'encontre d'un principe fondamental… autant dire que ça reviendrait à *enfreindre les règles*, tu ne crois pas ?

Vanessa en resta bouche bée jusqu'à ce qu'il éclate de rire. Elle se vengea en lui appliquant une tape sur le bras et en le repoussant quand il voulut lui faire un bisou pour se faire pardonner. Deux secondes plus tard, elle partait d'un grand fou rire et cédait à la magie de ses baisers.

Une minute plus tard, Jackson décréta qu'il acceptait de commencer par le dessert. Vanessa fut donc perplexe quand elle le vit se retourner vers la glacière au lieu de reprendre leurs délicieux jeux de langues.

Quand il se retourna, il tenait une bouteille et deux flûtes en plastique.

— Oooh ! Champagne. Mais comment donc...

Il maintint la bouteille au-dessus de l'herbe pour faire sauter le bouchon et attendit que la mousse ait fini de couler pour remplir la moitié de leurs flûtes. Il reposa la bouteille sur le couvercle de la glacière et quand il se retourna vers elle, il tenait cette fois un petit écrin blanc dans sa main. Quand leurs regards se croisèrent, la gaieté avait cédé la place au plus profond sérieux. Une expression qu'elle avait rarement vue à Jackson.

Son humeur naturelle l'incitait plutôt au flirt et Vanessa eut l'intuition qu'il ne montrait qu'à peu de gens sa facette sérieuse, préférant la dissimuler par des plaisanteries et la bonne humeur qui lui allait si bien. Mais il avait laissé voir à Vanessa ce qu'il y avait derrière cette façade quand ils avaient échangé des confidences sur leurs passés respectifs. Il le lui laissait voir à nouveau... mais pour quelle raison, cette fois ?

— Du champagne *et* un cadeau ? dit-elle en haussant un sourcil. Ce jeu ne tournerait-il pas à la surenchère ?

— Je ne *joue* pas avec toi, Vanessa. Je tiens à ce que tu le saches.

Elle l'observa un long moment, dans l'espoir que la signification de ses paroles finirait par transparaître dans ses yeux ou dans la crispation de sa mâchoire, mais tout ce qu'elle y lut fut une profonde sincérité. Quelque chose de franc et d'honnête qui lui faisait savoir qu'elle n'était pas un nom de plus sur la liste de ses conquêtes.

— Je te crois, répondit-elle dans un murmure.

Cette déclaration le soulagea visiblement.

— Ouvre-le.

Vanessa souleva le couvercle de l'écrin et en sortit une jolie chaînette en argent. Un pendentif composé de deux parties y était accroché. Une perle en verre de mer bleu pâle et…

Une petite étoile de mer en étain.

— Une étoile de mer, souffla-t-elle en levant vers lui ses yeux embués de larmes.

Il la gratifia cette fois de ce sourire qui révélait ses fossettes.

— Viens là, je vais t'aider à le mettre.

Quelques secondes plus tard, la chaînette pendait à son cou et le métal de l'étoile de mer se réchauffait au creux de ses seins.

— Elle me plaît beaucoup. Merci, Jackson.

— Il n'y a pas de quoi. Et *maintenant,* on peut passer au dessert.

Il posa sa flûte sur la glacière à côté de la bouteille et l'embrassa longuement.

— Enlève ton maillot de bain et allonge-toi en restant en appui sur tes coudes. Tu peux garder les jambes allongées ou les plier, mais tu dois impérativement les écarter.

— Je croyais que tu redoutais la venue d'éventuels voyeurs, le taquina-t-elle.

— Le risque est minime et je crois bien qu'au stade où j'en suis je me ficherais pas mal qu'on soit dans un studio de cinéma. Je veux ce qui est à moi. Immédiatement.

Le ton de commandement qu'il employait pendant leurs rapports sexuels la surprenait et l'excitait en même temps.

Deux jours auparavant, elle n'avait pas encore réalisé que son perpétuel besoin de contrôle l'épuisait et la frustrait. Mais après des années passées à se contrôler en permanence, son cerveau avait désespérément besoin de faire une pause. Guettait l'occasion où il pourrait enfin lâcher prise et céder le contrôle à quelqu'un qui lui donnerait ce qu'elle voulait sans profiter de sa vulnérabilité.

Jackson s'était révélé l'homme idéal.

Il était en parfaite harmonie avec elle et les besoins de son corps. Il avait même compris avant elle qu'elle mourait secrètement d'envie de céder le contrôle. Instinctivement, il savait jusqu'où il pouvait aller et quand s'arrêter. Et en à peine deux jours, il l'avait entraînée à son insu à abandonner son besoin de contrôle quand il passait en mode dominateur avec elle.

Vanessa l'observa à travers ses cils et obéit à l'ordre qu'il venait de lui donner.

*
* *

Jax regarda Vanessa dénouer les quatre liens qui retenaient son bikini sur son corps svelte et déposer les minuscules triangles d'étoffe à côté d'elle. Bien qu'elle se soit tartinée de crème solaire toute la semaine pour éviter à sa peau claire de prendre des coups de soleil, elle s'était tellement exposée qu'elle avait développé un léger hâle et que des taches de rousseur étaient apparues sur ses épaules et ses bras. Jackson n'avait jamais trouvé les marques de bronzage particulièrement sexy, mais il apprécia le contraste de sa peau blanche de ses seins et de son entrejambe par rapport au reste de son corps.

Elle s'allongea comme il le lui avait demandé, en prenant appui sur ses avant-bras. Elle replia les jambes, mais ne les écarta que de quelques centimètres. Jackson plissa légèrement les yeux pour souligner son propos.

— Écarte davantage les jambes, *vahine*. Je veux voir à quel point tu mouilles pour moi.

Elle écarta lentement les jambes et il lutta contre le besoin de retenir son souffle. *Respire, Jackson.*

Il devait faire de ce moment un souvenir impérissable, même s'ils étaient amenés un jour à se séparer. Pas seulement pour satisfaire son ego. Mais à un niveau bien plus basique, par peur pure et simple. Peur qu'elle ne ressente pas pour lui des sentiments aussi forts que les siens. Peur qu'elle s'en aille et de ne plus être pour elle qu'un lointain souvenir qui s'estomperait avec le temps... L'idée de ne même pas occuper une toute petite place dans sa vie l'ébranla jusqu'au tréfonds de l'âme.

Il riva son regard à celui de Vanessa et lissa la couverture entre ses jambes repliées. Le parfum enivrant de son excitation lui fit venir l'eau à la bouche.

Il plaqua les mains sur ses fesses. Elle se mordit les lèvres.

Il amena sa tête entre ses cuisses et l'immobilisa. Elle retint son souffle.

Ses lèvres effleurèrent la chair sensible de l'intérieur de sa cuisse avant que ses dents ne la mordillent.

Elle poussa un petit soupir, puis sa respiration devint haletante et ses poings agrippèrent la couverture.

Il aimait la faire attendre, l'obliger à le supplier. Exacerber son désir jusqu'à ce qu'elle n'en puisse plus et qu'elle se torde irrépressiblement sans même effleurer son sexe. Cela pouvait sembler cruel, mais en réalité, cela rendait ses orgasmes d'autant plus explosifs.

Cette fois, cependant, il en fut incapable. Il n'eut pas la force de la faire attendre comme il aurait dû. Il avait besoin de la savourer, de se délecter de son goût unique, et il en avait besoin immédiatement.

Tout en se sentant affreusement faible et égoïste, il prit ce qu'il lui fallait.

Vanessa laissa échapper un cri quand sa bouche entra en contact avec la moiteur de sa vulve. Tout en se régalant, il la regarda renverser la tête en arrière et creuser les reins, ses seins pointant vers le ciel comme un don au soleil.

Elle offrait un spectacle à nul autre pareil, absolument unique au monde. Vanessa était à tout point de vue une créature d'exception.

Il eut l'impression de presser les lèvres sur de la soie et quand il explora de sa langue les replis moites de sa vulve, il la trouva si brûlante qu'il eut l'impression de prendre feu quand elle se contracta autour de lui.

— Oh, mon Dieu, Jax, soupira-t-elle. Tu me fais mourir.

Pas encore, non.

Il remonta et trouva son clitoris. Le lapa de la pointe de sa langue, puis le suça et recommença jusqu'à ce que ses hanches se mettent instinctivement à remuer, donnant à son corps le signal de départ d'une quête qui lui ferait voir des étoiles en plein jour.

Jackson ne serait que trop heureux de l'aider à y parvenir.

Il inséra trois doigts en elle, sachant qu'elle pouvait les recevoir, sans oublier toutefois à quel point son ouverture était étroite. Lentement, mais fermement, il poussa son avantage et sentit ses muscles internes se contracter au fur et à mesure de sa progression. Une fois qu'elle eut accueilli toute la longueur de ses doigts, il harmonisa le rythme de ses caresses à celui de ses hanches et renouvela les agaceries de son clitoris avec la pointe de sa langue.

Vanessa glissa la main entre ses jambes écartées et saisit une poignée de ses cheveux comme elle se serait agrippée au pommeau d'une selle pour chevaucher vers son plaisir. Jackson sentit son clitoris durcir entre ses lèvres et son membre en fit autant, désireux de sentir les contractions auxquelles ses doigts étaient délicieusement soumis.

Son souffle haletant céda la place à des gémissements entrecoupés de petits cris avant qu'un hurlement n'emplisse l'espace quand le corps tout entier de Vanessa se recroquevilla sur lui-même, ses muscles internes enserrant convulsivement ses doigts au rythme des pulsations de son soulagement.

Sans lui laisser le temps d'aller au bout de son orgasme, Jackson retira son short, la fit s'allonger complètement et se plaça entre ses cuisses. Sa vulve accueillit l'extrémité de son membre d'un baiser humide qui lui tira un gémissement et l'incita à la pénétrer d'un seul coup de boutoir. Elle creusa à nouveau les reins, mais cette fois, ses seins se pressèrent contre son torse jusqu'à ce qu'elle se détende.

— Vanessa, ma princesse, dit-il dans un râle. Ouvre les yeux.

Ses cils s'écartèrent, révélant ses yeux couleur de lichen voilés par le désir. Ses cheveux, qui avaient partiellement séché au soleil, présentaient des nuances de roux allant du rouge vif à l'acajou foncé. Elle était belle, éblouissante et…

— Tu es à moi. Là, maintenant. Rien qu'à moi.

Elle porta la main à son visage et, du bout des doigts, effleura son front, son nez, ses pommettes, ses lèvres. Finalement, elle prit son visage entre ses mains et leva vers lui un regard d'une bouleversante sincérité.

— Rien qu'à toi, dit-elle.

Cette brève déclaration n'aurait pas dû avoir un effet aussi fulgurant. N'aurait pas dû métaphoriquement le mettre à genoux ni lui donner envie d'escalader des montagnes si elle lui ordonnait de le faire.

Ce fut pourtant l'effet qu'elle eut. Et Jackson trouva cela... naturel.

Il prit sa bouche, puis son corps. Il voulait l'investir autant qu'il pouvait. La marquer. La faire sienne. Se l'approprier.

Les mouvements de leurs corps s'harmonisaient comme s'ils avaient déjà fait l'amour des milliers de fois. Et cette fois, ils n'étaient pas seulement connectés physiquement. Toutes les sensations qu'il avait ressenties quand il s'était uni à elle lui parurent différentes, plus intimes, plus... *intenses*.

Prenant appui sur l'avant-bras, il caressa son sein de sa main libre, puis descendit le long de ses côtes jusqu'à sa hanche, pressa doucement sa fesse et glissa le long de sa cuisse pour se caler au creux de son genou et le fit légèrement remonter afin de la pénétrer un peu plus profondément.

Leur baiser prit fin quand ils eurent tous deux besoin de respirer. Les mains de Vanessa trouvèrent son dos et ses ongles s'enfoncèrent dans sa chair. Quand il fit courir la pointe de ses dents le long du tendon de son cou et qu'il le mordilla, il sentit un frisson la traverser.

Alors qu'il continuait à aller et venir en elle, ils s'exploraient l'un l'autre des mains, des lèvres, de la langue, des dents. À un moment donné, Jackson avait complètement perdu la tête, incapable d'articuler une pensée cohérente susceptible de lui sauver la vie. Leurs mouvements s'enfiévrèrent, le rapprochement de leurs corps se fit plus explosif. Tel un train lancé à pleine vitesse vers un pont inachevé qui les projetterait dans l'espace avant qu'ils comprennent ce qui leur arrivait.

Mais ce n'était pas ce que voulait Jax. Il voulait être conscient de chaque seconde qui passait, entendre chacun de ses halètements et lire chacune de ses émotions sur son visage.

Délibérément, il ralentit le rythme et plongea son regard au fond de ses yeux.

— Non, gémit-elle. Plus vite. J'y suis presque !

— Je sais, princesse. Je vais t'y emmener.

Elle ouvrit la bouche pour répondre ou peut-être pour le supplier, mais il la devança.

— Fais-moi confiance, Vanessa. Laisse-moi te faire l'amour.

Elle aspira sa lèvre inférieure, puis hocha la tête.

Le rythme de son va-et-vient avait ralenti, mais pas l'intensité. Les poussées de Jackson étaient vigoureuses et la façon dont sa chair brûlante enserrait son membre chaque fois qu'il la pénétrait le faisait mourir à petit feu. Une mort très douce à laquelle il espérait ne jamais survivre.

— Tu es tellement parfaite, tu sais ça ?

Les yeux de Vanessa s'emplirent de larmes qui roulèrent sur ses tempes. Elle agrippa sa nuque et ses doigts remontèrent sur l'arrière de son crâne.

— Jackson, je crois que je... Oh, mon Dieu, je crois que...

— Chuuut. Plus un mot, princesse.

Il était à peu près certain de savoir ce qu'elle essayait d'exprimer et même s'il avait plus envie de l'entendre qu'il avait besoin de respirer, il savait qu'il ne supporterait pas de l'entendre dire par la suite qu'elle avait dit cela dans le feu de l'instant. Ces mots-là ne doivent jamais être prononcés pour la première fois pendant l'acte sexuel. Ja-mais.

— Contente-toi de sentir ta peau contre la mienne, de me sentir en toi. De sentir la perfection de notre union. Concentre-toi sur ces sensations, d'accord ?

Elle acquiesça et le mouvement de sa tête fit s'écouler d'autres larmes. Jax se souleva légèrement pour veiller à ne pas faire reposer le poids de son corps sur elle et quand il la vit ouvrir la bouche sur un cri silencieux, il comprit qu'il venait d'atteindre son point G. Il maintint alors le rythme de ses poussées et s'appliqua à le caresser. Encore. Et encore. L'amenant chaque fois de plus en plus près du précipice et se sentant chaque fois de plus en plus prêt à suivre le même chemin.

Bientôt, la tension fut telle que les paupières de Vanessa voilèrent progressivement son regard.

— Garde les yeux ouverts, Vanessa. Regarde-moi. Je veux voir tes yeux pendant que je te fais jouir. Je veux que tu saches *qui* te fait cet effet-là.

Elle n'objecta rien, se contenta d'obéir. Et le simple fait de savoir qu'elle était partante pour le suivre n'importe où sans se soucier de s'éloigner de sa ligne de confort fut la goutte d'eau qui déclencha la tempête à laquelle ils aspiraient l'un et l'autre.

Le cri de Vanessa resta cette fois bloqué dans sa gorge. Son corps se cabra, ses yeux s'écarquillèrent et ses lèvres s'entrouvrirent, mais aucun son n'en sortit. Elle se mit à ressembler à une œuvre d'art vivante. Les contractions de sa vulve autour de son membre précipitèrent son orgasme et à l'issue de la dernière poussée de reins qu'il eut la force de donner il se répandit en elle en ayant l'impression de marquer sa chair aussi profondément qu'elle avait marqué son cœur.

*
* *

Tous deux étaient allongés sur la couverture, le dos de Vanessa contre le torse de Jackson, leurs jambes entremêlées. Vanessa poussa un long soupir et se blottit plus étroitement contre lui.

— Tu sais, dit-elle en gardant les yeux fermés, un sourire paresseux flottant sur ses lèvres, les journées qu'on a passées ensemble étaient merveilleuses. Mais aujourd'hui…

Elle tourna la tête, son beau regard vert cherchant le sien.

— Aujourd'hui, c'était absolument parfait. Merci, Jax, merci pour tout.

Il se pencha au-dessus d'elle et déposa un doux baiser sur ses lèvres.

— Crois-moi, tout le plaisir est pour moi.

Jax affermit l'étreinte de ses bras autour d'elle, désireux d'oblitérer l'espace entre eux, comme s'il voulait l'empêcher de s'éloigner une fois qu'il lui aurait dit ce qu'il avait l'intention de lui dire et qui risquait d'avoir l'effet d'une bombe.

En bien des occasions tout au long de sa vie, Jax aurait été en droit de ressentir une certaine anxiété face à l'avenir. Pourtant, quand, à dix-huit ans, il avait dû se présenter devant le tribunal pour obtenir la tutelle légale de Lucie, il avait été certain de gagner.

À vingt-trois ans, quand il avait décidé de partir s'installer à des milliers de kilomètres de chez lui, il avait été déterminé à prendre un nouveau départ. Avant chaque combat professionnel de sa carrière, il avait été impatient de se battre. Jamais, dans aucune de ces situations, il ne s'était laissé gagner par l'anxiété. Il croyait à la suprématie de l'esprit sur la matière et il était persuadé de contrôler son destin.

Dire à Vanessa qu'il voulait que leur aventure se prolonge – qu'elle débouche sur quelque chose de concret entre eux – n'était pas tellement différent de tout ça. Il l'aimait. La convaincre de ses sentiments, l'engager à écouter son cœur plutôt que ses règles de vie constituait un défi qu'il savait pouvoir gagner.

Un seul obstacle se dressait sur sa route. Un obstacle assez puissant pour le faire perdre.

Son mensonge.

Penser à ce mensonge suffisait à le faire douter de sa réussite. Pour la première fois de sa vie, il redoutait plus de *perdre* une relation « éternelle » que de s'y engager.

Il avait eu des tas d'occasions de lui avouer la vérité au cours des jours précédents et il aurait dû le faire. Au tout début, il avait craint que Vanessa ou Lucie le prennent mal. Mais après le premier baiser qu'ils avaient échangé, il avait eu peur qu'elle le repousse. Peur de perdre quelque chose qu'il n'avait pas été capable d'identifier sur le moment. Tout ce qu'il avait compris, c'était qu'il ne voulait pas prendre ce risque et espérer que Vanessa s'éprenne assez de lui pour que ses sentiments éclipsent son mensonge.

L'heure des révélations ayant sonné, il s'accrocha de toutes ses forces à cet espoir malgré l'affreuse impression d'être sur le point d'ouvrir la cage du lion.

— Vanessa, finit-il par articuler malgré le nœud qui s'était formé dans sa gorge, il faut que je te parle de quelque chose, mais j'aimerais que tu m'écoutes jusqu'au bout avant de dire quoi que ce soit.

— Aucune interruption ? C'est beaucoup exiger de moi, ça, dis donc.

Il déposa un baiser sur son épaule.

— J'ai foi en toi.

Vanessa pivota sur elle-même pour s'allonger complètement sur le dos, mais le soleil lui fit plisser les yeux et l'obligea à placer sa main en visière pour les protéger. Jax se souleva sur un coude afin de projeter sur elle l'ombre de son corps. Se retrouver en position de supériorité venait seulement en prime.

— Mon héros, soupira théâtralement Vanessa en écartant la main de son front.

Jackson lui renvoya son sourire. Un sourire serein, paisible, sans arrière-pensées. Comme il aurait dû être. En cet instant, Vanessa lui parut plus belle que jamais. Les endroits où sa barbe avait frotté contre sa peau, comme elle aimait qu'il le fasse, avaient rosi, les attentions de sa bouche avaient donné une teinte rouge cerise à ses mamelons et sous ses paupières à demi baissées, ses yeux brillaient d'une satisfaction confirmée par la langueur de son sourire.

Mais le détail le plus sexy, c'était la trace de morsure bien nette qui ornait sa hanche. Il en effleura le contour pourpre du bout du doigt et sentit un frisson traverser le corps de Vanessa.

Rien qu'à moi.

— J'aime voir mon empreinte sur ta peau, tu sais ça ?

Elle mordit le coin de sa lèvre et hocha légèrement la tête. Jackson captura son menton, libéra sa lèvre en y faisant délicatement courir son pouce et renouvela sa caresse une fois, deux fois.

— S'il n'y avait pas le mariage de Lucie dans deux jours, je t'aurais marquée de façon que tout le monde sache que tu m'appartiens.

Jax savait qu'il prenait de gros risques en utilisant ce genre de formules avec une femme comme Vanessa, qui s'enorgueillissait de son indépendance. De savoir gérer sa vie sans l'aide de personne – surtout pas d'un homme. Et il aimait cet aspect de sa personnalité. Son cran, son dynamisme, son petit côté têtu. Il trouvait tout cela incroyablement séduisant. Or, il devait lui faire comprendre qu'elle n'avait pas besoin d'être tout le temps comme ça. Que ce n'était pas sa véritable personnalité, mais un rempart qu'elle avait érigé pour se protéger. Avec lui, elle pouvait baisser sa garde et se laisser guider. Lui faire confiance pour veiller sur elle, connaître et respecter ses besoins et ses désirs, avoir la certitude qu'il lui serait toujours loyal.

— Je n'ai jamais appartenu à personne, dit-elle à voix basse. Pas même à ma mère. Pas vraiment, en tout cas.

— C'est parce qu'il n'y a jamais eu personne dans ta vie qui soit digne de te revendiquer.

— Et toi ? demanda-t-elle en posant la main sur sa joue. En serais-tu digne ?

— Houlà, non ! répondit-il en attrapant sa main pour déposer un baiser au creux de sa paume. Mais je peux te promettre de toujours te donner ce dont tu as besoin. Et que ce soit toi ou moi qui commande, tu auras toujours la priorité.

Un sourire malicieux s'épanouit sur ses lèvres et ses yeux se mirent à briller.

— La dernière partie de cette déclaration me plaît tout particulièrement.

Il gloussa, conscient du sous-entendu.

— Ce n'est pas ce que je voulais dire, tu le sais très bien, mais oui, de ce point de vue-là aussi. Je ne pourrais pas me considérer comme un homme autrement.

— Pas comme *mon homme*, en tout cas, répliqua-t-elle en riant.

Elle n'avait pas dit cela – elle avait seulement fait mine de le dire – mais c'était si près de ce qu'il avait envie d'entendre que son cœur fit un bond. Jackson se ressaisit et plongea son regard au fond de ses yeux. Il avait besoin de le lui entendre dire. Au moins une fois avant de tout gâcher.

— Est-ce que je suis ton homme, princesse ?

Jax vit s'affronter des courants de pensées contradictoires au fond des lacs d'émeraude. Des larmes apparurent à la surface, mais aucune ne coula quand elle cligna les yeux et qu'un long soupir franchit ses lèvres. Les entrailles de Jackson ne formèrent plus qu'un paquet de nœuds et son corps tout entier se contracta.

Alors même qu'il craignait le pire, elle formula sa réponse dans un murmure.

— Je ne désire rien de plus au monde.

Jax n'était pas préparé à entendre d'aussi douces paroles. Son cœur battait si fort qu'il faisait vibrer sa cage thoracique. Un sourire béat apparut sur ses lèvres et il approcha ses lèvres des siennes pour l'embrasser.

Vanessa interposa sa main.

— Mais…

— Pas de « mais », l'interrompit-il avec fermeté. On aura tout le temps de pinailler sur les détails, la logistique et tout ce que tu voudras plus tard. Pour l'instant, ce qui compte, c'est ce qu'on ressent l'un pour l'autre et qu'on ait envie de rester ensemble.

Ce qui compte, c'est que je t'aime.

Il ne pouvait pas encore le dire à voix haute, alors même que c'était la seule chose qu'il ait véritablement envie de lui dire. Tant de choses étaient arrivées si vite. Ce qu'ils venaient de se dire constituait une immense avancée, pour l'un comme pour l'autre. Quand ils en seraient à s'avouer qu'ils s'aimaient, ce serait fabuleux, et Jackson voulait que cet instant soit parfait.

— D'accord, dit-elle, pas de « mais », cependant…

— Comme tu voudras… fit-il mine de consentir avant de la renverser en arrière pour l'embrasser à bouche que veux-tu.

Se détacher d'elle lui fit plus horreur que jamais, mais Jackson savait qu'il était temps de passer à la dernière partie de la conversation. La partie qui risquait de démolir à tout jamais ce qu'il venait à peine de construire.

Il laissa aller son front contre le sien, un côté du visage de Vanessa reposant contre la face interne de son bras tandis que sa main libre enveloppait l'autre joue.

— Eh, chuchota-t-elle. Qu'est-ce qui t'arrive ? Tu es tout crispé d'un seul coup.

— Il y a un autre truc qu'il faut que je te dise.

— J'espère que tu n'as pas l'intention de me demander de partager avec Jillian ? Parce que je te préviens que je suis hyper égoïste et que je n'ai pas la moindre intention de partager.

Jackson était au bord de la crise de nerfs, mais il fut incapable de réprimer un gloussement.

— Jamais. Tu me suffis amplement, *pupule vahine*.

— J'oublie chaque fois de demander ce que ça signifie. Tu ne veux toujours pas me le dire ?

— Un jour, peut-être. La traduction littérale ne rend pas justice à la beauté de l'expression. Pourquoi veux-tu savoir ce que ça signifie ? La sonorité te déplaît-elle ?

Elle haussa une épaule.

— Non, pas du tout, et j'apprécie que ce soit une expression que tu ne réserves qu'à moi. Du moins je l'espère, ajouta-t-elle, ses cils s'abaissant sur ses yeux verts.

— Rien qu'à toi, je le jure.

— Dans ce cas, je peux attendre. À moins qu'un natif de l'île se charge de me donner la traduction, ajouta-t-elle avec un sourire lascif. Alors, qu'avais-tu de si important à me dire ? demanda-t-elle en levant les yeux sur lui.

Jax prit une longue inspiration, puis expira dans le vain espoir de se détendre.

— Tu te souviens du jour où je suis passé te chercher à l'aéroport ?

— Comment pourrais-je l'avoir oublié ? répliqua-t-elle sèchement.

— Quand je me suis pointé à ce rendez-vous… je ne sais pas, mais en tout état de cause, je ne m'attendais pas à tomber sur une Écossaise qui refuse de se laisser séduire et mette un point d'honneur à me remettre à ma place.

— Tu m'as sous-estimée. Ce fut ta première erreur, laissa-t-elle tomber d'un ton d'évidence en haussant un sourcil.

Il se souvint d'avoir trouvé son arrogance séduisante sur le moment et la trouva tout aussi séduisante.

— Sans doute. Mais j'ai commis une erreur plus grande encore après cela. Je n'avais jamais rencontré quelqu'un comme toi. Tu m'intriguais tellement que quand tu as récupéré la poignée de ta valise, je ne sais pas ce qui m'a pris, j'ai eu envie – non, j'ai eu *besoin* – de passer du temps avec toi.

Il ferma brièvement les yeux et se força à continuer alors que tout ce qu'il souhaitait, c'était oublier toute cette histoire et posséder Vanessa, encore et encore. Mais quand une relation repose sur un mensonge, elle est vouée à se dégrader un jour ou l'autre.

— Tu m'as congédié, princesse. Tu m'as dit qu'on se reverrait au mariage, alors je...

Une brève mélodie s'éleva de son sac à dos. Il reconnut le signal de réception d'un SMS du portable de Vanessa. Elle tendit la main pour l'extirper de la poche latérale, mais il retint son bras.

— Laisse. Tu vérifieras ce que c'est plus tard.

— Jax, c'est peut-être Robert qui a une urgence de dernière minute. Lucie et Reid arrivent demain et si tout n'est pas fin prêt, elle risque de paniquer. Ça ne prendra qu'une seconde.

Elle planta un baiser sur ses lèvres et sortit son portable. Jackson poussa un long soupir et se passa la main dans les cheveux. Il avait l'impression que sa tentative d'aveu avait duré deux heures alors que ça n'avait pas duré plus de deux minutes. Se confesser n'est franchement pas agréable.

Vanessa plaqua la main sur sa bouche.

— Oh, mon Dieu !

Elle contemplait l'écran de son portable avec une mine terrifiée et ses yeux s'étaient remplis de larmes. Aucun problème de préparatifs de mariage ne pouvait déclencher une réaction aussi grave.

— Que se passe-t-il ?

— C'est ma sœur. Elle est à l'hôpital, répondit Vanessa en tournant vers lui un regard qu'il ne lui avait encore jamais vu. Elle a reçu des coups.

*
* *

Il leur fallut cinq minutes pour lever le camp et une demi-heure pour regagner la route en bas de la colline, où Vanessa fut à nouveau en mesure de téléphoner. Près de la chute d'eau, elle n'avait pas assez de réseau pour le faire, mais heureusement, le signal de sa messagerie avait pu passer.

Au lieu de perdre encore plus de temps en retournant au *Mau Loa*, Jackson proposa qu'ils aillent chez lui pour qu'elle puisse joindre sa sœur et découvrir ce qui lui était arrivé.

Quand ils furent sur place, il gara sa jeep près d'un petit cottage blanc avec des fenêtres à encorbellement. Le bardage de bois et les volets auraient eu besoin d'un coup de peinture, mais son côté vieillot lui donnait un certain charme. Sur le moment, Vanessa ne pensa pas à lui demander à qui il appartenait, mais elle comprit que c'était chez lui en le voyant déverrouiller la serrure de la porte d'entrée. Il l'invita à entrer, alluma la lumière et referma la porte derrière elle.

Sur les murs, les lambris de bois avaient reçu une couche de peinture bleu ciel et un tapis berbère de la même couleur que le sable de la plage recouvrait le parquet. Sur la gauche, la cuisine était de dimensions modestes, mais semblait parfaitement fonctionnelle pour un célibataire. Dans le living, des canapés blancs et un fauteuil de relaxation assorti faisaient face à la télé. Un petit couloir semblait desservir deux autres pièces – sans doute la chambre et la salle de bains. La décoration était des plus sommaires – pas de rideaux aux fenêtres, pas de tableaux aux murs, juste une petite étagère sur laquelle trônaient quelques photos de famille et des trophées de combat.

Vanessa n'aurait pas su dire précisément comment elle avait imaginé le cadre de vie de Jackson, mais elle savait qu'elle ne s'était pas attendue à cela. Elle n'avait aucune idée de ce que pouvait gagner un combattant de l'UFC, mais apparemment, ceux-ci luttaient plus par amour du sport que pour l'argent. Non qu'elle y attache une quelconque importance. Jackson aurait très bien pu vivre dans sa jeep sans que ça la dérange. Mais s'il vivait dans ces conditions alors qu'il était *champion*, qu'adviendrait-il de lui quand il ne pourrait plus combattre ?

Règle n° 3 : Ne jamais sortir avec un homme qui n'a pas d'avenir stable.

Oh, la barbe ! se dit Vanessa dès que cette règle surgit dans son esprit par la force de l'habitude.

— Heu..., je sais que c'est assez vide, mais je n'ai pas besoin de grand-chose, dit-il en ramassant quelques vêtements épars pour aller les lancer dans ce que Vanessa supposait être la chambre. Je n'aurais pas donné son jour de congé à ma gouvernante si j'avais su que tu viendrais.

— Tu as une gouvernante ? demanda-t-elle en clignant des yeux.

Son regard d'ambre s'adoucit.

— Non, princesse. C'était une plaisanterie, dit-il en l'attirant dans ses bras. Je sais que ce n'est pas le moment de plaisanter. J'ai dit ça pour alléger l'atmosphère.

Vanessa se blottit contre lui, pressa la joue contre son torse et inhala son odeur comme s'il venait de lui jeter une bouée de sauvetage.

— Pourquoi n'essayes-tu pas de la joindre ?

Elle secoua la tête et s'écarta de lui pour contempler le téléphone qu'elle tenait à la main.

— J'ai déjà laissé un message vocal et plusieurs SMS. Elle n'est peut-être pas en mesure de me rappeler. Je ne peux qu'attendre qu'elle le fasse.

Jamais encore elle ne s'était sentie aussi désemparée. Savoir sa petite sœur toute seule dans un hôpital quelque part, victime de coups et blessures, la dévastait.

— Viens t'asseoir près de moi avant de t'effondrer.

Il s'installa dans l'angle du canapé, l'attira contre lui et lui fit étendre les jambes en travers de ses genoux. Enlaçant son dos d'une main, il appliqua des caresses rassurantes à la partie extérieure de sa cuisse.

— Si je n'avais droit qu'à un seul vœu, je retournerais dans le passé et je ne partirais pas de chez ma mère avant que Kat ait décroché son bac. Si j'avais fait ça, j'aurais pu l'emmener avec moi.

Des larmes roulaient sur ses joues.

— *Pourquoi* est-ce que je n'y ai pas pensé à l'époque ?

— Parce que toi aussi, tu avais besoin de fuir cette maison. Tu avais droit à un avenir, Vanessa. Tu n'étais pas la mère de Kat. Tu n'avais pas à mettre ta vie entre parenthèses à cause d'elle.

Elle planta son regard dans le sien.

— Pourquoi pas ? *Tu* l'as bien fait, toi.

— Qu'est-ce que j'ai fait ? demanda-t-il en fronçant les sourcils.

— *Tu* as mis ta vie entre parenthèses pour t'occuper de ta petite sœur. *Tu* as fait la chose qui s'imposait.

— Ce n'est pas du tout comparable, princesse. Tu le sais très bien.

Vanessa écarta ses jambes des genoux de Jackson et se leva. Elle avait l'impression qu'un courant de mille watts parcourait ses veines, consumant les cellules de son sang au passage.

— Bien sûr, que c'est comparable. Et regarde ce que ça a donné, déclara-t-elle en désignant la porte comme si sa meilleure amie se trouvait devant. Lucie est devenue une femme équilibrée et parfaitement intégrée parce que tu ne l'as pas laissée aux mains d'individus uniquement motivés par l'égoïsme le plus odieux !

— Vanessa, déclara-t-il en se redressant pour se planter en face d'elle, il faut que tu arrêtes de te reprocher ce qui est arrivé à ta sœur. Lucie n'est pas devenue ce qu'elle est aujourd'hui grâce à moi. Je ne peux pas plus m'attribuer le mérite de sa réussite que me blâmer de l'erreur monumentale qu'elle avait commise en épousant ce crétin à Las Vegas.

Vanessa voulut se retourner pour se diriger vers la porte, mais il la retint par le bras.

— Laisse tomber, Jackson. Tu ne comprends pas. Tu ne comprendras jamais parce que tu n'as pas merdé.

— Pas question que je laisse tomber. Tu ne t'en tireras pas comme ça sous prétexte que ça te met mal à l'aise. Je suis là, que tu le veuilles ou non.

Sans lâcher son bras, il posa sa main libre sur la joue de Vanessa.

— Je sais que beaucoup de gens t'ont laissée tomber dans ta vie, mais je ne fais partie de ces gens-là, Vanessa.

Un tourbillon d'émotions mêlées la submergea. Peur, colère, vulnérabilité, regrets... Le clair regard de Jackson fouaillait son âme et elle sentit la dévotion, la confiance et la foi qu'ils avaient l'un pour l'autre recouvrir ces émotions jusqu'à ce qu'elles ne forment plus qu'un murmure à l'arrière-plan de son esprit.

Elle voulut sourire, mais ses larmes eurent le dessus et coulèrent sur ses joues.

— J'ai vraiment peur pour elle.

— Je sais, princesse. Viens près de moi.

Une fois de plus, Vanessa se blottit au creux de ses bras. Le rythme régulier des battements de son cœur semblait capable de calmer le sien, comme s'il ne supportait pas de ne pas être synchrone avec elle. Bien qu'elle se fasse toujours un sang d'encre pour Kat, Vanessa ne voulait être nulle part ailleurs qu'entre ses bras.

— Tu as faim ?

Elle secoua la tête.

— Même si j'avais faim, je ne pourrais pas manger.

— Alors reviens t'asseoir sur le canapé en attendant qu'elle te rappelle. Je vais te masser les épaules.

Il déposa un baiser au sommet de sa tête, puis la fit asseoir entre ses jambes, dos à lui. Vanessa replia les jambes, cala ses genoux contre sa poitrine et essaya de se détendre quand les mains de Jackson massèrent les muscles affreusement noués de ses épaules.

Elle eut l'impression de rester dans cette position pendant une éternité, mais il ne s'écoula pas plus de dix minutes avant que la sonnerie de son portable ne s'élève et que le nom de sa sœur s'affiche à l'écran.

— Kat ! Où es-tu ? Qu'est-ce qui s'est passé ?

— Calme-toi, Nessie ! Si tu fais un infarctus, on se retrouvera toutes les deux à l'hôpital.

La voix de sa petite sœur était tellement faible et rauque qu'elle était à peine reconnaissable. La chair de poule qui recouvrit sa peau eut tôt fait d'être chassé par le flot brûlant de la colère qui succéda à l'effroi.

— Je me calmerai quand tu me diras ce qui s'est passé et où trouver le responsable qui n'en a plus pour longtemps à vivre, répliqua-t-elle à travers ses dents serrées.

À l'autre bout de la ligne, Kat, comprenant sans doute que Vanessa n'avait absolument pas l'intention de se calmer, poussa un long soupir.

— Tout va bien, Nessie. Je n'ai reçu que quelques coups cette fois.

— *Cette fois ?* Comment ça, *cette fois* ? Je te préviens, Kat, si tu refuses de me dire ce qui s'est passé, j'engagerai tous les détectives privés du pays jusqu'à ce qu'ils te retrouvent, je te kidnapperai et je te garderai prisonnière pour m'assurer qu'il ne t'arrive rien de mal.

— Je n'ai pas besoin que tu me protèges, rétorqua Kat.

— Ah ouais ? Alors comment ça se fait que tu te retrouves à l'hosto ?

Nouveau soupir.

— C'est compliqué. Lenny devait de l'argent à des gens qu'il n'aurait jamais dû fréquenter. Quand il s'est retrouvé dans l'impossibilité de les payer, ils ont décidé de lui insuffler la frayeur divine, comme ils disent. Et c'est moi qu'ils ont tabassée pour qu'il me découvre en rentrant à la maison.

— Oh, mon Dieu, souffla Vanessa en se laissant retomber sur le canapé.

Son esprit n'enregistra même pas que Jackson lui caressait le dos, mais son corps se détendit légèrement et les battements de son cœur se ralentirent.

— Quelle somme leur doit Lenny ?

Silence.

— Kat ! Combien ?

— Vingt mille dollars.

— Nom de…

— Pardon, Nessie. Je sais que c'est beaucoup d'argent et ça me tue de te demander ça. Tu le sais. Mais je ne sais pas quoi faire d'autre. Ils ont dit qu'ils tueraient Lenny s'il ne les payait pas et qu'ils me prendraient comme paiement à la place.

Les sanglots qui avaient entrecoupé les propos de Kat se firent si nombreux qu'elle ne fut plus en mesure d'articuler le moindre propos cohérent. Vanessa sentit son cœur se briser. Malgré son envie de sangloter en chœur avec sa petite sœur, elle prit sa voix de grande fille responsable.

— D'accord, Kitty Kat, calme-toi. Écoute-moi.

Instinctivement, elle avait retrouvé le ton qu'elle employait pour la rassurer quand elles étaient petites.

— Je veux que tu respires bien à fond… voilà, comme ça… Tout va bien se passer. Je vais tout arranger. Je te le promets.

La respiration haletante de Kat avait été remplacée par des reniflements qui cédèrent bientôt la place à leur tour au silence.

— Bon. Quel délai t'ont-ils accordé ?

— Deux jours.

— *Deux jours* ? Alors ça, c'est bien le truc que je n'ai jamais compris avec ces gens-là. Si tu n'as pas l'argent, comment s'imaginent-ils que tu puisses le faire apparaître par magie en deux jours ?

Vanessa laissa aller son front contre la paume de sa main et se massa la tempe du bout des doigts.

— Laisse-moi réfléchir. J'ai des économies et j'ai aussi mon plan épargne-retraite – mais je ne peux pas espérer en disposer avant plusieurs jours ouvrables. Tu crois qu'un acompte suffirait à prouver ma bonne foi ? Je suis idiote, ce sont des criminels, ils ne savent même pas ce que « bonne foi » veut dire.

— Dis-lui qu'elle aura l'argent demain.

Vanessa pivota d'un bloc vers Jackson.

— Qu'est-ce que tu as dit ?

— Tu m'as entendu. Dis-lui.

— Jax, tu as peut-être cru qu'elle disait mille dollars, mais…

— C'est un portable, Vanessa. Ta sœur aurait parlé dans la pièce que ça aurait été pareil. Je sais qu'il lui faut vingt mille dollars.

Vanessa balaya discrètement les lieux du regard, à la recherche d'indices indiquant que l'homme qu'elle aimait n'était pas aussi démuni qu'il paraissait.

— Je sais aussi que je ne donne pas l'impression de pouvoir disposer de vingt mille dollars du jour au lendemain, ajouta-t-il avec un sourire amusé. Mais crois-moi, si je dis que je peux les lui donner, je ne parle pas à la légère.

— Prêter, rectifia Vanessa. Tu *me* prêtes cette somme, avec intérêts, et je te rembourserai.

— On discutera des détails plus tard. Demande-lui de t'indiquer le point de réception d'espèces le plus proche... ou non, tu sais quoi ? demande-lui où elle est. On la rejoint sur place et on s'assure que son copain ne recommence pas à déconner. Histoire de régler définitivement sa dette.

Vanessa eut l'impression que la taille de son cœur se décuplait et qu'il s'emplissait de tellement d'amour pour l'homme qui se trouvait en face d'elle qu'il risquait d'exploser. Elle planta un baiser sur ses lèvres et articula un *merci* silencieux avant de reprendre la conversation avec sa sœur et lui soutirer toutes les informations pratiques nécessaires pour mener à bien le plan de Jackson.

Une fois qu'elle l'eut à plusieurs reprises assurée de tout son amour et qu'elle arrivait le plus vite possible, Vanessa raccrocha et se laissa aller contre le torse de Jackson.

— Je ne comprends pas, dit-il, si tu as son numéro de portable, comment se fait-il que tu ne puisses pas l'appeler quand tu veux ?

— C'est un portable prépayé. Lenny ne sait pas qu'elle l'a. C'est la seule concession qu'elle a bien voulu faire pour que je puisse la joindre en cas d'urgence ou s'ils déménageaient inopinément. Elle ne l'utilise pas aussi souvent que je voudrais, mais c'est mieux que rien.

L'ébauche d'un sourire assaillit le coin de ses lèvres et dut se contenter d'une défaite.

— La plupart du temps, je m'en sers pour lui laisser des messages. Je lui raconte ma journée et je lui dis qu'elle me manque.

— Je suis sûr que ça lui fait plaisir.

— Je ne sais pas, répondit-elle d'un ton pensif. Elle n'y fait jamais allusion.

— J'ai comme l'impression qu'elle est aussi fière et entêtée que quelqu'un que je connais.

Cette déclaration, assortie du bisou dans le cou qui la ponctua, réussit à amener un vrai sourire sur ses lèvres. Aux yeux de Jackson, accomplir un tel exploit alors qu'elle traversait une phase très sombre en disait long sur l'effet qu'il avait sur elle. Apparemment, certains miracles étaient possibles.

Jackson se leva pour attraper son portable et prévint Vanessa qu'il allait charger l'agent de voyages du *Mau Loa* de prendre leurs billets d'avion. Elle acquiesça, alla se servir un verre d'eau glacée, revint s'asseoir et le sirota à petites gorgées.

— Oui, au départ d'Honolulu pour Nashville... le premier en partance... un billet pour moi et l'autre au nom de Miss McGregor.

Vanessa dressa l'oreille. *Miss McGregor ?*

— Non, ils arriveront demain. Donnez-leur le bungalow qui était prévu au départ et réservez l'autre pour le retour de Miss McGregor... Parfait. Nous passerons tout à l'heure prendre nos bagages et le numéro de vol. *Mahalo.*

Il raccrocha et tourna les yeux vers elle.

— Prête ? Le prochain avion pour Nashville décolle dans deux heures.

Vanessa eut envie de reporter sa question à plus tard. De faire comme si elle n'avait rien remarqué. Ce n'était qu'un détail par rapport à la gravité de la situation. Mais par son métier, elle savait que ce sont ces petits détails apparemment insignifiants qui font parfois la différence entre coupable et non coupable.

— Jackson, comment se fait-il que l'employée de la résidence n'ait pas tiqué quand tu lui as donné mon vrai nom ?

Il baissa la tête et passa plusieurs fois de suite sa main sur son visage avant d'oser à nouveau affronter son regard.

— C'est ce que j'essayais de te dire quand tu as reçu le SMS de Kat.

— Tu essayais de me dire que tu allais donner mon vrai nom à la résidence ?

— Pas exactement, répondit-il en s'accrochant à deux mains au comptoir de la cuisine, comme si c'était la seule chose qui lui permettait de rester debout. En fait, le personnel de la résidence connaît ton vrai nom depuis le début.

*

* *

— Je ne comprends pas.

— Ce que j'essayais de t'expliquer, c'est que la première fois qu'on s'est vus, tu m'as fait une très forte impression. Le mystère et le désir forment une combinaison très puissante que je n'avais encore jamais expérimentée. Tu ne ressemblais à aucune femme que j'aie jamais connue et quand tu m'as dit, pour résumer, que tu n'avais aucune intention de me revoir avant le mariage... j'ai dit la première chose qui m'est passée par la tête pour m'assurer de profiter du plus de temps possible avec toi.

Vanessa sentit son ventre se nouer en réaction à ce qu'il venait de dire, pourtant, elle n'arrivait pas à y croire.

— Je n'ai jamais eu besoin de me faire passer pour Lucie.

Ce n'était pas une question, parce qu'elle connaissait déjà la réponse.

— Non, confirma-t-il. Ce n'était pas nécessaire.

— Pas plus que tu n'avais besoin de te faire passer pour Reid.

— Non, le personnel était prévenu que tu remplacerais Lucie pour les préparatifs toute la semaine.

— Jusqu'où remonte le mensonge, Jackson ? Tu m'as raconté que le *Mau Loa* avait une politique d'enregistrement hyper stricte, mais je suis sûre que ça ne s'arrête pas là, déclara-t-elle en croisant les bras. Le mensonge est toujours complexe et a des tas de ramifications. J'exige l'*absolue vérité*.

— Le *Mau Loa* applique *vraiment* une politique d'accueil hyper stricte et exige la présentation de trois pièces d'identité distinctes. Aucun client ne s'est jamais enregistré sous une identité d'emprunt avant toi.

Vanessa émit un ricanement.

— S'il te plaît, Maris, n'insulte pas mon intelligence. Je sais que Reid est une pointure dans le petit monde des Arts Martiaux Mixtes, mais ce n'est quand même pas Brad Pitt ! Si le *Mau Loa* est aussi exclusif que tu le prétends, ils ne vont pas déroger à leur politique pour quelqu'un comme lui.

— Tu as raison, répondit-il en soutenant son regard d'un air entendu. À moins, bien sûr, qu'il soit ami avec un des propriétaires.

— Qui est-ce qui est prop...

Vanessa n'eut pas le temps de formuler sa question que l'évidence s'imposa à son esprit et elle le regarda en plissant les yeux, comme si elle le voyait tel qu'il était vraiment pour la première fois de sa vie.

Jackson ne dit rien, mais le léger tic qui agitait sa mâchoire apporta à Vanessa la réponse qu'elle souhaitait.

Pourtant… si Jackson était le propriétaire du *Mau Loa,* pourquoi vivait-il dans un petit cottage presque délabré, sa jeep et sa planche de surf constituant ses seuls signes extérieurs de richesse ?

— J'en suis l'un des actionnaires anonymes, Vanessa, et je ne suis pas majoritaire. Mais je possède assez de parts pour envisager sereinement la perspective de la retraite ou – Dieu m'en préserve – l'éventualité d'un accident de parcours mettant prématurément fin à ma carrière. Assez, en tout cas, pour que la stricte politique d'accueil ne s'applique pas à mes invités d'honneur.

— Waouh, souffla Vanessa.

Son regard se posa sur une éraflure du lambris tandis qu'elle autorisait le sentiment familier de la trahison à se répandre en elle comme un virus.

— Tu as dû bien rire à mes dépens avec le personnel du *Mau Loa,* cette semaine.

— Je te jure que non, Vanessa. Personne ne sait que je suis actionnaire. Et pour être tout à fait franc avec toi…

— Il serait peut-être temps, marmonna-t-elle.

— … j'avais l'intention de tout t'avouer quand je t'ai invitée à boire un verre au bar de la plage, mais je n'ai pas trouvé le courage de le faire. J'ai eu peur que tu le prennes mal et que tu ne veuilles même plus m'adresser la parole si je te le disais.

— C'est sans doute ce qui se serait passé.

— Tu vois ? C'est pour ça qu…

— Peu importe. Tu m'as *menti,* Jackson. Pas juste une fois, mais à chaque seconde de chaque jour. Et le pire de tout, c'est que tu *m'*as obligée à mentir alors que tu savais que j'ai horreur du mensonge ! cria-t-elle. Je sais que les hommes sont capables de bien des choses pour coucher avec une femme, mais là, tu as décroché le pompon, Maris !

— Ce n'est pas pour ça que j...

— Arrête ! Est-ce que tu réalises à quel point ton excuse est pathétique ? Tu ne supportais pas l'idée d'être loin de moi, alors plutôt que de rester toi-même et d'essayer de regagner mes bonnes grâces, tu as préféré mentir sur la situation pour mettre les chances de ton côté.

Elle pressa le bout de ses doigts sur ses tempes pour atténuer la douleur qui était apparue quand elle avait reçu le SMS de sa sœur et qui était à présent aussi tranchante qu'un scalpel. Tout en inspirant plusieurs fois de suite par le nez, elle tâcha d'ordonner la myriade de pensées qui tourbillonnaient dans son esprit... et prit soudain conscience d'un fait choquant.

— Oh, mon Dieu, souffla-t-elle en levant les yeux vers lui, ses bras retombant le long de son corps. Pour toi, j'ai dérogé à toutes mes règles.

Menti, cédé le contrôle, fréquenté un homme capable de violence et que je croyais *sans avenir stable, eu envie de faire durer l'aventure plus de trois jours et traité mes responsabilités professionnelles à la légère à plusieurs reprises. Même à la règle n° 1, la plus importante et la plus grave de toutes.*

— Toutes mes règles. De la première à la dernière. Il faut que je sorte, déclara-t-elle en bondissant du canapé pour se précipiter vers la porte.

Fidèle à ses habitudes, Jackson saisit son bras pour l'empêcher de partir avant la fin de la conversation. Mais cette fois, Vanessa n'était pas disposée à se laisser faire.

— Si tu ne lâches pas mon bras tout de suite, Jackson, je te promets de t'arracher les yeux.

Jackson serra les dents et ses narines palpitèrent, tous ses instincts luttant à n'en pas douter contre l'ordre qu'elle venait de lui donner. Finalement, il lâcha son bras.

— Je vais appeler un taxi et l'attendre dehors. Si tu t'avises de mettre un pied à l'extérieur, je crierai au meurtre jusqu'à ce que la moitié des habitants d'Oahu viennent voir ce qui se passe, c'est clair ?

— Qu'est-ce que tu comptes faire ?

— Je vais récupérer mes affaires et aller à Nashville toute seule et à mes frais. Au stade où nous en sommes, j'aurais l'impression de recevoir une contrepartie pour services rendus si j'acceptais que tu payes mon billet, dit-elle d'une voix enrouée de larmes. Et j'ai toujours mis un point d'honneur à ne pas suivre la vocation de ma mère.

Le visage de Jackson refléta un mélange de surprise et de douleur, comme si on venait de lui infliger un coup en dessous de la ceinture. Vanessa n'en tint aucun compte et tourna les talons. Elle en avait terminé avec lui et n'avait plus rien à ajouter.

Quoique à bien y réfléchir…

Elle croisa son regard dans le reflet de la fenêtre.

— Tu es la seule personne qui m'ait fait enfreindre la règle n° 1, dit-elle d'une voix tremblante.

— Je ne crois pas que tu m'aies jamais dit en quoi elle consistait, répondit-il d'une voix si rocailleuse qu'elle était à peine audible.

Elle lui jeta un coup d'œil par-dessus son épaule et le mouvement fit rouler ses larmes sur ses joues.

— Non, répondit-elle avec un sourire blafard, je ne t'en ai jamais parlé.

Le claquement de la porte moustiquaire retentit comme le glas de cette journée parfaite et du mince espoir qu'elle avait nourri quant à leur avenir.

*
* *

— Comment ça, elle est partie ? s'étonna Vanessa de sa plus belle voix de prétoire alors qu'elle patientait dans la file d'attente de l'aéroport. Elle a une commotion cérébrale. Vous n'êtes pas censés garder les patients en observation dans ces cas-là ?

— Je suis désolée, madame, mais je ne peux rien vous dire d'autre, répondit l'infirmière de nuit d'une voix lasse. Elle a refusé tout traitement et a signé la décharge il y a une demi-heure.

La file d'attente avança d'une vingtaine de centimètres. Vanessa remonta la bandoulière de son sac sur son épaule, avança d'un pas et fit rouler sa valise jusqu'à elle.

— Vous pouvez peut-être me dire si elle est partie seule ou accompagnée. Et vérifier auprès de vos collègues si elle n'a pas laissé un message pour moi.

Elle perçut la voix d'un adolescent qui s'adressait à elle, mais elle n'avait pas le temps de lui prêter attention. À en croire cette godiche d'infirmière de nuit, Kat avait disparu sans laisser la moindre trace.

— Écoutez, madame, je vous répète que j'aimerais pouvoir vous aider, m...

— Vous ne comprenez pas, l'interrompit Vanessa d'un ton pressant. Je suis sur le point d'embarquer dans l'avion pour venir la voir. Elle *sait* que je dois venir à l'hôpital, alors je ne vois pas pourquoi elle serait partie. C'est absurde !

La voix de l'adolescent s'éleva à nouveau et Vanessa persista à l'ignorer.

— Mettez-moi en relation avec votre supérieur ou avec l'infirmière qui s'est occupé d'elle avant de laisser *une femme victime de coups et blessures quitter votre établissement* !

— *Eh, madame !*

Vanessa se retourna et fusilla du regard l'adolescent qui ne cessait de l'importuner.

— *Quoi ?* hurla-t-elle.

Le jeune battit des cils, mais n'en désigna pas moins l'espace de plus de deux mètres qui s'étendait à présent devant elle.

— Vous pouvez avancer, s'il vous plaît ?

Elle s'apprêtait à tirer la poignée de sa valise avant de reprendre sa diatribe contre l'infirmière, quand elle réalisa que son portable était parfaitement silencieux. Elle écarta le téléphone de son oreille, consulta l'écran et découvrit que la communication avait été interrompue. Il y avait fort à parier pour que l'infirmière ait profité de l'interruption pour raccrocher.

Elle marmonna de vagues excuses à l'intention des personnes qui se trouvaient derrière elle, quitta la file d'attente et ressortit de l'aéroport dans un état assez proche de la transe. Finalement, elle s'assit sur un banc de pierre pour se reposer.

La peur et l'inquiétude enserraient sa poitrine dans un étau, au point de rendre sa respiration difficile. Pourquoi Kat avait-elle quitté l'hôpital ? Les malfrats à qui Lenny devait de l'argent étaient-ils revenus la menacer ? Vanessa n'avait pas grande expérience de ce genre d'individus, mais elle ne voyait pas pourquoi ils seraient revenus réitérer leurs menaces quelques heures après lui avoir accordé un délai de deux jours.

Ce qui voulait dire que Kat avait décidé de partir alors qu'elle savait que Vanessa arrivait avec l'argent… ou bien que Lenny avait surgi et l'avait convaincue de la nécessité d'une énième fuite en avant.

Cet abruti de Lenny. Vanessa serra si fort les poings que ses ongles s'enfoncèrent dans la paume de ses mains. Si elle l'avait eu en face d'elle, elle lui aurait envoyé un coup de pied dans les parties, tellement violent qu'il se serait étranglé sur sa…

— Désirez-vous un taxi, *nani vahine* ?

Vanessa leva les yeux et découvrit un monsieur d'un certain âge en uniforme de porteur qui posait sur elle un regard bienveillant.

— Excusez-moi, mais… comment m'avez-vous appelée ?

— *Nani vahine.* Cela signifie « belle femme ».

— Belle femme, dit-elle. Et que veut dire *pupule vahine* ?

Le vieil homme gloussa, son rire soulevant rythmiquement son gros ventre.

— *Pupule vahine* signifie « femme folle ».

Femme folle. Le surnom que Jax lui avait donné et qu'elle avait trouvé si mélodieux était en fait… *une insulte* ? Cela n'avait rien d'étonnant, au fond. Les larmes lui montèrent aux yeux et un éclat de rire hystérique lui échappa avant qu'elle ne couvre sa bouche de sa main.

Le porteur s'assit près d'elle et lui parla doucement, comme s'il craignait de l'effrayer.

— Je ne trouve pas que vous ayez l'air folle, *ku'uipo*. Mais vous avez l'air fatigué. Quelqu'un doit venir vous chercher ?

Vanessa tripota machinalement l'étoile de mer qui pendait à son cou. Non, personne ne venait jamais la chercher nulle part. Elle secoua la tête.

— Dans ce cas, permettez-moi de vous escorter jusqu'à un taxi qui vous emmènera à destination pour que vous vous reposiez, d'accord ?

Se reposer ? Alors que son cœur saignait pour un homme qui ne le méritait pas et que sa sœur, blessée, était en cavale pour Dieu savait où ? Dans sa situation, le repos ne pouvait être qu'un château en Espagne, mais elle hocha la tête malgré tout. Elle ne pouvait pas passer la nuit devant l'aéroport d'Honolulu.

Elle demanda au chauffeur de taxi de la conduire jusqu'à l'hôtel le plus éloigné du *Mau Loa* et un quart d'heure plus tard, elle glissait à l'employé du comptoir d'accueil un billet de cinquante dollars pour qu'il modifie son nom sur l'ordinateur et qu'on ne puisse pas la pister. Au cas où.

Elle trouva sa chambre, entra et sursauta violemment quand la porte se referma derrière elle et que l'écho se répercuta entre les murs nus. Le bourdonnement de l'air conditionné était assourdissant dans le silence de la chambre et les rideaux de la fenêtre étaient décorés… d'étoiles de mer.

Vanessa posa ses bagages sur le couvre-lit râpeux, assorti aux rideaux.

— Aussi éloigné que possible du *Mau Loa*, grommela-t-elle.

Elle ôta ses chaussures, attrapa un oreiller et s'allongea sur le côté. Elle avait mal au ventre, l'impression d'avoir frotté ses paupières avec du papier de verre et la poitrine affreusement douloureuse à l'endroit où son cœur battait toujours. Son rythme lent et régulier semblait la mettre au défi de prétendre qu'il était brisé.

La logique lui soufflait que son cœur était exactement dans le même état que le jour de son arrivée à Oahu. Mais les larmes qui coulaient du coin de ses yeux et qui obscurcissaient les étoiles de mer du couvre-lit ne racontaient pas du tout la même histoire.

6e jour : vendredi

Jackson traversa le hall du *Mau Loa* pour gagner la piscine. Il était midi en cette belle journée typiquement hawaïenne. Pas un seul nuage ne troublait l'azur du ciel, le soleil réchauffait les plages de sable blanc et les vagues bleu turquoise léchaient inlassablement le rivage. Et Jax ne voyait rien de tout cela.

Il avait passé la nuit à faire les cent pas, chez lui et devant chez lui. Quand il s'allongeait dans l'espoir de trouver le sommeil, il se tournait et se retournait, donnait des coups de poing aux oreillers et tirait nerveusement sur le drap comme si c'était à cause d'eux, et non à cause de sa mauvaise conscience, qu'il n'arrivait pas à dormir.

Il n'aurait jamais dû la laisser partir. Pas toute seule. Pas comme ça. La douleur qu'il avait lue dans son regard et ses larmes lui avaient transpercé le cœur. Il avait été incapable de respirer, et encore moins de bouger, pendant plusieurs minutes. Et quand il avait fini par émerger de son immobilité, il avait débattu contre lui-même pour déterminer s'il valait mieux qu'il laisse parler son instinct et qu'il la rejoigne ou s'il valait mieux respecter son désir de rester seule.

Après avoir posé la main sur la poignée de la porte et l'avoir relâchée une bonne dizaine de fois, il avait regardé le taxi se garer, puis l'emmener loin de lui une fois de plus. Sauf que cette fois, il ne pouvait plus espérer la piéger par un mensonge pour qu'elle lui donne une seconde chance. Déjà la première fois, il avait su qu'il n'aurait pas dû tricher, mais il avait eu tellement peur de la perdre qu'il n'en avait pas tenu compte. Et au final, il n'avait réussi qu'à blesser la seule femme qu'il ait jamais aimée en dehors de sa mère et de sa sœur.

Ses sandales s'enfoncèrent dans le sable tiède. Il baissa les yeux et réalisa qu'il avait réussi à naviguer parmi la foule des clients de la résidence sans même se souvenir d'un seul de ses pas. Il se demanda si c'était ce que ressentaient les condamnés à mort le jour de leur exécution. Car quand il aurait atteint sa destination et annoncé à Lucie qu'il partait, sa sœur allait le tuer. Et si elle ne s'en chargeait pas, Reid le ferait à sa place. Jax eut un haussement d'épaules résigné. Ils pourraient bien dire ou faire ce qu'ils voudraient, ça ne le ferait pas changer d'avis.

J'ai juste besoin d'une dernière chance. Mais honnêtement, méritait-il vraiment qu'on lui en laisse une ? Cette question n'avait cessé de le hanter pendant qu'il s'entraînait au gymnase. Cogner le sac de sable et fouler le tapis de course jusqu'à ce qu'il n'en puisse plus s'était révélé cathartique.

Finalement, il avait pris la décision qu'il avait su qu'il prendrait depuis le début. Il allait rejoindre Nashville en avion, l'aider à épauler sa sœur et veiller à remettre l'argent aux malfrats qui l'avaient menacée. En espérant que ce ne serait pas trop tard.

— Maris !

Jax tourna la tête vers la voix familière qui venait de l'appeler depuis le bar de la plage et aperçut Reid. Il tourna les talons et rejoignit son meilleur ami pour le serrer virilement dans ses bras, ne consacrant pas plus de trois secondes à lui tapoter le dos.

— Dis donc, on se ramollit au niveau du ventre, Andrews. C'est la retraite ou c'est ma sœur qui a fait de toi un marshmallow ?

— Arrête un peu de raconter n'importe quoi, répliqua Reid en croisant les bras. Je suis au top de ma forme. Et tu sais aussi bien que moi qu'il me suffit d'un seul crochet du droit pour te faire mordre la poussière.

— Ne me fais pas rigoler, s'esclaffa Jax. La seule fois où tu as essayé, je t'ai balancé un uppercut et tu tapais du plat de la main comme une lavette pour arrêter le combat.

Reid plissa les yeux et pointa l'index contre son torse.

— Tu fais allusion à un incident qui ne s'est produit qu'*une seule fois* et uniquement sur un coup de chance.

Les deux complices éclatèrent de rire et se dirigèrent vers le bar.

— Alors... comment se fait-il que Lucie ne soit pas avec toi ?

— Parce que je joue le rôle du gentil fiancé et qu'elle m'a chargé de lui apporter un de ces cocktails bleus que tout le monde sirote un peu partout. Selon elle, ça symbolisera le début des vacances.

Jax porta son regard vers la mer, au-delà de l'épaule de Reid, et laissa échapper un grognement en se souvenant que Vanessa avait souhaité exactement la même chose.

— Eh, qu'est-ce qui t'arrive, mec ? Tu tires une drôle de tronche.

— Rappelle-moi pourquoi j'ai accepté de te revoir, dit Jax en reportant les yeux sur son ami.

— Arrête un peu, Jax, et dis-moi plutôt ce qui s'est passé avec Vanessa.

Jax faillit lui sauter au cou.

— Tu l'as vue ? Qu'est-ce qu'elle t'a dit ?

— Ouah ! Doucement, mec, dit Reid en le repoussant. Je ne sais rien du tout. Elle a appelé Lu juste avant que je vienne ici. Tout ce que je sais, c'est qu'elle n'est pas là alors que c'est ce qui était prévu et que tu es nerveux comme une puce. J'en conclus qu'il y a eu du tirage entre vous.

Jax s'accouda au bar, commanda une bière et attrapa une paille pour avoir quelque chose à mordiller. Il n'avait pas envie d'avouer qu'il avait tout gâché avec Vanessa à Reid ou à sa sœur. C'était déjà assez douloureux de se l'avouer à soi-même.

— Et merde, mec, soupira Reid en s'accoudant au bar à côté de lui. Tu l'as sautée, c'est ça ?

Jax pointa sa paille vers le visage de son ami.

— Boucle-la, Andrews. Tu ne sais pas de quoi tu parles.

— Je sais que je t'ai demandé de veiller à ce que tout se passe bien cette semaine, répondit Reid en baissant la voix, mais en s'exprimant d'un ton de plus en plus agité, parce que tu es mon ami – et le frère de Lucie – et que tu n'as pas pu t'empêcher de sauter la demoiselle d'honneur.

Jax se redressa, lui fit face et le foudroya du regard.

— Écoute-moi bien, Andrews. Tu ignores ce qui s'est passé…

— Je me fiche de savoir si elle s'est baladée à poil sous ton nez ou pas. Tu n'aurais pas dû la sauter, un point c'est tout.

Un grognement monta dans la gorge de Jackson, ses poings se refermèrent sur le maillot de Reid qu'il poussa en arrière jusqu'à ce que son dos rencontre le tronc d'un palmier. Reid encercla les poignets de Jackson, mais ne tenta pas de le repousser.

— Si tu t'avises de parler d'elle comme ça encore une fois, je te garantis qu'il ne te restera plus une seule dent le jour de ton mariage !

— *Jackson Thomas Maris !* Qu'est-ce qui te prend ?

Jax ne détacha pas les yeux du regard menaçant que Reid faisait peser sur lui pour répondre à la femme qui venait de surgir derrière eux.

— Je disais juste bonjour à ton fiancé, Lucie.

Il lâcha Reid pour se tourner vers sa petite sœur.

— Salut, pupuce. Tu as maigri. Il te nourrit, au moins, ce bouffon ?

Lucie cala ses mains sur ses hanches.

— Je sors à peine d'une intoxication alimentaire, gros malin. Et je t'interdis de m'appeler « pupuce ». C'est quoi ton pr... Oh, mon Dieu ! s'exclama-t-elle en haussant les sourcils. Tu as une mine de déterré.

Reid alla se placer à côté de Lucie en lissant les plis de son maillot et passa son bras autour de ses épaules.

— Je lui ai dit qu'il tirait une drôle de tronche, ma douce.

— Ne la ramène pas, Andrews, gronda Jackson en fronçant les sourcils.

— Silence, ordonna Lucie d'une voix sévère que démentait son doux regard gris.

Sous ce regard, Jackson se sentit subitement tout nu. Sa sœur avait toujours eu le don de produire cet effet-là sur lui.

— Viens par ici, gros idiot, dit-elle en soupirant.

La douleur qui comprimait sa poitrine se dissipa quand il la serra dans ses bras et le contact des bras de Lucie autour de sa taille lui remit les pieds sur terre et lui apporta un instant de paix au milieu de la tempête qui le dévastait.

— Je suis content de te voir, dit-il en déposant un baiser sur sa tête. Et tu es toujours aussi belle.

Lucie inclina le buste en arrière pour croiser son regard.

— Tutt-tutt... N'essaye pas de m'amadouer avec des compliments. J'exige de savoir ce qui t'arrive.

— Je parie que je peux deviner, intervint Reid. Notre cher Jax ici présent est amoureux de ta meilleure amie, mais il a trouvé le moyen de tout gâcher.

Jax eut envie de lui sauter dessus, peut-être même de lui envoyer son poing dans la figure pour effacer son petit sourire suffisant. Mais ça ne lui aurait rapporté qu'une seconde de satisfaction et sa sœur lui aurait voué une haine éternelle si Reid avait arboré par sa faute un œil au beurre sur leurs photos de mariage.

— Jackson ? demanda-t-elle en levant les yeux vers lui, attendant une confirmation de sa part.

Jax s'écarta d'elle et passa la main sur son visage. Il n'avait pas pris la peine de se raser après sa douche et son menton s'ornait à présent d'une barbe assez fournie. Encore un jour ou deux, et il aurait l'air d'un vrai bûcheron.

Il s'éclaircit la gorge, croisa le regard moqueur de Reid et trouva finalement la force de soutenir le regard inquisiteur de sa sœur.

— Ça résume assez bien la situation, ouais.

Un sourire se forma lentement sur les lèvres de Lucie.

Oh, non.

— Et je t'interdis de sombrer dans les nunucheries romantiques, pupuce !

— Quoi ? répondit-elle d'un ton innocent. Tu voudrais m'interdire de me réjouir alors que mon grand frère a enfin trouvé l'amour ? Et avec *ma meilleure amie*, par-dessus le marché !

— Ouais, mais je ne m'exciterais pas trop, si j'étais toi. Elle ne veut même plus me voir, alors j'ai l'impression que c'est râpé pour la romance. Mais elle sera bien obligée de me voir aujourd'hui parce que je vais la suivre à Nashville, qu'elle le veuille ou non.

Il se souvint alors que Reid lui avait dit que Lucie avait eu Vanessa au téléphone.

— Elle ne prend pas mes appels. Appelle-la et dis-lui de ne rien faire avant mon arrivée. Je ne veux pas qu'elle approche ces malfrats et je ne fais absolument pas confiance au copain de Kat pour gérer…

— Jackson !

En entendant Lucie hurler son nom, Jackson réalisa qu'elle avait déjà essayé de l'interrompre plusieurs fois avant cela.

— Quoi ?

— Vanessa n'est pas à Nashville. Elle est toujours sur l'île.

Jackson fut tout à la fois soulagé d'apprendre qu'elle n'était pas partie et affreusement inquiet quant aux raisons qu'elle avait eues de ne pas le faire.

— Dis-moi où elle est.

Le regard de sa sœur s'emplit de tristesse.

— Je ne peux pas.

Il fit un pas vers elle et son visage prit une expression si menaçante que Reid s'interposa instinctivement entre le frère et la sœur – comme si Jax avait eu l'intention de lever le petit doigt sur Lucie ! Reid se prenait carrément pour Tarzan depuis qu'il était avec elle.

— Lucie, gronda-t-il, ce n'est pas un jeu. J'ai besoin de savoir où elle est.

Elle fit un pas de côté pour passer devant Reid qu'elle gratifia au passage d'un regard de reproche et de mise en garde.

— Jax, si je ne peux pas te le dire, c'est parce que Vanessa elle-même n'a pas voulu me le dire à moi. Quand je lui ai demandé pourquoi elle avait changé d'hôtel, elle m'a raconté ce qui se passait avec Kat et m'a dit qu'elle ne voulait pas m'attirer d'ennuis.

Cette défense ressemblait effectivement à Vanessa, toujours soucieuse de protéger ceux qu'elle aimait.

— Elle devait aller à Nashville pour tirer sa sœur d'un mauvais pas.

— Oui, je sais, répondit Lucie en écartant ses cheveux de son visage, semblant débattre intérieurement de ce qu'elle pouvait lui révéler. Hier soir, avant de monter dans l'avion, elle a découvert que Kat s'était volatilisée et ce matin, elle a reçu un SMS de Kat qui lui demande de ne pas se mêler de ses affaires.

Jax émit un ricanement dégoûté.

— En d'autres termes, son copain Lenny l'a convaincue de tailler la route avec lui plutôt que d'affronter un destin funeste.

— Il y a des chances, oui, acquiesça Lucie. Et si on peut prédire l'avenir en se basant sur le passé, Kat ne risquera rien pendant quelques mois. Nessie a l'habitude, depuis le temps que ça dure. Elle a juste besoin d'un peu de temps pour se retourner et se retrouver.

— Je ne crois pas, non, gronda-t-il.

Ce n'était pas de ça qu'elle avait besoin. S'il laissait Vanessa dans son coin, elle ferait ce qu'elle avait toujours fait : elle dissimulerait sa souffrance et sa culpabilité jusqu'à ce qu'elle ne les voie plus. Ce qui ne servirait qu'à renforcer son sentiment d'impuissance. Et c'était contre ça que Jackson avait envie de se battre, parce qu'il savait, lui, que Vanessa était toute-puissante, qu'elle était tout pour lui. C'était ça qu'il avait besoin de lui dire. De lui prouver.

Mais pour y arriver, Jackson devait cesser de se cacher.

Vanessa méritait un homme qui criait haut et fort ce qu'il était à la face du monde entier. Pas un lutteur qui faisait semblant de ne pas être actionnaire d'une résidence de luxe parce qu'il n'assumait pas la publicité qui allait avec. Et sûrement pas un frère qui dissimulait sa véritable identité parce qu'il avait peur de perdre sa place dans la vie de sa sœur.

— Lucie, dit-il d'une voix rauque, j'ai des trucs à te dire.

Il jeta un coup d'œil à son meilleur ami qui eut un hochement de tête compréhensif.

— En privé.

Lucie tendit la main vers lui avec un petit sourire.

— Viens, dit-elle. On va faire une promenade en frère et sœur.

*
*   *

Le bungalow privé de Lucie était situé tout au fond de la résidence, face aux eaux transparentes et bleues du Pacifique. Jackson s'assit sur les marches en bois du perron, cala ses bras sur ses genoux et enserra son poignet de sa main droite. Il ferma les yeux, huma la brise marine et régla le rythme de sa respiration sur celui des vagues s'échouant sur le rivage.

Quand Lucie s'était assise à côté de lui pour leur discussion, il s'était attendu à la pire des réactions. Pas parce qu'il pensait vraiment que sa sœur l'abandonnerait, mais parce qu'il n'osait pas espérer autre chose.

Avec le recul, il eut honte d'avoir pu croire qu'elle réagirait autrement qu'avec la compassion, la compréhension et l'amour qu'elle lui avait manifestés. Lucie était un être exceptionnel. Quand il lui avait révélé sa découverte des papiers d'adoption après le décès de leurs parents, il s'était attendu qu'elle enregistre l'information en silence, comme elle savait si bien le faire. Mais elle l'avait doublement surpris. Non seulement parce qu'elle avait immédiatement répondu, sans prendre le temps de réfléchir, mais aussi et surtout, par le contenu de sa réponse.

— Je ne vais pas te mentir en prétendant que ce n'est pas la dernière chose à laquelle je m'attendais. Mais, Jackson, avait-elle dit en plantant son doux regard gris au fond de ses yeux, je me fiche complètement de l'identité de tes géniteurs. Tu n'en demeures pas moins, et tout autant que moi, un Maris. Et ça ne change strictement rien au fait que tu es mon grand frère.

Le poids de quinze ans de secret inutile s'était brusquement abattu sur ses épaules et il avait été incapable de retenir ses larmes. Lucie avait passé ses bras autour de son cou et l'avait serré contre elle de toutes les forces de son petit corps gracile. Il n'aurait pas su dire combien de temps ils étaient restés enlacés ainsi, mais quand ils s'étaient écartés l'un de l'autre, Jackson s'était ressaisi.

Ils avaient passé l'heure suivante à parler de tout, depuis la vraie raison pour laquelle il était venu vivre à Hawaï jusqu'aux efforts qu'il avait faits pour essayer de comprendre pourquoi ses parents ne lui avaient jamais dit la vérité. Ils avaient envisagé plusieurs explications avant de décider que leurs parents n'avaient sans doute pas eu l'intention de garder éternellement le silence au sujet de ses origines, mais qu'ils n'avaient pas prévu de trouver la mort aussi prématurément. Certes, ils auraient dû dire la vérité à Jackson plus tôt, mais ils avaient sans doute eu leurs raisons de ne pas le faire.

Et quoi qu'il en soit, Lucie avait raison. Ce n'était pas parce que son ADN prétendait autre chose qu'il n'était pas un Maris.

La porte s'ouvrit derrière lui et se referma juste avant que Lucie ne tende vers lui la bière fraîche qu'elle était allée chercher.

— Tiens.

— Merci, pupuce.

Il prit plusieurs gorgées et laissa le liquide bien frais apaiser le nœud qui étreignait sa gorge.

— Et maintenant, dit-elle en descendant les marches du perron pour se planter devant lui, qu'est-ce que tu dirais d'aller se détendre les jambes sur la plage pendant que tu me racontes ce qui s'est passé entre Nessie et toi ?

Jax observa la façon dont elle croisait les bras et celle dont elle arquait un seul de ses sourcils.

— J'imagine que ce n'est pas négociable ?

— Brillante déduction, mon cher.

Jax soupira, déploya son impressionnante carcasse et suivit sa sœur sur la plage.

— Qu'est-ce que tu veux savoir, au juste ?

— Commence par le commencement, je t'interromprai si ça devient ennuyeux.

Jackson sourit malgré le goulot de sa canette de bière dans la bouche et prit une gorgée pour se donner du courage avant de se lancer dans son récit. Lucie l'écouta attentivement tandis qu'ils longeaient la rive, l'eau tiède venant parfois lécher leurs pieds nus. Elle ne trébucha même pas quand il lui révéla qu'il était un des actionnaires du *Mau Loa*, se contentant de lui faire savoir qu'elle était fière de son esprit de prévoyance et de lui demander quelle avait été la réaction de Vanessa quand elle avait appris la vérité.

— Exactement celle que j'attendais. Elle m'a dit que j'étais un menteur de la pire espèce et que j'avais profité de la situation pour… me rapprocher d'elle. Ce qui est vrai.

— Oui, mais ce n'est pas comme si c'était toi qui avais fait le premier pas, répliqua-t-elle en prenant sa bière pour lui en chiper une gorgée avant de la lui rendre. Techniquement, c'est elle qui t'a proposé d'avoir cette aventure, non ?

— Ce n'est pas le problème, Lucie. J'ai créé une situation qui l'a amenée à me faire cette proposition. Elle aurait dû se sentir libre d'avoir une aventure avec qui elle voulait. Elle ne m'a choisi moi que parce qu'elle croyait qu'elle était obligée de faire semblant d'être toi toute la semaine.

Lucie contempla ses pieds qu'elle faisait avancer l'un après l'autre, les mains enfoncées dans ses poches, tout en se mordillant la lèvre inférieure. Jax savait qu'elle faisait tourner l'information dans sa tête comme dans un polissoir de galets et qu'elle ne dirait rien tant qu'elle ne serait pas en mesure de lui soumettre une pensée brillante.

— Avant de partir, elle m'a dit que j'étais la seule personne qui lui ait fait enfreindre la règle n° 1, ajouta-t-il en secouant la tête de dégoût pour lui-même. J'aurais dû la retenir.

Lucie s'immobilisa et saisit son bras.

— Pourquoi tu ne l'as pas retenue ?

— Tu veux dire en dehors du fait que je n'avais pas envie de me faire arracher les yeux ?

Lucie fronça les sourcils pour lui faire savoir qu'elle ne trouvait pas ça drôle.

— Parce que peu importe que j'aie eu ou non l'intention de profiter d'elle ou de la situation. Ce qui compte, c'est que je l'ai fait. J'aurais dû lui dire que j'avais des parts dans la résidence et je ne l'ai pas fait. Elle s'est sentie utilisée et je ne peux pas lui en vouloir. Elle a tous les droits de me haïr.

— Je crois que *haïr* est un peu fort, Jax. Surtout quand elle venait de te dire qu'elle t'aimait.

— Qu'est-ce que tu racontes ? Je n'ai jamais dit qu'elle avait dit ça.

— Tu viens de le dire ! répliqua-t-elle. Qu'elle t'avait dit que tu lui avais fait enfreindre la règle n° 1.

Jackson sentit son cœur cesser de battre et ses poumons se bloquer.

Lucie réalisa soudain ce qui était en train de se passer.

— Oh, mon Dieu, Jackson, elle ne t'a jamais dit en quoi consistait la règle n° 1, c'est ça ?

Il secoua la tête. Lucie posa la main sur son torse et Jax dut faire appel à toutes ses forces pour ne pas chanceler.

— La règle n° 1, c'est : *Ne jamais tomber amoureuse*. Et je suis bien placée pour savoir que ça ne lui est jamais arrivé… jusqu'à aujourd'hui. Elle *t'aime*, Jackson ! Alors, qu'est-ce que tu vas faire ?

La révélation le remplit de frayeur et d'espoir. De détermination aussi.

— Je vais retourner chaque caillou de l'île jusqu'à ce que je la retrouve. Et puis je vais me planter devant elle jusqu'à ce qu'elle accepte mes excuses et qu'elle nous accorde une seconde chance.

— Je ne suis pas sûre que tu sois obligé de « te planter devant elle », mais je suis mal placée pour juger. Reid a bien été obligé de débourser cent mille dollars avant que j'accepte de lui adresser à nouveau la parole…

— Je ne demande qu'à m'en tirer à aussi bon compte, répondit Jackson en déposant un baiser sur le front de sa sœur. Il faut que je me sauve. Merci, pupuce. On se revoit au dîner de répétition – si tout se passe bien, j'aurai une superbe rousse à mon bras !

Jax regagna sa jeep au pas de course et mit le moteur en marche en réfléchissant aux moyens de retrouver Vanessa et de la reconquérir.

7e jour : samedi

Vanessa descendit de taxi et franchit l'entrée du *Mau Loa* en ayant l'impression d'être la pire de toutes les pires des meilleures amies de l'histoire de l'humanité. La veille, elle avait appelé Lucie pour se décommander du dîner de répétition parce qu'elle ne supportait pas l'idée de revoir Jackson. Elle savait qu'il aurait essayé de lui parler et elle n'aurait pas pu s'en tirer sans que ça crée un scandale.

Dans le courant de l'après-midi, elle lui avait déjà échappé d'un cheveu, à son hôtel. L'employé de la réception lui avait appris que sa collègue avait reçu un appel d'un homme qui recherchait une certaine Vanessa McGregor et qui lui avait ensuite soumis une liste de noms qu'elle aurait pu utiliser comme pseudonymes. Vanessa s'était félicitée d'avoir choisi un nom d'emprunt complètement au hasard, autrement, il l'aurait déjà retrouvée.

Elle avait décidé d'arriver le plus tard possible, d'assister à la cérémonie et de se saouler à la réception en compagnie de Fritz et de ses amis Kyle et Eric. Elle avait baptisé cette opération « Éviter Jax (À Tout Prix Parce qu'Il A Le Pouvoir D'Anéantir Toutes Mes Résolutions Et De Briser Mon Cœur) ».

Bon, l'intitulé était un peu à rallonge, mais au moins, il était précis.

En passant devant la réception, elle remarqua que Jillian ne travaillait pas. La belle et souriante petite employée exotique qu'était Jillian. Vanessa était prête à parier que ce n'était pas le genre de fille à piquer une crise de nerfs à la moindre occasion quand elle sortait avec un homme. Elle devait charmer ses conquêtes avec son perpétuel sourire d'employée modèle et ne jamais émettre la moindre plainte, sans se soucier d'aucune règle de vie.

Vanessa s'engagea en direction de la salle de bal et de la suite de la mariée. Elle avait les mains moites et son cœur battait à tout rompre. Elle pria pour que Jax ne soit pas dans le couloir dans lequel elle s'apprêtait à s'engager. Plus que cinq mètres... trois... deux... Elle inspira un grand coup, tourna l'angle...

Et son cœur sombra. Pas de Jax.

Mais... son cœur n'était pas censé sombrer. Il aurait dû s'emplir de joie. *Imbécile de cœur, respecte le programme prévu, compris ?* Avant de faire quelque chose de *vraiment* très bête, comme frapper à la porte de la suite du marié qui se trouvait à sa gauche, pour demander à parler à Jax, Vanessa s'empressa d'ouvrir la porte de la suite de la mariée, se faufila à l'intérieur et la referma en plaquant son dos dessus comme si elle était poursuivie par tous les chiens de l'Enfer.

— Nessie !

Elle croisa le regard de Lucie dans le miroir de la coiffeuse, tout au fond de la pièce. La surprise le disputa à la joie dans le regard de son amie, puis elle pivota sur son tabouret capitonné et s'élança vers elle. Elles se rejoignirent au milieu de la pièce et restèrent un long moment enlacées.

— Lucie, si tu savais comme je m'en veux.

Lucie s'écarta et plaça les mains sur les épaules de Vanessa.

— Arrête. Tu n'as pas à t'excuser. Ce qui compte, c'est que tu sois là aujourd'hui.

— Tiens, tiens, tiens… Bonjour, *Vanessa*.

Derrière Lucie, Vanessa découvrit Robert, debout près de la coiffeuse, tout de blanc vêtu et qui faisait peser sur elle un œil sévère. Elle réalisa alors que le stratagème était éventé. Elle avait été tellement prise par ses problèmes qu'elle avait oublié le vilain tour que Jackson l'avait obligée à jouer à Robert.

— Heu… comment se fait-il que vous soyez là ? Je croyais que vous ne pourriez pas venir, finalement.

C'est ça. Évite le fond du problème. Tu es douée pour ça.

Robert agita évasivement la main.

— Au lieu de renouveler leurs vœux, le couple a décidé de divorcer. Du coup, mon ami a pu me remplacer. Je vous laisse imaginer ma *surprise* quand je suis arrivé à la répétition et que j'ai découvert un *autre* couple de mariés !

— Mon Dieu, Robert, répondit Vanessa en plaquant la main sur son front, je suis désolée. Je n'ai jamais eu l'intention de vous mentir…

— Ma chérie, je vous en prie, l'interrompit Robert avec un grand sourire. Peu m'importe que vous ayez autant de *personnalités* qu'on en prête aux *sibylles*, je préfère travailler avec vous qu'avec le restant de ma clientèle. Jackson m'a parlé et il assume l'*entière* responsabilité de cette affaire. Maintenant, venez voir un peu par ici.

Soulagée, Vanessa lui obéit et se prêta de bonne grâce au rituel des embrassades. Après quoi Robert se chargea de les rappeler aux dures réalités de la vie : il ne leur restait plus guère qu'une heure avant le début de la cérémonie, prévue pour se dérouler au soleil couchant.

Il désigna une coiffeuse à Vanessa qui s'assit à l'instant précis où on frappait à la porte. Elle sentit son cœur remonter dans sa gorge jusqu'à ce qu'une voix féminine s'annonce.

— N'ayez crainte, je suis une fille ! *Hui,* tout le monde !

Jillian fit alors son entrée, arborant son éternel sourire, vêtue d'une petite robe blanche toute simple et tirant derrière elle une desserte à roulettes.

Lucie et Robert répondirent chaleureusement à son salut tandis que Vanessa laissait fuser un « Qu'est-ce que vous venez faire ici ? » des plus disgracieux.

Charmant, McGregor. Et en version sorcière, ça donne quoi ?

Ses joues s'empourprèrent quand elle dut marmonner sa troisième excuse de la journée.

— Aucun souci, assura Jillian sans que son sourire ait varié d'un millimètre. Je suis ici pour donner un coup de main pour la coiffure et le maquillage. J'ai l'habitude de travailler avec Robert pour les petites cérémonies. J'ai suivi des cours d'esthétique avant de m'orienter vers l'hôtellerie.

— Oh, parfait, dans ce cas vous pouvez vous occuper de Lucie et Rob…

— Oh, non, dit Jillian en immobilisant son chariot à côté de la coiffeuse devant laquelle Vanessa avait pris place. Je suis douée, mais Robert est un pro – c'est lui qui s'occupe de la mariée. Ne vous inquiétez pas, je n'aurai pas grand-chose à faire pour que vous soyez éblouissante.

Génial. Vanessa sentit un nœud de tension se former à la base de son crâne. Il ne faudrait pas longtemps pour qu'il remonte sous ses paupières et gagne ses tempes. Elle sortit une boîte d'antalgiques de son sac à main et regarda Jillian brancher un fer à friser, un lisseur et un sèche-cheveux, avant d'organiser assez de produits cosmétiques devant elle pour maquiller Tammy Faye Baker pendant cinquante ans.

En y réfléchissant, Vanessa se dit qu'elle ne savait pas pourquoi elle ressentait une sorte de malaise quand elle était en présence de la jeune femme. Celle-ci s'était toujours montrée serviable et aimable, mais elle dégageait quelque chose d'indéfinissable qui la chiffonnait...

Jillian se planta derrière elle et se mit à brosser ses cheveux pour former des mèches qu'elle fixa au sommet de sa tête à l'aide de pinces. Derrière elles, Robert et Lucie bavardaient en riant et passaient en revue les ultimes détails de la réception. Tandis qu'ailleurs, dans une autre salle de la résidence, Jackson de son côté...

Vanessa soupira. Elle aurait tant aimé pouvoir articuler cette pensée jusqu'au bout.

— Jackie est assez agité.

Il fallut une bonne seconde à Vanessa pour réaliser que Jillian venait de parler et une autre encore pour comprendre *de qui* elle parlait. *Jackie*. Un surnom. *Nom de Dieu*.

— Vous avez été amants.

Ce n'était pas une question. Vanessa aurait pu en mettre sa main à couper. Et cela expliquait pourquoi cette charmante jeune femme la dérangeait. Parce qu'elle était une rivale.

— Il y a deux ans, répondit Jillian en croisant son regard dans le miroir avant de reporter son attention sur ses cheveux. Rien de bien sérieux. Une amitié avec des accommodements, comme on dit. D'ailleurs depuis dix ans que je le connais, je n'ai jamais vu Jax s'enticher sérieusement de qui que ce soit.

Aïe. Cela ressemblait furieusement à une gifle verbale accompagnée d'une petite bouffée d'*Il t'avait prévenue, non ?*

— Jusqu'à ce qu'il vous rencontre.

Vanessa releva les yeux vers le miroir.

— Je vous demande pardon ?

— Il vous a cherchée toute la journée, hier. Après le dîner de répétition auquel il avait espéré vous voir, il est passé chez moi.

Le sourire qu'elle lui adressa cette fois dans le miroir était très chaleureux.

— Ce n'est pas la peine de me jeter vos regards noirs, vous savez. Il est passé chez moi pour discuter avec *mon mari* et moi, ajouta-t-elle en élevant la main gauche et en agitant l'annulaire auquel scintillait une alliance.

— Heu…, je suis désolée, bafouilla piteusement Vanessa.

Jillian gloussa doucement et attrapa une nouvelle mèche de ses cheveux.

— Ne vous inquiétez pas, je comprends que vous ressentiez le besoin de marquer votre territoire, déclara-t-elle en croisant cette fois le regard de Vanessa d'un air de profond sérieux. Jackson est quelqu'un de rare. Je sais que vous êtes fâchée contre lui, et franchement, je pense que vous en avez le droit. Mais je vous garantis qu'en temps ordinaire ce n'est pas quelqu'un de malhonnête. Et je pense que vous devriez lui laisser au moins une chance de se racheter.

— J'apprécie votre inquiétude, Jillian. Mais il n'y a rien à racheter. Mis à part le mensonge qu'il m'a fait, Jackson et moi avions décidé de vivre une aventure qui ne durerait pas plus de trois jours. C'était très amusant, mais c'est terminé. Et j'aimerais autant parler d'autre chose.

Jillian pressa légèrement son épaule pour lui faire savoir qu'elle comprenait et finit de la coiffer et de maquiller en silence, la laissant à ses pensées.

Vanessa, soucieuse de penser à autre chose qu'à Jackson, fit appel à ses souvenirs de Fritz. Quelle était la formule de ce vieux brigand, déjà ? *Je préfère avoir une bouteille devant moi qu'envisager la lobotomie.* Au stade où elle en était, Vanessa se dit que pour se débarrasser de ses souvenirs de la semaine, elle aurait accepté l'un comme l'autre.

Quand Robert et Jillian eurent terminé leur œuvre, ils remballèrent leur matériel et s'éclipsèrent.

— *Bon,* déclara Robert avant de refermer la porte. *Moi,* j'ai un tas de choses à superviser, mais Jillian sera *juste* derrière la porte au cas où vous ayez besoin de quoi que ce soit. Normalement, on ne se revoit plus avant la cérémonie. D'ici là, Vanessa, passez votre robe, buvez du champagne avec Lucie et dé-ten-dez-vous !

Lucie le serra dans ses bras une dernière fois.

— Merci, Robert. Vous êtes merveilleux.

Une fois que la porte se fut refermée, Vanessa en profita pour admirer sa meilleure amie dans sa robe de mariée.

— Lucie ! On dirait Cendrillon le jour de son mariage !

Lucie portait une robe fourreau inspiré de la Grèce antique dont la traîne, qui lui donnait un petit côté princesse, tournoyait à ses pieds. Le bord du bustier en forme de cœur était rehaussé de perles et ses longs cheveux noirs rehaussés d'une fleur d'hibiscus turquoise, retenus d'un côté par un peigne, retombaient en boucles souples sur une de ses épaules. Robert l'avait merveilleusement bien maquillée, usant d'une palette de tons subtils afin de rehausser la beauté naturelle de Lucie et de mettre en valeur ses somptueux yeux gris.

— Tu le penses vraiment ? demanda Lucie.

Vanessa offrit à son amie le plus rassurant de ses sourires, puis renversa la tête en arrière pour retenir les larmes qui lui étaient montées aux yeux.

— Je n'ai jamais vu de mariée aussi belle. Tu es superbe, ma chérie. Juré.

Lucie sourit, mais son sourire céda aussitôt la place à une grimace et elle plaqua la main sur son ventre.

— Oh, mon Dieu, je ne me sens pas bien. Je ne sais pas si je vais pouvoir aller jusqu'au bout.

Oh, non. Lucie et Reid étaient parfaits l'un pour l'autre. Si *Lucie* ne croyait pas à l'amour, quel espoir restait-il au reste du monde ? *À commencer par moi*, se dit Vanessa.

— Viens t'asseoir là, dit-elle en guidant la future mariée livide jusqu'à un confortable canapé.

Une fois qu'elle fut certaine que Lucie ne risquait pas de s'évanouir, Vanessa s'approcha de la desserte sur laquelle trônait un seau à champagne et leur en versa une coupe à chacune.

— Toutes les femmes ont peur de faire une erreur au dernier moment, Lu, mais tout va bien se passer, je te le promets.

Lucie accepta la coupe qu'elle lui tendait et la vida d'un trait.

— Pourquoi est-ce que tu dis ça ? Je ne pense pas qu'épouser Reid soit une erreur. Je l'aime plus que tout au monde.

— En tant que demoiselle d'honneur, je devrais en rester là, répondit-elle en lui tendant sa propre coupe de champagne avant d'attraper la housse qui contenait sa robe. J'aimerais cependant que tu m'expliques au bout de quoi tu pensais ne pas pouvoir aller ?

— Au bout de l'allée centrale, dans cette robe magnifique, pendant que tout le monde me regardera, vagit Lucie. Aurais-tu oublié à quel point je suis maladroite et à quel point je déteste être l'objet de l'attention générale ? À tous les coups je vais me rétamer, c'est obligé !

— Bon sang, Lucie, évite un peu de me stresser comme ça pour rien. C'est pourtant simple, assura Vanessa qui sortit sa robe de sa housse et l'enfila en veillant de ne pas abîmer le superbe travail que Jillian avait réalisé sur sa chevelure. Avant de t'avancer vers l'autel, tu pinces le devant de ta robe pour éviter de marcher dessus. Et puis, de toute façon, Fritz sera à ton bras, tu n'as rien à craindre !

— Si tu le dis, répondit Lucie avant de descendre la deuxième coupe.

Vanessa lui demanda de l'aider à remonter la fermeture de sa robe, puis vérifia son reflet dans le miroir. L'ourlet asymétrique de sa toilette de mousseline turquoise s'arrêtait en travers de ses genoux et le ruché du bustier mettait en valeur le galbe de sa poitrine. Ses cheveux étaient coiffés dans le même esprit que ceux de Lucie, mais Jillian avait veillé à assembler ses boucles les plus serrées pour les étirer en une seule grosse mèche de façon à apporter plus d'élégance à l'ensemble.

— Prête ? demanda-t-elle en se tournant vers Lucie.

Lucie concentra son regard à la base de son cou, puis le fit remonter vers ses yeux. Et renouvela l'opération.

— Lucie, tu veux bien m'expliquer pourquoi tu me regardes comme ça ?

— Jackson m'a dit qu'il t'avait offert un pendentif, alors...

— Oh, oui, heu...

Vanessa s'appliqua à lisser le devant de sa robe pour éviter de caresser l'endroit de sa peau qui lui paraissait bien nu depuis qu'elle avait ôté son pendentif.

— Je me suis dit qu'il détonnerait. Bon, alors on y va ?

— Tu l'aimes, n'est-ce pas ? demanda Lucie qui ne l'avait pas quittée des yeux.

Vanessa posa la main sur son front et hocha la tête.

— Mon Dieu, je n'en avais pas l'intention, Lucie. Je te le jure. Je pensais... Mon Dieu, je ne sais pas ce qui m'est passé par la tête !

— Il t'a cherchée partout, hier. Il est dans un sale état, Nessie. Je ne l'ai jamais vu comme ça. Il faut que tu lui parles.

— Il faut que je boive.

Elle traversa la pièce, mais c'était Lucie qui avait les deux coupes, elle porta la bouteille à ses lèvres et but jusqu'à ce que les bulles du champagne lui fassent venir les larmes aux yeux.

— Je n'ai pas envie de lui parler, Lucie. Est-ce que tu m'en voudras affreusement si je me sauve tout de suite après la cérémonie ?

Rien que de poser cette question, Vanessa se sentait déjà affreuse. Elle voulait que cette journée reste à tout jamais merveilleuse et mémorable pour sa meilleure amie. Pour elle, elle était disposée à supporter de se trouver dans la même pièce que Jackson. Mais l'idée de danser avec lui, d'être physiquement aussi proche de lui...

Danser, c'est comme faire l'amour. Il s'agit seulement de bouger en rythme avec son partenaire. De trouver un rythme à deux. C'est un peu comme faire l'amour debout...

Elle n'y survivrait jamais.

Lucie la rejoignit et lui tendit les deux coupes. Vanessa les remplit et reposa à regret la bouteille dans le seau à glace pour en prendre une.

— Je sais que ça va être difficile, mais tu ne peux pas partir, Nessie. Reste au moins pour le dîner, d'accord ? Si tu ne veux pas rester danser après le dîner, je comprendrai...

Vanessa trouva miraculeusement la force de sourire et hocha la tête.

— D'accord. Allez, viens, on va te caser, déclara-t-elle en levant son verre. *Santé*, Lu !

Lucie se plia à leur rituel et entrechoqua sa coupe avec la sienne.

— *Santé*, Nessie.

Elles vidèrent leurs coupes et Vanessa eut l'impression de voir une lueur étrange passer dans le regard de Lucie, comme si sa meilleure amie lui cachait quelque chose.

*
* *

— Jax, la tradition veut que ce soit le futur époux qui soit nerveux avant son mariage. Si tu continues à marcher de long en large, tu vas tracer une nouvelle route au bout de l'île !

Jax jeta un regard mauvais à Reid, mais ne cessa pas pour autant d'arpenter la pièce dans laquelle ils s'étaient habillés. L'humeur placide de son ami, nonchalamment alangui sur le canapé, ne faisait qu'aggraver son humeur – il n'avait pas besoin, pardessus le marché, de ses commentaires facétieux.

Savoir qu'une simple paroi le séparait de la pièce dans laquelle se trouvait Vanessa le rendait fou. Il ne supportait pas de devoir attendre pour la voir, pour lui dire les choses qui assaillaient son esprit depuis trente-six heures. Mais il avait promis à Reid et à Lucie d'attendre la fin de la cérémonie afin d'éviter le scandale au cas où les choses tourneraient mal.

Gâcher le mariage de sa petite sœur était bien la dernière chose qu'il souhaitait. Mais l'*avant-dernier* de ses souhaits était de laisser partir Vanessa avant d'avoir pu lui parler.

Il avait eu le temps de réfléchir depuis qu'elle était montée dans ce taxi et qu'elle avait fait mine de disparaître de la surface de l'île.

Il savait que la découverte de son mensonge l'avait profondément meurtrie, mais il savait aussi que le message de sa sœur avait fait remonter sa culpabilité à la surface et rendu plus nécessaire que jamais le respect de ses règles de vie.

Il savait aussi que Vanessa l'aimait. Elle l'avait avoué en lui disant qu'il l'avait amenée à briser la règle n° 1. Mais même sans cela, il n'avait jamais été aussi certain de quelque chose. Ils étaient faits l'un pour l'autre – c'était peut-être cliché, mais ils se complétaient.

C'était donc désormais à lui de prouver qu'il l'aimait d'une façon susceptible de la convaincre.

Reid se leva et se planta devant lui. Sa tenue de mariage très décontractée – pantalon et chemise de lin blanc – était parfaitement assortie à son humeur. Son visage ne présentait pas la moindre trace de malaise. C'était le visage d'un homme aussi sûr de son amour qu'il est sûr d'être aimé. Et Jax avait beau les adorer tous les deux, une pointe de jalousie lui noua les entrailles. Il enviait cette confiance et cette sérénité quand sa vie à lui n'était plus qu'un chaos sans nom.

Reid posa la main sur son épaule.

— Tu as les alliances ?

Jax plongea les mains dans une de ses poches et sentit la froideur du métal sous ses doigts. Il hocha la tête.

— Parfait, dit Reid. Et ton discours de garçon d'honneur ?

Il glissa la main dans son autre poche et blêmit en découvrant qu'elle était vide. Avant de se souvenir qu'il l'avait changé de place. Il porta la main à la poche poitrine de sa chemise bleu turquoise, sentit le rebord de la feuille pliée et se calma.

— Oui, souffla-t-il d'une voix de naufragé. Je l'ai.

— Alors détends-toi. Tout va bien se passer. Je serai là, d'accord ?

Jax inclina la tête.

Un coup frappé à la porte annonça l'entrée de Jillian, tout sourire, comme à son habitude.

— Mais vous avez fait grande toilette ! Tu es très beau, Jackie.

— Jackie ? répéta Reid en haussant un sourcil.

Jax le foudroya du regard.

— N'y pense même pas. Tu peux encore te marier avec un œil au beurre noir.

— Je crois que ça vaudrait le coup, mais Lucie m'en voudrait trop de gâcher les photos. Tu peux être tranquille… pour le moment, ajouta-t-il avec un petit sourire.

— Salaud, maugréa Jax.

Jillian ouvrit toute grande la porte.

— Allons, les enfants, il est temps d'aller à vos places.

Reid se tourna vers Jax et il leur suffit d'un échange de regards de trois secondes pour se dire en silence ce que deux femmes auraient mis trois heures à se dire.

Merci d'avoir toujours été là pour moi.

De rien, tu en as fait autant pour moi.

J'aime ta sœur, mec. Je ferai tout pour la rendre heureuse.

Je sais. De toute façon, si tu manques à ta parole, je te brise les jambes.

Normal.

Bon, on y va ?

Allez, en route.

Reid sortit le premier. Jax le suivit, mais s'arrêta quand il passa devant Jillian. Il savait qu'elle avait vu Vanessa. Il aurait voulu lui demander comment elle l'avait trouvée et si elle lui avait parlé de lui… mais il savait que s'il commençait, il se retrouverait sur une pente dangereuse.

Jillian parut lire dans ses pensées. Elle se hissa sur la pointe des pieds, le serra dans ses bras, puis déposa un baiser sur sa joue.

— Bonne chance, Jackie, souffla-t-elle en s'écartant de lui.

— Merci, Jilli. Espérons que je n'en aie pas besoin.

Jax traversa le couloir et sentit son cœur s'emballer quand il passa devant la porte de la suite de la mariée. Il serra les poings et se força à avancer. Pour penser à autre chose, il compta ses pas. Quarante-trois jusqu'au bout du couloir. Vingt-deux pour traverser le hall. Cent soixante et onze jusqu'à l'élégant décor dressé sur la plage pour la cérémonie et la réception.

Une allée centrale de sable blanc, jalonnée de torches Tiki enflammées et reliées ensemble par des rubans de tulle blanc, séparait deux ensembles de six chaises. Des galets de verre poli blanc et turquoise jonchaient le sol, remplaçant les traditionnels pétales de roses qui se seraient envolés. Reid se tenait devant l'autel, occupé à discuter avec le ministre du culte sous une arche de tulle blanc et turquoise, drapé autour de quatre piliers de bois. Devant eux, le soleil couchant commençait tout juste à ponctuer le ciel de traînées couleur lavande et corail tandis que la mer venait s'échouer paresseusement sur le rivage.

C'était ce que sa sœur méritait : un mariage au paradis.

Jax salua les quelques invités qu'il connaissait et se présenta aux autres avant que Robert ne l'envoie rejoindre Reid.

Il fit ensuite signe au violoniste de se tenir prêt à jouer.

Reid et le pasteur redressèrent le dos.

Les invités firent silence et tournèrent la tête.

Jax suivit leurs regards... et son souffle se bloqua dans sa gorge.

Vanessa. Son nom s'engouffra dans son esprit comme une prière silencieuse quand elle avança vers lui au ralenti. Il existait probablement des mots pour décrire sa beauté, mais ils ne figuraient pas dans son lexique. Exquise, parfaite, intemporelle... non, décidément, aucun de ceux qu'il connaissait ne convenait.

Elle sourit à ses amis Kyle et Eric – des types très sympas dont sa sœur lui parlait depuis des années – et leva les yeux au ciel quand ils soufflèrent des baisers dans sa direction. Finalement elle atteignit le bout de l'allée, si près de Jax qu'il lui aurait suffi de tendre le bras pour la toucher. Son corps vibra du besoin de la serrer dans ses bras, mais il résista vaillamment à la tentation, se contentant de prier pour qu'elle tourne les yeux vers lui. Mais elle ne le fit pas. Elle salua Reid en le serrant brièvement dans ses bras avant de déposer un baiser sur sa joue... puis se retourna et alla prendre place de l'autre côté de l'allée sans paraître remarquer sa présence.

Il s'était attendu qu'elle lui batte froid, mais le choc n'en fut pas moins douloureux.

Les murmures des invités lui firent reporter son attention au bout de l'allée quand Lucie apparut au bras de son vieil ami Fritz. À l'origine, Lucie avait demandé à Jax de l'escorter jusqu'à l'autel, mais il avait suggéré qu'elle propose plutôt cet honneur à Fritz, qui n'était plus tout jeune et qui les considérait, elle et Vanessa, comme ses filles.

En réalité, Jax avait refusé car il se serait senti affreusement nerveux s'il avait dû accorder la main de sa sœur à Reid. Il avait suffi que Lucie lui fasse cette proposition pour qu'il ressente ce que chaque père au monde doit ressentir en pareil cas. Peu importe qu'on apprécie ou non l'homme qu'elle va épouser, on n'a qu'une seule envie : la jeter sur son épaule et la boucler dans sa chambre *à vie* ! Jax avait préféré le rôle de garçon d'honneur, seulement chargé de ne pas oublier les alliances et de se saouler à la réception. Un rôle nettement plus facile.

Jax sentit son cœur enfler de fierté et d'amour en regardant sa petite sœur marcher vers son destin. Il ne l'avait encore jamais vue aussi belle et confiante. Le moment où son regard se riva à celui de Reid fut presque palpable. Les invités auraient pu disparaître dans un nuage de fumée qu'ils ne s'en seraient sans doute même pas rendu compte.

Une fois que Fritz et Lucie eurent atteint l'arche, Reid tendit la main pour prendre celle de sa promise, mais le vieil homme ne la lui céda pas aussi facilement qu'il l'avait escompté.

— Fritz ? dit Reid en haussant un sourcil interloqué.

Le vieil homme plissa les yeux et s'exprima à voix basse, de façon à n'être entendu que des personnes qui l'entouraient.

— Si tu brises le cœur de cette jeune fille, Andrews, je jure de faire frire tes roustons et de les servir à mon bouledogue borgne pour son petit déjeuner.

— Si par malheur je brisais son cœur, répliqua Reid du tac au tac, je fais le serment de les lui servir moi-même !

Fritz hocha la tête avec un grondement satisfait avant de se tourner vers Lucie. Son vieux cuir tanné se plissa quand un sourire de fierté fendit son visage. Lucie lui rendit son sourire, l'embrassa sur la joue et le laissa placer sa main dans celle de Reid et tapoter leurs mains jointes pour marquer son approbation.

Jax s'absorba dans la vision de sa sœur, submergé de bonheur et d'amour pour l'homme qui était son ami par le sang, mais son frère par le cœur. Quand ses parents étaient morts, Jax avait douté que ce jour se produise. Le jour où il n'aurait plus à se soucier de faire défaut à sa sœur. Il n'avait pas eu la moindre idée de la façon dont il fallait s'y prendre pour élever une adolescente, mais il pouvait être fier du résultat. Lucie était devenue une très belle femme, parfaitement équilibrée. Et si quelqu'un pouvait prendre la relève de Jax pour l'aimer et prendre soin d'elle, c'était bien Reid. Elle était entre de bonnes mains.

Sachant cela, Jax était désormais libre de songer à son propre avenir. Et tandis que le pasteur débitait les formules de mariage consacrées, Jax regarda la demoiselle d'honneur.

Vanessa avait le visage tourné vers le ministre du culte. Elle semblait l'écouter attentivement, un doux sourire flottant sur ses lèvres. Mais Jax la connaissait assez pour remarquer que son regard était flou, qu'elle était tendue, qu'elle tenait son bouquet devant elle comme un bouclier et que son sourire était forcé.

Quelqu'un mentionna les alliances et Jax s'empressa de les sortir de sa poche et de les remettre à Reid, puis reporta son attention sur Vanessa.

Il distinguait clairement les pensées qui s'entrechoquaient dans sa tête, percevait la souffrance qui l'habitait. Savoir qu'il en était partiellement responsable lui était aussi douloureux que si on avait retourné la lame chauffée à blanc d'un couteau dans ses entrailles. Il aurait tout donné pour effacer d'un baiser la tension de ce sourire. Pour la rendre heureuse, jour après jour, jusqu'à la fin des temps.

Entendre Lucie commencer à prononcer ses vœux le tira de ses ruminations.

— Reid, déclara-t-elle, les yeux déjà brillants de larmes tandis qu'elle passait l'alliance au doigt de son époux, je te promets de continuer à essayer de me voir telle que tu me vois, bien que je sache que l'amour t'aveugle.

— J'ai dix sur dix à chaque œil quand il s'agit de te regarder, ma douce.

— Reid, tu ne dois pas interrompre mes vœux !

— Désolé, Lu. Continue, dit-il avec un clin d'œil montrant qu'il n'était absolument pas désolé.

Les invités gloussèrent et Lucie eut énormément de mal à garder son sérieux.

— Je te promets de masser les cals de tes doigts quand tu auras consacré trop de temps à un dessin ou à une sculpture. Je promets de ne jamais te laisser oublier à quel point tu es talentueux et de toujours soutenir tes rêves. Mais surtout… je promets de te chérir, de t'honorer et de t'aimer de tout mon être, à dater de ce jour et jusqu'à mon dernier souffle.

— Lucie, déclara Reid en lui passant à son tour son alliance, je promets de ne plus faire de plaisanteries stupides sur les parties de mon corps que je préférerais te voir masser quand tu me masses les mains…

Lucie passa par une dizaine de nuances de rouges jusqu'au cramoisi et cette fois, les invités éclatèrent carrément de rire.

— … et je te promets de ne plus jamais te laisser flirter avec un serveur tant que je serai en vie.

— C'est toi qui m'avais forcée !

— Interdiction de m'interrompre, répliqua-t-il en posant un doigt sur ses lèvres.

Lucie poussa un soupir d'exaspération, mais Jax qui connaissait bien sa sœur remarqua la lueur amusée qui faisait briller ses yeux.

L'expression de Reid se fit plus sérieuse et il plaça la main sur son cœur. Le silence se fit et la brise qui jouait avec les boucles de Lucie parut elle aussi se calmer.

— Je te promets qu'un jour tu seras définitivement débarrassée de tous tes complexes et que tu te verras non seulement comme je te vois, mais comme le monde entier te voit. Je te promets de ne jamais tenir ton amour pour acquis et de te prouver chaque jour à quel point je suis heureux que tu fasses partie de ma vie. Mais surtout… je promets de te chérir, de t'honorer et de t'aimer de tout mon être, à dater de ce jour et jusqu'à mon dernier souffle.

Des larmes coulaient sur les joues de Lucie et dès que le pasteur les eut officiellement déclarés mari et femme, Reid la serra dans ses bras et l'embrassa comme si sa vie en dépendait.

Jax comprit parfaitement ce que ressentait son meilleur ami.

Il savait plus que jamais qu'il aimait Vanessa. Il voulait avec elle ce que Reid avait avec Lucie. Une vie à deux. Pour toujours.

Il ne pouvait pas encore le lui dire, mais bientôt, il le ferait. Très bientôt.

*

* *

Vanessa savait que tout était superbe, que la nourriture était exquise et que le gâteau fondait dans la bouche comme un nuage. Après tout, n'était-ce pas elle qui avait choisi tout cela avec l'aide de Robert ? Mais c'était justement la *seule* raison qu'elle avait de le savoir. Car elle ne voyait rien et aurait été incapable de dire ce qu'elle était en train de manger.

Il avait suffi qu'elle voie Jackson pour qu'elle ait l'impression de se retrouver sous l'eau. Le monde autour d'elle était devenu flou, les conversations avaient cessé et quoi qu'elle fasse, elle savait qu'elle n'arriverait jamais à s'enfuir à temps.

Après la cérémonie, elle avait essayé de s'excuser pour aller aux toilettes dans l'espoir de s'éclipser discrètement, redoutant de se retrouver assise en face de Jackson et de sentir son regard la transpercer comme un rayon laser. Mais elle s'était trouvée prise dans un tourbillon et avait été obligée de poser pour des millions de photos, *avec* Jackson, et elle avait dû subir le contact de sa main sur sa taille et endurer le supplice de respirer le même air que lui.

Elle avait redouté l'instant où il lui adresserait la parole, où il tenterait de l'entraîner à l'écart pour lui parler, mais à son grand étonnement, il ne l'avait pas fait. Pas plus qu'il n'avait profité de l'occasion pour la serrer de trop près.

Elle aurait dû éprouver un certain soulagement, mais son attitude lui avait seulement donné envie de pleurer contre un oreiller jusqu'à l'évanouissement.

Une fois la séance de photos terminée, elle avait à nouveau tenté de s'éclipser, mais Robert avait surgi et entraîné tout le monde, y compris Vanessa, jusqu'à la table où il avait veillé à ce que chacun s'asseye à sa place – les mariés en tête de table, Vanessa à droite de Lucie et Jackson à gauche de Reid, le reste des invités occupant les douze autres places.

Vanessa s'était fait une raison en se jurant de s'enfuir avant qu'on ne l'oblige, en tant que demoiselle d'honneur, à danser avec le garçon d'honneur. Quand le personnel commença à débarrasser la table, plusieurs personnes se dirigèrent vers le bar, parmi lesquelles Kyle et Eric, ses deux meilleurs amis masculins et partenaires de son équipe de fléchettes. *Parfait.* Vanessa recula sa chaise. La main de Lucie jaillit comme un cobra pour saisir son poignet avant qu'elle ait eu le temps de se lever complètement.

— Où vas-tu, Nessie ?

— Bavarder avec les garçons, répondit-elle en désignant le bar d'un hochement de tête, et commander quelque chose de fort.

— Oh. Tu veux bien m'apporter une bière ? Si je bois davantage de champagne, je serai obligée de regarder mon album de photos pour me rappeler ce qui s'est passé à mon mariage.

— D'accord, répondit-elle – en se disant qu'elle chargerait un des garçons de la lui apporter.

Elle fonça vers le bar aussi vite que ses sandales le lui permettaient et après avoir serré les garçons dans ses bras, commanda une tequila on the rocks. Elle ne commença à se détendre qu'une fois qu'elle en eut commandé une deuxième.

Kyle, son ami blond qui avait le don de mettre les pieds dans le plat, ne la déçut pas.

— Tu peux m'expliquer pourquoi le frère de Lucie – qui est beau comme un dieu entre parenthèses – te regarde comme si tu étais son dernier repas, mais que tu lui aurais filé un coup de pied dans les burnes pour le faire déguerpir ?

Vanessa faillit s'étrangler sur un glaçon.

— C'est le truc le plus stupide que tu aies jamais dit.

Eric, beau brun solidement bâti, d'ascendance hispanique et au regard pénétrant, intervint.

— Non, le truc le plus stupide qu'il ait jamais dit, c'est quand il a prétendu que certaines choses avaient viré à la routine entre nous. Je te prie de croire qu'il a eu mal en s'asseyant pendant une semaine, après ça.

— C'est bien pour ça que je considère quant à moi que c'est un des trucs les plus *intelligents* que j'aie jamais dit !

Entendre Kyle et Eric s'envoyer des piques apaisa un peu la tension de Vanessa. Tandis qu'ils continuaient à se chicaner à savoir qui avait fait quoi intentionnellement, Vanessa regarda discrètement autour d'elle pour localiser Robert car elle ne doutait pas qu'il veillerait à lui faire réintégrer la réception s'il la surprenait en train de s'éclipser.

— Bonsoir, tout le monde.

Vanessa n'eut pas besoin de se retourner pour savoir à qui appartenait cette voix. Il avait suffi qu'elle parvienne à ses oreilles pour que son corps la trahisse et qu'elle traverse son esprit pour déclencher une réaction au niveau de son entrejambe. Elle serra les cuisses et se retourna au moment précis où Jackson glissait la main dans la poche poitrine de sa chemise pour en sortir une feuille de papier pliée. *Le discours du garçon d'honneur*. Le moment idéal pour prendre la poudre d'escampette. Tous les yeux seraient braqués sur lui et celui de Jackson serait rivé au couple de jeunes mariés. Elle allait attendre une minute que tout le monde s'installe et pourrait amorcer discrètement sa sortie.

Une main saisit son coude tandis qu'une autre se posait au creux de ses reins pour la guider vers la table. Robert s'était chargé de venir la chercher et elle eut l'impression d'être ramenée par la peau du cou.

— J'étais très bien là où j'étais, Robert, chuchota-t-elle.

— Billevesées ! C'est l'heure du toast. La demoiselle d'honneur doit faire pendant au garçon d'honneur, voyons.

Vanessa ne pouvait plus espérer partir sans que cela cause un scandale. Robert lui fit reprendre sa place à côté de Lucie et repartit accomplir une autre mission. Lucie poussa un soupir légèrement agacé, puis tourna les yeux vers Jackson, feignant l'intérêt. L'idiot la gratifia d'un clin d'œil avant de se tourner vers les invités.

— Au nom de Reid et de Lucie, j'aimerais vous remercier d'être ici ce soir et d'aider à faire en sorte que le premier jour de leur vie commune soit exceptionnel. Dans mon métier, on apprend très vite qu'on peut seulement espérer se préparer à affronter ses adversaires. On peut étudier leurs mouvements, leurs stratégies, apprendre à se défendre et à contrer. Mais au bout du compte, quand on entre dans la cage, on ne sait pas par quel coup votre adversaire va vous accueillir. Il faut l'accepter, s'adapter et s'exécuter.

« L'amour n'est pas tellement différent, poursuivit Jackson, sa belle voix grave se déversant sur Vanessa comme la brise marine. En grandissant, on s'imagine le genre de personne dont on tombera un jour amoureux et au fil du temps, on fait de son mieux pour rencontrer – ou, pour les allergiques à l'engagement dont je fais partie, pour éviter – cette personne.

Quelques rires polis saluèrent cette déclaration.

— Pourtant, de même qu'un lutteur ne peut pas prédire ce que fera son adversaire pendant qu'il s'entraîne à l'affronter, personne ne peut prédire ce que l'amour va nous envoyer pendant que nous nous efforçons de trouver notre partenaire idéal.

Son regard d'ambre, plus doré que jamais sous la lumière du soleil couchant, croisa celui de Vanessa et elle sentit alors fondre toutes ses résolutions.

— Bien souvent, la personne dont nous croyons avoir besoin n'est pas celle dont nous avons *vraiment* besoin.

Jackson tourna la tête pour s'adresser aux mariés.

— Prenons le cas de Reid et de Lucie. S'ils n'avaient pas accepté ce que l'amour a envoyé dans leur direction et adapté leurs points de vue à la situation, Reid serait toujours un pauvre célibataire qui n'assume pas sa passion pour l'art et Lucie serait mariée avec un chirurgien narcissique, incapable de voir la beauté quand il l'a sous le nez.

Des rires et des murmures d'approbation parcoururent la table. Les joues de Lucie étaient humides de larmes, mais le sourire qu'elle avait arboré toute la journée était toujours en place et Reid n'aurait pu la rapprocher davantage de lui qu'en la faisant asseoir sur ses genoux.

Jackson posa la main sur l'épaule de son meilleur ami avant de poursuivre.

— Je suis profondément heureux que ma petite sœur et mon meilleur ami aient eu l'intelligence de s'adapter et d'accepter l'amour qu'ils ressentaient l'un pour l'autre.

Il écarta sa main de l'épaule de Reid et son regard retrouva celui de Vanessa.

— Mais qui peut prédire l'avenir ? Les relations connaissent des hauts et des bas, comme tout le reste. Un jour on est vainqueur, on est au sommet du monde...

Jackson déglutit et s'interrompit, comme s'il avait oublié ce qu'il voulait dire. *Ou comme si c'était trop difficile à dire*. Vanessa sentit sa poitrine se contracter douloureusement alors même qu'il reprenait le fil de son discours, mais ce qu'il dit ne fit qu'accentuer sa douleur.

— ... et le lendemain, on se retrouve K-O, à se débattre dans les ténèbres sans rien comprendre à ce qui nous est arrivé.

Et alors que Vanessa se disait qu'elle ne supporterait pas d'en entendre davantage sans s'effondrer tant son cœur saignait, le discours de Jackson prit un tour auquel elle ne s'était absolument pas attendue.

— Et c'est pour cette raison que je vais leur donner un conseil qui les aidera peut-être à affronter l'avenir. J'ai établi une liste en sept points qu'on pourrait appeler « principes » ou « règles ».

— Oh, non !

Vanessa plaqua trop tard la main devant sa bouche. Elle avait dit cela tout haut et tout le monde avait tourné les yeux vers elle alors que son sang se figeait dans ses veines. Jackson allait la ridiculiser. Là, devant tous ses amis. Et puisqu'elle avait déjà réussi à se ridiculiser elle-même, elle n'hésita pas à se lever pour aller se planter à côté de Jackson.

Elle s'efforça de ne pas prêter attention aux murmures qu'échangeaient les invités qui se demandaient ce qui se passait. *Le garçon d'honneur profite du mariage de sa sœur pour régler ses comptes,* voilà *ce qui se passe.* Le goujat ! Ce mariage n'avait rien à voir avec eux ni ce qu'ils voulaient ou ne voulaient pas...

Ne sois pas hypocrite, Nessie.

Elle avait fait exactement la même chose toute la journée en essayant de s'éclipser parce qu'elle se sentait mal à l'aise en présence de Jackson. Et ce n'était pas le comble de l'égoïsme, peut-être ? Vanessa aurait mérité que Lucie lui conseille d'aller se jeter du haut d'une falaise depuis des heures – depuis la veille, même – mais son amie était bien trop gentille pour dire une chose pareille.

Mais l'égoïsme de Vanessa n'excusait pas le comportement grossier et odieusement déplacé de Jackson. Elle se plaça derrière lui et s'adressa à lui aussi bas qu'elle put.

— Jackson, c'est parfaitement inacceptable de faire une chose pareille à Lucie et...

— Tout va bien, Nessie, assura Lucie en posant sa main sur celle de Vanessa. C'est Reid et moi qui lui avons donné l'idée de faire ça.

— Vous avez fait *quoi* ? répliqua-t-elle en s'efforçant de ne pas hausser le ton.

— Tu m'engueuleras après. Pour l'instant, je te demande d'écouter le discours de mon frère.

— Oui, et accélère un peu, tu veux bien ? ajouta Reid. J'aimerais bien danser avec ma femme. Avant qu'on m'ait opéré de la hanche, ce serait pas mal !

Cette remarque lui valut un léger coup de coude de la part de son épouse.

— Comme je disais donc, reprit Jackson en se tournant à nouveau vers les invités, j'ai établi une liste de règles que je conseille à Reid et à Lucie de suivre, au cas où ils se perdraient en route...

Jackson darda sur Vanessa un regard intense et elle se révéla incapable de détourner le sien.

— ... et auraient besoin d'une boussole.

Maudit. Maudit soit-il, lui et son regard d'ambre et sa langue trop habile.

Il lui fit carrément face et, bien que cela défie toute logique, Vanessa s'aperçut qu'il paraissait... anxieux. D'innombrables scénarios – bons, mauvais, affreux ou horrifiants – se mirent à tournoyer dans la tête de Vanessa comme des diables de Tasmanie sous acide. Son cœur avait dû trouver le moyen de sortir de sa cage thoracique car elle le sentait battre de plus en plus fort à fleur de peau, et ses poumons devaient s'être effondrés parce qu'elle n'arrivait plus du tout à respirer. Ses organes étaient défaillants, l'apocalypse était imminente, ils étaient tous maudits *et nom de Dieu, qu'est-ce qui ne tourne pas rond chez moi !*

Jax plaça la main sur sa hanche et rapprocha son visage jusqu'à ce que sa joue effleure celle de Vanessa, plaçant sa bouche tout près de son oreille.

— Vanessa, inspire bien à fond, dit-il d'un ton assez ferme pour que cela suffise à la faire obéir.

Son rythme cardiaque ralentit et grâce aux conseils de Jackson, son début de crise de panique se dissipa, évitant à Vanessa un moment très embarrassant. Elle sentit la main de Jackson ramasser ses cheveux sur son épaule, ses doigts effleurer le lobe de son oreille et son cou.

— Là, tout va bien, princesse, murmura-t-il avant de déposer un baiser discret sur sa tempe et de s'écarter.

— Tu ne me traites plus de « femme folle » ?

— Ho-ho. Je connais quelqu'un qui a discuté avec des Hawaïens..., répliqua-t-il avec un clin d'œil.

Franchement, c'était drôle, non ? Tu trouvais ça mélodieux...

— Je croyais *aussi* que *pupule vahine* était un terme affectueux, murmura-t-elle – sans doute un peu trop fort car des ricanements s'élevèrent.

— Tu veux bien remettre à plus tard ma réprimande pour ce surnom ?

— Absolument. Je l'ajouterai à une liste déjà très longue de réprimandes à te faire plus tard.

Cette fois, Vanessa en fut certaine, *Lucie* ricana. Sa meilleure amie se gondolait de l'entendre se chamailler avec son grand frère ! Vanessa croisa les bras et haussa un sourcil, mettant Jackson au défi de finir ce qu'il avait commencé.

Jax s'éclaircit la gorge, jeta un coup d'œil à son public, suspendu à ses lèvres, prit une profonde inspiration et se lança.

— J'ai intitulé cette liste « Les sept règles d'or de Jackson ». *Règle n° 7 : Toujours dire la vérité*. Même si ça vous empêche de faire semblant d'être fiancé avec la plus belle femme de l'île.

Vanessa retint son souffle et Jackson détacha brièvement les yeux de sa feuille pour lui jeter un coup d'œil.

— *Règle n° 6 : Toujours assumer ses erreurs*. Même si vous étiez à peine en retard et que vous aviez l'intention, pour vous faire pardonner, de l'inviter à déjeuner.

« *Règle n° 5 : Toujours négocier comme si votre histoire ne devait jamais finir*. Même si elle a tendance à vous montrer son côté Hyde plutôt que son côté Jekyll.

Il décocha à clin d'œil complice à son public.

— C'est toujours meilleur quand elles sont un peu cinglées.

Cet aparté fut salué par un éclat de rire général. Si ça continuait comme ça, toute la noce allait voter pour qu'elle soit renvoyée de l'île, comme dans un mauvais mélange de *Koh-Lanta* et du *Bachelor*.

— *Règle n° 4 : Toujours se servir de ses poings dans la cage et pour la protéger, si nécessaire, mais ne jamais recourir à la violence dans sa vie privée.*

Jackson prit la main de Vanessa et la pressa contre son torse.

— Même si elle est assez forte pour se défendre toute seule.

Vanessa sentit des larmes embuer ses yeux et sa gorge se serrer si étroitement qu'elle fut incapable de parler. Et ce fut uniquement pour cette raison qu'elle ne le maudit pas à voix haute à cet instant précis.

— *Règle n° 3 : Être toujours disposé à quitter sa cabane de gamin pour emménager dans une vraie maison.*

Le sourire de Jackson, plus malicieux que jamais, révéla sa fossette.

— Même si ladite cabane de gamin dispose d'une annexe que vous ne retrouverez jamais nulle part ailleurs, du genre cascade enchantée avec partie de jambes en l'air garantie !

— Jackson ! s'écria-t-elle, persuadée d'avoir viré au rouge brique.

Mais le démon l'ignora et poursuivit son discours.

— *Règle n° 2 : Toujours respecter l'équilibre des forces et donner autant qu'on reçoit.*

Son pouce se mit à tracer des cercles sur la main de Vanessa.

— Même si cela suppose d'admettre que votre galanterie est *un brin* intrusive.

— Un brin ? releva-t-elle.

Il lui décocha un clin d'œil lui promettant qu'ils en discuteraient plus tard. Son expression se fit alors extrêmement sérieuse et Vanessa sentit son cœur se serrer.

— Et la plus importante de toutes, la règle n° 1...

Il planta son regard au fond de celui de Vanessa.

— *Toujours, toujours,* toujours... *lui dire à quel point vous l'aimez, maintenant et pour toujours, avant qu'il soit trop tard.*

« Que vous l'*aimez* » ? Est-ce qu'il venait bien de dire qu'il l'aimait ? Les émotions déferlèrent en elle – joie, peur, soulagement, frayeur, bonheur – au point de lui donner le vertige. Elle souhaitait tant qu'il l'aime. Une moitié d'elle-même se réjouissait, tandis que l'autre se ratatinait d'horreur comme un vampire de série B touché par les rayons du soleil levant.

Vanessa réalisa alors à cet instant précis qu'elle n'avait pas établi ses règles pour s'assurer de trouver un homme qui l'aimerait et la respecterait. Elle l'avait établie pour s'empêcher d'accepter quiconque l'aimerait. Parce qu'en s'interdisant d'aimer elle avait la garantie qu'on ne la ferait jamais souffrir. Ses sept règles d'or n'avaient été qu'une armure la protégeant de son passé au lieu d'un projet visant à protéger son avenir comme elle l'avait toujours cru.

Elle recouvrit sa bouche et son nez de ses mains, ses larmes coulant de part et d'autre, incapable de traduire par des mots les émotions qui la submergeaient. Jackson avait compris son mécanisme de défense, l'avait entièrement démonté et l'avait remonté pour en faire quelque chose de beau et de positif, chacune de ses règles renvoyant d'une façon ou d'une autre à celles qu'elle avait observées pendant plus de dix ans. Mais là où les siennes avaient tenu tout le monde à distance, celles de Jackson étaient un véritable hymne à l'amour, une série de promesses qu'il lui adressait quant à la manière dont il l'aimerait et la respecterait.

Jackson aurait pu écrire des milliers de discours différents. Certains auraient marché, la plupart auraient sans doute raté leur but, mais rien n'aurait pu avoir plus d'effet sur elle que ces sept règles d'or. Et Jackson le savait car en seulement quelques jours, il la connaissait mieux qu'elle ne se connaissait elle-même. Elle aimait cela chez lui. Elle l'aimait, un point c'est tout.

— S'il te plaît, princesse, ne pleure pas.

Il rangea sa feuille de papier dans sa poche, écarta ses mains de son visage, déposa un baiser au creux de chacune de ses paumes avant de les poser sur son cœur.

— Mon Dieu, si tu savais comme je m'en veux. Je jure de ne plus jamais te mentir tant que je vivrai. S'il te plaît, redonne-moi une chance. Je t'aime comme un fou et...

— Je t'aime aussi.

— ... et je – qu'est-ce que tu viens de dire ?

Elle fut incapable de résister. Ne venait-il pas de la faire passer de la dépression cynique à l'extase euphorique en moins d'une seconde ? Elle se mordit l'intérieur de la joue pour s'empêcher de sourire.

— Si tu n'as pas entendu la première fois, tant pis pour toi. Je ne vais pas me répéter. Tu n'as qu'à faire de « Toujours écouter la première fois » ta règle n° 8.

Les cils de Jackson faillirent fusionner et elle entendit le son familier de son grognement montant dans son torse – un son susceptible de déclencher une réaction en chaîne de chaleur et de moiteur à travers tout son corps. Il se rapprocha d'elle, si près qu'elle dut renverser la tête en arrière pour croiser son regard, et lui donna l'ordre qu'elle espérait.

— Répète, maintenant que je ne suis pas en plein milieu d'une phrase, que je puisse t'entendre convenablement.

Jeu, set et match pour Jackson. En quarante-huit heures, Vanessa avait oublié l'effet qu'il avait sur elle. Elle humecta ses lèvres et fit parcourir ses mains le long de son torse pour les nouer sur sa nuque.

— Je t'aime, Jackson, dit-elle. Je t'aime tellement que je ne sais pas quoi faire de moi.

Un sourire radieux s'épanouit sur son visage, révélant ses fossettes et accentuant la lueur malicieuse qui dansait dans ses yeux.

— Ne te soucie pas de ça, princesse, dit-il en enlaçant sa taille pour la soulever contre lui. Je te promets que je sais exactement ce qu'il faut faire avec une *pupule vahine* comme toi.

Alors, sous les applaudissements de leur public – et tandis que Reid remerciait Dieu que leur numéro soit enfin terminé –, Jax lui donna un avant-goût de cette promesse.

Épilogue

Six mois plus tard

Assise à la coiffeuse de sa chambre, Vanessa apportait la touche finale à son maquillage et cherchait parmi ses boucles d'oreilles une paire assortie au pendentif en étoile de mer qu'elle ne quittait jamais, tout en se demandant pourquoi Jackson mettait autant de temps à rentrer. Il lui avait dit qu'il avait une course à faire après son entraînement et qu'il passerait chez Reid et Lucie sur le chemin du retour.

La logistique de leur relation laissait encore à désirer, le travail de Vanessa l'obligeant à rester dans le Nevada et le camp d'entraînement de Jackson étant à Hawaï, mais ils ne s'étaient pas trop mal débrouillés jusqu'ici. Quand il ne se préparait pas pour un combat, il la rejoignait chez elle. Et quand il devait retourner au camp ou s'il avait simplement besoin de retrouver le soleil et les vagues, Vanessa lui rendait visite aussi souvent que possible quand elle n'avait pas besoin de se rendre au tribunal et qu'elle pouvait gérer ses dossiers à distance.

Ils ne pouvaient envisager ni l'un ni l'autre d'abandonner leur carrière au stade où ils en étaient, mais le moment venu, ils prendraient une décision et quoi qu'ils décident de faire, ils le feraient ensemble.

Vanessa contempla en souriant le solitaire qui brillait à l'annulaire de sa main gauche et remua les doigts pour profiter de ses feux. Jackson le lui avait offert depuis plus d'un mois, mais elle adorait l'admirer en privé. Elle n'avait jamais pensé faire un jour partie du club des fiancées, mais elle trouvait cela très agréable, maintenant qu'elle avait trouvé le moyen d'y être admise.

Le bruit de la porte d'entrée s'ouvrant et se refermant lui parvint.

— *Jax*, où *diable* étais-tu *passé* ? lança-t-elle. Je vais être en *retard* à mon propre *cocktail* d'anniversaire. C'est *parfaitement* inacceptable.

— Tu recommences à parler comme Robert, cria-t-il en retour.

— C'est faux !

Elle surprit son reflet dans le miroir qui se trouvait devant elle quand il entra dans la pièce et faillit en avaler sa langue.

— C'est vrai, rétorqua-t-il avec un sourire démoniaque.

— Seigneur ! Qui êtes-vous et qu'avez-vous fait de mon fiancé ?

Un smoking. Jackson Maris portait un smoking.

Un smoking noir, une chemise blanche et un nœud papillon (pas encore noué). Un vrai déguisement de pingouin.

Vanessa ne l'avait encore jamais vu en habit, pas même au mariage de Lucie.

— Qu'est-ce qu'il y a ? Je ne te plais pas ? demanda-t-il en baissant les yeux sur sa tenue. J'ai dit à Lucie que je ne voulais nouer le nœud pap' qu'au tout dernier moment. Je ne sais pas comment font les types pour supporter ça. Mais ce n'est pas un truc de location, tu sais ? Reid m'a emmené chez un vrai tailleur qui a pris mes mesures et tout et tout – il m'a même posé des questions très intimes, alors il y a intérêt que ça te plaise.

— Tu plaisantes ? répondit Vanessa en pivotant sur son tabouret pour se lever. Tu es tellement beau que j'ai envie de te l'arracher avec mes dents pour te faire un tas de trucs coquins.

— Si j'avais su que laisser un type me palper les parties et enfiler un costume de singe te ferait cet effet-là, j'en aurais porté un tous les jours.

— De la mesure en toute chose, voyons, répondit-elle en riant. J'aime bien te voir traîner avec ton short et rien d'autre.

— Attention, *vahine*, je ne *traîne* pas, moi. Je suis un mec viril, pas une lavette.

— Comme tu voudras. Maintenant tais-toi et embrasse-moi.

Elle fit remonter ses mains le long de ses manches quand il pencha la tête vers elle, mais il recula brusquement l'épaule en aspirant l'air à travers ses dents serrées.

— Qu'est-ce qu'il y a ? demanda-t-elle en fronçant les sourcils. Est-ce que je t'ai fait mal ? Tu t'es blessé à l'entraînement ?

— Non, c'est ton cadeau d'anniversaire.

— Waouh, articula-t-elle lentement. Une épaule déboîtée ? Je ne voudrais pas te vexer, trésor, mais tu m'as habituée à mieux en matière de cadeaux.

— Dommage que ça ne te plaise pas, parce que je ne crois pas trop au gommage laser. Il va falloir que tu t'y fasses.

Gommage laser ? S'était-il fait faire un...

Elle ôta délicatement la manche gauche de sa veste et déboutonna sa chemise de ses doigts tremblants. Elle avait beau concentrer son attention sur ses mains, elle sentait sur elle la chaleur de ses yeux de topaze aussi sûrement que si elle avait croisé son regard.

Une fois le dernier bouton défait, elle ôta la manche de sa chemise aussi délicatement qu'elle l'avait fait avec sa veste. Une compresse de gaze carrée et recouverte de plastique transparent était fixée avec du sparadrap sur sa peau cuivrée.

— Soulève-la, princesse, murmura-t-il.

Vanessa décolla le sparadrap sur trois côtés, souleva la compresse et découvrit une étoile de mer couleur corail ornée en son centre d'un V majuscule. Jackson l'avait fait tatouer à côté des fleurs de cerisier chevauchant la crête d'une vague.

— Je t'ai offert une bague de fiançailles pour que le monde entier sache que je veux que tu restes avec moi pour toujours. Mais ça..., ajouta-t-il en désignant son tatouage, ça, c'est pour toi, pour nous deux. Je voulais un tatouage de toi sur ma peau parce que je ne peux pas te montrer celui que tu as déjà laissé sur mon cœur.

Il était trop bête. Vanessa avait horreur de pleurer. Et elle avait plus pleuré au cours des six derniers mois qu'en quinze ans. Certes, c'était des larmes de joie. Mais il était quand même trop bête.

Elle s'appliqua à respirer lentement pour prévenir un festival de sanglots et recolla soigneusement le sparadrap.

— Où sont Reid et Lucie ?

— Dehors. Ils attendent dans la voiture. Pourquoi ?

Elle passa la main sous sa chemise et la lui retira d'un seul coup, en même temps que sa veste, puis regarda le désir s'emparer des yeux de Jackson au point de les faire flamboyer.

— Il va falloir faire vite, mais je me disais qu'on pourrait examiner les parties de mon corps susceptibles de recevoir un tatouage de fleur de cerisier.

Elle avança vers lui et plaqua ses hanches contre son membre durci. Il émit un grondement, ses mains trouvèrent instinctivement l'ourlet de sa mini-robe, la soulevèrent et s'emparèrent de ses fesses.

— Le problème, c'est que j'aime chaque centimètre de ta peau et que je ne sais pas si je vais arriver à me décider, dit-il de sa belle voix grave qui la fit instantanément frissonner.

Avant qu'elle ait le temps de répondre, la bouche de Jackson assaillit son cou pour le mordre et le sucer tour à tour.

— Si tu n'arrives pas à te décider, je la ferai tatouer à côté de mon étoile de mer.

Il mordilla sa lèvre inférieure et sourit quand elle retint son souffle.

Vanessa lui rendit alors son sourire et ne fut que trop heureuse de le laisser prendre les commandes.

Les sept règles d'amour de Jax

Règle n° 7 : Toujours dire la vérité.

Règle n° 6 : Toujours assumer ses erreurs.

Règle n° 5 : Toujours négocier comme si votre histoire ne devait jamais finir.

Règle n° 4 : Toujours se servir de ses poings dans la cage et pour la protéger, si nécessaire, mais ne jamais recourir à la violence dans sa vie privée.

Règle n° 3 : Être toujours disposé à quitter sa cabane de gamin pour emménager dans une vraie maison.

Règle n° 2 : Toujours respecter l'équilibre des forces et donner autant qu'on reçoit.

Règle n° 1 : Toujours, toujours, *toujours*... lui dire à quel point vous l'aimez, maintenant et pour toujours, avant qu'il soit trop tard.

Composition
NORD COMPO

Achevé d'imprimer en Espagne
par CPI
le 10 octobre 2014.

1er dépôt légal dans la collection : février 2014.

EAN 9782290074428
L21EDDN000487B003

ÉDITIONS J'AI LU
87, quai Panhard-et-Levassor, 75013 Paris

Diffusion France et étranger : Flammarion